火坂雅志　松本清張 ほか

決闘！ 関ヶ原

実業之日本社

実業之日本社文庫

決闘！　関ヶ原　《目次》

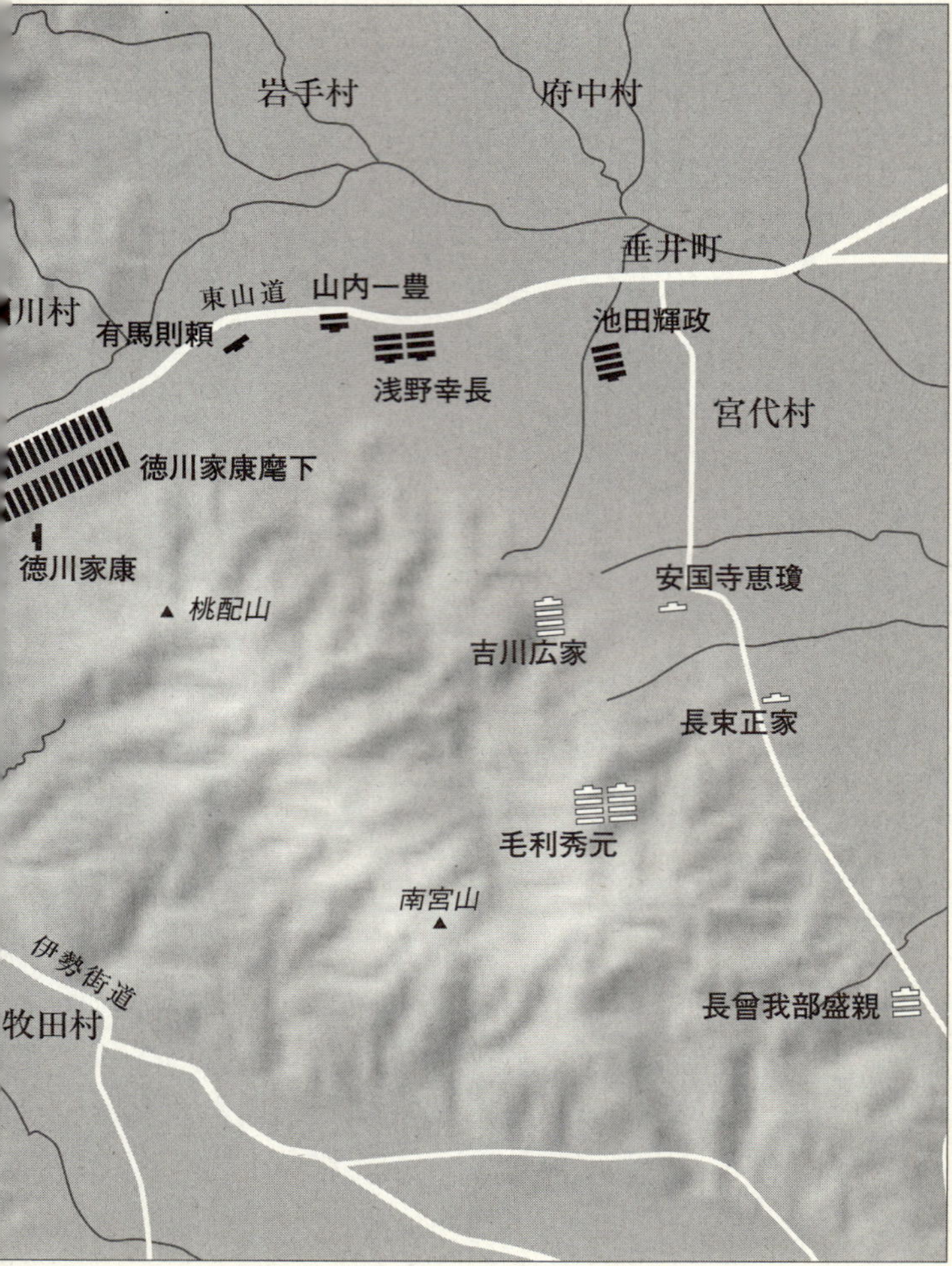
岩手村
府中村
垂井町
東山道
山内一豊
川村
有馬則頼
池田輝政
浅野幸長
宮代村
徳川家康麾下
徳川家康
安国寺恵瓊
桃配山
吉川広家
長束正家
毛利秀元
南宮山
伊勢街道
牧田村
長曾我部盛親

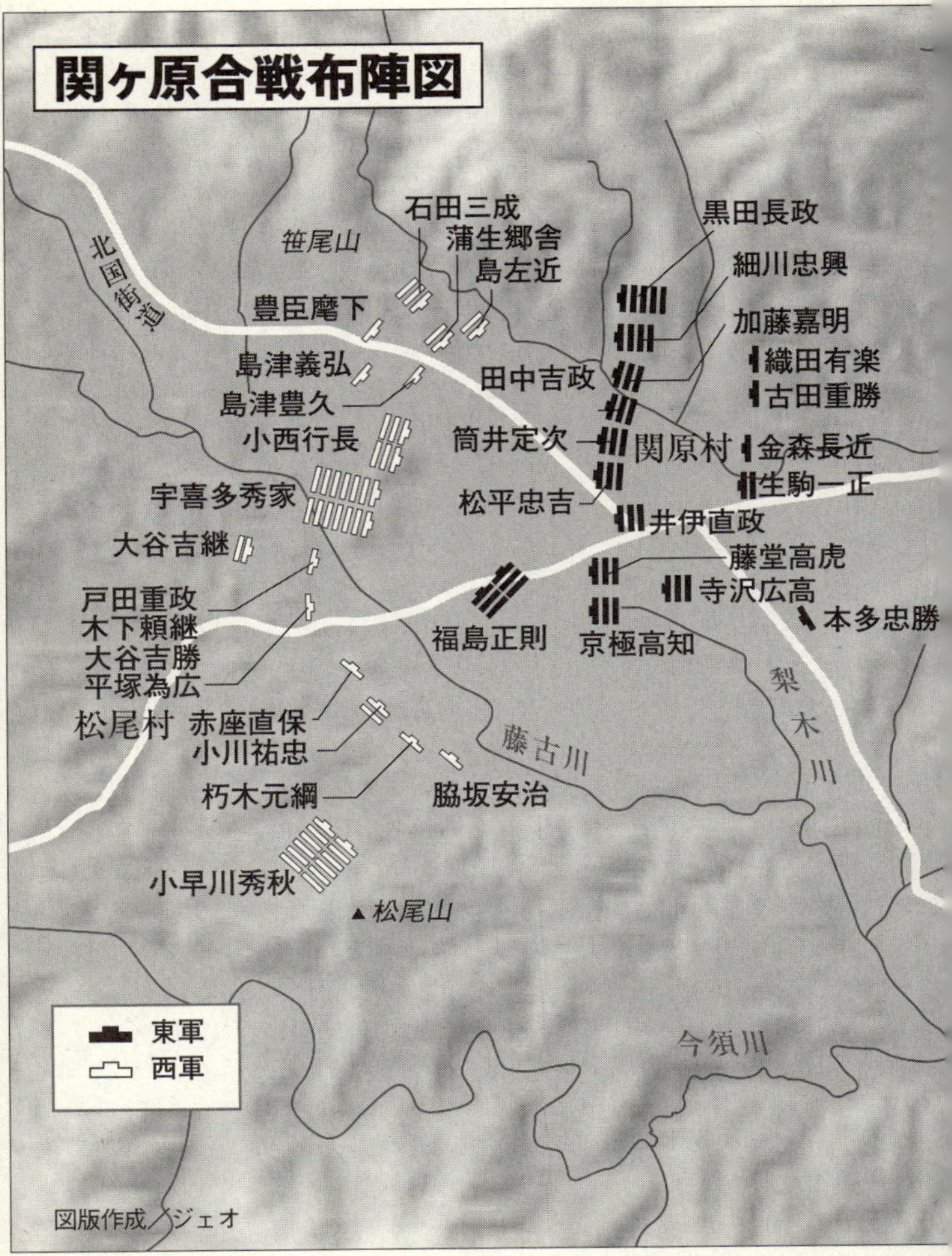
関ヶ原合戦布陣図
北国街道
笹尾山
石田三成
蒲生郷舎
島左近
豊臣麾下
島津義弘
島津豊久
小西行長
宇喜多秀家
大谷吉継
戸田重政
木下頼継
大谷吉勝
平塚為広
松尾村
赤座直保
小川祐忠
朽木元綱
脇坂安治
小早川秀秋
▲松尾山
黒田長政
細川忠興
加藤嘉明
織田有楽
古田重勝
田中吉政
筒井定次
関原村
金森長近
生駒一正
松平忠吉
井伊直政
藤堂高虎
寺沢広高
本多忠勝
福島正則
京極高知
藤古川
梨木川
今須川
東軍
西軍
図版作成／ジェオ

＊本書は実業之日本社文庫のオリジナル編集です。
＊本書は各作品の底本を尊重し編集しておりますが、明らかに誤植と判断できるものについては修正しました。また、差別的ととられかねない表現が一部にありますが、著者本人に差別的意図がなく、作品の芸術性を考慮し、原文のままとしました。（編者、編集部）

関ケ原の戦

松本清張

松本清張《まつもとせいちょう》（一九〇九〜一九九二）

福岡県生まれ。尋常高等小学校卒業後、印刷所の職工などを経て朝日新聞社に入社。一九五〇年に「週刊朝日」の懸賞に応募した「西郷札」が入選。一九五三年「或る『小倉日記』伝」で第二八回芥川賞を受賞する。社会悪を告発する『点と線』、『眼の壁』が大ベストセラーとなり、社会派推理と呼ばれる新ジャンルを確立する。社会的な事件への関心は、ノンフィクション『昭和史発掘』、『日本の黒い霧』などへ受け継がれている。『無宿人別帳』、『かげろう絵図』、『西街道談綺』など時代小説にも名作が多く、『火の路』、『眩人』では斬新な解釈で古代史に斬り込んでいる。

慶長五年九月十五日
（一六〇〇年一〇月二一日）

1

豊臣秀吉は、慶長三年八月十八日、六十三歳で伏見城内に死んだ。

「露と散り雫《しずく》と消ゆる世の中に何と残れる心なるらむ」

が「秀吉事紀」にある彼の辞世の歌という。

世間には、

「露と落ち露と消えぬる我が身かな難波《なにわ》の事は夢のまた夢」

の辞世がひろく知られているが、「秀吉事紀」に掲げたほうが、彼の死にぎわの心境が託されている。

秀吉は、五月五日、端午の節句の儀式をおわって発病したのだが、六月二日から足腰がたたず、しだいに危篤状態におちいった。彼は生に執着した。人間どんな高齢になっても死にたくないものだが、秀吉の場合、生に異常な執念をもった。子の秀頼が幼いからだ。

それに朝鮮役に出征した将兵が、まだ帰還していないことも気がかりの一つだった。

朝鮮役は秀吉の一代の不覚で、これは過去の秀吉の輝かしい経歴をご破算にするくらいの失敗であった。

だが、秀吉の心残りは、渡海している将兵の未帰還よりも、むろん幼少の秀頼の身のうえだ。秀頼は、秀吉の晩年、淀君に生れた子で、この子に対する秀吉の溺愛ぶりは、いろいろ伝えられている通りである。

秀吉は死床につくと、五大老、三中老、五奉行の組織をつくった。五大老とは、毛利輝元、上杉景勝《かげかつ》、宇喜多秀家《うきたひでいえ》、徳川家康、前田利家。五奉行とは、前田玄以《げんい》、浅野長政、増田《ました》長盛、石田三成、長束《なつか》正家である。

五大老はいずれも大名で、当代の実力者ばかり。とくに家康と利家は超大型であった。

これにくらべると五奉行は、いうなれば次官クラスといったところだろう。すなわち、五大老が協議した結果を、下部機関である五奉行におろす。五奉行は、五大老の決定した政策を実行に移す。

三中老とは、その両者の連絡または調停役である。

以上は、秀吉の死後の運営にそなえた後見委員会制である。秀頼が十五歳になったら実権を彼に渡し、この機関は解消、または後退する予定だった。少くとも、秀吉がこの制度をつくったときは、そのつもりだった。

とくに秀吉があとを頼んだのは、前田利家と徳川家康だ。利家はいうまでもなく秀吉の若い時からの友だちで、一度も彼の信義を裏切ったことのない実直者。秀吉が大成してゆく最大の協力者でもあった。

協力者といえば、家康は信長のパートナーで、彼もまた一度も信長を裏切ったことがない。世にいう織徳同盟である。もっとも、これは互いの自立策から出たのだが、それにしても、誰をも信用できない戦国時代にあって、家康の「信義」は信長に感謝された。万事、信長気取りの秀吉は、そうした家康をかなり信頼していた。その家康は、秀吉の弟分をみずから買ってでて、律義ぶりを発揮している。

それで、いとけなき秀頼を託するに、秀吉もこの両人をもっとも頼みとした。秀吉は何回にもわたって、彼ら五大老に起請文をださせている。

「秀頼さまに対し奉り御奉公の儀、太閤さま御同然粗略に存ずべからざる事」

以下、数箇条にわたっている。同じような起請文を何回となく要求しているくらい、秀吉は死にぎわに安心できなかった。

ことに最期《さいご》の直筆《じきひつ》になる遺言状と称するものに、

「秀頼事《こと》、なりたち候やうに、此《この》かきつけ候しゆを、しんにたのみ申《もうす》、なに事も此外にわ、おもひのこす事なく候。かしく」

というのがある。そぞろ遺児を思う煩悩にとり憑かれた一老父を見るようである。

秀吉は小牧長久手合戦までが取柄で、関白になってからは愚物に転落した。こんな人間は、当面の敵がみんな無くなって、ただひとり、最高位にのこってしまえば一種の虚脱状態になる。小牧長久手までは、とにかく彼の攻撃すべき標的があった。そこに秀吉の人生目的があり、実力以上の力が発揮された。だが、その目的をうしない、張りあいがなくなってくると、頭脳がおとろえる。バカバカしい贅沢のなかに据えられ、追従《ついしょう》ばかり聞かされていると、どんな天才でも鈍化しよう。

秀吉が朝鮮征伐をおこした理由はいろいろだが、一つは彼がふたたび目標をもとめて老衰をふせごうとしたのではあるまいか。ただ、結果がいささか勝手がちがっただけである。

八月十六日、秀吉はいよいよ死にのぞみ、家康、利家、輝元、秀家、景勝の五大老をまねいて、くれぐれも秀頼のことを頼んだ。が、このとき、ふくよかな顔で頼もしげにうなずいた家康の心中には、どのような思いが駆けめぐっていたか。

家康は、当時すでに諸大名間に鬱然とした勢力を張っていた。秀吉が死ねば、天下はおのずと自分のほうにころがってくる自信があった。秀吉が十八日の朝丑《うし》の刻《こく》（午前二時）に息を引取った瞬間から、家康は、

「やれやれ、長いこと待たされたぞ」

と、凝った肩を自分の手で叩いたかも分らぬ。

実際、家康は、秀吉さえいなかったら、とうの昔に信長の跡目がつげたかもしれない。思いもよらず、横あいから秀吉に政権を奪《と》られたのを、どんなに口惜しがったかわからぬ。

もし、本能寺の変後、家康が秀吉よりもはやく、三河から手勢をひきいて京都に入り、光秀を討伐したら、その日からでも彼の天下になったかもしれぬ。なんといっても、光秀を討った秀吉の実績が、彼に以後のヘゲモニーをにぎらせた。してみれば、毛利と和睦して、快速で摂津尼崎に引きかえした秀吉は、光秀のみならず、家康にとっても恨みたい男だった。

が、それはともかく、家康は秀吉のもとによく隠忍し、よく屈従してきた。しかし、これは家康にとってまるきり無駄ではなかった。彼は秀吉のやりかたをじっと見て、その欠陥をつぶさに観察していたのである。このことが後年役だって、秀吉の欠点を排除、「東鑑《あずまかがみ》」を愛読したように源頼朝の長所を導入して、三百年にわたる幕藩体制の基《もとい》を築いたのである。

さて、秀吉が死ぬと、たちまち大名間の勢力に動揺がおこった。そもそも秀吉が五大老、五奉行などの合議制を敷いたのも、はやくから諸大名間のひそかな暗闘を知っていたからである。

もっとも、この五大老、五奉行委員会は、秀吉が秀頼に無事に天下をとらせたいいための後見制度であるから、はじめから自壊の要素を持っていた。秀吉は、なぜ、もっとはやくこの委員会をつくろうとしなかったのか。子供の「後見」でなく、「政策運営」委員会にすべきだった。そうすれば、豊臣の天下は、もう少し長くつづいただろう。このことに着眼したのが家康である。家康は譜代大名数名をもって老中部屋を構成し、内閣的な性格を与えて、徳川幕府を安泰にさせた。

秀吉は、関白になってから文官を多く登用した。これは、戦争がなくなってしまえば、融通のきかない武将を使うよりも、能吏を使ったほうが行政に便利だからだ。石田三成、長束正家などがその筆頭だった。三成は田舎寺の小僧あがりで、目から鼻に抜ける才智者、正家は算盤《そろばん》にあかるく、もとの主人丹羽長秀を富ませた者、秀吉が丹羽に彼を請い受けて一万石にとりたてた。以来、正家は秀吉の出納《すいとう》係として出世した。だが、これをもってすぐに秀吉が側近をひいきにしたとはいえない。秀吉は、彼らの行政手腕をみとめたので、戦争ばかり強くて頭の弱い大名にはないものを買って抜擢《ばってき》したのだ。昭和の敗戦後、GHQによって急速に官僚群が躍りでたのとちょっと似ている。

しかし、大名連中からいえば、これが面白くない。加藤清正、福島正則などといった単純な武将は、まえから三成らの文官派を、こころよく思っていない。朝鮮から帰還してみると、彼らは五奉行などと大きな顔をしている。自然とアンチ文官派が家康のもとに集まるわけだ。

いってみれば、関ヶ原役の原因は、武人派、すなわち軍服組と、文官組《シビリアン》とのヘゲモニー争いともみられよう。これは古来どこの国でも見られることで、GHQ内部にもその両派の暗闘があったのは知られている通りだ。また今日の防衛庁でも、「内局」と「外局」が対立し、文官優位の原則を不満とする外局の軍人組が、内局の文官組の鼻をあかそうとして、「三矢作戦」などというような物騒な計画を、こっそりと作り上げるのである。

2

秀吉は生前、家康と前田利家とを対立させようとしていた。そのため、なにかと利家を引きたてるようにしている。

彼の考えでは、たがいに対抗させることで麾下の均衡を保とうとしたのだが、秀吉の晩年は、はるかに家康のほうが有利な地位にたっていた。家康のほうが利家よりも若い。しかも、家康は関八州に勢威をはって、東国の大名のみか、秀吉にかくれて、こっそり西国大名とも誼《よしみ》を通じていた。

利家は、宇喜多秀家、上杉景勝、長曾我部《ちょうそかべ》元親《もとちか》、毛利輝元といった秀吉恩顧の有力大名だけをたのみにしていた。これらの大名は、途中から秀吉に附いたのだ。かえって秀吉子飼いの武将が家康に走った。これはひとえに、三成憎しの感情が秀吉の旧恩を超えたのである。

しかし、利家が生きている間はまだよかった。なんといっても、家康には利家が少しは煙たい存在だった。毛利輝元、上杉景勝、宇喜多秀家などにいたっては、はじめから家康の眼中にはなかったのだ。

もし、利家がもう少し存命であったら、あるいは関ヶ原の戦はずっと遅れたかもしれない。家康は、天下取りと、おのれの年齢と競争するような焦りはあったが、けっして無理をする人間ではなかった。

だから細川忠興が利家との調停を申しいれるや、彼はこころよくこれに応じている。すなわち、慶長四年正月、利家は、大坂から淀川をさかのぼって、伏見に家康を訪ねているが、家康は、このとき途中まで鄭重《ていちょう》に出むかえ、病体の利家を自分の肩にのせて館《やかた》にともない、善美をつくした饗応をおこなっている。

家康もまた三月に入って利家を答礼している。しかし、このときはすでに利家が重病の床にあったのである。

利家の死去はもう目睫《もくしょう》にせまっている。家康は欣喜雀躍したにちがいない。彼の胸中には、いかに豊臣の遺臣をおのれの側に多く奪いとるかの策略が駆けめぐっていた。

家康は、そのまえから、秀吉の作った法度《はっと》を無視して、勝手に諸大名との縁組をおこなった。許可なくしての大名同士の私婚は禁じられていたのに、彼は伊達政宗の女《むすめ》を自分の六番目の子忠輝にむかえ、また甥の女を養女にして福島正則の子の妻にし、外孫の小笠原秀政の女を養って、これを蜂須賀《はちすか》家政の子に配偶させている。

このときは、利家も他の大老らも、大いに憤慨して家康を詰問したが、彼は、

「媒酌人から届けがでているとばかり思っていた」

と、ケロリと答えている。

また、家康の縁辺を嫁にもらった福島、蜂須賀、伊達なども、詰問にあって不得要領な返事でごまかした。これなどは、すでに秀吉の権威そのものを、家康が蹂躙している。

家康が幕府を立てたのち、大名同士の婚姻を許可なくおこなった場合、これをようしゃなく廃絶の処分にする「武家諸法度」の制定と照らしあわせてみれば、いかに家康が秀頼を無視し、傍若無人な行動にでていたかが分る。彼はもう天下をとったつもりでいたのだ。

前田利家が死んで、誰が一ばん打撃をうけたかといえば、石田三成である。

三成は、はじめ利家とあまりよくなかった。また前田家にも三成を好まない郎党が多かった。しかし、三成は押し強く利家のもとに出入りし、利家が死床にあったとき

は看病と称して、昼夜、その傍を離れなかったくらいにとり入った。

三成は、家康打倒をひそかに考えていた。それは種々な原因があろうが、なんといっても、その第一は、家康の周辺に三成を毛虫のように嫌う武将がかたまっていて、彼を排斥していたことである。

三成とても、早晩、家康の勢力が伸びることは予想していたにちがいない。いや、怜悧な彼は、家康が利家を越えて天下を取りそうなのを見抜いていた。

だが、その家康の天下になったとき、自分の凋落《ちょうらく》を彼は考えずにいられなかった。三成は、秀吉生存中、能吏としては第一の出頭人《しゅっとうにん》である。彼は関白の官房長官であり、秀吉個人の秘書長でもあった。由来、こういう地位の人間が、そのボスの勢威を被《こうむ》るようになるのは避けられない。当人は、そんなつもりはなくとも、周囲からそう仕向ける。が、こういう人間は、次の代になると急速に落ちめになる。これは単に歴史上のみならず、現代にも通じることだ。社長が死ぬと、その側近が新社長のもとで冷遇される例はザラだ。池田内閣のもとで勢いのよかった秘書官組が、佐藤内閣になって冷飯《ひやめし》を食わされている現在も似ている。三成、もとより聡明であるから、そうしたおのれの運命を予知した。彼としては、その保身上からも家康を倒さねばならない。

しかし、家康のほうは三成をそう憎いとは思っていなかったにちがいない。はっきりいえば彼は三成を問題にしていなかった。もし、三成が利家のもとに強引《ごういん》に出入りしたように、家康のもとに叩頭《こうとう》三拝して近づいたならば、家康も彼を利用できる能吏として、ある程度まで認めたのではあるまいか。

しかし、家康の周囲には、あまりにも反石田派がかたまりすぎていた。その壁のため、三成は家康に近づけず、利家のもとに走ったといえる。家康の周辺に反石田組が集団を組んでいたのは、三成の不幸であった。家康にしてもある程度不本意だっただろう。

朝鮮出兵中は、加藤清正と小西行長とが反目していた。小西行長も根っからの武将ではなく、泉州堺の薬屋の息子だ。だから、武将たちには薬屋とか町人とかいってバカにされていた。事実、朝鮮での小西の働きは批判される行動が多かった。そして、帰還後、この朝鮮役の賞罰に関して二人の間に確執が起った。加藤清正、黒田長政、細川忠興、福島正則、加藤嘉明、浅野幸長《よしなが》、池田輝政など、いわゆる七将は、三成が軍目付と謀って、自分たちを秀吉の前に讒訴《ざんそ》したと考え、よけいに三成憎悪の炎を燃えあがらせた。

この七将が、前田利家を看護中の三成を殺そうとしたことがあった。しかし、三成は利家の看護に邸内に入りこんで手がだせなかった。が、利家が死んだ夜、彼らはその三成殺害を実行しようとした。これを知る者があり、三成に密告し、また三成の親友佐竹義宣にも報《し》らせた。

義宣は三成の屋敷に行き、彼を女乗物に乗せ、まず宇喜多秀家の屋敷に送り、護衛をつけて逃したが、その前途には危険がせまって、三成の安全な場所がない。このとき三成は敢然と家康のもとに飛びこんで行ったのである。

三成としては、死中に活をもとめた行動で、七将の意表をついたわけだ。しかし、三成には、家康が自分を殺すことはないだろうという確信があったろうと、多くの史書は伝えているが、それは結果論であって、このとき三成の心中は、生死五分五分の目算ではなかったろうか。家康が自分を殺さないという保証は、どこにもなかったのである。

現に、三成が救いをもとめて飛びこんだ夜、家康は、その参謀、本多正信を呼んで三成の処置を訊いている。

正信はそれに答えた。

「いま石田を殺すのは容易ですが、もし、この時期で石田を殺せば、大名連中は勝手な熱を吹くでしょう。しかし、彼を助けておけば、諸大名は三成憎しでかならず一致して殿にお味方するでしょう。いま石田を殺すのはもったいないですよ」

家康、それを聞いて、

「実は、おれもそう思っているところだ」

と、大いにうなずいたという。

つまり、正信のいうところは、諸大名はいま三成憎しでかたまっている。彼らの共同の敵である三成を今、消してしまえば、七将の目標がなくなり、自我に返って、かならずしも家康に味方するとは限らないというのである。以上の話は「関原記」に出ているのだが、真偽は別として、家康の心理は出ている。

こうして家康は三成を助けて、彼の居城佐和山に無事に帰らせた。ただし、家康も、三成が関ヶ原において、西軍の総指揮官的な存在になろうとは、夢にも思わなかったにちがいない。ただ、せいぜい、彼を生かしておけば、この謀略好みの男が、いろいろと策動して世を騒がしてくれ、ますます、こっちに有利になると判断しただけだろう。

利家が死に、三成を追っ払った家康は、誰に遠慮もなく、大っぴらに伏見城に移った。いうまでもなく、この城は秀吉が築き、京都をひかえ、秀頼のいる大坂城を指呼の間にのぞんでいる。このときから世人は、家康を称して天下殿といいはじめた。

さらに家康は、自分のために働いてくれたというので、堀尾吉晴《ほりおよしはる》を越前府中（福井）の五万石にし、本領遠州浜松の十二万石をその子の忠氏に譲らせた。一説によると、堀尾を府中に移したのは、反徳川方の加賀の前田に備えさせたためだという。また、細川忠興は豊後杵築《きつき》五万石を与えられた。森忠政は、美濃から信州中島四郡十二万七千石に移封した。以上は家康の独断である。

大名の加封は、豊臣家の許可がなければならないが、家康は気随気儘《きずいきまま》に、勝手に思いどおりの命令を発した。また、この家康の命を受けた諸大名も、なんら怪しむところなく、欣喜して任地に向かっているから、世人の噂通り、家康は事実上の将軍であった。

もう一つある。

家康にとって、前田家は依然不愉快な存在だった。先代の利家は彼の対立者であり、拮抗者であった。いまは、その子利長があとを継いでいる。家康たるもの、この際、前田家を消しておかなければならぬ。単に亡き利家に対する感情のみならず、いま前田家を潰すのは家康の勢威をしめすことで、諸大名の人心を左右する、大きなキイ・ポイントだ。

すなわち、家康は、前田家が家康を暗殺する謀主になっているとの噂をまかせた。むろんフレーム・アップだ。家康は、これを利用して前田征伐の声明を発した。

これを聞いて、利長はじめ前田家の老臣は大いにおどろいた。ただちに重臣を家康のもとに遣《つかわ》して、全くその事実がないことを弁明させた。そこで家康は、のしかかって、他意なき証拠として、前田家からは利家夫人（芳春《ほうしゅん》夫人ともいう）を人質として出させ、さらに、長子秀忠の女、自分にとっては孫娘と利長の弟利常とを縁組みさせよ、とせまった。

　当時、芳春夫人は前田家の事実上の独裁者で、あたかも秀吉亡きのち、淀君が豊臣家を独裁していたのと似た立場にあった。しかも、芳春夫人はわが家の難を聞くや、すすんで家康の人質になることを快諾した。むろん、秀忠の女を利常に娶《めと》ることも承知。これでやっと前田征伐が取消しになったのだが、その芳春夫人は、大坂から伏見にきて家康と会い、それから江戸に移って、その地に留まった。大名夫人の江戸に抑留される第一号だ。

　のみならず、その親戚関係から、細川忠興も家康から疑われたが、彼もその子忠利をすすんで江戸の人質とした。また、浅野長政もその子を江戸に送っている。これが諸大名の嗣子が人質となる先例だというが、秀吉の遺志などは、家康によってメチャメチャにされた。

3

　まえにも触れたように、家康は、関八州はもとより、それから以北を統一し、さらに東海道から北陸道一帯の中部地方も自分の手中ににぎる意図でいた。奥州では、老伊達政宗が、すでに家康の前に叩頭している。また、北陸の雄加賀の前田は、家康の恫喝《どうかつ》のまえに慴伏《しょうふく》した。利常は嫌疑を恐れて、鼻毛を伸ばし、精薄児を装ったといわれるくらいだ。残るのは会津の上杉景勝である。

会津は、蒲生氏郷が死んで、そのあとに越後の上杉が移った土地である。生前の秀吉が、家康の背後の牽制策として配置したのだ。それで、家康からすると、上杉はまえから準敵国であった。秀吉の死後、家康に実権が移っても、彼は、その対上杉観念をあまり改めなかった。また、そう見られても仕方のない態度が、上杉景勝にもあったのである。景勝は、秀吉から頼まれたことを生一本《きいっぽん》に守る単純さで、よくいえば律義者、悪くいえば策もなにもない融通のきかぬ男だった。

この景勝の宿老に、直江《なおえ》山城守兼続《かねつぐ》がいる。これが石田三成と肝胆相照らした仲だった。直江兼続が、そのために主人景勝を誤らせたという見方もある。

家康は、そのまえに諸大名の帰国を許している。これは、一つは、あまり大坂にばかり拘束しておくと、かえって反撥を買うという配慮からだが、一つは、叛《そむ》く者は叛け、従う者は従えというわけで、その大名の色分けを、帰国中の彼らの行動から判断しようとしたのだ。景勝は、会津に帰ってから、この色分けのうち、もっとも鮮明なほうに入った。すなわち、アンチ家康の旗幟《きし》を掲げたのである。

早速、「景勝逆意」が風聞となって上方《かみがた》に達した。すなわち、まず、その諸城を修理した。道路をひらき、食糧を貯蔵し、あまたの牢人を召抱えた。さらに、越後にちらばっていた、謙信時代の遺臣に檄を飛ばし、上杉たつ日には、加勢せよ、と命令した。だれが見ても、戦闘準備である。

こういうことが、具体的な景勝の謀叛《むほん》となって家康の耳にはいった。家康からみれば、景勝の挑発行為だ。これが彼のもとに、いろいろな人間から続々と告発され、注進されてくる。

家康は、それでも、ひとまず景勝に対して、かような風聞があるが、真意はどうなのか、もし他意がなかったならば、ただちに上洛し、その旨を弁明せよと、文書を発した。体裁は質問だが、赤か青かのリトマス試験紙だ。これに対して景勝は、家康の要求どおりの誓紙をださなかった。かえって宣戦布告にも似た、積極的な回答を出したからたまらない。家康も遂に上杉征伐を決意した。上杉のこの回答は、家康のひそかに待つところだったかもしれない。

家康は、四月十四日、福島正則、細川忠興、加藤嘉明らに、会津攻撃の先鋒たるべき内命をあたえた。また、二十七日、会津からの回答が到着する以前、島津義弘にむかって、上杉征伐の留守中、伏見城をよろしく頼む、と告げている。

さらに、景勝の領地に接している諸大名には、国境警備の厳重をいいわたし、かつ出兵準備をうながした書簡を送った。すなわち、動員令だ。

このとき他の奉行、中老たちは、家康の出陣を極力諫止《かんし》した。秀吉の遺志に違背するというのだが、家康は、これは故太閤の島津征伐に倣《なら》うものだと称して蹴った。

六月二日には在京の諸将に、会津征伐の期が七月下旬になることを報らせ、六日には大坂に諸将をあつめて軍議をこらし、彼らの進撃路を定めている。

その受持は、白河口に徳川家康、秀忠父子が向かい、関西の諸大名が属する。仙道口には佐竹義宣、信夫《しのぶ》口には伊達政宗、米沢口には最上義光《もがみよしてる》が向かい、津川口には前田利長、堀秀治と村上義明と溝口秀勝がこれに属する。

右のうち、三成と仲のいい佐竹義宣は、態度不鮮明だったが、表向きはともかく上杉討伐組にはいった。また、堀秀治は上杉景勝の旧領越後に移封されたのだが、そのとき、上杉家と領地の収穫の問題でトラブルがおこった。堀はそれを根にもって、上杉異心を率先して家康に通報していたものだ。

家康出馬をきいて、勅使権大納言勧修寺《かんじゅじ》晴豊は、大坂に下向して家康を慰労し、晒布《さらし》百反を贈っている。当時の皇室も、結局武家の有力なほうにつくほかはなかったから、家康への好意は、逆に秀頼無視となるわけだ。

その家康は、十五日、秀頼に面会して告別したが、秀頼は家康に刀、茶器と黄金二万両、米二万石を贈っている。家康からすれば、単に冷たい儀礼的な挨拶だが、大坂からいえば、この際、家康の機嫌を損じてはならなかった。大坂城内では、まだ家康が秀吉の遺言を守って、秀頼成長のあかつきには、政権授受がおこなわれるものと半分は信じていた。

こうして家康は、井伊、本多、榊原、酒井の四天王をはじめ、大久保忠隣《ただちか》、奥平信昌、小笠原秀政、天野景康、高力《こうりき》忠房、内藤信成など三千人をひきいて大坂を発し、伏見城にはいった。家康は、その子飼いのベスト・メンバーをつれて上杉征伐に向かったのである。

伏見城では、家康がもっとも信頼する臣、鳥居元忠に留守師団長を命じ、これに内藤家長、松平家忠をつけた。

家康には、もともと、自分が会津征伐に向かった留守に、三成が背後で旗を揚げるかもしれないという期待があった。そうなると、三成方は真先にこの伏見城を囲むにちがいない。その際は、衆寡敵せず、この城は葬られる。また鳥居にしても、その予想で、家康から留守を命じられたときから、討死を覚悟していた。

家康の到着した十七日の夜、家康の東北下向をおくる送別の宴が開かれた。君臣今生のわかれの饗宴でもある。席上、老武士鳥居が扇を持って舞うのを見て、家康が落涙したという。

鳥居は十二歳のとき、駿府の今川家の人質となっている家康のもとに、家来として三河から呼びだされた。当時、家康は彼より二つ下の十歳だった。家来というよりも遊び友だちだ。その夜は、たがいに竹千代、彦右衛門の昔にかえって思い出話に夜を更かしたが、明朝はご出立が早いから、はやお寝みを、と云って、鳥居が家康を無理に寝所にいれた。

　さても、家康は上杉征伐に出発したものの、道中まことにゆるゆると、見物、遊山でもするように緩慢に東海道を進んだ。背後で三成がことを挙げると分っていたから、いつでも引返せる態勢にしていたのだ。ただ、いつ、その旗揚げを行うのか、そして目下いかなる準備がなされているかが、分らなかっただけである。

　彼は大津に着いて京極高次の饗応をうけ、石部から近江水口《みなくち》に向かったが、ここでは泊らなかった。彼は一行を武装させ、えい、えい、と掛声をかけて水口を通りぬけた。

　水口城主は長束正家だ。正家は、五奉行の一人として石田方であったため、家康の警戒するところとなったのである。この用心はあとで無益でないことが分った。

　次は、関の地蔵、四日市から船で三河吉田（豊橋）に着いた。二十三日には浜松に出、堀尾吉晴の饗応をうけ、二十四日は小夜《さよ》の中山で山内一豊の嚮導《きょうどう》によって島田に宿した。

　この地帯は、いずれも、家康には思い出の旧領地だ。二十五日、駿河にはいったが、駿府の城主は中村一氏《かずうじ》だ。一氏は秀吉から、家康が江戸からことを構えて西上する場合の、押えとして駿府に置かれたのだったが、一氏は重病の故をもって、家康への従軍を辞退した。仮病《けびょう》ではなかった。

しかし、家康はそれを疑い、先頭部隊の行進を止《と》めて、使をもって一氏の病気見舞をさせている。むろん、真偽の実検だ。

一氏は、家康の使者を迎え、床の上に家来に抱えられて坐りながらいった。

「このたびの会津御進発に供奉《ぐぶ》できないのは拙者死後の遺恨である。よって伜一学はまだ幼いから、弟彦右衛門尉《じょう》をもって隊長となし、自分の軍勢を相添えて、会津までお供いたしたい」

一氏は重病で気息えんえん、言語もはっきりしなかった。

秀吉がもっとも信頼した家臣の一人、中村一氏も、今や、その弟を家康につけて、おのれの従軍にかえようとする。世の変遷、想いみるべしだ。

家康は、二十六日に三島、二十七日に小田原、二十八日に藤沢、二十九日に鎌倉に到って、この辺を見物している。七月一日には湘南金沢を遊覧し、金沢文庫を閲《けみ》した。やっと江戸に到着したのは七月二日であった。

こうなると、戦争に向かっているのか、遊覧旅行なのか、はなはだ区別がつかない。いうまでもなく、家康は、上方の変が報じられてくるのを、爪だちする思いで待ちうけ、途中の進行速度を無理に落していたのである。

江戸に着いた家康は、在府の諸将に従軍を命じたが、これは彼が命令するよりさきに、われもわれもと諸将から従軍を乞うた。その主な人名を列記する。

浅野幸長、福島正則、その子正之、黒田長政、蜂須賀豊雄、池田輝政、弟長吉、細川忠興、その子忠隆、生駒《いこま》一政、堀尾忠氏、加藤嘉明、田中吉政、京極高知（高次の弟）、藤堂《とうどう》高虎、寺沢広高、山内一豊、真田《さなだ》昌幸、その子信幸、幸村、金森長近、九《く》鬼《き》守隆、有馬則頼、中川忠勝、池田知政、宇喜多正親、松倉重政。

まだまだ、このほかにも多いが、略するとして、その兵数合計約五万六千人。これに家康が大坂からひきいてきた前記の四天王をはじめ、子飼いの粒より三千人が加わっている。

七月七日、家康は諸将を江戸城の二の丸に集めて宴をもよおし、いよいよ二十一日をもって会津攻撃の出発の期と定め、同時に軍令を公布した。

4

では、その間に、石田三成は、どのような挙兵計画をいだき、またそれを実行に移しつつあったか。しばらく筆を三成の上に移すことにする。

三成は七将に追われて、危いところを家康に助けられ、居城佐和山に引込んでいたが、しきりと城塁を修復し、将士を招いていた。しかるに、いまや家康は、みずから大兵をひきいて大坂から関東に赴いている。この機逸すべからず、彼は、かねて直江山城守を通じて動かしていた、会津の上杉景勝と謀り、家康を挟撃《きょうげき》するの態勢にでた。

このときの三成の胸中は、まさに天下の大博奕《ばくち》、乾坤一擲《けんこんいってき》の大勝負どころだったろう。彼は寺の小坊主出身にすぎぬ。以来、ひたすら官僚の道を歩き、秀吉の寵愛をうけたが、この履歴が武官派に対し、彼にどのようにコンプレックスとなっていたかしれない。彼からみれば、武将連中はいずれも頭のわるい荒武者にすぎない。しかも彼らは、その門地家格を自慢にして、三成を蔑視してきた。三成ならずとも、いわれのない不条理であり、屈辱感である。

その上、彼は秀吉という大黒柱を失ってからは、まったく天涯孤独、その権力の座からもすべり落ちた。太閤が生きているときは、ヤレ、石田殿、ヤレ治部《じぶ》殿と追従していた武将たちが、秀吉死後、掌《てのひら》をかえしたようにそっぽを向いたのも、腹にすえかねたにちがいない。よし、それなら、おれでも家康と大勝負ができないことはない、権力の鼻息をうかがってウロウロする腰抜けの武将たちに眼にもの見せてくれんと、憤慨したであろう。

また、彼のクーデターの裏には、成功を信じるだけの計算があった。彼はおのれの才能を信じ、手腕を自負していた。

彼がどれだけ秀頼のためを思って、家康討伐の決心になったかは、はなはだ疑わしい。彼は挙兵の総帥に秀頼を戴かなかった。ただ、そのスローガンとするところは、秀吉の遺訓を無視する家康への非難と弾劾だった。

この家康糾弾は、秀頼への忠義には通ずるとはいえ、それはどこまでも漠然たるものので、三成のかかげる錦の御旗は、家康の背信と専横への攻撃だけだった。それで関ヶ原役には、秀頼の手兵は動こうともしなかった。三成も大坂と連絡をあえてしていない。大坂の中立態度は、東西どっちが勝つか分らないための、形勢観望でもあった。いや、むしろ、大坂方としては、両軍が戦い、共に疲弊するのが、最大に望ましいことではなかったろうか。

とにかく、三成にすれば、今度の挙兵はまたとない生涯のチャンスだ。これを逃したら、ふたたびこんな機会がめぐってくるかどうか分らない。

ところで、家康が大坂を発向して、近江水口に到着するまえのことである。三成の謀臣島左近が三成に進言した。

「今夜、家康は、水口に泊るそうです。すぐさま、家康の館に、夜討ちをかけたらどうですか?」

三成は、それを聞いて、

「それにはおよぶまい。かねて長束とは示しあわせておいたから、彼が水口で謀《はかりごと》を行うだろう」

と答えた。島は納得せず、

「天狗も鳶《とんび》と化せば蜘蛛網《くもあみ》にかかる譬《たとえ》もあります。今夜の機会を逃さず、ぜひ決行なされ」

とすすめたが、三成は愚図ついている。

そこで島は、自身で三千人をひきい、水口のちかく、葦浦観音寺あたりから、大船二十余艘を調達して水口まで押寄せた。すると、家康は、水口には泊らず、その夜のうちに通過したと聞き、島は地団太を踏んで引返した。この三成の優柔不断さを、あとで大谷刑部《ぎょうぶ》が大いに批判している。

さて、三成は家康が下向するまでは、さあらぬ体でおとなしくしていた。彼は隅東権六という者を使として家康のもとに行かせ、このたびの上杉征伐にはお供したいが、隠居のことであるから、息子隼人佐《はやとのすけ》に人数をそえ、大谷刑部少輔《しょうゆう》といっしょにお供させます、と申しでている。家康はこれを了承したが、家康とても三成のこの申出が詐術だくらいは、とっくに読みとっている。家康は肚の中でせせら笑っていた。

では、三成は、この大事を事前に誰に洩らし、連絡をとっていたか。この点ははなはだ彼も慎重居士《こじ》だった。真田昌幸が三成から、反家康の挙兵に一味を誘われた密書を受けて、その返書にそのことを問責すると、

「事前に洩らすと、計画が暴露する恐れがある。だから心ある方面にも黙っていたが、いうまでもなく、貴殿のごとき豊家恩顧の大名は、挙兵となれば、いちはやく賛同さ

れるものと信じていた」

と三成は答えている。

したがって、三成は、自分が蹶起《けっき》すれば、当然、アンチ家康や豊家恩顧の大名たちが、翕然《きゅうぜん》と集ってくると予想していた。

この辺が彼の戦略の甘さといえば甘さだ。一人でも謀を事前に打ち明けると、たちまち計画が暴露するという懸念は、三成の深慮だが、その過度な深慮のために、かえって組織づくりが弱くなっている。また、彼がひたすら、直江兼続や安国寺恵瓊《えけい》のような、策士とばかり連絡を取っていたのも、彼自身が策士ゆえか、あまりに相手個人の力を過大視し、大事な統制を失ったといえるだろう。

安国寺恵瓊は、毛利、吉川、小早川一族に食いこんできた男だ。彼が秀吉の中国征伐の際、毛利方と秀吉の間を周旋し、平和交渉のパイプになったのはあまりにも有名だ。以来、恵瓊は、毛利のみならず吉川元春の子広家とも昵懇《じっこん》であった。その恵瓊自身は、はじめからアンチ家康だった。

三成が他の武将との連絡を疎《そ》にした欠点はともかく、この恵瓊は関ヶ原役で毛利、吉川を石田方に参加させ、直江兼続もまた上杉家をして家康と正面衝突させている。この点は、三成の、彼ら二人の策士に対する炯眼《けいがん》に誤りがなかったわけだ。しかし、猟師山を見ず、あまりに両人を射るのに接近して、肝心の巨大な背後の把握ができなかった。

だが、ここにただ一人、三成が事前に計画を打ち明けた武将がいる。大谷刑部少輔吉継である。

まえに書いたように、三成は、その子を大谷吉継につけて、家康の討伐軍に参加させると家康にいっているが、その吉継のほうは、実際に東北征伐陣には参加するつもりで、その居城若州敦賀を千余騎にて出立《しゅったつ》、七月二日、濃州垂井《たるい》に着陣した。七月二日といえば、家康がようやく江戸に着いた日である。

大谷吉継は、癩病《らいびょう》のためにほとんど視力をうしない、身体も自由でなかった。三成は、がんらい、吉継とは親友であったが、吉継のほうは、また家康とも親しかったのである。ところが、ある事件があって、刑部は家康と感情を疎隔した。この好機を、三成がなんで逃そうか。彼は垂井に着いた刑部を、強《し》いて、佐和山に迎えた。ここで彼は、吉継に向かってはじめて重大な機密を打ちあけたのである。

三成はこう云った。

「現在のままなら、早晩、天下は家康のものになるにちがいない。家康は諸事太閤の遺言にそむくのみならず、秀頼をも蔑視している。われらともどもに太閤の大恩をこうむった者。かかる次第を見聞きするにつけても、家康に対して腸《はらわた》が煮えかえるようである。いま、家康は上杉景勝と合戦するため奥州に向かっている。これを背後より追討ちするときは、家康の首はまさに手中にあるようなものである。この際、ぜひ、われらに味方され、豊家の禍根を除き、太閤の御恩に報いられたし」

刑部は聞いて仰天した。愕《おどろ》きがしずまると、彼は三成を諫《いさ》めた。

「それはまことに不都合な考えである。貴殿は諸人に憎まれ、すでに切腹のとき某《それがし》が種々の方便をなして家康に乞い、いままで無事に過してこられたのだ。いままた、ここで事をおこさば、去年の意趣の輩《やから》は大敵となるべし。家康はいまや三百万石にもおよぶ大名であるから、人数は多く、人心を得ている。しかるに、貴殿は僅かの禄高であるから、人を動かすことも意のままになるまい。われらがこの病軀を押して、はるばる会津へ下ろうとするのは、ひとえに徳川、豊臣両家の無事を扱おうとするためである。貴殿のような左様な企ては、必ずおやめなされ」

治部少輔は諾《き》かないばかりか、さらに彼に懇願した。

「われらのこのたびの思いたちは、まったく一身を顧みず、豊家のために命を奉らんがためである。いま止まれよと申されても、もう引返しはできぬ。すでに、この計略は会津の直江山城にも、また毛利方の安国寺恵瓊にも通じてあるし、彼らの動きで、すでに上杉はご覧のように家康に手向かっている。また、毛利、吉川両家も、ほどなく家康討伐の旗を掲げるでござろう。ぜひぜひ、貴殿の合力《ごうりき》を願いたい」

吉継はなおも断わった。

「貴殿がかような大事を上杉の家来の直江などに相談されたのを、今日までわれらに隠しておられたことは、まことに不本意である。しかし、いまは、そのことをとやかく云うわけではない。ただ、このような大事となれば、貴殿に対して、二つほど申し入れたい儀がある」

彼はここで三成に忠告を試みた。

「総じて貴殿は、諸人に対して、ことのほか横柄であるという評判で、諸大名はじめ末々の者まで、日ごろから評判がよろしくない。ところが、家康は、その家柄といい、官位といい、さらに日本には並びなき大身であるのに、諸大名に向かっては云うにおよばず、小身の者までも、会えば慇懃《いんぎん》にいたし、それぞれ言葉をかけ、愛想を尽すので、まことに評判がよろしい。されば、このたびの大事も、毛利輝元、宇喜多秀家両人を頭《かしら》に戴き、貴殿がその下についてことを計らなければ、成就はおぼつかないと思う。貴殿の知慮、才覚は抜群であるが、ただ一つ勇気の点が不足しているように思われる。たとえば、家康が関東に下向する途中、石部に泊ったとき、これを夜襲し、焼打ちをかけたならば、疑いもなく勝利を得たはずなのに、左様な大切な機会を、ゆるゆると構えて、家康を関東に逃したのは、虎を千里に放したも同様で、大きな油断と申すもの、これすなわち、貴殿に決断のないところである」

吉継は、面とむかって三成を手きびしく批判した。

三成は、大谷吉継の直言に遭ってもたじろがず、なお彼の援助を要請した。三成とても、この際吉継の参加、不参加が重大な岐路だと思ったであろう。が、このときは、その三成とても、吉継が関ヶ原役で、あれほど働いてくれるとは予測しなかったに違いない。

しかも、吉継は三成の懇請を斥けて、いったん垂井の陣に戻った。が、彼は、これまで多年の三成との交誼《こうぎ》を考えると彼が気の毒になり、ここに翻然と三成の側に投じる決心になった。

吉継の占いでは、三成必敗と出ていたにちがいない。それを承知の上で、吉継は三成の帷幕《いばく》に参じたのである。いわば、彼は三成と共死《ともじに》を覚悟したのだ。関ヶ原役を叙す者、ことごとく吉継のこの侠気を特記している。

吉継は、翌日、垂井の陣を払って敦賀に帰った。対家康戦の準備のためである。

5

一方、毛利輝元は、安国寺恵瓊にすすめられて大坂に着き、宇喜多秀家などから反家康の盟主におされた。彼は、家康が秀吉の遺命に違背した事項十三箇条をあげて、長束正家、前田玄以、増田長盛の奉行三人の連署で、これを家康に送った。彼らがはじめて公然と家康に発した宣戦布告である。

またおなじ日、前田玄以ら三人は、諸大名に向かっても家康非難の檄文を通牒《つうちょう》した。

問題は、このときの毛利輝元の甥吉川広家の態度だが、恵瓊から、宗家《そうけ》もすでに石田方に荷担しているゆえ、早々に上坂されよ、と申しこんできたが、広家は逡巡《しゅんじゅん》している。結局、彼は心を翻し、徳川方に向かって石田のいっさいの事情を報告した。おそらく、三成に決定的な勝算があるとは思えなかったからであろう。

それにつれて、肝心の毛利家でも、また藩論が二つに分れた。輝元の西軍荷担を不可とする者は、このたびのことはまったく恵瓊の策動であって、恵瓊が江州まででかけ、三成や吉継と密談したのは、輝元の関知しないところである、したがって、毛利家の正式な決定から出たのではない、というのだ。その底は、やはり家康と対決するの不利が考えられたのだろう。

だが、輝元は、そんな反対論は無視して、さっさと大坂に出むき、盟主に祭りあげられた。

これが毛利の将兵をして、関ヶ原役では、火の玉となってかたまらせなかった理由であろう。しかも、身内の吉川広家が、家康に心を通じるにおいてをやだ。広家は、黒田如水とも親交があって、如水を通じ、家康への接近をしきりと試みたのだ。

ここで、西軍の勢力を見てみる。

毛利輝元、宇喜多秀家、島津義弘、小西行長、小早川秀秋、吉川広家、鍋島勝茂、長曾我部盛親、増田長盛、蜂須賀家政、生駒《いこま》親政《ちかまさ》、毛利秀包《ひでかね》、長束正家、脇坂安治、秋月種長《たねなが》、木下重賢《しげかた》、相良《さがら》頼房、赤松則房《のりふさ》。

この中には、吉川広家のように当面をごまかして敵に内通した者もいた。兵力、およそ八万というが、小早川秀秋のように、やむなくその地勢上から西軍に加入した大名もいるので、人心ははじめからバラバラであった。

では、盟主の毛利輝元はどうかというと、彼は凡庸な人物で、とてもこの大軍の総司令官になるほどの器量ではなかった。いや、一藩の統率さえ危ないくらいだった。

輝元がどうにか中国に覇を保ち得たのは、その祖父元就の余威と、故吉川元春、故小早川隆景の両叔父《しゅくふ》のよき補佐があったからだ。その両川いまや亡し。輝元、とても自前でやれる腕ではなかった。

してみれば、この烏合の衆にもひとしき上方勢のなかで、真にわが身をかえりみず、家康打倒に燃えたのは、石田三成と大谷吉継の二人だけということになる。

長束正家は、もとより収納官吏のあがり、三成ほどの度胸もなければ武力もなかった。頼みの吉継は癩病で、身体の自由がきかぬ。彼は人と面会するのに、侍臣の取りつぎで相手を知り、挨拶したというから、その重症のほどが知れる。しかも、彼は、その病軀を輿《こし》に担がせ、関ヶ原の戦では縦横の指揮をとったのだ。

こうなれば、関東勢の一致団結が戦後の加封や出世を狙うためとはいえ、家康の命令に統一化された大軍団とは、比較にならない。関ヶ原役は、戦わずしてすでに、勝負あったようなものである。

ところが、三成は、このときになって小細工をした。家康に従《つ》いて会津征伐に向かった諸将の、大坂の留守宅にある妻子を、大坂城に入れて、これを監禁しようとしたことだ。諸将も、可愛い妻子が人質なので、家康から離れると思ったのである。そこで起ったのが、細川忠興の妻、ガラシア夫人お玉の死である。

この有名なクリスチャン・レディは人質受けとりにきた人数を前にして、みずから屋敷に火をかけさせ、火中で死んだ。

そのために、石田方は京極高次の妻を奪《と》ろうとしたが拒まれ、藤堂高虎の弟も人質にすることができなかった。また、伊達政宗の長子も人質にしようとしたが、乳母たちが抱いて京都東山に逃れさせた。加藤清正の妻も、家来が大きな水桶のなかに隠して、船で豊後国に逃がしている。三成はじめ奉行たちの知恵も、これでオジャンとなった。

だが、とにかく、関西方面の諸大名は三成のほうに荷担した。ただ、伏見には家康が留守番として置いた鳥居元忠がいる。大津には京極高次があり、丹後の田辺には、忠興の父細川幽斎がある。これらはいずれも、上方勢に頑強に反抗した。

伏見城の鳥居元忠は、もとより、この日あるを期して上方勢の包囲を待った。この伏見城は秀吉が最後に築いた城で、要害最も堅固である。攻城戦は七月十九日の夕方から始まったが、攻撃の猛烈にもかかわらず、城兵はよく死守した。だが、衆寡敵せず、八月一日になって城から火を発し、ついに寄せ手が城内に攻めいって陥落した。老将元忠はじめ部下三百五十人、ことごとく戦死した。家康が会津に下向する際のこの前の送別が、予想通り主従今生の別れだった。

元忠の首は京橋口に梟《さら》されたが、元忠の殊忠に感動した京の町人が、その首を盗み、百万遍の寺中に、ひそかに手あつく葬ったといわれる。

さて、西軍本部の策略はどうか。総軍八万三千七百余人にのぼる西軍では、宇喜多秀家が諸将と会して云った。

「いま数万の兵を擁して敵のくるのを待つのは上策ではない。家康は進んで会津を攻めるか、退いて江戸を守るか、あるいは西上するか、この三つの策の一つをとらざるを得ないであろう。されば、よろしく進んで軍を出し、まず敵の機を奪うにしくはない」

諸将あげてこの説に賛成した。具体的な方策として次の作戦をたてた。

——毛利輝元、増田長盛は、大坂にいて秀頼を補佐する。宇喜多秀家、石田三成、長束正家は、他の諸将とともに美濃、尾張方向に進出して家康の動向を偵察し、爾後秀家の行動を決する。

――大谷吉継らは北陸方面の攻略に当る。

――もし、家康が西上してくれば、輝元は大坂から美濃、尾張方面に前進し、秀家とともに全軍を指揮し、勝敗を決する。

あとでは、家康がその力を持ちながら、関東にこもるはずがないと、だれしもが想定する。しかし、家康の麾下《きか》、たとえば、本多正信、井伊直政らですら、西軍に対《むか》っては箱根の嶮を扼《やく》して対峙し、それより先は進まぬが上策と進言しているくらいだから、一概に家康が一大決戦に出るとは、当時、予想はできなかったにちがいない。されば、西軍も、東軍の行動を以上の三つに想定し、これに対するそれぞれの方針をたてたのだ。しかし、家康は、はじめからこのなかの最後の作戦をえらんでいる。

家康は、七月二十四日、野州小山《やしゅうおやま》の陣において、三成挙兵の確報に接した。彼はただちに軍事評定をもよおしたが、もとより、いまさら改めて評議にかけるほどのことではない。彼の脳裡には、すでに、いっさいの作戦図が精密にたてられていた。評定は、その席で、家康が諸将に云い聞かせるだけであった。

家康は一同に宣言した。

「諸氏の妻子は、みな大坂に置いてあることゆえ、さぞかし、あとを案じ煩われることであろう。すみやかにこの陣中を引きはらい、大坂にのぼられ、宇喜多、石田らと合力されても、われらはさらに恨みとは思わぬ。わが領内では旅宿、人馬のことは全部手配しておいたから、心おきなく大坂にのぼられるべし」

言葉は鄭重だが、石田方に与《くみ》したい者は、この場から去れという意味だ。一同愕然として一言も発しないでいると、福島正則、進みでて、

「われらにおいては、かようなとき、妻子に惹かれて武士の道をふみちがうことは、さらさら思わず、内府（家康）の御為に身命を抛《なげう》ってお味方仕るべし」

と口を切った。それにつづいて、黒田、浅野、細川、池田の諸将はいうまでもなく、一同は一人のこらずお味方仕ると云い、家康に対してさらに二心なきことを誓った。もとより、彼らの誰もがこの勝負、家康に分《ぶ》があると思っている。だから、たとえ大坂に置いた妻子が殺されようとも、この際、家康の見方についていれば、あとで大いに肥る道理だ。諸将いずれも、このバスに乗りおくれまいと「忠義」を競いあった。

このとき家康は、当面の作戦として、会津の上杉を先に攻略して、しかるのち上方に進発すべきか、あるいは、景勝はそのままにして、まず上方征伐から手をつけるべきかと相談した。

一同、いずれも口をそろえて、

「上杉は枝葉なり。宇喜多、石田は、その根元なれば、会津をすてて、上方征伐こそ急がるべし」

と意見を述べた。そこで、僅かな部下を、宇都宮その他、奥州境《ざかい》の諸城に留置《とどめお》き、上杉を牽制し、主力を挙げて西上に決した。これも家康の予定にあった。

家康、満足ひとかたならず、

「さらば、清洲《きよす》、吉田の両城は敵地にちかいゆえ、正則、輝政ともに先陣されよ。ひきつづき先手《さきて》は清洲に着陣し、われら父子が出馬するのを待たれよ」

と云った。オッチョコチョイの正則はまた進んで云った。

「わが居城清洲は、いっさい挙げて内府殿に献《ささ》げまいらせますゆえ、城は御家来にて守らせたまえ。われら軍資はかねて備えおきたれば、存分に働き申さん」

山内一豊も負けず、

「わが居城掛川も内府殿に献げるゆえ、御旗本勢をここに留《とど》められ、後陣の御心安く御進発あるべし」

と、正則のあとにつづいた。それを聞いた東海道に城を持った大名連中は、みな異《い》口《く》同音に「わが城を献上すべし」と両人の尻馬に乗った。いや、諸将そろって、家康のペースに乗せられたのだ。

家康は、ひとりで眼を細めた。

彼には、人の心理が「東海道の地図のように明らかだった」とは、芥川龍之介の家康を描いた小説の中の文句。

6

七月二十八日、この会議で家康が軍略を定めると、二十九日から各将はいずれも小山の陣を払った。おりしも、雨がつづき、小山から引揚げる路は壁土をこねたような泥濘《でいねい》だった。

「緩《ゆる》き土の中に一足づつ渡候《わたり》。なかなか眼も当てられぬ体《てい》なり。槍をば五、六本、旗竿を五、六本、縄にてからげ、二人、三人づつして肩に担《にな》ひ通る。馬上の者ども雨に濡れ、雨具もしかじかとなり、綯《な》えたる体苦々しき分野なり」

であったと、家康の家臣が書きつけている。

しかし、全員はほとんど月末までに引きとった。家康は、対上杉への処置その他を済ませて、八月四日、小山を出発した。そして、六日、無事に江戸に着いている。

家康の行動はいかにも悠々としているが、これは客将に先手を務めさせ、たがいに功名を競わせる肚《はら》だ。こうなると、彼の眼中には、もはや、三成方に対する勝利以外の何ものもない。

では、背後の上杉方は、そのときどうしていたか。上杉景勝の重臣直江兼続は、三成挙兵の報に接してから、すぐ長沼（福島県）にある景勝のもとに走り、このさい家康勢を追撃する策を具申した。

が、景勝は、いま軽はずみに追撃すると、背後を伊達政宗、最上義光などの軍勢に衝かれるから、まず彼らを踏み潰したのちに西上したほうがよいと、直江の意見を取上げなかった。家康が上杉の背後の押えとして、政宗や義光を置いていたのが、ここで生きている。

このときの直江の献策がよかったか、景勝の作戦がよいかは問題だが、正統論からいえば、景勝のほうがまともである。

背後の敵を撃滅して取って返すのは上策だが、相手は煮ても焼いても喰えぬ伊達政宗だ。そうやすやすと踏み潰されるとは思えない。対伊達戦となると、勝敗がつくまで時日が遷延する。その間に上方の戦局には間にあわなくなる。だから、むしろ直江の献策をいれて、思いきって家康追撃に出たほうが、あるいは面白かったかもしれない。

奥州棚倉に在った佐竹義宣も、家康江戸に退くの報を聞いて、老臣が追撃のチャンスだと云って意見具申をしたとき、やはりこれを斥けている。彼も両面作戦の不利に怯えていたのだ。いや、怯えたのはやはり家康の威力に対してだろう。

とにかく、こうして上杉、佐竹という三成方の挟撃態勢の一方は、奥州に釘づけになってしまった。家康たる者、後顧の憂いなく東海道筋に馬が進められるわけだ。

なお、家康は、上杉景勝と佐竹義宣に備えて、その子結城秀康に蒲生秀行、小笠原秀政、里見義康をつけて宇都宮城に置かせた。

家康は、自分が西上した場合、景勝が尾撃してくるか、関東に入って攪乱《こうらん》をするかに違いないと判断した。そこで、秀康に策略を授けて、景勝の兵が進めば、彼らが鬼怒《きぬ》川を越えてくるのを待ち、そのうしろを遮断せよ、しからば、景勝はかならず兵を返すであろう、それに乗じてこれを追撃せよ、決してこっちから進んで手出しをするなよ、とかたく命じた。

このため家康は、その兵力の何分の一かを宇都宮に残しておかねばならなくなり、対石田戦には手もちの兵で戦うよりほかなかった。

これは家康にとってかなり痛かった。このさい少しでも兵力が殺《そ》がれるのは、それだけ戦力が弱まるわけだが、さらにもう一つ重要な戦力を家康は捥《も》がれている。

それは、加賀の前田利長・利政兄弟の膠着《こうちゃく》である。前田兄弟は、会津征討に参加するため、まず後顧の憂いを除く必要から、七月二十六日、二万五千の兵を率いて金沢を出発、小松城にある丹羽長重を攻撃した。丹羽は石田方とみなされている人物だ。

しかし、攻撃はしたけれど、小松城は容易に落ちない。そこで、利長は城をそのままにして、おなじく石田方の山口宗永の大聖寺を攻略、さらに北ノ庄の青木一矩《かずのり》を攻めかかった。

これを聞いた敦賀城主大谷吉継は、八月三日に二万余の兵を率いて敦賀を発向、府中城（現在の武生《たけふ》）を抜き、翌日には北ノ庄に達した。

利長は、五日には金津までは来たが、前面に吉継の有力な部隊がいるし、攻撃している城は落ちないし、また、大坂から大軍が海路金沢の西海岸に上陸するという風説が伝わったので、にわかに金沢に戻り、弟利政も七尾城に帰った。

加賀の前田の戦力が最初から列外に出たことは、家康には大きな齟齬《そご》であった。したがって、彼はますます現在保有の勢力で、西軍との決戦に向かわねばならなかった。しかも、旧豊臣方の客将はいずれも自分の手中にあるとはいえ、まだすっかり安心はできない。少くとも譜代の家来のように自由にまかせることはできぬ。こう考えると、家康のこのときの前途も決して安楽ではなかったのである。

それにしても、癩で眼が盲《めし》い、手足の自由の利かない吉継が、前田の大軍を加賀に追返した手腕はたいしたものである。彼は平日家臣に対して慈心深く、義をもってこれを奨励したから、みな、その命を捧げて、その恩に報じたと伝えられている。彼が前田勢を追払ったのは、「士卒を訓練すること肘の指を使うが如し」という日ごろのシゴキがものを云ったのであろう。

だが、計画齟齬は東軍ばかりではない。西軍にも当初大きな誤算があった。それは田辺（舞鶴）の細川幽斎の籠城である。

三成は、もともと、幽斎の子忠興と反目していた。忠興は福島正則や加藤清正に劣らず三成を憎悪していたのみならず、秀吉の死後、三成の陰謀を、裏からいちいち破壊して回った男だ。だから、石田方が、家康に従って上杉征伐に行った忠興の留守を攻めたのは当然の順序である。ことに忠興の妻ガラシア夫人まで、死をもって石田方に一矢を報いたのだから、この生意気な女房めと、三成も癪《しゃく》にさわったに違いない。

田辺城には、隠居となった幽斎細川藤孝が残っていた（忠興の所領は豊後杵築城）。手兵わずか五百。これを攻めるもの小野木《おのぎ》公郷の一万五千。城方に対してまさに三十倍の兵力だ。

これがわけなく落ちるかと思ったが、さにあらず、幽斎、よく防いだ。

「寄せ手はきびしく攻めたが、もとより覚悟の上なれば、幽斎、少しも憂なく、おりにふれて詠歌などし、あるいは、諸士に天理を諭して義を進め、愛憐を垂れたので、下卒にいたるまで一人も臆病を振りまわす者はなかった。幽斎夫人も具足をつけ、夜まわりをし、士卒に心をつかった。幽斎は、敵方の砲撃が激しくなったときには、『ここ指《さ》して射つ鉄砲の玉きはる命に向ふ道ぞこの道』と得意の和歌を作って生死に超然としていた」

と、「細川家記」には書いてある。しかし、幽斎がかならずしも強くて六十日間も城をもたせたのではなく、実は寄せ手のほうには、すでに心を家康方に寄せている者もあり、また幽斎の歌道の門人もいたので、攻撃が真に一丸とならなかったのである。なかには空弾を打ってゴマ化す寄せ手もいた。敵兵一万五千というけれど、実際、真面目《まじめ》に攻撃したのは、その何分の一かにすぎなかった。

このときに一つのエピソードがある。それは、幽斎が歌道にかけては定家卿以来の二条家正嫡流「古今伝授」の相伝者であったから、彼は、討死する前に古今相伝の書類をことごとく八条宮（後陽成天皇の弟・智仁《としひと》親王。桂離宮の設計・造営者）に献上すると手紙で云い送った。そこで宮は幽斎のことを天皇に奏し、その助命を乞うた。よって朝廷では公卿を大坂に使させ、幽斎を失うのは歌道の一大不幸であると伝えた。当時秀頼は八歳だから理解するはずはない。これは北政所《きたのまんどころ》に諭したのであろう。また、別の公卿は、この勅命を幽斎に伝えたので、幽斎も今はいたしかたなしと観念し、開城することとなったのである。

しかし、田辺城が開城したのは、関ヶ原の合戦がおわったあとであったから、結局、石田方の一万五千の大軍は、幽斎五百の兵のために、むなしく六十日を田辺城に釘づけされることになった、

幽斎細川藤孝は、姉川の戦の項で触れたように、一種のオポチュニストだった。はじめは足利義昭について主人を利用し、信長の家来となってからはその義昭を棄て、次には秀吉の側近となり、今度は家康に味方するという具合である。もっとも、見方

によっては節操もない変節漢だが、乱世には、こういう処世術でないと身を全うしなかったのである。昭和の戦前戦後を通じても、おなじような文化人が目につくから、あえて幽斎を責めるにも当るまい。

それにしても、大局に影響のない田辺城に一万五千もかからせた西軍の意図が分らぬ。これだけの兵を関ヶ原の主戦場に投入したら、いくらか石田方も強力になったであろうに、六十日間も大軍を田辺に釘づけさせたのは、やはり忠興憎しの三成の感情から出ていたのかもしれぬ。

7

さて、東軍の先鋒隊は、八月十四日には福島正則の持城である清洲城にことごとく集合した。つまり、ここは東西両軍の接点である木曾川を挟んで、前面に犬山、岐阜、竹鼻の諸城があり、いずれも石田方である。

岐阜城には信長の孫の秀信がいる。秀信とは、絵本太功記などの芝居で、大徳寺の焼香争いに、秀吉によって抱きかかえられて現れる三法師君のことだ。

芝居でもジャリのくせにきらびやかな装束を着けているが、秀信は平素から華美をこのんで、なかなかのお洒落男だった。彼は家康に味方し、会津征伐に従軍のため、七月一日に出発するはずのところ、行列の華美ばかりを気にしたので、その準備に暇がかかり、期日におくれてしまった。そこに三成が濃尾両国を増封するからと誘ったので、秀信はついに部下と共に石田方に従ったのである。関ヶ原役でいろいろ武将もあったが、これくらいだらしない男もいない。

三成は、この方面の重要性を大いに認識し、みずからは大垣城に入り、附近の城を統率した。

一方、東軍では清洲に集合したものの、いつまでたっても家康が江戸を出立したというようすがない。また開戦の命令もこない。敵の主力を眼の前に見ながら、ただ毎日ぼんやりとしていた。

そこへ家康の慰問使として村越直吉というのが到着した。表面は慰問使だが、実は家康の命をうけて攻撃開始の煽動に来たわけだ。すなわち、家康は諸将の去就を確認した上で江戸を出馬すると、わざと口走ったのである。

そこで、並みいる諸将は大いに腹をたて、いまさら家康の命を待つべきではないとして猛りたった。ことに福島正則と池田輝政とは、早速、先陣争いの口喧嘩をはじめるという次第で、家康のアジテーションは、まんまと単純な諸将をエキサイトさせるに成功した。

家康にしてみれば、どの程度の働きをするか分らない客将たちの様子を確認しないうちは、うかつに江戸から前に出られないわけだ。この点、軽率に動きまわった三成とは、大きな対照である。家康は、ただ坐して客将の挙動を待つだけではなく、慰問使という名の煽動者を送って、はやいとこ西軍と戦うように、令せずして仕向けさせている。人心掌握術の相違だ。

さても、東軍の諸将、いかで家康に忠勤のほどを示さばや、というわけで、正則と輝政の先陣争いは、結局、軍監井伊直政、本多忠勝のとりなしによって、正則は下流から、輝政は上流から河を渡って岐阜城を攻めることに妥協がついた。ただし、正則はわが下流は少々遠まわりであるから、上流の池田方は、われらが狼煙《のろし》をあげるまで渡河を待つべし、と輝政に約束させた。

そもそも岐阜たるや、稲葉山上にあって、北は長良川《ながら》が自然の濠となり、東南は谷で、北は断崖となっている。斎藤道三がここに城を築いて、のち、信長がさらに増築したもので、いまは、その信長の孫秀信が西軍のために守っている。

当時、岐阜城には、秀信の手兵と、石田から派遣した援兵と、あわせて六千五百人が立籠っていた。六里ばかりへだてた犬山城には、石田三成の婿の石川貞清が守っている。また、岐阜より四里ばかりの竹鼻城には、これも石田方の杉浦五左衛門というのが守っている。

秀信は東軍が岐阜城を襲うと聞き、軍議をしたが、籠城説を主張する老将に対し、彼はこれをしりぞけ、豪気に迎撃に決した。

二十二日の夜明け前、この秀信の隊が、敵影の対岸にあるを見て、木曾川の右岸から鉄砲を鳴らした。池田輝政は福島正則との約束で、下流の狼煙があがるまでは渡河を控えていたが、いま敵から戦端を開いたうえは応戦さしつかえなしと自分で判定して、兵を率いて上流を渡った。つづく浅野幸長の兵も川を渡った。

一方、正則は、上流の兵が渡河を完了したのを知らず、舟を集めて河を渡り、太郎堤まで進んで、明日早朝、岐阜城を攻撃することに定めていた。しかるに、思いもよらず、その日の夕方、池田輝政から使者が来て、上流の軍は、すでに河を渡って岐阜にちかづいたから了承してくれ、と伝えてきた。

輝政と先鋒争いをした正則は、おのれ輝政め、たばかったな、とばかりに立腹した。また、正則に合流していた加藤嘉明や細川忠興も、こうなれば、ここに夜陣を張るよりも、このまま徹夜して進軍すれば、よもや彼らに遅れはとるまい、と昂奮した。そこで彼らはその夜八時ごろ岐阜に赴いて城外の桑畑にひそんだ。つまり、それだけ織田秀信軍は手もなく東軍に打ち破られたわけである。彼らはことごとく岐阜城内に逃げ帰った。

秀信の老臣たちは、今日の敗軍は味方の兵力手うすのためである、よって明日は迎撃せず、石田の援兵を待って城中に合し、共に守って大垣からの援兵を待つのが上策である、と建言した。これに対し、秀信はまたまた諾《き》かず、岐阜城の外曲輪で防守することを命じた。

あくる二十三日の午前六時、攻撃軍の福島正則は、その野営地点から南方を望むと、輝政の兵の黒影が遠く朝霧の中に見えている。おどろくと同時に怒った正則は、使者を池田の陣に向かわせ、

「先日、あれほど堅い約束をしたにもかかわらず、それを破って当方の狼煙を待たずに渡河したのは武将にもあるまじき背信。このうえは輝政とわれと一騎打をいたそう」

と、決闘を申込んだ。

輝政、笑って、

「約束に背いたわけではないが、ただ、敵から戦いをいどまれ、余儀なく応戦したまでじゃ。だが、正則の立腹も分らぬことはないから、今日は正則が大手口から攻撃せよ、われらは搦手《からめて》から向かうであろう」

となだめた。単純な正則は、それで納得した。

この結果は、埒《らち》もなく城兵の大敗に終り、ついに秀信が降参を申入れた。城兵、逃げたり死んだりして、僅か三十余人しか残っていなかったというから、さんざんな敗戦である。

秀信は切腹しようとしたが、正則は旧主信長の孫であることを考えて、使をもって家康に命乞いをした。このとき正則は、もし、家康がこれを許さないときは、自分の戦功をもってかえようと云ったという。秀信は、のち、高野山に落されたが、病死している。

もっとも、秀信だけが薄命というわけではない。信長の二、三男、信雄も信孝もよい終りではなかった。彼は、その両叔父とともに、必然の悲運をたどったわけだ。

大垣に居た三成は、東軍に備えて、大坂から来ていた島津義弘を墨股《すのまた》まで進めさせ、自分も小西行長といっしょに兵三千余人を率いて、大垣城から清洲街道にある沢渡村まで出張っていた。

ところが、岐阜城が東軍のために落ちたと聞いたので、三成は、島津義弘を墨股から呼びもどし、小西行長といっしょに今後の処置を協議した。そこに敗報が続々と入ってくる。

三成は、すぐに退却を主張したが、義弘は、自分の部隊を墨股に残しているので、この兵を収容したあとでなければ退却はできないと反対した。三成は義弘を捨てて大垣に向かって退却した。義弘は仕方なく伝令を墨股にある部隊に馳せて、その退却を命じた。さいわいに東軍は島津隊を攻めてこなかったので、部隊は損傷することなく無事、大垣城に入ることができた。

こういうところが、三成の人望を落すゆえんかもしれない。もし、三成が義弘の窮状にみずから命を賭す覚悟で同調したなら、義弘も西軍のために命まで捧げるくらいの覚悟になったかもしれぬ。敵が攻撃しなかったからよかったものの、もし、攻められて墨股の部隊が敗北したなら、さきに見捨てて大垣に走った三成を、島津方はどれだけ恨むか分らない。

東軍の諸部隊は、岐阜附近の攻略がいちおう成功したので、翌二十四日に、その全兵力を大垣の西北にあたる赤坂附近に集結させ、兵力を休養させるとともに、家康の来着を待った。このとき、家康の本陣を山岡という所にさだめ、その設営にあたっている。

赤坂附近に集結した部隊は、井伊、本多、などのほか、藤堂、京極、黒田、金森、加藤（嘉明）、細川、福島、堀尾、山内、浅野、池田、生駒、中村、田中、有馬という顔ぶれだった。これで見るとおり、井伊、本多を除いては、ほとんど秀吉子飼いの武将ばかりだ。

ここで、眼をその後の加賀方面に移してみる必要がある。前田利長は、さきに大谷吉継にさえぎられて、越前方面への進出ができず、それに加えて上方勢の上陸も伝えられたので、金沢から身動きすることができなかったのだが、十日に小山から発した家康の使者が利長のもとに来て、即刻越前を攻略して、東軍に加わるように求めてきた。

　そこで、利長はまた越前に兵を向けようと考え、使を七尾にある弟利政に送って、その出動を求めた。

　このとき利政は、

「大老、奉行の通牒を見ると、今回大坂の挙兵は国家の為におこなったものであるから、兄貴の命令とはいえ、東軍に荷担することはできない。また、亡父利家は、太閤の死にさいして、天下のことを委されたのだが、その義務を果さないうちに亡くなったのを残念がっていた。遺志を継いで豊臣家に恩を返すようにとは、亡父の遺言だ。その言葉は、なおまだ自分の耳に残っている。秀頼に叛《そむ》くことはできぬ」

　と断わった。

　利長も、弟が加勢しなければ、単独では越前攻めができない。また、このときはまだ大谷吉継が越前に頑張っていたので、自然と両軍は加賀、越前国境で睨みあいのかたちとなっていた。

　しかし、そののち、三成から吉継のもとに岐阜城陥落の報が到着した。吉継は、いつまでも前田にかかずらってはいられなくなり、これには僅かな守備隊だけを残して、急遽、関ヶ原に前進したのである。

　ここで前田利長も、はじめて動けるように解放された。

右の前田利政の言葉でも分るとおり、まだ、秀吉の恩顧を考えている大名も多かった。だから西軍の総帥毛利輝元は、秀頼をつれて出馬するつもりであった。秀頼が形だけでも大将となれば、これに弓を引く太閤恩顧の大名はあるまいというわけだ。

当時、秀頼は八歳であるから、いくら秀吉の遺児でも何の働きもできないわけだが、すくなくとも秀頼を前面に押し出せば、家康についた旧豊臣方大名は怯《ひる》んだにちがいない。また、家康も、ちょっと持てあましたであろう。また、西軍からすれば、士気も盛上がったろうし、人心も一致したにちがいない。ところが、この輝元の計画は、彼自身が大坂から出るのが遅れて潰れてしまった。

したがって、西軍の事実上の総指揮官は石田三成ということになる。もともと、家康に味方した旧豊臣方大名は、半分は三成憎しの感情で走ったのだから、三成が総大将となれば、ますます敵意が固まるわけだ。例に出すのはいささか悪いかもしれないが、河野一郎憎しの立場から、自民党内の反河野派が団結するのとどこか似ている。

家康は、もちまえの懐柔と恫喝を適当にないまぜて、これら諸将を操縦したから、彼我の強弱の差は、ますます開くわけである。人心からいっても、関ヶ原役は戦うまえから西軍の敗北だった。

その家康はまだ江戸にぐずついて、いつ西に向かって腰をあげるか分らない。家康は、前記のように、その先鋒が旧豊臣方の武将ばかりなので、彼らの働きぶりを見とどけたうえで出立する考えであった。大丈夫とは見込みをつけたものの、なんといっても新附《しんぷ》の味方だから、心は許せないわけだ。ところが、岐阜城が彼らの手によって陥ったと聞き、家康もようやく重い腰をあげる気になった。慶長五年九月一日、いよいよ江戸城を発し、西上の途についたのである。家康とても、どれほどこの日を待ちかねていたかしれない。彼の心は、その脚に畳の目が喰いこんだように、痺《しび》れを切らしていたにちがいない。

家康は、約三万三千の兵を率いて江戸を出発したが、その夜は湘南の金沢着、二日藤沢、三日小田原、五日は駿河に入って清見寺、六日島田、七日中泉、八日白須賀に到着した。上杉征伐のため、大坂から江戸に下ったときの緩慢な速度と比較せよ。

白須賀では、小早川隆景の養子秀秋の使者に接した。秀秋は、そのまえにも二回ほど使を送って、家康に味方することを密約している。

いうまでもなく小早川隆景は、その兄吉川元春とともに毛利家の両柱であった。隆景は、中国役を契機として秀吉に心服して以来、ずっと彼のために働いている。しかるに、実子なく、秀吉のすすめで夫人北政所の甥を養子とした。これが秀秋である。

秀秋は、関ヶ原役で形勢観望し、家康に寝返りを打ったように伝えられているが、これは誤りである。また、東軍に味方したのも、彼だけの意志から出たのではない。それには北政所の考えが大いに秀秋に影響している。すなわち、秀吉歿《ぼつ》後《ご》、大坂方では高台院（北政所）と淀君との対立があったが、家康は早くから高台院を庇護していた。高台院としては淀君の子秀頼の隆昌よりも、家康の好意への傾斜が強かったわけである。この辺は女性間の嫉妬を利用した家康の巧妙さである。

家康にとって秀秋からの極秘通牒は、旅の幸先《さいさき》として心をはずませ、九日岡崎着、十日熱田、十一日は、基地となっている清洲城に入った。十二日には風邪気味で薬など飲んだが、この滞在中に腹心の井伊直政、本多忠勝などを集めて、いわゆる清洲会議を開催している。

その会議とは、中仙道から西上中の嫡子秀忠の大軍が、まだ到着しないので、合流のためにしばらくここで待つか、あるいは、戦局すでに動いている現在、単独で西上を進めるべきかの討議だった。

その結果、家康は、秀忠軍の未着のまま、即戦即決に出たほうが有利と判断した。もとより、秀忠軍がくれば、その兵力はおよそ三万八千。麾下には榊原康政、大久保忠隣、酒井忠重、奥平家昌、菅沼忠正、真田信幸、小笠原忠政、仙石秀久、諏訪頼水などの有力な将校を集め、智将本多正信がその参謀をつとめている。しかも、家康は、

戦機の熟したるを大事とみて、この中仙道軍の来着を捨てた。だが、心の中では、どれだけ秀忠軍の遅延にあせって、

「一体、何をぐずぐずしてやアがる」

と、わが子に悪態をついていたか分らない。

こうして家康は十三日清洲を出発、陥落したばかりの岐阜城を通過し、さきに前線部隊が設営した赤坂の指揮所に到着した。

――これに対して、西軍はどうしていたか。

西軍は、先に岐阜、犬山、竹鼻の線が東軍によって破られたため、すぐに大垣から使を大坂に出して毛利輝元に出馬を乞うた。と同時に急使を越前に馳せ、大谷吉継に京極、脇坂らの隊を伴って関ヶ原附近に来会するように告げた。そして、三成自身は大垣城を脱出して、密かに佐和山に帰り、防禦に専念したのである。

これは、東軍が赤坂に集結して急には大垣城に迫らず、垂井、関ヶ原附近に放火したのを見て、三成は東軍がすぐにも自分の居城佐和山を襲う計画だと早合点したからである。こんなところにも、総指揮官としての三成の狭量さが出ている。

天下の兵力を二分した、東西の大会戦が迫っているというのに、何ぞわが城の大事なる。自分のケチな城などは無視して、全体の作戦に専念すべきだが、どうも三成のやり方はコソコソしすぎている。しかも、大坂の毛利輝元のところに出した使者は、

途中で東軍のために捕えられ、輝元のもとには達しなかったのである。それを三成は、最後まで知らなかったのだから、いよいよ万事、たちおくれている。

大谷吉継は、三成からの急報に接して北陸路の守備隊を残し、その子吉勝、次子木下頼継、脇坂安治、小川祐忠、朽木元綱、戸田重政などと共に九月三日美濃路に入り、関ヶ原の西南にあたる山中村に来った。

また、毛利秀元、吉川広家、安国寺恵瓊、長曾我部盛親、長束正家などは三万余の兵を率いて伊勢路から入り、赤坂の西にあたる南宮山に上った。ここは関ヶ原でも小高い丘になっていて、東軍の諸営所を見下ろす恰好の地となっている。

佐和山の防備を強化した三成は、ふたたび大垣に戻って、書を大坂にある毛利輝元に送り、早々に出馬をするように催促する。輝元は、十二、三日ごろ秀頼を奉じて大坂から佐和山に入ろうとしたが、折から増田長盛が東軍に内通しているとの噂があったので、その出発を見あわせた。これも戦機の上で大きなチャンスを逸し、石田方の損失となっている。秀頼が前線に出られなかったのもそのためだ。増田長盛が東軍に款《かん》を通じたとの風聞も、あるいは家康方から放ったスパイの謀略であろう。

さらに島津の兵は、はるばると薩摩から加勢に来会したが、それは僅か千五百人だった。これに義弘手持ちの兵を加えても、島津方の兵力の不足はどうすることもできなかった。

今度は、問題の小早川金吾中納言秀秋の動静である。彼は心を家康に寄せていたから、とかく態度が不鮮明だった。もともと彼は鳥居元忠とともに伏見城を守るつもりだったが、行違いで、心ならずも西軍に加わったのである。

それからは宇喜多秀家とともに、大坂にいたが、秀家が伊勢方面の家康方勢力を掃《そう》蕩《とう》する際に秀秋を誘ったが、彼は言を左右にしてこれに従わず、近江から敦賀方面を歩いて、病気保養を口実に、悠々と狩猟などして日を送っていた。

9

宇喜多秀家は、この秀秋の肚のなかを早くも察し、三成や島津義弘と諮《はか》って彼を糺明しようとしたことがある。このとき戸田重政は、

「もし、秀秋が大兵を率いて裏切りすれば、わがほうに勝利の見込みはない。この人の今後の向背は、実に西軍の勝敗に関する。されば、われは今より彼の陣営に赴き、軍議を口実に彼と対し、もし、叛意《はんい》が見えたら、その場で彼を刺し殺す」

と、決死の覚悟を見せた。いあわせた人々、感動し、平塚為広を介添として重政につけた。

しかし、秀秋もさるもの、両人の意図を見抜いたかどうか知らないが、病が激しい

と称して、ついに面会しなかった。重政と為広とはむなしく立ち戻った。

それから数日をへて、秀秋は八千の兵を率い、樫の棒に鉄条を巻かせた棍棒を屈強の者百人に持たせ、柏原まで来た。秀秋は大垣の三成のところに使者を向け、

「自分が病臥していたため、あらぬ噂がいろいろ飛んでいると聞く。しかし、いまは病気も癒ってここまで来たのだが、嫌疑をかけられている身であるから城中には入らぬ。この上は身のあかしを立てるため、まず東軍と戦闘を交えた上で諸氏と相まみえるであろう」

と申送った。大垣に入れば、どんな目にあわされるか分らないという警戒で、尤もらしい偽装をしたのである。

九月十四日、彼は松尾山に上り、頂上の古い砦を修復した。これに対し、脇坂、朽木、小川、赤座といった諸将も陣形を移した。

大谷吉継は、最も秀秋を疑った一人だ。吉継は、十四日の夜、秀秋の陣営に赴いて、彼の志を変えさせるため直言を試みた。このとき、秀秋の老臣たちは、傍でいろいろ弁解した。

「秀秋は病のために出馬の機を失し、種々の嫌疑をかけられたが、本心は断じてお味方するにあるから、ご心配下さるな」

「秀秋殿はまだ年若であるから、おそらく佞人《ねいじん》のために悪しきよう誘われるのであろ

う。御身たちは、よくこの辺を心得て油断をされるな」

と、吉継は老臣たちを戒めて帰った。しかし、それで安心したのではない。彼はみずから秀秋の裏切りに備えて、その陣を立て直したのである。

こうして西軍のほうで秀秋の態度にいろいろ気を揉んでいるのに反し、家康のほうでは、秀秋がとっくに款を通じて来ているから、かなり安心していた。が、まるきり楽観していたのではなく、秀秋の向背が予断できぬとみて警戒は怠らなかった。

つまり、秀秋が最後の決心をもって行動に出るまで、東西両軍とも不安な眼で彼を監視していたわけである。

当時、秀秋は八千の兵を擁していた。これですら、関ヶ原の決戦を左右する大軍とみられたのだから、さきに述べたように、田辺城に釘づけにされた西軍の一万五千が、どれだけ痛手であったかが分るというものだ。

ここで西軍の主な配備を見よう。

大垣附近には、宇喜多秀家、島津義弘、石田三成、小西行長がいた。

南宮山附近には、毛利秀元、吉川広家、安国寺恵瓊、長束正家、長曾我部盛親などがいた。

松尾山には、小早川秀秋があり、関ヶ原西方には、大谷吉継、脇坂安治、朽木元綱、小川祐忠、赤座直保などがいた。

これに対し家康は、赤坂附近に集結したまま、まだ動かなかった。が、東軍の団結は、すでに分裂を孕んだ西軍を呑んでかかっている。西軍の中でも、長束正家と安国寺恵瓊は南宮山にいたが、これは戦うためではなく、身の安全を保つためだった。三成は、とっくに両人の心理をさとって、

「かの山は人馬の水も無いくらいの高山で、戦争のときにも、人数の上り下りも出来ないくらいの山であるから、味方の者も頗《すこぶ》る不審を持っている。察するところ、かの両人は、自分の身の安全だけを図っているようである」

と大坂の増田長盛に与えた通信の一節で云っている。分っちゃいても、この人を三成は命に従わせることすらできなかった。

ここで三成の二十万石という小身が、いかに総指揮官として貫禄不足だったかがこたえてくる。彼にはさしたる武功もなく、また、敵地を切り取ったキャリアもない。およそ武官の間では、なんといっても戦歴がものを云う。秀吉の秘書としてしか有能を認められなかった三成の悲劇がここにあるのだ。

安国寺恵瓊や長束正家の輩《やから》にしてすでに然《しか》り。他の西軍の大名にいたっては、心から三成の指揮に服する者は一人もいなかったといっていい。僅かにそれを挙げれば、ただ友情で結ばれた大谷吉継くらいであろう。

徳富蘇峰は関ヶ原役について、次のように評している。

「およそ関ヶ原役の如く人間の弱点を露骨で赤裸々に発現したものはない。険悪なりと云はん乎《か》、醜悪なりと云はん乎。両天秤でなければ必ず表裏がある。二枚舌や、二重腹は云ふまでもない。人は人と相疑ひ、人は人と相欺く。中立を装ふて形勢を観望せざれば、必ず内通して、逃げ道をこしらへておく。裏切る者あれば、またその裏を掻く者もある。真にあさましき人心は、遺憾なく、この一場の葛藤《かっとう》に暴露せられた。公義に託して、私怨を報ずる如き、公事を名として、私利を営《いとな》むが如きは、ほとんど尋常の茶飯《さはん》であつた」

——関ヶ原役たるや、その東西いずれの陣営に属したる者も、その家名と、子孫保存を賭けての私欲の戦いだった。しかも、人心は、秀吉治世のかなり長い平和時代をへて、それ以前の単純さではなくなっていた。各将とも多分に政治性が加わって、駆け引きあり、謀略あり、安全の余地を作る工作があった。

もとより、それらは彼らの自我、利己心から出たもの。眼中には百姓なく、庶民なかった。筆者は、これまで合戦譚を書きつづけてきたが、戦争と民衆という視点からは、まだ一度も捉えていない。このことは、あるいは読者の一部に大きな不満を与えていると思うが、この稿は合戦の経緯《けいい》を述べるのが主で、それらはわざとはずした。決してなおざりにしているわけではない。それはまた別な視点から書き改めなければならないことであり、また、この分野は、未だ学界でも未開拓の世界となっている。

一つは、記録のほとんどが、権力筋にだけ遺《のこ》っているためもあり、また一つは、当時の民衆が文字を解せず、記録として遺せなかった資料の不足もあろう。しかし、誰かがこれらを採集してやらねばならない仕事である。

再び戦闘に話を戻す。

西軍では初め、赤坂に東軍の将士が誰やらを待つような気配でいるのを見て、それが家康だとは推察したものの、いつまでたっても、その旗本があらわれる様子が見えない。そこで、三成は、これは畢竟、家康が上杉景勝に妨げられて西上できないのではないか、とひそかに考えた。もちろん、この考えの中には、家康には来てもらいたくないという、希望的な観測が入っている。他の西軍の諸将も同じ心理だったであろう。彼らは口にこそださないが、早くから家康に対して臆病風にとりつかれていたのである。

だから九月十四日、家康が岡山の陣所に到着し、その旗幟の盛んに立つを見て、西軍は大恐慌をきたした。なかには、まだ、家康が着陣したかどうか、半信半疑の者もいたくらいで、物見を出してその実否をたしかめるなど大騒ぎだった。

宇喜多秀家の家人《けにん》と石田の家来とが、岡山の近くに斥候に赴いたところ、彼らは馳せ帰って、

「内府（家康）の着陣に間違いありませぬ。というのは、旗本の渡辺半蔵の指物に見

おぼえがございます。渡辺は持筒の物頭ですから、内府の出馬がないのに、そこに現れるはずはありません」

と報告したので、陣中、いよいよひしめいた、とある。では、家康の岡山における作戦はどうだったのか。

誰しも考えることで、その進路は二つしかない。一つは、まず大垣城を攻めること。一つは、大垣城の陥落はあとまわしとして、ここには牽制軍を置き、長駆して江州路に入り、大坂の根拠を覆すことだ。

家康は、はじめ大垣城を攻め落すつもりだったようだが、軍議で加藤左馬助の進言を採用し、そのまま進撃と決定した。左馬助の進言とは、

「明日は早速にも戦闘開始が上策と思われる。というのは、この季節は朝霧が深いゆえ、攻撃には甚だ有利である。敵は防禦陣を張っているので、霧のため間近に進んでも気がつかないこともあろうし、また油断もしているに違いない。それに、毛利輝元はまだ大坂にいることだし、それだけ現在の敵の戦力は手うすとなっている。また、小早川秀秋はすでにお味方をしているし、つづいては吉川広家も内通確定である。いま大垣城などにかかずらって、いたずらに敵に軍備を充実させるよりも、この機を逃さず、一気に攻撃するのが何よりと存じます」

というのであった。

一説には池田、井伊などが大垣城を攻めよと勧《すす》めたというが、左馬助の献策が家康によって妥当として採用されたのである。すなわち、家康は、その全兵力をもって、当面の進路を驀進《ばくしん》することに決したのだ。

これと比較するわけではないが、西南役のときに、西郷隆盛が熊本城などに引っかからないで、一気に本州目指して東上したなら、戦局はまた別なかたちになっていたであろう。西郷は熊本城に膠着したばかりに、政府軍に兵力増強の余裕を与えることになったのである。されば、家康が大垣城の攻撃を抛棄したのは、当をえた作戦であったと同時に、慎重な家康が、それほど果敢な作戦に出た裏には、十分な成算と、その上にたつ鬱勃《うつぼつ》たる勇気のためである。

家康は、この大前進の意図を隠さず、むしろ西軍に向かって宣伝した傾きがある。つまり、敵が大垣の城に籠れば、それを横目に見て押し通るし、城を打って出れば、正面衝突はむしろ望むところといった気概だった。

これに対して西軍のほうでは、大部隊を関ヶ原の線まで後退することに決した。大垣籠城の説はなかったが、その晩のうちに夜襲しようという論はあった。それは島津義弘が勧めたことで、赤坂にいる敵情を偵察すると、敵兵いずれも疲労の余り、甲冑《かっちゅう》を枕として眠りこけている者が多い。この際、家康の本営を奇襲すれば、必ず功を奏すであろう、と云い、もし、この作戦が許されるならば、自分はみずから先鋒となろう、と申出た。

このときすでに、三成は関ヶ原の線までの後退を決したあとでもあり、また、その参謀島左近が、夜襲は寡兵が多勢を相手にするときのことで、今はよろしく堂々と正面の決戦をすべし、とさえぎったので、夜襲の議は行われなかった。

島津義弘の提言を伝えたのは、その甥の島津豊久であるが、島左近が奇襲論を排して、「われら久々にて内府の押付《おしつけ》（陣容）を見申さん」と云ったとき、豊久はさあらぬ体で、

「そこもとは内府の押付を見られたということだが、それはいつのことか」と訊いた。左近は、「われら先年故あって武田信玄の家来のもとにあったころ、山県昌景が一手をもって、内府を掛川の城近くの袋井まで追いかけたことがある。その節、内府の押付を見たことがある」と答えた。これは三方ヶ原の戦のことである。

豊久は左近にむかい、「それは下劣の譬《たとえ》にも云う杓子定規と申すもの。その節の内府と、ただ今の内府とを同じと考えるは大きな誤りである。明日にも一戦のとき内府の押付をご自分でご覧なされば重畳」と云い捨て、冷笑の中にも満腔の不満をあらわして座を起った（落穂集）。

豊久が云うのは、三方ヶ原で敗戦したときの若い家康と、現在の家康とは大きな違いというのだが、もし、このとき豊久の奇襲作戦が用いられていたなら、関ヶ原の前

哨戦として、本戦にも違った影響を与えたかもしれない。運が悪いときはどこまでも悪かったのである。三成も島津の建言に心動いた跡があるが、島の言葉を押えることができなかったのは、やはり三成の器量不足である。

10

さて、関ヶ原に転進する西軍諸部隊は、九月十四日、大垣城に兵七千五百をとどめ、午後七時に出立した。西軍は、あけっぴろげの東軍の軍事行動の態度とひきかえ、何事も隠密行動に出た。馬舌を縛り、松明を点ぜず、闇の中を関ヶ原に向かった。第一隊石田、第二隊島津、第三隊小西、第四隊宇喜多の順である。

折から驟雨《しゅうう》、蕭条《しょうじょう》として降りしきり、四面は漆を塗ったような暗黒だ。ただ長曾我部盛親の陣所のある栗原山の、赤い篝火を唯一の目じるしとして野口村を過ぎ、牧田路《じ》を取り、狭いごつごつした山路を行くこと四里ばかり。将兵ことごとく雨に濡れて、寒冷、肌を徹《とお》り、行軍すこぶる艱難を極めた。その先頭部隊が関ヶ原に到着したのは、十五日の午前一時ごろであった。

このとき三成は、大部隊が大垣を出発したのち、僅かな供まわりを連れ、単騎で一行のあとを追い、途中、長束正家、安国寺恵瓊にあい、松尾山の麓では小早川秀秋の老臣平岡頼勝とあって、明日の戦略を伝え、狼煙の上がるのを待って東軍の側背を衝くように云い含めた。

関ヶ原に着いた西軍の新配備は——

栗原山に長曾我部盛親、それより少し離れた岡ヶ鼻に長束正家、安国寺恵瓊、南宮山と、その北方山麓には毛利秀元、吉川広家がいた。

松尾山には小早川秀秋、山中村とその東方高地には、大谷、脇坂、朽木、赤座、戸田などが陣し、天満山には宇喜多秀家、その北方には小西行長、小池村に島津義弘（惟新）、同豊久、最後の笹尾山附近に石田三成、蒲生郷舎、島左近の総指揮所を置いた。

一方、家康は、十四日夜、敵の夜襲を考慮して篝火を焚き、しきりと警戒したが、その夜半、西軍がほとんど大垣城を出て牧田路へむかった情報を聞いた。

寝ていた家康は、この報告を聞くやがばと跳ね起き、してやったるかな、と雀躍《こおどり》した。敵は労せずして、自ら潰滅を受ける態勢をとってくれたのである。彼は湯漬けをとり、具足をつける間にも、長久手の話などを小姓たちに聞かせ、殊のほか上機嫌だった。味方の人心に絶えず狐疑逡巡していた三成の心理とは格段のちがいだ。

五十八歳の家康は、いつも着ている小袖の上に胴をつけ、黒広袖の羽織と塗笠という気楽な軽装だった。あまりに支度がはやかったので、家康の行先の分らない家来も多く、いずれに出御《しゅつぎょ》なさるや、とたずねれば、敵のほうへ、と家康は答え、馬に打ち乗って駆け出した。旗、槍、鉄砲の衆もあわてて、そのあとから走り、垂井というところで人数が揃ったというから、家康たるもの、いかに雄心が押え切れなかったかが分る。

東軍は、十五日午前三時から逐次、諸部隊とも行動を開始した。その先鋒諸隊は、夜明けにようやく関ヶ原に達した。しかし、夜来の雨ははれず、濃霧は山間を蔽って、五十間先が分らない。福島隊の先頭と、宇喜多隊の後尾とが接触しても混乱し、敵か味方か、どちらも分らないくらいだった。

こうして東軍は、すでに、その前面に西軍の存在を知り、行進を中止して、いよいよ、その陣地についた。福島正則は左翼にあって宇喜多隊に対し、黒田長政は右翼にあってもっぱら石田隊にむかった。細川、加藤、田中、筒井および松平忠義、井伊直政は、その中間にあって小西、島津の兵と対した。その後陣には金森、生駒、織田有《う》楽《らく》、古田重勝などがあった。

また、福島陣の背後斜めには藤堂、京極、寺沢などが控えて、大谷吉継隊とあい対した。

東軍の数約七万五千、西軍約八万、彼我の兵力はほぼ伯仲しているといってよかろう。

家康は、前進するたびに先陣からの報告をうけ、近臣に命じて、絶えず前面の状況を偵察させ、自分は馬を桃配山《ももくばり》にとどめた。すでに石田、小西、宇喜多、大谷などという陣場とは、その間約一里ばかりしかない。鉄砲の音は、乳を流したような霧の中で爆竹を鳴らすように聞えはじめた。いまや天下分け目の決戦はまさに始まろうとする。ときに慶長五年九月十五日午前七時であった。

11

午前八時にちかづいたが、夜来の雨に関ヶ原一帯の山野は深い霧に閉ざされている。東西両軍十四、五万の兵は、白い闇の中にひそんでいた。すでに二時間前から鉄砲の音だけは散発的に聞えている。

家康の陣と大谷刑部の陣場とは一里ばかりしか隔たっていなかった。家康の旗本も昂奮した。気負い立っててんでに馬をそのへんに乗りまわすので、備えがしかと定まらないくらいだった。大レース前の競馬馬のようなもので、癇が昂《たかぶ》って発走点に揃わないようなものだ。旗本の一人の野々村四郎右衛門などは、自分の馬を家康の馬につっかけたので、腹を立てた家康が刀を抜いて払った。幸い、野々村は逃げた。癇癪を起した家康はその刀で小姓の持っている指物を筒の根元から切った。さすが沈着の家康も接戦を前にして殺気立っていたのである。

しかし、両軍主力未だ対峙したままで戦闘開始にはならぬ。流れる霧の間から両軍の旗幟だけが隠見する。

逸《はや》った井伊直政は、婿忠吉とともに騎士三十人を率いて持場を離れ、福島正則の隊の傍まで進んだ。福島の先頭部隊長の可児《かに》才蔵がこれを咎めて、

「今日の先手はわれらの主人福島左衛門大夫にござる。抜け駆けは御法度《ごはっと》でござるぞ」

と牽制した。

可児才蔵は講談でいう蟹江才蔵で、福島方の剛の者だ。直政は可児に対し、

「これは下野守《しもつけのかみ》殿（忠吉）と井伊侍従が物見《ものみ》に出かけるところでござる。抜け駆けではござらぬ。お通しなされ」

と宥《なだ》めた。忠吉は家康の第四子で、秀忠の弟。正確にいえばこのときはまだ忠康。武州忍《おし》で十万石。それで直政も下野守殿と敬語を使ったのだ。可児も相手が僅か三十騎だから、ツイその言葉を信用して彼らに陣場を通させた。ところが、これが両軍激突の口火となったのである。

井伊隊三十騎は前面に出ると、宇喜多秀家の隊にむかっていきなり射撃を始めた。かねて示し合わせたのか、その銃声と喊声《かんせい》を聞いて、後方にいた井伊の本隊も一団と

なって駆けて福島隊の傍を通った。

おどろいたのは福島正則で、いかで猶予すべき、本営の命令を待たず、銃卒八百人を率いて左側から進んで宇喜多隊を射撃した。これが午前八時すぎだった。

井伊隊、福島隊に懸られた宇喜多隊は、秀家自ら指揮をなし、陣形を五段に展開して防戦した。朝霧は山間に残って未だに霽《は》れやらぬ。

東軍の諸部隊では福島隊の銃声を聞くや否や、いずれも前面に突撃した。藤堂高虎、京極高知の二隊は進んで大谷吉継隊の攻撃を開始、寺沢広高隊もこれに参加した。織田有楽、古田重勝、佐久間安政、船越景直らの東軍部隊は小西行長隊を攻撃し、田中、細川、加藤、金森、黒田、それに竹中の隊がいっしょになって、目指す主謀、石田三成の陣地を襲撃した。

桃配山にあった家康の本営では濃霧のため視界が利かないので、銃声と喊声は聞えるが、戦闘の状況がわからない。声はすれども、姿はみえぬ。ほんにお前は……と、家康の参謀部でも眼をこすって敵、味方の形勢判断に苦しんだ。

このとき霧の中から喊声が三度にわたって大いに起った。家康が、「あれは勝鬨《かちどき》だろう」と呟いたとき、物見の米津清左衛門という者が敵の首をさげて駆けもどり、「御合戦は勝にて候」と報告した。これは景気づけで、そう簡単にはゆかない。

しかし、関ヶ原の戦は、戦前の形勢と、両軍動員数の大げさにもかかわらず、戦闘そのものは呆気ない勝負に終っている。それというのは、たびたび書いてきたように、戦争前から家康側は団結と闘志が一致していたのに、西軍は人数こそ東軍に劣らなかったものの、参加部隊はいずれも人心がバラバラで、しかも、相互不信で、他を疑えばわれも疑われるという有様で統制が取れなかったからである。

また、総指揮官としての石田三成の貫禄が足りなかった。三成が自ら各部隊を駆けまわって、戦闘参加を頼むようでは、勝てる戦いではない。島津義弘は三成の懇願を諾かずに、追い返した。

桃配山の家康は、旗本を魚鱗鶴翼《ぎょりんかくよく》の陣形で構えていた。魚鱗とは縦隊、鶴翼とは横隊だから、両方で構成した厳重な体形だ。だが、依然として霧深く、「雨もそぼ降り物の色目も見え判らず、漸く巳《み》の刻《こく》（午前十時）ばかりに空も晴れげに見えわたる」（太田牛一）ようになった。旧暦九月十五日の山間の雨と霧はすでに寒い。

このとき物見が家康の前に戻って云うよう。

「御敵治部少輔《じぶしょうゆう》（三成）、島津兵庫、小西摂津守の旗頭を見申す。また、不破の関屋、北野の原、小関村より南辰巳《たつみ》にむかって人数を備えたるは、大谷刑部少輔、備前中納言（宇喜多秀家）、戸田武蔵（重政）の居陣にて候」

と状況報告した。

そこで、家康は、谷川を越え、関ヶ原北野へ人数を繰り出させた。先陣の福島正則、細川忠興、黒田長政、本多平八郎など、いずれも道筋を西にむかってどっとばかりに敵にかかった。

西軍の主将石田三成は、これをみて戦機すでに熟したと判断、狼煙を天満山にあげた。この天満山の前方麓には小西、宇喜多の両隊の陣があるが、山上からは小早川秀秋のいる松尾山、毛利、吉川のいる南宮山を展望する。この狼煙は、かねての約束通り、松尾山の小早川秀秋に、すぐ山をかけ下って東軍を攻撃せよとの合図であった。

しかるに、秀秋の軍は一向に動かない。三成は焦ってさらに急使を松尾山に馳せ、即刻出撃を督促した。また、大谷吉継も、小西行長も人を遣って秀秋の老臣に迫らせたが、秀秋に心を合わせた小早川の老臣たちは言を左右にして応じない。

ところが、家康のほうでも、かねて内通の約のある南宮山の毛利、吉川の兵が自分らの背後に回ってくるのを心配した。家康も秀秋が行動を起すまでは、彼らの向背を信じなかったわけだ。大いに不安がっていると本多忠勝が、

「秀秋にもし、われらに敵対の心あれば山を下るはずなのに未だ山上に留まっている。これは内応の約束がウソでない証拠。殊に秀秋には浅野、池田らが万一に備えているから、心配御無用」

といったので家康も落ちついた。

午前九時すぎ、家康は少し馬を進めて彼我の戦況を視察した。その視るところに従

い、使を各隊に馳せて命令を伝えさせた。また、ときどき法螺を鳴らし、鬨《とき》の声をあげさせて士気を煽った。

本多忠勝は、家康に意見具申したように、松尾山の秀秋が当分は山を下る意志なしと判断したので、前面の戦闘が激烈となり、東軍がしばしば退却の色を見せるのをみて、進んで戦闘面の中央に進出した。正面の敵は小西、宇喜多隊である。この忠勝の新鋭部隊のため、小西、宇喜多隊はかなり撃破された。

家康は、十一時ごろ、さらに三、四町ばかり前に進んだ。時に正午に近く、雲間の太陽は頭の真上にある。東軍の諸隊、全力を尽して攻撃したが、西軍の善戦で容易に打ち破ることができない。のみならず、かえって度々退却を余儀なくされる有様で、勝敗いずれとも定まりがたかった。

これを見た家康は、たまりかねて伝令を馳せ、黒田長政に秀秋の進退を問わしめた。戦闘互角の状態とあらば、家康とても松尾山の秀秋と、南宮山の毛利秀元、吉川広家の向背が大いに憂慮されるわけである。

長政は、家康の使者に、

「秀秋の態度はまだはっきりしていないが、もし、彼が応じない場合は、われらは当面の敵を破ってのち、直ちに彼に向かって突撃するであろう」

と答えた。長政は、秀秋を東軍に味方するよう家康に斡旋した仲介者だから、秀秋が違約すればその責任があるわけだ。長政は、秀秋が約に背けば、死を決して彼を刺すつもりだった。

　家康の物見久保島孫兵衛も馳せ帰って家康に告げた。

「秀秋には西軍を裏切ってお味方する気配が未だに見えません」

　家康は爪を嚙んで、「さては、小伜めにたばかられたか」と悔《くや》んだ。家康は、気に入らないときや、腹が立つときは、よく爪を嚙む癖がある。しかも中仙道から上って合流するはずの秀忠軍が来ぬ。

「秀忠はまだ来ぬか」

と家康は何度も旗本に訊いたが、その影も見えない。ここでその三万八千の大部隊が到着したら、どんなに助かるか分らないのだが、気の焦ることであった。家康は木曾路のほうを馬上から伸び上がってはふり返った。まさか、その大軍が信州上田の小城にひっかかって手間どっているとは夢にも思わない。作戦が齟齬するときは、二重にも三重にもなるものだ。

　家康あせって、

「では、秀秋がどっちに向かうか、ためしに彼の陣に向かって鉄砲を放ってみよ」

と遂に命じた。使番《つかいばん》久保島は直ちに前隊に馳せ到って、この令を伝えた。そこで、東軍の前線銃隊は松尾山に向かって空弾《からだま》で一斉射撃をした。おーい秀秋君、イエスかノーか、ハッキリしろよ、というわけで、ギリギリの決着に追いこんだ。

秀秋は、一方で三成、吉継らを焦《じ》らせ、また一方では家康すらも焦らせた。松尾山に位置づけられた秀秋は、そのまま、天下の戦局の帰趨を握るキャスチングボート的な存在だった。秀秋は大したことはない人物だが、この瞬間では、家康、三成などの大物や、東西両軍を手玉にとっていたのである。人間には、しばしばこのような運命的なシチュエーションが訪れて、その人を実力以上にさせる瞬間がある。

「あらゆる時の中できわめて稀に、運命はいかにも奇妙な気まぐれから、行き当りばったりに、いかにも平凡な人間に身をまかせることが往々にしてある。ときどき――そしてこれは世界歴史のもっともおどろくべき瞬間であるが――重大な運命を左右する糸が、一瞬間だけまったくつまらない人間の手に握られることがある。……彼らの一人がその機会をつかんで、それをつよく高めると同時に自分自身をも高めることはめったにない。偉大さが、つまらない者に身をゆだねるのはほんの束の間だけであり、それを取りにがすと、そんな機会は二度とはめぐまれない」

これはシュテファン・ツヴァイクが「ウォーターローの世界的瞬間」の中でナポレオンの将校グルシーについて述べた評である。

「グルシーは軍部の序列の中から出て《世界歴史》の中に入りこんだということはなかった。今度は一瞬間だけそういうことになったのだが、しかしそれがまた何という

たいへんな一瞬だったことか！」――（片山敏彦訳）

右の言葉は、そのまま松尾山上の小早川秀秋に通じる。グルシーを秀秋に、ウォーターローを関ヶ原に、《世界歴史》を《日本歴史》に置き替えてよい。事実、秀秋はこの一瞬間だけの存在によって《日本歴史》の中に入り込んだのである。

秀秋は、山上に兵を集めたまま、眼下の戦局を観望していた。とはいうものの、はじめのうちは、朝霧のために視界が遮られ、銃声や鬨の声を聞くだけで、はっきりとは分らなんだ。

しかし、十時すぎになると、その霧も次第にうすくなり、戦闘の模様も視野に明瞭となってきた。しかも、眼下の高原にくりひろげられた両軍の戦闘は一進一退で決定的な観察はできなかった。

かねて黒田長政から秀秋の隊につけられていた大久保猪之助という者は気が気でなく、秀秋の老臣に、直ぐに西軍に攻撃を開始するように迫った。しかるに、ここでも老臣たちは秀秋の心事を忖度《そんたく》して、戦機未だ熟さずと称して動かなかった。東西両方からつつかれても、小早川主従は、まだまだ、とグズついていたのだ。

このとき、松尾山下の東軍の銃隊から秀秋の陣は一斉射撃を受けたのである。

秀秋も、これ以上、知らぬ顔の半兵衛をきめこんでいるわけにはいかない。このへんが限界とみた彼は諸隊長に命令し、直ちに西軍への攻撃開始を伝えた。そこで、小早川隊は二手に分れ、西北の西軍に向かって吶喊《とっかん》して山をかけ下りた。その山麓が、秀秋の動向に備えていた大谷吉継の陣だ。小早川隊は大谷隊に向かって銃卒六百人ばかりで一斉射撃をなし、次に刀槍をふるった突撃隊が襲いかかった。秀秋にとって賽は投げられたのである。

12

もっとも、秀秋の家来の中でも、この裏切りを承服しなかった者もいた。秀秋の先頭隊長松野主馬《しゅめ》という者、西軍への攻撃の命に従わず、

「今や掌を返して東軍に応じるのは秀頼公に報ずる道ではない。たとえ主君が西軍を攻撃しても、自分はむしろ東軍に突撃して潔《いさぎよ》く斬死するまでだ」

とうそぶいた。使番村上右兵衛は、これを諭して、

「殿の内応は今日始まったことではない。前から内々に決っていることだ」

と云うと、主馬はしぶしぶ山は降ったが、遂に一戦もしないで傍観していた。

これをみても、秀秋は謀叛の意図を最後まで隠していたと思える。あるいは、最後の瞬間まで秀秋は迷っていたのではあるまいか。なにしろ、やりそこなえば元も子もない大博奕だから、用心に用心を重ねていたのかもしれぬ。

しかし、秀秋ほど積極的ではないが、消極的に西軍を裏切った有力な部隊がある。南宮山にあった毛利秀元と吉川広家だ。

家康は、秀秋の向背がはっきりしないとき、この南宮山の毛利隊がわが陣の背後から襲ってくるのではないかと危惧したくらい、この二万に近い敵を意識していたのだが、家康が午前九時すぎ馬を進めて関ヶ原の東口に来たとき、毛利も吉川も手を出さなかった。家康は、そのまま三、四町前進したが、その通路に当る山麓を家康の本隊が通過しても毛利方は鉄砲ひとつ撃たない。南宮山の峰から、その麓の路までは、さしわたし百間ぐらいしかなく、山峡《やまかい》のため、敵味方がいかにも間近く見えたのだが、山上の両隊はただ家康の通過を見物するばかりだった。家康、大いに安心したが、毛利秀元も、吉川広家も、とうに家康に対して誓約書を出しているのは前に記した通りだ。この両家は、積極的には西軍を攻撃しなかったものの、その苦戦を終始傍観していたいわゆる東軍への中立援助だ。

家康は、小早川秀秋の隊が松尾山を下り、大谷の陣地に突入するのを見て大いに悦び、直ちに鬨の声をあげさせた。全軍、これに応じ、喊声は関ヶ原の山野を動かし、士気十倍した。東軍の前線部隊、ここにおいて総攻撃を開始したのである。

怒髪天を衝いたのは大谷吉継である。もともと、彼は秀秋の心を見抜いて、これに備えていたから、秀秋軍が松尾山を駆け下って味方を攻撃したのを見ても今さらおどろきはしなかった。彼は六百人の決死隊でこれを防いだ。そして、他の支隊も前面の敵を棄てて吉継の本陣に集り、一致して裏切りの小早川隊に当った。その勢いは五町にわたって小早川の兵を撃退し、さらに、家康から秀秋につけられた軍目付奥平貞治と、兵三十余人を仆《たお》した。大谷隊の全士卒がいかに秀秋に激怒していたかが分る。

秀秋これを見て、自ら采配をふるって本隊を進めた。吉継の麾下、平塚、戸田の諸隊は大いに奮戦し、秀秋の本隊を撃退した。敵三百七十余人を殺傷したというから、大谷隊の捨身の攻撃が知れる。事実、大谷隊も士卒百八十人が仆れた。

秀秋の裏切りは半ば織込みずみではあったが、やはり西軍にとっては大打撃だった。だが、秀秋隊の寝返りよりも、もっと寝耳に水だったのは、脇坂、朽木、小川、赤座らの諸隊の裏切りである。

大谷吉継は秀秋ばかりをマークし、これらの諸将には注意を向けなかった。のみならず、彼はあくまで脇坂らの誠実を信じて、小早川隊のいる松尾山の側面に右の諸部隊をして備えさせていたのだ。つまり、秀秋が裏切って西軍に突入するときは、これらの諸隊が側面から打ってかかり、小早川隊の行動を牽制する役目にしていた。

ところが、脇坂、朽木、小川、赤座らは、小早川隊が松尾山を駆け下り、大谷隊に突入するのを見て、戦局すでに西軍に分《ぶ》なしと判断した。すなわち、彼らは小早川隊に合流し、いっしょになって西軍を攻めたのである。もっとも、このうち、脇坂は、家康に内通していた一人だったから、当然の行動といえる。西軍は、吉継をふくめて、夢にもそれに気づかなかっただけだ。

脇坂、朽木らが大谷勢の戸田、平塚の隊に向かうのを見た秀秋は、これで気を取直し、ここで三方から大谷隊を攻めた。さしもの大谷隊もたまりかね、遂に潰滅となり、隊長の戸田重政、平塚為広は討死した。

吉継は、もし、秀秋が裏切りすれば、西軍の勝利なしと思い、自分から死を覚悟して、戸板の輿に乗って本隊を指揮していた。彼は癩のために身体は糜爛《びらん》し、その眼もほとんど盲《めしい》に近かった。

吉継は湯浅五助という家来をそばに従えていたが、戦闘中、彼は五助に、合戦は敗けか、敗けか、と、たびたび訊いた。五助は、まだ、まだ、と答えていた。

そのうち三方から攻めたてられ、大谷隊潰滅必至となったので、はじめて五助は、御合戦は御敗けにて候、と教えた。

吉継は乗りものから半身を出し、

「さらば、すぐにわが首を打て」

と命じ、不自由な手で脇差を抜くと、腹に切尖《きっさき》を当てた。五助の刀がその首を刎ねた。

吉継はかねがね五助に、

「首は隠して敵に渡すな」

と云いつけていたので、五助は約束どおり吉継の首を地中に埋め、ついで自分も討死した。

この五助はもと関東の浪人で、大谷家では小身なうえに新参者だった。三十そこそこだったというが、彼を知っている者は、いかにも静かで物柔らかな男だった、と寄合の席などで話が出たそうである。

大谷隊の全滅は西軍にとって大打撃だった。なんといっても吉継は西軍の大黒柱だ。宇喜多、小西などは心あるも力弱く、力のある毛利、島津、長曾我部その他の諸隊には、心がなかった。

思えば、吉継は、はじめ家康に従って会津征伐に合流せんと越前から垂井の駅に来たとき、三成のために口説かれ、いったんは三成の無謀を諫めて去ったものの、心を返して親友のために協力した。このときから吉継の心中には、今日の覚悟があったに違いない。ただ、彼は破局を予想しながらも、秀頼のためといわんよりも三成のために、何とか東軍と五分五分のところまで勝負を持って行き、事態を収拾したかったのであろう。

大谷隊が潰れると、秀秋の軍勢は西軍の背後に回った。その騒ぎに西軍の陣中はどよめき渡り、すわ謀叛人が出たぞ、裏切り者が出たぞ、と口々に呼ばわった。

これまでやっと踏み止まっていた西軍諸隊も、それを聞いて俄かに戦意挫折した。小西行長の隊がまず崩れ立った。その動揺は次の宇喜多隊におよび、いずれも東北方面に向かって潰走しはじめた。その死傷兵二千余人。

宇喜多秀家は秀秋の裏切りを怒って単身引返して秀秋と決闘をしようとしたところ、家来に諫められて、僅か数人の供廻りで戦場を落ちて行った。

この小西、宇喜多隊の敗走の前面に島津隊がいた。島津は、この東西両軍の激戦中、未だ戦闘を開始していなかった。さきに石田三成自身が、馬を駆って催促に行ったとき、島津義弘がこれを断わって以来、ずっと動かずにいたのである。

だが小西、宇喜多の敗残兵が、島津隊の前面にまぎれこみそうになってきたので義弘は、

「いやしくもわが隊を乱す者は、敵味方を問わず、容赦なく斬れ」

と命じ、兵をして膝を折らしめた。敗残兵、怖れて島津隊に近づかず、避けて逃げた。彼らは背後に迫る敵兵に追われ、池寺池に落ちて数十人が溺死した。

目立ったのは、石田三成隊の奮闘だ。石田隊は、黒田、細川、田中といった東軍の最有力部隊と激戦を交えていたが、午後になってもまだ勝敗が決しなかった。これをみても三成が一介の文官でなかったことが分る。彼はとにかく今度の戦争の張本人だから、家人も主に心を合わせ、必死になって敵に当ったのであろう。その上、藤堂高

虎、京極高知の隊が右側から襲い来て射撃したが、石田隊、毫も屈しない。互いに一進一退、散るかとみれば集り、集るかとみれば散り、刀槍を交えること七、八回にもおよんだ。

だが、そのうち、味方の宇喜多、小西の諸隊の潰走がはじまったのを見て、さすがに石田隊も気力を失った。重立つ家臣は次々と戦死し、ほとんど全滅となった。三成は西北の山間に逃走した。黒田隊これを追撃したが、山腹まで到ってようやく停止した。

こうして西軍の宇喜多、小西、石田の諸隊が戦場からほとんど逃走したのだが、ひとり隊伍を整えて依然として踏み止まっているのが島津の一隊だ。そこで、当然、島津隊は、本多忠勝、福島正則、小早川秀秋らの諸隊の一斉攻撃の中心に曝された。

13

薩摩隊の部将島津豊久は、

「敵兵が接近しないうちは射撃するな」

と命令した。兵みな折敷《おりし》いて敵の来襲を待った。至近距離になって島津隊は一斉射撃をしたが、勝ち誇った東軍は弾丸をものともせず、刀槍の襖を作って突入してきた。

島津の前線部隊もまた抜刀し、ここに両軍凄絶な白兵戦となった。

敵味方入り交っての混戦となり、僅かに合言葉を呼び交して区別したが、それすらはっきりしないくらいの激闘だった。しかし、衆寡敵せず、さすがの薩摩隼人も見るみるうちに仆《たお》れ、次第に数が少くなってゆく。

このとき島津義弘は小高い丘に上がって戦況を視察し、自隊の死傷が過半数に達しているのを見て、甥の豊久と、重臣の阿多盛淳《あたもりあつ》を呼びつけた。

「うしろには伊吹山の嶮がある。前には雲霞《うんか》の如き敵兵がある。今さら年老いたわれは山路を歩く体力もない。向うに見えるのは、その旗印からして必ず内府（家康）の居る陣所であろう。一期《いちご》の思い出に、内府の旗本に突入し、思い切り戦って斬り死しよう」

と義弘は述べた。

豊久、盛淳両人、これをしきりといさめた。義弘もようやくこれに従ったが、かつては秀吉の九州征伐に際して、上方勢に一泡も二泡も吹かせ、朝鮮役でも奮戦した義弘も、今や老余の身となっていたのである。

ここで三人議して、全隊一団となってかたまり、果敢な敵中突破を試みることにした。

さて、その退き口《の》の通路である。関ヶ原から京都に出るには通路が三つある。伊吹路にかかって北近江を通り京都に出るのが一つ、佐和山街道を経て京都へ入るのが一つ、伊勢路に出て京都に回るのが一つ、これその三である。

この三路のうち、いずれが帰国に最も便利であろうかと、盛淳が家来一同に訊いてみると、みんな重大な問題なので即答する者がない。このとき醍醐院《だいごいん》喜兵衛という四十九歳になる老士がすすみ出て、

「今日の家康のやり方を見ていると、丁度、袋の口を結ぶような作戦で、西軍の敗兵を京、大坂辺に入れぬため、小早川秀秋以下の大勢をもって京口を圧迫している。そして、他の先鋒隊には敵兵の追討ちをかけさせ、北国に通じる伊吹山に追い込み、敗残兵を上方から遠ざけ、分散させてから各個撃破に出るようである。したがって、家康はすぐその大部隊を以て佐和山街道経由で京、大坂に入ると思われる。よって今、われらが伊吹路にかかるときは、帰国の望みは十のうち一分もなく、全滅に至ることは必定《ひつじょう》である。われらは、敗れたとはいえ未だ数百人あるから、この人数をもって敵中を斬り通り、駒野峠にかかり、伊勢路を経て帰国を目指したほうがよろしかろう」

と意見を述べた。

喜兵衛は、この関ヶ原に来てから地理を調べていたので、その云うところ大体正鵠《せいこく》を射ていた。軍議はこの案を採り、敵中を強行し、伊勢路に出ることに決したのである。

とはいえ、これは決死行だ。西軍の戦闘部隊全滅した今、東軍は島津だけを目指して総がかりで襲ってくる。その中で血路を求めるのだから生還は期しがたかった。義弘は隊伍を固め、陣列を「繰抜《くりぬ》きの御陣法」に採り、一番を豊久、二番を盛淳、三番を先手隊とし、これを敵中疾走の機関車となし、義弘の本隊これにつづいた。この場合、本隊が即ち殿軍《しんがり》であった。尚、「繰抜き」の戦法とはよく分らないが、敵中突破のため、錐《きり》を揉むように進む隊列であろうか。

「急ぐなよ又急ぐなよ世の中を定まる風の吹かぬ限りは」

と、義弘はその場で数回高らかに自作の和歌を詠じて発進した。

士卒は列を正し、やみくもに、鬨の声をあげた。小人数といえども必死の鬨の声なので、天地も覆り、山野も裂けるばかりであったという。島津隊は馬標《うまじるし》を折り、相印を取り去って、東南にむかった。

福島、小早川、本多、井伊の諸隊は、忽《たちま》ちイナゴの如く群がって島津隊を追撃した。豊久は馬を返して、敵の先手と交戦したが戦死した。豊久の士十余人もみな討死をした。

本隊の義弘は、豊久の隊とは一町ばかり離れているうえ、彼我交錯しているので、まだ豊久の死が分らなかった。このとき本多の兵が、「豊久の首を打ち取ったり」と連呼した。

井伊隊、これを聞いて阿多盛淳の隊を急襲した。盛淳は義弘が遠く退いたのを聞いて、

「われこそは兵庫入道（義弘）なり」

と呼ばわった。井伊勢は義弘と思い違いし、盛淳を囲んで仆した。

義弘の本隊は福島隊に尾撃されたが、義弘は取って返し、これを破っては退いた。真に死地の戦いである。

この島津方の死戦を見ても、味方であるはずの毛利勢は傍観したまま、南宮山で高処《たかみ》の見物をつづけ、島津勢を見殺しにした。幕末から明治にかけての薩長の不仲の原因は、こんなところから生れたのかもしれぬ。

さしもの島津勢も千五百の人数が僅か八十余人ばかりとなった。それも、あるいは傷つき、あるいは疲労し、ほとんど役に立たない。これを抱えて牧田川を越え、多良《たら》方面に向かって逃げようとした。

このとき義弘は葦毛の馬に乗っていたが、従者は一人がうしろに向かって鉄砲を放てば、他の一人が列の中に走りこんで玉ごめするといううぐあいで、これを繰り返しながらの退却だった。

井伊直政、葦毛の馬を望み、「あれは敵将か」と側の者に訊いた。あれこそ兵庫頭殿に相違ござらぬと答えると、あの葦毛の馬に乗ったる大将はわしが討取るぞ、と叫

び、直政たんだ一人で乗り出した。

このとき島津方より射った鉄砲が駆け出した直政の右腕に当った。直政、槍を取落したが、家来より受けとり、なおも進もうとするところを、もう一弾が馬に当ったため、どっと落馬した。直政の家来二人が彼を抱えて近くの空家に連れこんだが、出血甚だ多く、直政は意識不明になりかかった。しかし、血止めの薬を持っている者は一人もいない。

このとき家来の一人が、気つけとして黒焼の薬を直政の口に入れた。直政、気づいて眼をあけ、敵はどうしたか、と訊いた。残らず落ち行きて候、と答えると、敵を討たずに終ったのは残念だ、と直政また気が遠くなりかけた。

そこで、家来がもう一度気つけ薬を口に含ませると、直政は、これを吐き棄てた。家来が、「気つけ薬にてはござなく候。御血止め薬に候」と云うと、血止めならば、よし、と云ってそれを呑みこんだという。これでみると、疵を負って意識朦朧となるのは武士の恥だったらしい。

それほどよく効く気つけ薬とはどんなものか。ためしに富士川游博士の「日本医学史」室町時代の項をみると、「人参、白芷《びゃくし》、黄蘗《おうばく》、松緑、紫川車、甘草《かんぞう》、麒麟血《きりんけつ》、合歓若緑、各二分、以上八味」が当座の気つけ薬で、三服を与え、一服でモタなかったならば助からぬ、とある。また、疵《きず》につける外傷薬としては、「麒麟血、松緑、麻ノ霜、ホコリ茸、各等分、右何レモ細末トシテ疵ノ口ヘヒネリカケヨ」とある。

筆者などには何のことだか分らないが、いずれ、薬草や毒草の配合であろう。

こうして義弘は、毛利方の傍観する南宮山の西南麓を過《よぎ》り、伊勢路を指して、駒野峠をすぎ、裸になってようやく死地を脱し得た。日本戦史にも敵中突破は数々あるが、これくらい凄じいのも珍しい。

――残余の西軍の部隊はどうなったか。

長束、安国寺の両隊は、毛利隊といっしょに出撃しようと使いを出したが、もとより、東軍に内通した吉川広家らは、言を左右にして動かなかった。そこで、彼らは敵情や戦況を視察させるため、使いを関ヶ原にやったところ、路で島津隊の退却するのに出遇い、その敗軍の模様を聞いて帰った。これを聞いた長束正家は、忽ち戦わずして伊勢に走った。

また、南宮山麓に陣した長曾我部盛親も関ヶ原に斥候を出したが、はじめは要領を得ず、二度目の物見が西軍の潰滅後の有様を報告した。盛親も戦わずして伊勢に走った。また、吉川らは福島正則、黒田長政の勧めに従って、これも一戦も交えずして近江に退いた。毛利秀元も大坂に帰るため、これまた近江に向かった。安国寺恵瓊は逸早く遁走している。こうしてみると、三成は、ずいぶん頼りにならぬ味方をアテにしていたといわねばならぬ。特に安国寺恵瓊は、毛利輝元を大坂方につけた首謀者の一人だ。

ところが、この東西両軍天下分け目の戦いに際して、毛利は大兵を擁しているのに、遂に一発の銃を放つことさえしなかった。また、長束正家にしても、東西両方に出撃不便な山地にわざと陣どっている。長曾我部も徒らに斥候を関ヶ原に出すばかりで、果して初めから戦意があったかどうか疑わしい。

だが、彼らはともかく関ヶ原まで来ているのだから、まるきり戦闘意欲がなかったわけではあるまい。また、家康に内通した形跡も見えぬから、要するに、東軍の勢いというよりも、家康を恐れた臆病風にとりつかれたのである。

動かざる毛利に較べてわずか千五百の少数ながら悪戦苦闘し、鶏が羽毛をむしられるように、八十人に減じて敵中突破を強行した島津の奮闘ぶりは、印象的である。

西軍には、統一がなく、また裏切者があり、さらに拱手傍観した毛利、吉川のような、消極的な利敵行為をした部隊もあり、さらに安国寺、長束、長曾我部などのように家康に射竦められて手も足も出なかった部隊もあったが、それでも、大谷、宇喜多、島津、石田隊はよく戦い、しばしば東軍を撃退した。その戦闘が午前八時にはじまって正午をすぎても勝敗の色が判りかねたというのは、西軍の善戦ぶりを物語っている。家康もたびたび手に汗を握り、爪を嚙むことが多かったのである。

東軍の勝利が決定したのは午後二時ごろであった。家康は天満山の西南に本陣を据え、頭巾を脱いで、裏白という一枚張の兜をつけ、青竹を柄にして美濃紙で張った采配を持ち、兜の緒を締めた。勝って兜の緒を締めるのはこの時である、と云ったというが、彼の得意や想うべし。

ここで首実検がはじまったが、一番に黒田長政を前に呼び、かけていた床几をはなれ、長政の前に行き、

「今日の勝利はひとえに御身が日ごろの誠忠によるところである。何を以てその功に報ゆべき。わが子孫の末々まで黒田家に対しては粗略あるまじ」

と礼を述べ、長政の手を推し戴いたという。このときの言葉がのちに生きて、例の栗山大膳の騒動のとき、黒田家は安泰で済んだのである。

そのほか、福島正則以下の諸将の功を犒《ねぎら》った。小早川秀秋は家康の前に進み、伏見城籠城の際に参加できなかったことを詫び、進んで三成の居城佐和山城に向かうことを乞うた。家康は、今日の大功神妙なり、と賞めて、それを許した。

こうして家康が関ヶ原をすぎて大津まで来たとき、ようやく中仙道の秀忠軍三万八千が呆然として到着した。今となっては、何の用にも立たぬ泥人形の軍隊だ。

家康怒って、しばらくは秀忠の面会を許さなかった。

14

何故に秀忠軍はかくも遅延し、肝心カナメの関ヶ原の会戦に間に合わなかったのであろうか。

当初の計画では、家康が東海道、秀忠が中仙道と両道に分れて会戦場に合流する手筈だった。秀忠は八月二十四日宇都宮を発し、信濃に向かった。兵力およそ三万八千。もし、この大軍勢が関ヶ原の戦いに間に合っていたら、勿論、勝敗はもっと早くカタがついていた。家康も戦局混沌の際、爪を嚙むこともなかったのである。しかも、秀忠軍には、榊原康政が先手となり、つづいては大久保忠隣、さらには本多、酒井、奥平、菅沼、真田（信之）、小笠原といった豪勇の士が揃っていたことだ。家康も惣領の初手柄を思って屈強の士を付けていたのだ。参謀には、家康の信任最もあつい本多正信を派した。

秀忠軍は軽井沢から、九月二日に小諸に到った。小諸の先には、上田城に真田昌幸がいる。中仙道をゆくには、この城下を通過せねばならぬ。

ところが、昌幸は、表面秀忠の勧誘に応じるように見せかけて、せっせと上田城の守備を固めた。様子を見ていた秀忠は、五日に小諸を発して上田城を囲んだ。

真田昌幸には二人の子があった。長子が信之、次子が信繁である。真田家は元来信州の豪族で、まえは武田信玄についていた。信玄死後に独立したのだが、それには秀吉を大いに徳としたことがある。

信玄が死んで、北条氏政がしきりと信州をうかがった際、真田の土地を奪った。秀吉はかねて真田に本領安堵を与えていたので、北条の不信義を責めた。秀吉の北条征伐の口実には、このことが一つ入っている。秀吉からすれば北条退治の大義名分にしたのだが、真田は秀吉の恩を感じたのである。

そこで、石田と徳川の二つに天下が分れたとき、真田昌幸としては、どっちにつくか去就に迷った。ことに長子信之の妻は、徳川の勇将本多平八郎忠勝の女《むすめ》だ。その関係もあって、信之は関東方につくことを主張した。弟信繁は豊臣の恩顧を思って西軍につくことを主張する。昌幸、遂に決断して信之を家康につかせ、自分は信繁と共に西軍に投じた。これが昌幸の狡いところだと評する者がある。つまり、どっちに転んでも真田家の社稷《しゃしょく》が残るようにしたというのだ。丁半両方に張ったというわけである。

少し詳しく云うと、真田昌幸が初めて石田方の連絡を受けたのは、彼が家康について会津征伐に行き、野州小山の近くまで来たときだった。三成の密使は、西軍に味方するようにしきりと説いた。

　昌幸は、信之と信繁に相談した。その結果、昌幸と信繁は石田方に加わり、信之は徳川方に参加することになった。昌幸はただちに兵をまとめて、信之の居城沼田に向かったが、留守をあずかる信之の妻、すなわち本多忠勝の女は城門を閉ざして昌幸の軍を城内に入れなかった。昌幸は、別段の儀ではない、久しぶりに孫の顔を見てしばらく城中に休息したい、と云い送ったが、信之の妻は、今ごろ家康公を棄てて帰陣し給うのは合点いかぬ、たとえ舅であろうと、わが夫のゆるしなくお入りになるのはお断わりする、もし、強《た》って城に入ろうと思召さば、まず幼児を殺し、城に火をかけて自害する、と云った。昌幸の使者が城門を出るときには、すでに櫓には弓、鉄砲を構えた兵が備えられ、女房どもは薙刀《なぎなた》を持って鉢巻姿で睨んでいた。昌幸それを聞いて、まことに本多が女なり、と感歎し、沼田を素通りしてそのまま上田へ急いだ、とは「明良洪範」にある話。

　一方、信之は小山の陣に駆けつけ、父の謀叛を告げ、自分には異心のないことを家康に誓った。真田家は、そのため、信州松代《まつしろ》に維新まで無事なるを得た。

　話を元に返す。秀忠は上田城の攻略にかかったが、ひとひねりの小城と思いきや、どっこい簡単には落ちない。三万八千の兵で総攻めにしたが、昌幸は楠正成の兵法よろしく寄手《よせて》をさんざん悩ました。遂に、この渺《びょう》たる小城のために十数日も無駄な日を費すことになった。

家康から秀忠につけられた参謀の本多正信は、この城をそのままにして通るには、あまりに穏便すぎて、家康の聞えもいかがかと思われる、秀忠の戦功のため、攻め落すべし、と主張した。

戸田一西《かずあき》という者、こたびの西上は急を要すから、ここには若干の兵を置き、本隊は急ぎ通過したほうがよい、と云った。正信聞かず、とうとう、ここに膠着させられることになった。

しかも、とうとう落城させる見込が立たず、正信も参って、戸田の説に遅ればせながら従った。秀忠軍は足を速めて木曾路を上ったが、間に合わず、九月十七日、木曾妻籠《つまご》まで来たとき、関ヶ原の終戦を聞いたのである。

家康が秀忠に対して不機嫌だったのは当然だ。ようやく他の者のとりなしで秀忠は家康に会うのを許されたが、このとき家康、秀忠に云った。

「およそ、合戦とは囲碁と同じである。大事な石だけを得たら、相手のほうにどれほど目を持たせ、石があろうとも、それは結局役には立たないものである。このたびの一戦だに勝たば、真田ごとき小身は、何ほど城を持ち固めようとも、遂にわれわれの勢に怖気《おじけ》づいて城を明け、降参するものである」

叱ったあとで家康は訊いた。

「そちの供をした者の中に、かようなことを云った者はなかったのか？」

秀忠は、

「戸田一西が上田表で同じことを申しました」

と、小さな声で面目なさそうに答えたという。

責任者の榊原康政は、この責を負って遂に引退した。ただ、作戦を誤った参謀本多正信が依然として家康に用いられたのは、秀頼退治も残っていることだし、彼の奇才にまだまだ利用価値があると思ったからだろう。

家康がまだ京都にも入らず、大坂も押えず、大津にとどまっていても、京都からは公卿をはじめ、神官、僧侶、その他日和見《ひよりみ》主義だった武士どもが陸続と彼におじぎするため集り、門前、絡繹《らくえき》として列がつづいた。皇室が時の権力者を迎えるのは、ことさら珍しくない。

次は石田三成をはじめ、宇喜多秀家、小西行長、安国寺恵瓊の捜索である。関ヶ原の戦場で消えて以来、彼らは消息不明のままとなっていた。家康は、その捜索逮捕方を田中吉政に命じた。吉政は秀吉の下で、近江八幡山の城主だったが、のち岡崎十万石に移されていた。家康は、別に毛利の軍中に恵瓊の消息をさぐらせた。家康は、恵瓊が毛利の中に匿まわれていると見ていたからである。

翌十九日、小西行長がまず捕えられた。彼は伊吹山の麓、粕賀部村にひそんでいたのを発見されたのである。石田三成もつづいて捕えられた。

三成は草野谷という嶮しい岩窟中にひそんでいた。ぼろぼろになったつづれを身にまとい、米を少しく腰につけ、草刈鎌を腰に差し、破れ笠を顔に当て、いかにも樵夫《きこり》の姿で臥していた。村人が、何者かと訊くと、自分は薪を拾う山人だが、いま患いついているところであると答えた。田中吉政は「夏野の鹿を狩るごとく草を分けて」三成を捜索していたときなので、早速、この者を引き立てさせた。見れば、まさしく変り果てた治部少輔である。そのまま縄を打って大津の陣へ連れてきた。

「昨日までは綾羅錦繍《りょうらきんしゅう》に肌を隠し、身を飾り、崇敬せられし身なれど、乞食になり変り、眼も当てられざる有様なり。移り変れる世の中や。(家康が)あまりに不憫に思召し、忝《かたじけな》くも御小袖を下され、衣裳を改め候也。万事正義に非ざれば民の悪《にく》むところ、天之を罰す。因縁歴然の道理、逃れ難き次第なり」

と、太田牛一は書いているが、万事正義に非ざれば云々の説教文句はよけいである。勝者即正義、敗者即悪人とは、東西古来の御用史家の綴るところ。

客観的な観察で定評のある太田牛一の筆も、ここにいたるとイヤになる。

安国寺恵瓊は洛北大原の寺まで逃げのびたが、そこからは鞍馬の月照院に逃れて一両日匿まってもらった。それまで彼に従《つ》いてきた五、六十人の家の子郎党も、てんでに主人の持金を奪って逃げ、残るところは僅か五、六人となった。安国寺はさらに谷へ逃れ、山々伝いに雲畑《くもがはた》という在所に出た。万一にも人に紛れて助かりはせぬかと、そこから東福寺を目指し、乗りもので洛中に出たところを途中で捕えられた。

「五山東福寺の僧綱《そうごう》の位階に進み、紫衣を着して人をさへ教化なすべき沙門の身として十二万石の知行を誇りしに、君主の掟を破り、愚人になりて天下の嘲弄、後代までの褒貶《ほうへん》、仏罰迦法の者にて候也」

と、牛一はやはり媚びた筆誅をしている。

宇喜多秀家は行方不明だったが、江北の山中で死んだと伝えられた。その臣下が秀家自害のしるしとして持っていた短刀を本多正純に示したので、家康は深くも追わず、当分そのままにした。

こうして行長、三成、恵瓊いずれも捕えられたが、残る長束正家は南宮山からその居城近江水口に一旦は逃げ帰り、さらに、九月晦日《みそか》、日野において自殺した。

臨時監察長官田中吉政は、捕えた三成がひどく衰弱しているので、守山の地に養生させた上、大坂に引き立てた。ここでは小西行長も安国寺恵瓊もいっしょだった。このとき三成は訊問に答えて、

「武運拙《つたな》きは古来珍しいことではないから、自分は別段家康を恨みには思っていない。早速成敗されよ」

と云った。

浅野幸長と細川忠興とが三成を見て、

「日ごろの治部の利口に似ず、かような体たらくと相成り、見苦しき限り」と冷嘲した。もともと、二人とも三成とは最も仲がよくなかった。三成は、両人に向かい、

「討死しさえすればよいというのは端《は》武者のことで、大将たる者は何とかして逃れ、再挙をはかるのが心がけというものである。おれは臆病で逃げたのではない。大坂へ入り、家康と一戦せんと思っていたのに、こと志と違ったのは運のおよばざるところ、やむをえないまでだ。きさまらは武将の心得を知らぬとみえる」

と、かえってあざ笑った。福島正則これを聞いて、治部の申すこと至極尤もなり、少しも恥辱に非ず、と云ったという。

そのあと、三成、行長、恵瓊の三人を伝馬に乗せ、一条の辻から室町を下り、寺町に出て六条河原に引き出した。見物人群れをなしたが、そのとき坊主が出て、処刑前の念仏を唱えようとした。しかし、三成は自分は法華宗だからといって念仏を拒絶した。恵瓊は禅宗の出家とて、これまた念仏を断わり、行長はもともと吉利支丹だからこれも念仏を拒否した。坊主は憎たれ口を叩いて引込んだ。三人の首が刎ねられたのは十月朔日のことである。

この合戦によって、家康が完全に天下の実権を握ったのはもとよりである。彼は大坂城に乗りこんで秀頼以下を威圧した。

大坂城にあってモタモタしていた西軍の主将毛利輝元は追い出された。毛利は家康の恫喝にあい、安芸、備中、備後、因幡、伯耆、出雲、隠岐、石見の八州を削られ、防長二州だけをやっと残してもらった。これでは毛利秀元と吉川広家とが、何のために関ヶ原で東軍に中立援助したか分らぬ。

しかるに、家康に敵対した島津は、薩隅二州の全きを得た。関ヶ原で義弘の果敢な敵中突破ぶりを見た家康は、島津を武力で討伐するの容易でないことを知り、かえって懐柔に出たのである。義弘の猪突が無駄でなかったわけだ。義弘、薙髪《ちはつ》して惟新と号した。

この関ヶ原の戦の留守中、火事場泥棒的な働きをしようとした筑前の黒田如水、肥後の加藤清正のことにもふれたかったが、別の機会にゆずる。

戦後、家康は大名たちの論功行賞をなし、封地の配置転換を行ったが、これが大坂の秀頼圧迫の態勢となり、ひいては徳川幕府の保存体制に通じたのは云うまでもない。

直《なお》江《え》兼《かね》続《つぐ》参上

南原幹雄

南原幹雄《なんばらみきお》（一九三八〜）

東京都生まれ。早稲田大学政治経済学部卒業後、日活に入社。一九七三年「女絵地獄」で第二一回小説現代新人賞を受賞しデビュー。ダイナミックな物語に定評があり、『抜け荷百万石』、『天皇家の忍者』などの伝奇色豊かな作品から、『謀将直江兼続』、『名将大谷刑部』などの歴史小説まで作風は幅広い。〈付き馬屋おえん〉シリーズは、山本陽子の主演でテレビドラマ化された。『闇と影の百年戦争』で第二回吉川英治文学新人賞を、『銭五の海』で第一七回日本文芸大賞を受賞。長年の功績が認められ第三回歴史時代作家クラブ賞の実績功労賞を受賞している。

一

奥州米沢にも、さわやかな初夏が到来していた。

山々の緑は艶をまし、雲の色、日の光も夏の匂いをおびてきた。風にも空気にも溌剌としたかがやきがある。

夜は昼間のながさとは反対に、短夜《みじかよ》のおとずれである。ふと気がつくと、外はもう暁である。

米沢城の門番は、暁に、人のおとずれをうけた。

「直江山城守《なおえやましろのかみ》さまにお会いしたく、伏見からまいった」

訪問者は暁闇《ぎょうあん》のなかに影のごとく立っている。

その影は懐中からちいさな札をだして見せた。札には千という文字と景という文字が焼きつけられている。

門番は行灯の明りで、その札をたしかめ、

「千坂《ちさか》対馬守さまのご使者だな」

と聞いた。

「左様」

とこたえた影は、上杉家の伏見留守居役千坂景親《かげちか》のつかっている忍びの者である。

「ご案内いたそう」

門番はただごとでないと察し、使者を城内にみちびいた。

米沢にはこのたび、太閤の命によって越後から百二十万石に大加増されて入部した上杉景勝《かげかつ》の執政、直江兼続《かねつぐ》が三十万石で入城していた。城は米沢平野の中央にきずかれた平城である。本丸と二の丸を中心とした城で、三の丸はなく、松川の支流が城下をながれている。

千坂景親の使者は本丸に案内され、玄関脇の小部屋にとおされた。使者が口上《こうじょう》をのべたり、書状を伝達したりするときにつかわれる部屋である。

部屋はまだ暗い。行灯に明りがともっている。

やがて、足音がひびき、一人の大柄な武将があらわれた。すらりとした上背があり、肩幅もたっぷりある、容貌すずやかな人物である。

「千坂対馬守さまからのご報告をおつたえにまいりました」

使者はその武将を城主直江兼続と信じて言った。

「上方《かみがた》で何かおこったか。申してみよ」

その人物はうながした。

「はっ、このたび、太閤殿下が病に臥《ふ》された、とのことでございます」

使者はこたえた。

「太閤さまが病に臥されたか。では、重い病じゃな。すこし待て、山城守さまを呼ぶ」

使者が直江だとおもった人物は、直江兼続本人ではなかった。その人物は部屋をでていった。

間もなく、ほとんどおなじ足音が聞え、でていったとおなじ人物がもどってきた、と使者はおもった。背丈、肩幅、容貌はおなじであるが、衣服がちがう。さい前までの袴姿が着流しにかわっている。

使者は戸惑いを見せた。両人はあまりにもよく似ている。似過ぎている。足音までおなじだ。同一人物ではないかと使者はおもった。しかし、

「直江兼続である」

とその男は名乗った。

(前のは影武者であろう)

と使者は納得した。

「太閤さまはいつ病に臥された」

と兼続は聞いた。

「今月五日からだそうでございます」

使者はこたえた。

今日は五月十日である。どういう経路をとったか、たった五日で使者は伏見から米沢までやってきたことになる。

「病の見通しは?」

「およろしくありません。ご病状については、追ってまた、報《しら》せがございましょう」

兼続はうなずき、

「世の中は今、いちばん大変なときじゃ」

溜息をつくように洩らした。

今、わが国は二度めの朝鮮役をおこなっており、諸将と大軍を朝鮮へおくっている。太閤は老齢にいたって唐土への領土的野心から、文禄元年、十数万の大軍をもってまず朝鮮に攻め入った。はじめは連戦連勝をほこった日本軍も、やがて制海権を朝鮮軍におさえられてしだいに不利となり、講和をむすぶにいたった。けれども昨慶長二年、太閤はふたたび大軍を渡海させ、二度めの朝鮮役に突入していた。しかしこのたびも戦績はおもわしくなく、前回以上の泥沼におちいっていた。太閤自身も外征に倦《あ》き、遠征軍の一部を撤退させているところである。

そんなさなかに太閤は重病となった。すでに太閤は六十三歳である。信長の後をうけて天下の主《あるじ》になった太閤は心身ともにおとろえを見せていた。

「千坂さまもそうおっしゃっておられました」

「国の内外でおおきな混乱がおこるであろう」

兼続は眉をひそめるように言った。

天下の諸将があまた大軍とともに外征にでていったなかで、幸いというべきか、上杉景勝は転封とかさなって、家康、伊達政宗とともに留守をあずかることになった。

上杉家は今年三月から転封にともなう大移住をはじめ、まだその端緒についたばかりであった。会津若松城、米沢城らの整備もすすんでいなかった。

「つぎの報せをお待ちくださいませ」

「遠路大儀であった。しばし休んでいくがよい」

兼続は使者をねぎらった。そして一方、天下の波瀾を予想し、それへの対応の準備にすぐさま入った。

「主水助《もんどのすけ》」

自室にもどるや、さい前使者をとりついだ自分と瓜二つの近習樋口《ひぐち》主水助を呼んだ。

主水助が兼続の前にすわると、どちらが本物の兼続だかよくわからない。年齢が三つ四つ主水助のほうが下である。一つ、両者のはっきりとした違いを言えば、主水助のひろい額の左のほうに戦場でうけた一寸余の太刀疵の痕がある。が、これは両者があまりにもよく似ているので、間違いを避けるために主水助がわざと自分の額に疵をつけたのだという噂もある。

「太閤さまが、ご他界されたときの準備をいたさねばならぬ」

兼続は太閤によって三十万石までの大身に取りたてられた身であるが、太閤重病についての感傷を表にあらわしていない。きわめて沈着なる謀将の面影だけが色濃く、その面《おもて》に浮いていた。

「はっ」

主水助はかしこまって兼続の命令を待った。

「与板《よいた》組十七人を、かねての予定どおり関東へ潜入させよ」

兼続の言葉はたったその一言でよかった。主水助にはそれだけで十分理解することができた。

与板組というのは、兼続の旗本というべき家臣団で、上杉家の中にあって馬廻組、五十騎組とともに三手《さんて》と特別に呼ばれている。与板は上杉家きっての名門直江家が本城としていたところである。

「うけたまわりましてございます。与板組十七人は人選もできております。いつにても関東に潜入いたすことができます」

主水助の快諾に兼続は微笑んだ。兼続は生まれついての美丈夫である。微笑むといっそうその容貌はひきたつのだ。

この日の昼から、栃尾《とちお》三郎左衛門、樋口平左衛門、中原助七郎らの与板組十七人は、それぞれおもいのままの姿をして米沢をたち、関東へむかって行った。

彼等のむかうところは関東でも、すでに戦国諸大名の抗争のなかでほろんでいった旧武田氏や旧北条氏が本拠としていた甲斐、相模などの地方である。その地には、本家はほろんだとはいえ、土豪となったり帰農した分家や支族、旧臣たちがそこかしこに根を張り、あなどりがたい勢力をはびこらせていた。

二

八月十八日、太閤秀吉が薨《こう》じた。

この報せも、わずか数日で伏見の千坂から、会津にいる景勝、米沢の兼続のもとにもたらされた。

「太閤死して、世は戦国にもどるか」

ただちに若松城をおとずれた兼続にむかって、景勝はむっつりと聞いた。

この主従はおたがいに少年期から、かたい結縁《けちえん》によってむすばれている。兼続は景勝の母であり謙信の姉である長尾政景《まさかげ》の夫人（仙洞院《せんとういん》）に見こまれて、景勝の近習となり、出頭した。景勝のほうが兼続よりも五歳年上である。

「内府《ないふ》（家康）の出方ひとつによりましょう」

兼続はこたえた。

これは兼続個人のかんがえ方ではない。大概誰しもおもうところである。

家康は豊臣政権における五大老の筆頭であるが、名望、実力は群をぬいている。太閤も自分の死が間近いと知るや、実力者家康を枕頭《ちんとう》にまねいて、再三、老年になってからの子秀頼の将来と豊臣政権の存続を依頼したのであった。太閤にとって死にきれぬ煩悩の最大の原因は、その二つであった。そのために太閤は家康にたのんだばかりでなく、前田利家、毛利輝元、宇喜多秀家と景勝の五大老と五奉行に、秀頼にたいして二心なきことを誓わせたり、諸大名からも同様の起請文《きしょうもん》をとったりしているのだ。

「内府の出方は？」

景勝は言葉すくなに聞いた。

景勝は割合に小柄で、生来、無口なたちである。家来にたいして滅多に口をひらかぬ。ふだんの癖で、手を刀の鍔元におき、口を一文字にひきむすんでいる。

「内府には、積年の野心がございましょう。太閤没後において天下をおさめるべく、今までじっと隠忍自重いたしてまいったとおもわれます。野望達成の時機《とき》到来と、内心、小おどりいたしておりましょう」

兼続がこたえると、景勝は小さくうなずいた。景勝のかんがえとおなじであったことが、これによってわかる。

「しかし内府も、簡単に天下をとれるとはおもうておるまい」

「左様でございましょう。太閤他界せりとはいえ、世に五大老、五奉行がおり、太閤から恩顧をうけた諸大名が健在です。天下の政治は内府の独断によってはおこなわれませぬでございましょう」

と兼続は言ったが、これは一応の建前である。この建前をうちやぶるだけの実力を家康は持っていると兼続はふんでいた。

というよりも、太閤の生前中から兼続は家康が太閤他界後に天下取りにでてくるだろうと予想していたのだ。そのときには兼続はそれをはばむために立ちあがる気概をずっと秘めてきた。それが太閤に目をかけられ、上杉の陪臣《ばいしん》でありながら、諸大名をしのぐ処遇をあたえてくれた太閤への恩返しだとおもっていた。

だからこそ、兼続はかねて与板組のなかから人材をえらびだし、そのときのために関東への手入れを準備していたのである。

「……」

「わが上杉は今が転封のときでございますから、諸大名にも内府にもうたがわれることなく、城の修築や拡張、道路の整備、浪人の召しかかえができましょう。戦《いくさ》準備をいたすにはまたとない時機《とき》にぶつかりました」

転封がおこなわれれば城の修築や城下の整備などをするのは当り前である。まして大増封であるから、家臣の数も従来より大幅にふやさなければならない。それにともなって刀槍や鉄砲をふやすことも仕方がない。

「内府はそれも折りこみずみであろう」

「左様でございましょう。しかし内府が野心をあらわせば、こちらはそれをたたくしかありませぬ」

兼続には家康の野心を粉砕するこころ構えがすでにできていた。

景勝においても同様である。

由来、上杉家にあっては、兼続が執政として軍事をはじめとして家中のすべてを裁決し、それを景勝が承認するという方法がとられていた。兼続の裁決が景勝によって拒否されたことは、今まで一度もなかった。それだけ兼続が景勝にふかく信頼されているという証しであった。あくまで特殊な主従である。

信長、秀吉が天下を取る以前、信州や上野をめぐって、上杉、北条、武田、徳川などの諸雄が入りみだれて争奪戦を演じていた時期が長くつづいた。そのころから上杉と徳川は対立し、上杉は新興の徳川を下に見ていた。上杉にはそういう面子《めんつ》もあった。時代がかわったからといって、簡単には徳川の下風《したかぜ》にたつことはできないのだ。

謙信の時代、信長でさえ上杉の軍勢の襲来をおそれ、つとめて謙信の意向にさからわぬようにつとめていた。まして徳川がことさら上杉の意にさからうことはなかった。景勝の時代になって、やすやすと徳川の意にしたがうようなことはできない道理である。

「内府はしばらく諸侯の様子をうかがい、そのうち徐々に爪をだしてまいりましょう」

兼続には家康のやり口が今から目に見えるようだ。家康は太閤のもとにあって、長年鷹の爪をかくしつつ臣従し、いつかこの時機《とき》がくるのを待っていたのだ。家康がこのまま豊臣政権の維持につとめることは、兼続にはまったく信じられなかった。家康は今年五十七歳。長年の野心を実現しようとするには格好の年ごろである。

「内府のおもいのままにはさせるな」

景勝はひくいが、力づよい声で言った。

「しかと、うけたまわりました」

こたえた兼続の声にも自信があった。

〈天下無双の軍師〉

と太閤にたたえられた兼続が今こそ、その本領を発揮するときがきたのであった。

兼続は永禄三年、樋口惣右衛門兼豊の長男として、越後魚沼郡、上田庄坂戸城下に生まれた。上田庄は長尾政景《まさかげ》の領地であり、兼豊はその家来であった。

樋口家は木曽義仲の四天王といわれた樋口次郎義光の末裔である。兼続は幼名を与六といい、聡明で勇気のある少年だった。景勝の母に見こまれて、近習になったのも、自然ななりゆきだった。

上杉家におおきな変化がおこったのは天正六年である。謙信がとつぜん卒し、家中は二つの勢力に割れた。謙信は生涯妻帯せず、不犯《ふぼん》をつらぬいたので、実子はいなかった。景勝、景虎《かげとら》という二人の養子がいた。景勝は謙信の姉の子である。景虎は北条氏康の七男であるが、人質として上杉家におくられてきたのを謙信が養子にした人物である。

この二人が謙信の後継をめぐってあらそい、当初は主戦論と妥協論とがあった。しかし兼続はいちはやく春日山城の本丸を占領し、妥協論を排して、積極的な主戦論を指導して景虎を追いおとし、自害にみちびいた。この御館《おだて》の乱によって景勝は謙信の後継者となり、兼続の地位もかたまった。これが兼続二十歳のときであった。その翌々年、兼続は越後随一の名家直江家の養子となった。あわせて執政の地位を得て、名実ともに景勝につぐ立場になったのである。

翌年、信長が明智光秀に攻められて本能寺で死に、その後、天下は秀吉のものとなった。兼続は景勝について上洛し、関白秀吉に謁した。兼続二十七歳のときで、景勝は従四位下左近衛権少将に任じられ、兼続には豊臣姓がゆるされた。これでわかるように、兼続は初対面のときから秀吉にいたく気に入られ、いらい特別の恩顧を得るようになり、陪臣でありながら諸大名と同等、あるいはそれ以上の殊遇をうけてきた。兼続の名が天下にあまねく知られるようになったのはそのためである。

それればかりではない。秀吉は兼続を気に入ったあまり、自分の直臣にしようと再三打診してきた。兼続は秀吉の好意は大変に有難かったが、自分はあくまでも景勝の家来であると言って、秀吉の家来になることをことわった。

そのために秀吉は一層兼続の誠実な人柄と気質に惚れこみ、景勝を会津百二十万石に転封したとき、兼続にその中から米沢三十万石をあたえるよう景勝に命じたのだった。これによって兼続は身代でも大大名に匹敵する禄高を得たのである。

三

栃尾三郎左衛門、樋口平左衛門、中原助七郎、それに原田六郎太、水原《すいばら》陣之助、安田右京亮、本庄左近太夫ら与板組十七人はそれぞれ供の家来一、二名をつれて、甲斐や相模に入った。

栃尾三郎左衛門は本庄左近太夫とともに、相模津久井郡にやってきた。津久井郡は相模の北部に位置し、武蔵と甲斐に近く、山間部と平野の中間地帯である。今は徳川の領土であるが、このあたりにも小田原北条氏の旧臣たちが帰農して、暮しをたてている。

栃尾と本庄は安原村というところをおとずれ、村の大地主安原清右衛門をたずねた。安原もかつては北条氏の家臣だったが、小田原の落城後、徳川家の仕官のすすめをことわり、土着して、百姓暮しをしていた。百姓とはいっても大地主であるから、自分から鍬や鋤を手にすることはないが、かつての家来や雇人たちに土地をたがやさせて、六十路《むそじ》を近くにしてしずかな暮しをおくっていた。

安原は上杉家の二人の訪問をうけておどろいた。かつて上杉家と北条家は同盟をむすんだことがあり、ともにたたかったこともあった。が、戦国時代の表裏反覆ははげしく、同盟は長くはつづかなかった。それ以後、北条家はほろび、上杉家との交渉もたえていた。

むろん、栃尾と本庄も安原と面識はなかった。

「直江山城守が家臣、栃尾三郎左衛門と本庄左近太夫にござる」

栃尾が名乗ると、安原は少々けげんな表情を見せた。直江の家臣が安原をおとずれてくるべき理由は何もなかったからだ。

「遠路、おたずねくださったのは、いかなるわけでござりましょう。ご覧のとおり、昔はともかく今はこのように百姓暮しをいたしております」

安原にとって戦場往来の暮しはずっと過去のものであった。

「それは承知いたしてござる。されども安原どのとて、かつての戦場往来をまったくわすれてしまったわけではござるまい。このたび太閤がご他界なされて、世はふたたび戦国争乱の巷にもどる気配がいたしてまいった。安原どのには血のざわめきはござるまいか」

栃尾がそう言うにおよんで、安原の顔に苦笑が浮かんだ。

「のんびりとした百姓の暮しを捨てて、ふたたび血なまぐさい武士にもどる気持はござりません。すでに老骨でございますから」

安原ははっきりとこたえた。武士にもどる気持があるくらいならば、徳川家に仕官をすすめられたとき応じていたはずだ。

「直江山城守さまのたってのねがいでござるが、一度おかんがえになってみていただきたい。ぜひとも山城守さまのお力になってほしゅうござる」

栃尾は安原の拒絶は予期しており、あわてず説得にかかった。

「太閤さまがお亡くなりになったとはいえ、どうして戦国争乱の世にもどると言われるのですかな」

安原は兼続の見通しについてまず疑いをはさんだ。

「豊臣の政権をたおそうとする者が世におるからだ」

「徳川さまでございますか」

「左様、徳川どのは世に騒乱をおこし、それに乗じておのれが天下の主《あるじ》になろうといたしておる」

栃尾がいくらか語気をつよめて言うと、

「もう武士世界のことはわすれかけましたが、武士ならばそういうことがあったとしても不思議はござりますまい」

「だからこそ、山城守さまは安原どののお力をお借りいたしたいとおっしゃっておられる」

「直江山城守さまほどのお方が、どうしてすでに世を捨てたも同然の百姓の力が入り用なのでございましょう」

安原のおおきな疑問がそこにあった。

「ぜひとも安原どののお力がいるのでござる。言葉で申してもよくおわかりいただけぬようだ。山城守さまのこころをお見せいたそう」

そう言って栃尾は供の家来に持参させた包みを安原の前へさしだした。包みは無造作に布につつんである。

やや思案してから、安原はその包みに手をのばした。そして手元にひき寄せ、包みをといた。

中からでてきたのは黄金である。大判十枚がその中に入っていた。

安原はしばらくその黄金に見入り、

「直江山城守さまがどうしてわたしを大枚の黄金でお買いくださるというのか、理由《わけ》がわかりません」

と言って、包みごと栃尾へ押しもどした。

「安原どのにそれだけの値打ちがあるからでござろう。山城守さまは安原どのをどうしても必要となさっておる。ぜひともおかんがえくだされ」

「そうおっしゃられましても、これほどの黄金をいただくわけにはまいりません」

「この津久井地方も元はと言えば北条氏の領土でござった。取りもどそうという気になりませぬか」

栃尾はねばりづよく説得をつづけた。説得をしきれぬかぎり、栃尾も本庄も米沢にかえることはできないのである。

「今のわたしは気楽な百姓の身、田畑をたがやして、収穫を得る。これが人間本来の姿だとおもうております。それにわたしはもう年寄です。天下の争奪だの、領土の斬り取りなどに関心はございません」

安原は栃尾と本庄の説得に容易にこころうごかされぬ様子であった。

「安原どのは本来、武士の血をひいておる。今、田畑をたがやしなすってはいても、代々うけついできた武士の血を消すことはできなかろうと存ずる」

栃尾はそれでも説得をやめない。栃尾も本庄も一日や二日がかりの説得にきたわけではなかった。一ヶ月かかろうと、半年、一年かかろうとも安原のこころをうごかすつもりで米沢をでてきたのであった。

樋口平左衛門、中原助七郎、原田六郎太、安田右京亮らほかの十五人も、甲斐、相模に土着した武田、北条の旧臣らをたずねて、おなじ説得にあたっているのだ。説得すべき相手はみな兼続が以前からしらべあげて、人選をおこなった。事前の調査は忍びの者をつかって十分におこなっていた。いずれも熱心に説得しつづければ、これに応じる可能性があるものとして、兼続はえらんだ。

兼続は、景勝に先立って九月に上洛した。

そして、九月十日、伏見の前田利家邸でおこなわれた太閤の遺品の分配に立ち合った。

このときの遺品の分配は、

徳川家康　遠浦帰帆絵　金子三百枚

前田利家　三好政宗脇差　金子三百枚

上杉景勝　雁の絵

毛利輝元　七の台
宇喜多秀家　最巻
石田三成　吉光脇差　金子五十枚
浅野長政　吉光脇差　金子五十枚
増田長盛　国次脇差　金子五十枚
前田玄以　貞宗脇差　金子五十枚
長束正家　吉光脇差　金子三十枚
小早川秀秋　捨子茶壺、吉光脇差
　金子百枚
大谷吉継　国行脇差
直江兼続　兼光脇差
加藤清正・小西行長・島津義弘・立花宗茂らはいずれも金子三十枚である。

これによれば、五大老のなかでも家康と前田利家が格別の優遇をうけている。兼続は諸大名と肩をならべているだけでなく、主君景勝とほぼ同様の取りあつかいをうけている。兼続の地位と評価がこれによってあらわされていた。

この時期に、家康と利家は相談して、いまだ朝鮮に在留してたたかっている諸将を帰還させることに決定した。そして景勝をのぞく四大老は連署して、在韓諸将に召還状を発した。景勝はこのときまだ京都に到着していなかったのである。

諸将たちはいずれも苦戦しており、朝鮮や明の軍に包囲されている将もいて、召還状をうけたからと言って、ただちに帰国できる将はすくなかった。帰国するにはいずれも難問を目前にかかえていた。

加藤清正、黒田長政、小西行長、島津義弘、立花宗茂、有馬晴信ら在韓の諸将が帰国の途についたのは、ようやくその年の十一月であった。

翌年八月、景勝、兼続の主従は京都在留ほぼ一年にして、会津、米沢に帰国した。転封に際する領内政治のため、両人ともそれ以上ながく京都に在留をつづけることはできなかった。

上杉家は何代ものあいだ越後を本国とし、同地で力をやしなってきただけに、加増されたとはいえ、会津へ移住するには困難な問題が多数あった。故郷の山河への愛着ばかりではなかった。

もともと会津には太閤の腹心蒲生《がもう》氏郷《うじさと》がいて、関東の家康と奥州の伊達ににらみをきかせていたが、氏郷が没して、後の蒲生家ではその任にたえることができなかった。蒲生家にかわって関東と奥州の鎮台をつとめる意味で上杉家が会津にうつされたのである。それだけ上杉家の役目はおもかった。しかもその役目は、今やますます重要になってきたと言える。

転封に際して、上杉家ではまず領内の守りをかためた。兼続の米沢をべつとすれば、

会津郡南山に大国実頼
会津郡伊南に清野長範
河沼郡津川に藤田信吉
安積郡浅香に安田能元
信夫郡福島に本庄繁長
安達郡塩之松に山浦景国
伊達郡簗川に須田長義
刈田郡白石に甘粕景継
置賜郡金山に色部光長
置賜郡中山に横田旨俊
置賜郡荒砥に泉沢久秀
置賜郡鮎貝に中条与次
安達郡塩之松に市川房綱
白河郡白河に芋川正親
岩瀬郡長沼に島津忠直

などを配置した。これは南の徳川、北の伊達を見すえての最上とおもえる守備陣形であった。

それぞれ城や支城を堅固にし、道路を整備し、武器の調達をしなければならなかった。はじめての地であるから、守備をかためるには、自然、地理地形をよくしらべ、交通状態を把握する必要もあった。不備なところがあれば、おぎなわなくてはならない。とりわけ関東と伊達領への警戒を十分にする必要があった。

領内の諸城のほかに領界におく番所をさだめ、番士でかためた。さらに治水は肝要であり、水路や堰堤をととのえねばならない。家臣たちの屋敷割りや、城下町の町割り、越後から上杉家についてきた寺院、職人、商人などの屋敷割りをおこなう必要もあった。

しかも在地土豪らの懐柔もおろそかにできない。これをおろそかにすると、土豪一揆、百姓一揆などのおこる心配があった。これは転封がおこなわれた場合、どの大名もいちばん懸念する事柄である。懐柔に失敗して、一揆によって国を追われた大名の例もある。

四

家康がすこしずつ、かくしていた野心をあらわしはじめた。

太閤が生前にさだめた公家武家法度をやぶりだしたのだ。太閤は晩年、五大老五奉行の制度をつくり、豊臣政権の保持をはかるとともに秀頼を補佐させようとした。

家康はまず、太閤が厳禁した大名間の許可なき婚姻の禁止をやぶり、六男忠輝《ただてる》に伊達政宗の娘イロハ姫をめとる約束をした。ばかりか、自分の養女（久松康元の娘）を福島正則の子忠勝にとつがせることにし、さらに蜂須賀家政の子至鎮《むねしげ》にも養女（小笠原秀政の娘）を嫁にあたえる約束をしたのである。

諸大名が縁組をむすぼうとするときは、上意《じょうい》を得た後で相さだめるべきと法度にあり、太閤が薨じた後は、五大老が同意して血判した誓書に、

〈御法度は今まで仰せつけられていたように守ること、これにそむくことのないように各相談しておこなうこと〉

とさだめたばかりであった。その血判もかわかぬうちに、家康は平然と誓いをやぶった。

このため五大老、五奉行は家康を難詰し、連署して家康に忠告したが、ことはうや

むやのうちにおわった。家康は忠告はうけたが、縁組はいずれもおこなわれることになった。

さらに五大老のうちの実力者前田利家が薨じ、今まで家康の押さえになっていたものが抜け、家康の独断専行は目立つようになった。

家康の増長を助長させたのは、太閤恩顧の部将たちが二派にわかれて抗争をはじめたことにある。武断派の加藤清正、福島正則、黒田長政、細川忠興、浅野幸長、池田輝政、加藤嘉明ら七将は、石田三成、小西行長、増田長盛、長束正家などの文吏派とかねて仲がよくなく、太閤没後において不仲がいちじるしくなった。なかでも文吏派の総帥三成は七将の憎悪を買っていた。肌合いのちがいと五奉行の筆頭として三成がずっと政権の中枢にいたためである。

一方、三成はかねて家康の野心を見ぬいており、どうしても豊臣政権の維持をはかろうと肝に銘じていた。いかなることがあろうと、家康の野望の前に立ちふさがる決意であった。

七将は三成をころそうとし、三成は家康の暗殺をくわだてようとした。いずれもはたさなかったが、利家が豊臣政権維持の立場から三成を擁護していた。

けれどもその利家が他界したために、三成は後盾をうしなった。家康はその三成を五奉行から逐い、近江佐和山城に蟄居させた。

これで中央の政局はほぼ家康の独壇場となった。家康は外征にでた諸大名にたいして、それぞれ領国にもどって休養し、来秋（慶長三年）に上洛するようつたえた。ほかの五大老、前田利長、景勝らもそれぞれ領国にかえるべき事情があった。利長は利家の封を継いだばかりで国へかえらなければならなかったし、景勝も転封直後で、領国経営のために帰国した。

かくして中央には家康だけがのこることになり、家康が一人で政局をうごかすことになった。家康の策謀どおりことははこんでいったのである。

家康はますます勝手な振舞をはじめ、周囲を威圧しはじめた。まず、大坂城内に家康暗殺の謀りごとがあるのを利用して、浅野長政、大野治長、土方雄久を問いつめ、蟄居や配流にした。そして暗殺を教唆《きょうさ》したのが前田利長と細川忠興であるとして、家康は二人の討伐に乗りだそうとした。

細川忠興はすぐさま家康のもとにはしって、弁解をつくし、起請文を入れて、許しを乞うた。

前田利長も誤解をとくことに懸命につとめ、母の芳春院《ほうしゅんいん》（利家の妻）を江戸へ人質におくることで許しを得た。

こうなるともう、家康の振舞は専制君主そのものであった。

「細川、前田のつぎの内府のねらいは上杉であろう」

米沢にあって、千坂景親から得る情報で上方の情勢を憂慮したのは兼続であった。家康のつぎなる標的は上杉だろうと読んだ。

もともと景勝と家康は合わない。しかも会津に領国をもつ上杉は徳川を見張る役目にある。家康も景勝、兼続にたいする警戒感があるのは当然である。

「どのような策をもって？」

樋口主水助は自分とほとんどおなじ姿の兼続にたずねた。

「策などはどうでもよいのだ。理由はないところにもつけられる」

兼続はこたえた。

前田利長、細川忠興がいい例である。兼続はふかい憂慮を見せた。五大老五奉行の制度はもはや無きも同然となった。

「わがとるべき態度は？」

もう一度、主水助はきいた。

「上杉は釈明もいたさねば、弁解もいたさぬ。まして人質などおくりはせぬ」

兼続は明快にこたえた。

「左様でござりましょう」

主水助はうなずいた。

「難題をもちかけられたら、はねつけるまでだ」

兼続のこころに迷いはなかった。恐れもなかった。

しかし用心と準備はしなければならない。

「どのような難題がきますやら」

「内府はまず、こちらの上洛をもとめてくるだろう」

かねて兼続は家康の出方を予想していた。

「上洛には応じないのでございますか」

「こちらは上洛して帰国したばかりだ。すぐまた上洛などできるわけがない。領国政治をやらねばならぬときだ」

断固として兼続はこたえた。

「それで内府は諒解いたしますでしょうか」

「諒解いたすまい。いろいろ裏の手をつかってこよう」

兼続は家康から難癖をつけられたときの用心に、会津若松城を堅固にし、あらたに神指《こうざし》城の新築に着手していた。そして各支城の修築拡大もはじめていた。

若松城は平山《ひらやま》城で、山に近く、拡大するには不適当であった。そのため若松城の北西一里のところにある神指に新城をきずいて若松城を補強することにした。普請の総奉行は兼続自身がつとめ、大国実頼、甘粕景継、山田喜左衛門、清水権右衛門が奉行となって工事ははじまった。本丸の規模は東西約百間、南北約百七十間、塁の高さは三丈五尺、さらに外堀をめぐらすという大規模な工事である。

神指城の普請にあたって、付近の山や森を切りくずし、その石材や木材、土砂をはこびこむ計画がおこなわれた。

その一方、兼続は名ある武将たちの物色をはじめ、前田慶次、車丹波、上泉正俊、上山道及、小幡将監、岡野左内など千石以上の大身をつぎつぎに召しかかえていった。

ところが、このように城を新築したり、修築し、道をととのえ、武器をあつめ、浪人を大勢召しかかえていると、当然、それは噂になって近国につたわっていく。上杉の後に越後を領した堀秀治がまず会津の不穏な情勢を探知して家康へ通報した。

それにつづいて、出羽角館《かくのだて》の城主戸沢正盛も神指城の普請について家康へ情報を提供した。

五

慶長五年四月十三日、家康の使者として伊奈図書と河内長門守が会津にやってきた。

会津中納言上杉景勝と直江山城守兼続が昨今、戦準備のために城をかまえ、道をつくり、橋をかけ、武器を大量にたくわえ、浪人を召しかかえているという情報があちこちからつたえられている。よもやそのようなことは無いとおもわれるが、噂がたっている以上はその真偽をたださなければならない。さらに噂が偽りであるという誓紙《せいし》も頂戴いたす必要がある。それにはまずもって会津中納言と直江山城守とが上洛して、ことの経緯《いきさつ》、真偽をあきらかにすることが必要であろう。

使者の口上はそのようなものであった。

さらに使者は兼続がしたしくしている南禅寺の僧承兌《しょうたい》の書状をもたずさえてきていた。その書状も景勝、兼続の非をあげ、謝罪のためにすみやかに上洛すべきであるとしるしてあった。

使者がいったんしりぞいてから、兼続は景勝と二人になった。

景勝は押しだまっている。

「殿、いかがいたしまする」

兼続は伺いをたてた。

「余のかんがえは山城の意中とおなじだ」

景勝の答に兼続は感動をおぼえた。上杉百二十万石の裁量をそっくりまかせるということにおなじだからだ。

景勝は当然、兼続の意中を知っている。

誓紙の件も上洛して弁明の件も、兼続の意中は〈否〉の一文字である。まずはじめに〈否〉があって、使者をむかえたと言うべきである。

兼続は景勝の覚悟のほどを確認して、わが意を得た。景勝の本来の役目は家康と政宗の監視である。景勝は自分の役目を忠実に実行にうつそうとしているのである。

従来、景勝は先代の謙信が偉大すぎたために、比較されてとかく実際よりも小粒に見られがちであった。しかしこのたび景勝は敢然と家康に立ちむかおうとしている。兼続はそれをたしかめることができたのがうれしかった。今、家康に敵対することは天下を敵にまわすのもおなじである。前田、細川の場合を見ればそれがわかるというものだ。

「有難きしあわせに存じます」

兼続はそうこたえた。

景勝の意中がはっきりすれば、もう自分の信ずるところを迷いなく推しすすめるばかりである。

(上杉は前田や細川ごときとはちがう)

兼続はそれがうれしかった。

そして兼続ははやくも、脳裡で家康への返書の文案をかんがえはじめていた。家康としてはまったく予期せぬ答書になるだろうという想像に兼続はいくらか気をよくしていた。

前田、細川をちょっと威嚇しただけで全面服従させたのであるから、家康は上杉もおなじ程度だと踏んでいるだろうと予想された。

兼続は家康と真っ向勝負する気持で文案をかんがえた。彼の視野の中には、もう一人、家康に勝負をいどもうとしている石田三成の存在があった。

『主人景勝の上洛がおくれているので、いろいろ雑説がながれているが、これこそが不審である。一昨年国替えになり、程なく上洛して昨年九月会津にもどり、すぐまた上洛しては国の治政をとりおこなうことができるはずもない。会津は雪国であるから、十月から二月までは何もできない。奥州のことを知っている者にきけば、誰でもわかることである』

『景勝に別心なくば誓紙をだせと言われるが、一昨年以来だしつづけた五大老や五奉行の誓紙はみな反故《ほご》になったのであろうか』

『景勝にはすこしも別心はないが、讒言《ざんげん》をする者を糾明することもなく、当方に逆心があるとおもわれるのは重大な片手落ちと言うものであろう』

『武器をあつめていると言われるが、それは上方の武士が茶器や瓢箪《ひょうたん》などをあつめているようなもので、田舎の武士は刀、槍、弓などを支度するのが風俗なのである』

『道をつくり橋をかけさせているのが疑いのもとになっているようだが、これはあくまでも領民たちのためである。もし逆心があるならば、道をふさぎ橋をおとすべきが兵法であろう。ご不審あるならば、江戸から使者をたてて白河口の様子を見にこられるがよろしかろう』

『いくら言葉をついやしても景勝公に二心はないので、上洛はいたさない。それに、讒言する者の言葉を信じ、こちらを疑うならばいたし方ない。誓紙をおくるのも不用でござろう』

こういった文案が兼続の脳裡を浮きつ、しずみつした。兼続の意気は軒昂である。その意気をそのまま答書の文に盛ることをかんがえていた。したがって字句が激烈になり、妥協がなく、挑戦的になるのはやむを得なかった。謙信いらいの名家の宰相としての自負が兼続をささえているので、それが文中に躍如として、家康を憤慨させるのであれば仕方がないという態度である。

兼続がこういう返書をおくれば、家康が激怒して会津征伐の軍をおくってくることは、十中八九は間違いなかった。景勝はどうやらそれも覚悟しているようである。

「会津討伐の軍がもし白河口近くまでまいりましたら、上方でかならず異変がおこるでしょう」

兼続はそう口にした。これは上杉家の戦略の根幹にかかわるところである。

「石田治部《じぶ》が兵をあげるであろう」

景勝にも当然その読みはあった。

「石田どのがどれだけ上方、西国の諸大名を味方につけられますか。それが勝負の岐路《わかれみち》となりましょう」

「内府は東と西に軍を二分しなければならなくなる。面白い戦ができるかもしれぬ」

「左様で」

兼続は景勝と意思がぴたりと一致していると信じた。家康の天下取りを阻止することができるばかりでなく、もっと雄大な上杉の戦略を天下に展開することができるかもしれぬとおもった。

六

その後の展開は、ほぼ兼続が予測したとおりだった。

兼続が承兌へあてた答書に接するや、家康はすぐさま会津討伐の軍をおこした。福島正則、黒田長政、池田輝政、細川忠興、加藤嘉明ら諸将の軍と徳川家の軍とで約七万の軍勢である。

その軍が関東の下野《しもつけ》小山に着いたころ、上方から、石田三成挙兵の報せが家康の陣に入った。ここで、家康は諸将をあつめて軍議をひらいた。つまり会津討伐を所期の目的どおり実行するか、それとも軍をかえして、石田三成討伐に西上するかの軍議である。

家康のこの動向は、会津の景勝、兼続にもつたわっていた。しかも上杉方では会津討伐の軍勢に対する万全の備えをおこなっていた。

上杉方では、景勝が麾下八千の軍勢をひきいて若松城を発し、長沼に本営をおき、兼続は一万の軍勢をもって南山口から下野にでて、高原に屯していた。本庄繁長は八千の軍で鶴生《つりふ》、鷹助《たすけ》におり、安田能元、島津忠直は白河に、市川房綱、山浦景国は関山の下に駐屯し、会津討伐軍を迎撃する守備陣形をとっていたのである。

兼続が前線を視察して屯営にもどってくると、そこには兼続本人がおのれと見ちがえるばかりの樋口主水助が甲冑に身をかためてひかえていた。

「徳川の軍の動向はいかがでございましょう」

主水助ばかりでなく、みなそれに関心をいだいていた。

「おそらく、いくらかの軍を上杉への備えにのこし、ほかの軍勢は関東から西へむかうのではないか」

それが兼続の予測する敵方のうごきだった。

「左様でございますか。それでしたら大層面白きことになるやもしれませぬ」

主水助の読みははやい。

兼続には、主水助の言う面白きことの意味がよくわかっている。おたがいに少年のころから行動をともにしてきた主従であるから、相手の心中の奥ふかきところまで読むことができる。敵の大軍が撤退し、西へむかったときが、上杉方の勝負所《どころ》であるし、徳川にとってはもっとも危険なときとなる。

上杉軍が徳川方を追撃にでて、関東に乱入すれば、徳川の大軍をもってしても上杉軍に打ち勝ちがたい。しかも上杉軍が長駆して江戸におそいかかれば、江戸城も落城の危機に見舞われる。家康がもっとも恐れているのも上杉のこの作戦である。

「上杉が勝つとすれば、その作戦だ。これしかない」

兼続は自信をもって言った。

由来、いかなる名将が指揮をとろうと、敵前での撤退ほどむつかしい作戦はない。しかも今回、家康は敢えてその作戦をとろうとしている。

「時機がむつかしゅうございます」

徳川軍におそいかかるのが早すぎては駄目だし、おそすぎては逃してしまう。

「徳川の軍勢が鬼怒川をわたるときだ。そのときわが軍がいっせいにおそいかかれば、相手がどれほどの大軍であろうと、勝負はあきらかである。それにわが軍が後方からおそいかかれば、佐竹の軍勢も決起するだろう」

兼続にはその作戦が目に見えるようである。徳川ならびに諸将の軍勢は算をみだして退却し、川の流れのなかでおおくの将兵たちは命をおとし、這々の態でのこりの軍勢は逃げ散っていくだろう。

兼続は逃げる兵には見むきもせずに、関東平野を真一文字に江戸をめざす。江戸城をかこみ、一気に攻めれば落とすことも可能だ。

家康をたおす好機が本当にこようとは、今まではなかなかかんがえられなかった。それが家康みずからおこなう撤退作戦によって、はからずもおとずれようとしている。

（これで天下がかわる）

兼続は体のふるえるような興奮をおぼえかけていた。上杉が家康をたおせば、これからの豊臣政権も上杉が中心になって運営されていくことになるだろう。

「いつでも追撃できる準備が必要です」

「会津、米沢は空になってもよい。伊達と最上が留守をおそってきても、こちらは江戸城を取ればよい。若松城はくれてやる」

兼続は意気軒昂である。

上杉の陣営からは下野小山にむかって物見《ものみ》や忍びの者がぞくぞくと派遣されている。

主水助も勇躍しているのが兼続につたわった。

徳川方の軍がどうでるかはらはらするおもいで見まもらなければならないが、兼続の肚はきまっていた。

その徳川方の軍の動向をつたえる忍びの者はなかなかやってこなかった。

そのかわりに上方の情勢をつたえる忍びの者が兼続の陣営をおとずれた。その情報によれば、石田三成が佐和山に挙兵するや、五奉行らは大坂城において家康の罪状を列挙し、家康討伐の軍議をおこない、毛利輝元を盟主として大坂城にむかえ入れることに決した。そして、諸大名の妻子らを監視し、家康の留守をまもる伏見城をかこんで猛攻撃を開始した。さらに徳川方の細川幽斎がまもる田辺城をも攻撃しているのが今の状況である。これでは家康をはじめ諸将が上方の情勢に気が気でないのは当然である。

これによって兼続はますます徳川方の軍の撤退をつよく予想するにいたった。

七月も晦日《みそか》を間近にして、

「諸将の軍が下野を撤退しはじめました。けれども家康がうごく気配はまだ見えませぬ」

待ちに待った情報がようやくとどいた。

「勝負のときがきた。殿のご意向をうかがう。これから長沼へ行く。全軍出陣の支度をいたしておけ」

兼続は大国、安田、須田、色部、甘粕、本庄らの諸将に言いおいて、景勝が本営をおく長沼にいそいだ。

景勝も兼続の到着を待っていた。景勝のもとへも上方の情報はとどいていた。

「殿、絶好のときが到来いたしました。徳川方の諸将はいよいよ撤退をはじめました。

今追撃にうつれば、敵の軍を鬼怒川でとらえ、打ちやぶることができましょう」

兼続は勇躍するこころをおさえて言った。

景勝も謙信伝来の甲冑に身をかためている。景勝自身も出陣し、みずから追撃の指揮をとる決意でいるのだろうと兼続はおもった。

「山城、ちょっと待て」

このとき景勝は言った。

「は」

何を待てと言うのだろうかと兼続はいぶかった。これはかつてなかったことである。かすかに兼続は不安というか、いやな予感をおぼえた。

「追撃は上策とはいえまい。北の最上をやぶって背後をかためるのが先であろう」

景勝はおもい口をひらいた。

兼続は耳をうたがった。

何ということであろう。殿は何をおかんがえになっているのであろうかと不審をいだいた。景勝が兼続の意をこばんだことはいまだかつて一度もなかった。

「殿、ご賢察くださいませ。ここは追撃の場合でござりましょう。わが軍が追撃いたせば、佐竹もこれにくわわり、徳川の軍を打ちやぶることができましょう」

兼続はもう一度言った。

が、景勝の態度はかわらなかった。

「治部と内府もしたたかわば、半年はおろか一年以上の長期戦になろう。それにそなえ、上杉は最上をくだし、北の守りをかためねばならぬ」

景勝は断をくだすように言った。おもいもかけず、景勝ははっきりと兼続の進言をしりぞけたのである。

(やんぬる哉……)

心中、兼続はおおきく嘆息した。景勝は家康と三成の勝負を長期戦と予想しているのである。兼続と景勝の意が上杉にとっていちばん大切なときに齟齬《そご》をきたそうとは。

兼続は家康という大魚を今とり逃がしたとおもった。

「承知つかまつりました」

無念のおもいをかみしめて兼続はこたえた。

景勝の背後には上杉の〈毘〉の旗印がある。これがあるかぎり、兼続といえども一度は景勝に異をとなえることができても、二度はできないのであった。

(これで内府との勝負はおわった……)

そうおもいつつ兼続はふかぶかと一礼し、景勝の前をさがった。

兼続と景勝の戦局へのかんがえ方のちがいが、両者の戦略のちがいとなったのである。

上杉の防衛上の弱点が北にあることは兼続もみとめるところである。しかも上杉の領土は会津と置賜《おきたま》、庄内と佐渡の三つにわかれている。もし出羽二十四万石、最上の領土をこれにくわえれば、すくなくともそれが二つにつながり、防衛的にはずいぶん強固になる。その意味では景勝の策も捨てたものではなかった。

けれども今は、戦略的に大場《おおば》を占めるよりも急場を先行させるべきときであった。

七

（これも天運——）

とこころに決して、兼続はすぐさま最上攻めの準備に入った。

兼続は景勝の意にしたがって、上杉の軍勢約三万を二万三千、四千、三千の三つにわけて最上領へ攻めこんでいく軍令を発した。むろん主力部隊は兼続自身がひきいる。

だが、時をおなじくして兼続は、与板組十七人と樋口主水助をひそかに自室にまねいて、「殿はおあきらめになったが、わしは江戸城攻撃をまだあきらめてはおらぬ」

と言いはなった。

栃尾三郎左衛門、樋口平左衛門、中原助七郎、原田六郎太、水原陣之助、安田右京亮、本庄左近太夫らの与板組十七人は関東手入れに一応の成果をおさめて、今は帰国していた。

「上杉三万の軍にかわって、その方らに江戸攻めをやってもらいたい。江戸城を攻めおとすのだ。今ならば江戸城はおちるやもしれぬ。指揮はわしがとる」

兼続はそう口にした。たった十七騎で江戸城をおとそうと言うのだ。

「十七人で江戸城攻めを？」

栃尾が聞きかえした。

「そのためにその方らを関東の手入れにおくったのだ。相模、甲斐で土豪一揆をおこせば、江戸城といえども無事ではあるまい。その間隙に乗じて、わしのほか十七騎で江戸城を攻め取る」

兼続の真剣な顔を見て、十七人はみなうなずいた。

彼等は相模、甲斐において帰農土着した北条氏、武田氏の旧臣らを一揆に駆りたてる下工作にほぼ成功していたのだ。

「徳川方は上杉軍の追撃を今もっとも恐れておる。上杉軍追撃の噂をながし、甲斐、相模から一揆の勢が八王子口より江戸に攻めこめば、江戸城とて難攻不落ではない。われらは千住から江戸に入り、江戸の各所に火をはなち、その混乱に乗じて江戸城ふかく侵入し、内府の首を獲《と》る」

自信にみちた兼続の戦略を聞いて、十七人は覚悟をかためた。

「それっ、出陣じゃ！」

兼続の号令によって、与板組十七騎はわずかの家来をしたがえ、関東めざして出陣した。指揮をとるのは兼続である。

最上攻略軍と江戸侵入隊、双方に兼続の姿があった。

敵はいずこに

岩井三四二

岩井三四二《いわいみよじ》（一九五八〜）

岐阜県生まれ。一橋大学経済学部卒。一九九六年『一所懸命』で第六四回小説現代新人賞、一九九八年『簒奪者』で第五回歴史群像大賞、二〇〇三年『月ノ浦惣庄公事置書』で第一〇回松本清張賞、二〇〇四年『村を助くは誰ぞ』で第二八回歴史文学賞を受賞。歴史時代小説の空白地になっている室町を舞台にした『銀閣建立』、『悪党の戦旗』、有力武将にふりまわされる人々を描く『あるじは信長』、『あるじは秀吉』、『あるじは家康』などの異色作を発表している。二〇〇八年『清佑、ただいま在庄』で第一四回中山義秀文学賞、二〇一四年『異国合戦』で本屋が選ぶ時代小説大賞を受賞している。

一

徳川秀忠が本陣としていた信州小諸《こもろ》の豪族屋敷へ家康からの使番《つかいばん》、大久保助左衛門《すけざえもん》が到着したのは、九月九日夕刻のことだった。

秀忠付きの家老、大久保忠隣《ただちか》は、さっそく秀忠にしらせるとともに、本多正信《まさのぶ》をはじめとする諸将を御座所にあつめ、ともに家康の下知《げち》を聞くことにした。

「ならば、お伝えいたしまする」

助左衛門は語った。先発した福島正則《まさのり》らが岐阜城を落としたことで、機は熟した。これより自分も江戸を発ち、東海道をのぼる。秀忠も上田城攻めを切り上げてすぐに中山道《なかせんどう》を西へ向かい、美濃《みの》赤坂まで兵を進めよ。そこで落ち合い、一手になって大坂方に向かおう。

「上様は、かようにおおせでござりまする」

「おう、やはり三成らと合戦になるのか」

これは予期されたことだったので、秀忠といっしょに聞いていた諸将はそれぞれにうなずいた。だが助左衛門のつぎのひと言を聞いて、その動きはとまった。

「赤坂へは九月十日までに参られよ、とのことでござりまする」

諸将のあいだにおどろきの色が走り、何人かが「何と!」「これはしたり」と吐き捨てた。

「無理じゃ」

還暦過ぎで、諸将の中では一番年配の本多正信がずけりと言った。正信は家康の寵《ちょう》臣《しん》であり、いつも家康の側にいてはかりごとを巡らしているが、今回はとくに若い秀忠につけられ、全軍を監督する立場にあった。

「明日までに美濃赤坂へまいるなど、この三万八千の軍勢すべてに羽根が生えて空を飛ばぬかぎりできぬ。無理よ無理」

「まことに。ここは信州の東のはずれじゃ。美濃の赤坂まで五十里《り》(約二百キロメートル)以上はあろう。一日にして五十里など……」

徳川家中で猛将とうたわれる榊原康政《さかきばらやすまさ》も首をふった。

「どう急いでも五日や六日はかかる。いや、中山道はこの先、山あいの険路となる。それを考えると、十日かかってもおかしゅうない」

「そもそもそなた、江戸をいつ発った」

本多正信が、赤く濁った目を助左衛門に向けた。

「八月二十九日じゃ」

しれっとした顔で助左衛門は言った。

「八月の末じゃと？　では江戸からここまで十日もかかったのか！」

本多正信が大声をあげた。

「なぜさようなぶざまなことを……。そなた、宇都宮へ来たときは一日で来たろうが」

ひと月以上前の七月二十五日に野州小山《やしゅうおやま》であった評定《ひょうじょう》の結果、福島正則や黒田長政《ながまさ》ら外様《とざま》の諸将は東海道をのぼって尾張《おわり》の清洲《きよす》へ向かったが、秀忠は徳川家臣団の主力をひきいて宇都宮にとどまり、会津《あいづ》の上杉勢に備えていた。

そして八月二十四日に家康より、大坂方に加担している信州上田の真田昌幸《まさゆき》を退治するよう指示があった。使番はやはり助左衛門で、江戸を発った翌日に着いたというから、このときは使番の名に恥じない速さだった。

助左衛門の伝言を受けて秀忠はただちに信州へ入り上田城を囲んだが、真田昌幸の巧《たく》みな戦術に翻弄《ほんろう》され、城を落とせぬまま多数の手負いや死人を出してしまった。そのうちに岐阜城が落ちたとの報せも届いたので、陣営の中でも上田城のような小城にかかずらっていないで、早く上方へ向かうべしとの声が強くなっていた。

だが上田城を攻めろと命じたのは家康である。勝手にそむくわけにもいかず、秀忠は信州にとどまっていた。そこへまた助左衛門が来て、美濃へ向かえと命じたのである。まずいことに今回の助左衛門は迅速とはいえなかった。

「この雨じゃ。あちこちで川が溢《あふ》れておりましてな、どうにも進めぬ道ばかりで」

傲然《ごうぜん》と顔をあげたまま、助左衛門は言った。

たしかにいまは秋雨《あきさめ》の時季である。降りつづく雨で増水した川が渡れないことは、みなもわかっている。助左衛門を責めるのは酷《こく》だが、それにしても十日もかかっていては文句のひとつも言いたくなる。

「そなたが遅れたおかげで、われらに一日しか残らぬ」

本多正信が突っ込む。

「いくら言われようと、渡れぬものは渡れぬ。荒川も神流《かんな》川も、向こう岸も見えぬほど川幅が広がっておってな、茶色い濁流が渦を巻いて流れておった。とてもとても」

助左衛門は頑固に言い張る。それればかりか、

「わしのほかに使番は来なかったのか。美濃のなりゆきが聞こえてきてもよさそうなものじゃが」

と問い返してきた。

「おう、来たわい。五日に黒田どのの使者が来て、岐阜城を落としたと言うたから、それは天晴れ至極《しごく》、われらも上田を落とし次第、そちらへまいると返書してやった」

正信が応えた。

「その報せを受けてすぐに美濃へ出ようとは思わなんだか」

「なにい？　そなた、おのれが遅れを棚に上げて、われらに難癖つけるか」

本多正信が気色《けしき》ばんだ。

「渡れぬ川を渡れというほうがよほど難癖じゃ」

助左衛門も引かない。

本来、使番が家康側近の本多正信に口答えするなどありえないが、助左衛門は五十過ぎで、安城《あんじょう》以来の徳川家譜代《ふだい》家臣である。鷹匠《たかじょう》あがりの本多正信より古くから家康に仕えているという自負もあるのか、喧嘩腰になっている。

正信も言い返す。

「そなたこそ、川くらいなんじゃ。使番ならば命を捨てる覚悟で突っ切らんか。万が一、われらが間に合わずに合戦がはじまり、お家が打ち負けたらそなたに責めを負うてもらうぞ！」

「なんじゃと」

助左衛門が目を剝《む》いた。立ち上がって脇差《わきざし》を抜きかねない勢いである。

「まあおふたりとも、待ちなされ。ここで争っても何もならぬ」

それまでだまって聞いていた忠隣があわてて割って入り、ふたりを分けた。

「十日より遅れても、すぐにいくさが始まるわけでもあるまい。これは天下分け目の大いくさじゃ。それこそ何万という軍勢が動く。二日や三日、目処《めど》が狂おうと仕方あるまい」

忠隣は秀忠が十五歳になったときから秀忠付きの家老になり、以来ずっと秀忠を補佐している。

「おう、そのとおり。上様もわれらが到着するまで、合戦ははじめまい」

「そこは慎重なお方じゃ。あやまちはすまい」

諸将も忠隣の意見に賛同する。

「なんにせよお下知じゃ。上田城を捨ておいて堂々と西へ向かう。それだけのことよ」

諸将に言ってから、忠隣は上座にすわる秀忠を見た。家康に似て目が大きく、色白の若者は小首をかしげて、

「最初は上杉を討つとて、はるばる東海道を下って会津を目指し、つぎに真田を討てと命じられて信州へ転じたというのに、今度は濃州《のうしゅう》へもどるのか。やれやれ、われらの敵はいずこにあるのかのう」

確認をもとめるように忠隣を見返した。

「上様のご下命《かめい》とあれば、仕方ありませぬ」

忠隣は即座に応じた。

「未練を残さず、すぐにも出立《しゅったつ》すべきかと存じまする。いまや敵は小さな城に籠もる

山猿ではありませぬ。山の彼方《かなた》、美濃の大垣《おおがき》にあらわれたる大蛇にござりまするぞ」

忠隣の言葉に秀忠はしばし腕組みをして考え込んでいたが、やがてうなずいた。

「よし。明日、出立する」

二十二歳の秀忠の声は伸びやかで張りがあった。

「みなの者、ただちに支度にかかれ」

二

諸将がそれぞれの陣に去ったあと、秀忠のそばには本多正信と大久保忠隣のふたりだけが残った。

「上様のご指示ではありますが、さほどあせらずともよろしゅうござりましょう」

本多正信は言う。

上田城を攻めろというのは家康の指示であり、秀忠はその指示を忠実に実行していたところだったのである。そこへ指示の変更が来たのだから、また従えばよい。指示が遅れたのは、こちらの責任ではない、という。

「しかし、それで間に合いますかな。もし不測の事態が起こり、三成どもがこちらの人数がそろわぬうちに襲いかかってきたら、いかな上様とて手こずること、明らかじや」

忠隣は疑問を呈《てい》したが、正信は首をふった。

「上田城には押さえの人数を置き、真田が悪さをできぬよう仕置きさせねばなりませぬ。そののち粛々《しゅくしゅく》と軍を進めればよろしかろう」

「一度ならばともかく、上田城は二度目じゃからな」

秀忠も気にしているようだ。

徳川勢が真田の上田城を攻めるのは、今回が初めてではない。十五年ほど前にも一度、七千の軍勢をもって上田城を攻めたことがあった。

このときは二の丸までやすやすと攻め込んだが、それが罠《わな》だった。城から銃の乱射をくらい、さらに門を開いて打って出た真田勢の反撃を受けて徳川勢は崩れ立ち、あわてて城外へ退いたところを真田の伏兵に攻められて潰走《かいそう》する羽目におちいった。あろうことか、小勢の真田勢に追い討ちまでかけられ、近くの川へ追い落とされて、徳川勢は二千余りの兵を溺死《できし》などで失うという散々な目にあったのである。

その上、これは一大事と援軍を送ったところに、ちょうど家康の重臣のひとりであった石川数正《かずまさ》が秀吉方へ寝返るという事件があって、徳川家中が混乱し、兵を引かざるを得なくなった。徳川勢が二千人以上の損害を出したのに対し、真田勢の損害はわずか数十人といわれているから、徳川勢の完敗だった。

「真田にはそなたの父も、やられたな」

ひっひっと正信は笑った。忠隣はむっと口を結んでだまりこんだ。父の忠世《ただよ》が上田攻めの指揮官のひとりだったのである。

今回、秀忠に真田攻めの命令が下ったのには、当然、十五年前の意趣返しの意味も含まれている。今後徳川家が天下を押さえることになれば、真田ごとき小大名にやられっぱなしというのは具合が悪い。だから秀忠も全力で上田城を落とそうとした。だが真田昌幸のほうが一枚上手《うわて》だったようで、うまくあしらわれて、城は無傷なのに徳川方は損害を出し、今日にいたっている。

「父のことはともかく、一日も早く上方《かみがた》へ上るべしと存ずる」

不快さをこらえて忠隣は言った。忠隣ももうすぐ五十歳という年齢であり、すでに老武者というべきだが、それでも正信よりはひと回り以上若いため、正信には遠慮があった。

「二度もやられたというのは、外聞が悪かろう」

秀忠は言うが、忠隣は首をふった。

「いいえ。上方の石田三成らを退治すれば、真田の小城なぞ立ち枯れてしまいまする。いまは一日も早く美濃へ行くのが肝要《かんよう》かと」

これには秀忠もうなずいた。しかし本多正信はまだこだわっている。

「その通りじゃが、真田をあのままにはしておけん。追い討ちをかけてくるぞ。さすればさらに行軍が遅れるのは必定《ひつじょう》」

「ではどうすればよい」

秀忠がきく。秀忠にとってはこの一戦が初陣《ういじん》である。右も左もわからず、父家康がつけてくれた老臣たちに頼るほかはなかった。

「押さえの兵を残すとともに、われらは追い討ちを受けぬよう、間道《かんどう》を行くしかありませんな」

ここからまっすぐ西へ向かうと、真田の領地を通るのである。

三万を超す大軍が二列になって歩けば、先頭からしんがりまでは三、四里の長さとなる。そこに攻めかけられれば、たとえ相手が小勢でも混乱するのは目に見えていた。だから真田領を通っている中山道の本道を使うわけにはいかない、と正信は言う。

忠隣はむっとした顔をした。

「三万八千もの軍勢が、わずか二、三千の敵を恐れて間道を行くのか」

「無論。横腹を突かれてからでは遅い」

「ただでさえ日がないのに、さらに遅れましょう」

「急がば回れと言うじゃろうが」

この老人と言い争ってもはじまらない。忠隣は裁断を仰ぐように秀忠を見たが、

「あいわかった」

と秀忠は素直にうなずき、

「佐渡守《さどのかみ》（正信）の申す通りにいたせ。明日は間道を行く。今夜のうちに上田城の押さえに残す者を選び、間道の道案内をできる者をさがしておけ」

と命じて、ふたりを解放した。


真田勢に備えてここに残す将兵の手配《てくばり》をしてから自陣にもどった忠隣は、夜食を持ってきた近習《きんじゅう》も遠ざけて考えにふけった。

――上様が十日までにと言うのなら……。

それなりの目算《もくさん》があるはずだ。まずひとつは江戸を発った上様の軍勢が、そのころまでに美濃へ着いているという日数の計算があるだろう。そうして間をおかずに三成らと勝負したいと考えているにちがいない。

今回のいくさでは、表向き大坂方についていながら、実はこちらに内通している大名たちを押さえきれるか、ということも考えねばならない。あまり美濃での対陣が長引くと内通が知られたり、不安にかられて内通を取りやめたりといった動きが出るかもしれない。

そもそも内通する大名たちも、徳川家の圧倒的な兵力を頼みとしている。上様も三万以上の兵を引きつれているはずだが、それでも徳川家の中核となる生きのいい将兵たちは、秀忠に従っていまこの信州にある。徳川家の兵力の半分が使えないと知ったら、裏切る大名も出てくるのではないか。

そう考えると、一日も早く美濃まで出なければならないと思えてきた。しかし本多正信はそこまでの大事とは考えていないようだ。

いやな予感がした。

——あのおやじ、信用できるのか。

そもそも本多正信と忠隣は、立場が決定的にちがう。正信は家康の近臣だから徳川家全体のことを考えるが、忠隣は秀忠の臣、それも家老なのである。秀忠のことを第一に考えねばならない立場である。

秀忠は竹千代《たけちよ》という徳川家に代々伝わる跡継ぎの幼名《ようみょう》を与えられ、この大事でも三万八千の大軍をまかされている。いまのところ跡継ぎはまちがいないと思われているが、実のところさほど確たるものではない。長男の信康は織田信長に武田方との内通を疑われて、秀忠が生まれた年に自刃《じじん》させられたし、次男の結城秀康《ゆうきひでやす》は生母が多淫《たいん》とのうわさで、家康が自分の子かどうか疑っているため、三男の秀忠に跡継ぎの座がまわってきているのだ。

いま結城秀康は白河《しらかわ》にあって上杉勢に備えており、弟の松平忠吉《ただよし》は家康とともに美濃に向かっているはずだ。どちらも勇猛な性格だから、合戦となれば徳川の名に恥じない活躍をするだろう。

子だくさんの家康にはほかに男児も多く、代わりはいくらでもいる。ここで大きくしくじれば、秀忠は跡取りの資格を失うかもしれない。秀忠の家老としては、それだけは何としても避けなければならない。

――いや、あまり悪い方へ考えるな。

忠隣は首をふった。ここにいては美濃の情勢はわからない。取り越し苦労かもしれない。あやふやな予断は恐怖につながり、失敗の元となる。

まずは為《な》すべきことをきちきちと為す。その上で凶事が起きたら、そのときに考えればよい。自分が為すべきことはただひとつ。何が起きたとしても、秀忠さまをお守りすること。それだけだ。

そう考えると少し落ち着いた。忠隣は寝藁《ねわら》をまとめて引き寄せ、眠りについた。

一方秀忠は、評定のあとさまざまな思いが去来《きょらい》し、珍しく眠れずにいた。

――父上に叱《しか》られるかな。

それが心配だった。美濃の赤坂へは、どうあっても十日までに間に合わない。自分のせいではないにしろ、遅参《ちさん》すれば父上はよい顔をしないだろう。

叱られたら、どうなるのか。徳川家の跡継ぎの座を奪われるのだろうか。兄の結城秀康や、弟の松平忠吉の顔が浮かんだ。ここで自分が遅参を咎《とが》められると、跡取りとしてどちらかが自分に取って代わるのだろうか。ぼんやりとした不安が頭をよぎる。

ついで妻のお江《ごう》の顔が浮かんだ。

美人である。おまけに自分より六つ上の姉さん女房だ。しかも姉の淀殿が秀吉の子、秀頼《ひでより》を生んでいるから、天下人の叔母ということになる。自分よりよほど格上で、どうも頭が上がらない。これで徳川家の跡取りでなくなったら、さらに尻に敷かれることになるだろう。いまだってお江の目が光っているため、側室《そくしつ》のひとりも持てないのだ。

秀忠は寝返りを打った。

――まあ、まだ叱られると決まったわけではないし。

九日に下知がとどいたのは事実である。十日に間に合わなかったからといって、自分が責められる理由はない。むしろこれからの動きによって、褒《ほ》められも叱られもするのだろう。ともあれ父上の下知どおりに美濃へ向かおう。下知に素直に従うことこそ、自分の為すべきことなのだから。

――ま、父上は待ってくれるに決まってる。徳川勢の主力はこちらだからな。

ようやく眠気が忍び寄ってきた。ひとつあくびをすると、秀忠は目を閉じた。

三

十日に小諸を出立した秀忠の軍勢は、真田勢の追撃を警戒しつつ一路西へと向かった。

真田への押さえは信濃に領地を持つ者たちに命じておいた。意外だったのは、本多正信もしばらくは真田のようすをうかがうと言いだして、小諸に残ったことである。いずれあとを追うと言っていたが、赤坂への遅参を上様から咎められるとみて、矢《や》面《おもて》に立たぬよう逃げを打っているにちがいないと、忠隣は見ていた。

——あの狸おやじめ、尻尾《しっぽ》を出したな。

身内だからといって油断はならない。早くも責任の押し付け合いがはじまっていた。

行軍中、真田からの追撃は受けなかったが、やはり大軍が狭くてわかりにくい間道を使うのは無理があった。先頭が道に迷い、混乱して三日かかっても十里も進めず、和田峠の手前、和田宿《じゅく》に着くのが精一杯だった。

和田峠は中山道一番の難所として知られている。目の前には行く手を塞《ふさ》ぐ壁のように高い山が聳《そび》えていた。あれを越えるのかと忠隣はげんなりしたが、家来どもの手前、そんなようすは見せられない。ただ黙々と馬を進めた。

ひたすら坂道を登り、そして長いだらだら坂を下り、なんとか和田峠を越えた。途中、遠くに見える御嶽山《おんたけさん》も、頂上から見下ろす諏訪《すわ》湖の絶景も、めでている余裕はなかった。ひたすら歩きつづけ、ひと山越えて下諏訪《しもすわ》宿についたときには、もう十三日になっていた。

——遅い。遅すぎる。

いやな予感は強くなる一方だが、これぱかりはあせってもどうしようもなかった。

美しい諏訪湖畔にあるこの宿には、美濃からの報せが待っていた。

「おお、どうなった」

美濃の戦況はどうなっているのかがわかると思い、忠隣は旅装を解く間もおしんで使者を引見した。

しかし美濃といっても家康や黒田長政など、徳川勢の主力からではなかった。美濃の北のはずれ、郡上《ぐじょう》という地の城を攻略したと、遠藤という者が使いの者を飛ばしてきたのだ。

そんな小城の取り合いに興味はない。がっかりしたが、郡上と岐阜とは一日の距離である。使者もある程度、岐阜周辺の動きは知っていた。それによると、使者が郡上を出た七日の時点で、家康はまだ美濃に着いていなかった。福島正則ら東軍の諸将は岐阜城から西に進出して赤坂の地に陣どり、一里ほど先の大垣城に籠《こ》もる石田三成ら西軍と対峙《たいじ》しているとのことだった。

「岐阜城を落としたのは八月二十三日と聞いているが、それから動きはないのか」

「は。ありませぬ。大垣城を攻めようとした者もあったようですが、どうやら内府《だいふ》さまより手出しをするなと止められたようで」

なるほどと思った。かなり切迫してはいるものの、まだ前哨戦《ぜんしょうせん》の域を出ないようだ。

しかし使者が郡上を出たのは六日も前のことである。今どうなっているかはわからない。

秀忠にもこのことを伝えたが、

「父上はわれらを待っているのであろうな。われらがいなくては仕掛けられまい」

とのんびりと言うだけだった。

どうにも考えが甘いようだ。これは釘を刺しておかねばと思い、

「いや、兵は十分でござりましょう。機を逸《いっ》する前に仕掛けなさるかも」

とひと言、苦言を呈しておいた。

翌早朝、軍勢は下諏訪宿を出立した。

しばらくは湖畔のなだらかな道がつづいたが、やがて前方に山々が立ち塞《ふさ》がった。その幾重《いくえ》にも折り重なる稜線《りょうせん》を見ていると、この先に道はあるのだろうかと不安にか

られるほどだった。

悪いことは重なるもので、大粒の雨が落ちてきた。それまでも曇り空の下を行軍してきたが、ここにいたって本降りになったようである。

たちまち道がぬかるみ、小さな川も増水して渡りにくくなった。人馬の歩度はますます遅くなった。

——これはいかん。

これから木曾路にさしかかる。山また山の、名にしおう険路である上、木曾川やその支流と何度も交叉《こうさ》しているはずだ。この雨で川が増水したら、渡れるのだろうか。美濃への参着が、ますます遅れてしまう。その間に上様のひきいる徳川勢が三成らに襲いかかられたら……。

降る雨に白くかすんだ山あいの里を見渡しながら、忠隣の不安はますます大きくなっていった。

忠隣より二町《ちょう》（二百メートル強）ばかり後方で、秀忠は雨に濡れながら馬に揺られていた。

合戦の最中ではないが、いつ敵が襲ってくるかわからないから、甲冑《かっちゅう》を着込んでいる。その上に蓑《みの》をつけているものの、朝から降りつづく大粒の雨はすでに蓑に染みこみ、鎧《よろい》の下に着ている直垂《ひたたれ》まで濡らしていた。ときおり谷風が吹き抜けると、震えだすほど寒い。

——そんなにあわてなくてもいいものを。

忠隣が急げ急げとうるさいので、いやいや雨の中を行軍していたが、内心ではそれほど急ぐことはないと思っていた。

なにしろ徳川家の兵力の半分がここにいるのだ。父は合戦をはじめたくてもはじめられないだろう。われわれが赤坂に着いたときが開戦のときだ。となれば急ぐよりも、兵たちが疲れないようにゆっくりと行軍したほうがいいのではないか。

下諏訪宿を出るとき、忠隣にそう言ってみたが、

「何を申されます。いまこうしているあいだにも、三成めらと合戦がはじまっているかもしれませぬぞ」

とたしなめられ、逆に「さような考えでは徳川のお家は継げませぬぞ」とやりこめられてしまった。

やむなく濡れ鼠《ねずみ》になりながら馬を進めているが、どうにもつらい。いっそ川が溢れて進めなくなればよいと思っていた。そうなれば進めないのは雨のせいだ。一日は宿でのんびりとできる。

——兵たちも休めるしな。雨に打たれて行軍した兵など、役に立たぬ。

秀忠の思いが通じたのか、隊列はしだいに遅くなり、止まったり進んだりを繰り返すようになっていった。どうやら前方の川を越すのに苦労しているらしい。

行きつ止まりつしながら問題の川に着いてみると、幅わずか三間《げん》（五メートル強）ほどの小川だった。増水して勢いよく流れる水面に、舟をならべて板を渡した橋が架かっていた。上下に揺れてなんとも危なっかしい橋を、秀忠はそろりと渡った。

その日は本山《もとやま》宿で泊まった。先発隊はもう木曾路にさしかかっているだろう。三万を超す軍勢は、山あいの集落の人家だけでは収容できず、木のうろや山の洞穴まで入り込んでなんとか雨をしのいでいた。

翌朝になっても雨は降りつづいていた。

宿を出ると、道はすぐに谷川に沿って曲がりながら山へと向かいはじめた。谷川には濁流《だくりゅう》が岩を押し流す勢いで流れ、川幅も広がっていた。そのせいか行軍速度は昨日よりも落ちていた。そして昼過ぎにはとうとう止まってしまった。

「この先、川が渡れぬそうです」

と近習が知らせに来た。

「さようか」

渋面《じゅうめん》をつくったが、内心ではやれやれと思っていた。これで雨中の不快な行軍を一時休止できる。

結局、その日は昼前に贄川《にえかわ》という宿で豪族の屋敷に入り、そのまま一泊することになった。秀忠自身は雨に濡れずにすんだが、兵たちはみな屋根のあるところに入れるわけがなく、多くは笠をかぶったまま雨の中で一夜を過ごした。

しかし宿でも寝ているわけにはいかなかった。忠隣が、

「このときこそ、諸将に文《ふみ》を出すべきでござりましょう」

と言って右筆《ゆうひつ》を動員し、多数の文書を書かせたのである。

「いまが節所《せっしょ》でござる。われらか三成方か、どちらにつくか迷っている者に、こちらはしかと目配りをしていることを示す必要があり申す。さらにいま味方している者も油断なりませぬ。裏切らぬように督励《とくれい》し、信頼していると示す文を遣わすのがよろしかろう」

「いや、なにもこんな軍旅《ぐんりょ》の中で出さずとも」

と秀忠は抵抗したが、忠隣は目をつり上げて、

「天下様におなりになる気がおありなら、手抜きは許されませぬ。敵はいたるところにおりますぞ。油断こそが命取りと肝《きも》に銘《めい》じなされませ」

と迫ってくる。

結局、奥羽で上杉に備えている大名から、真田の備えに残った大名、美濃にいるはずの大名衆、それに江戸に残った者にまで書状を出すことになった。秀忠が花押《かおう》を書

くと、書状はその場で密封され、使者に託された。明日、まだ暗いうちから陣を発ち、各地へと飛んでゆくことになる。

翌朝は、久しぶりに朝陽を拝んだ。谷底から見える空は狭いが、秋晴れの透明な青さの中に白い雲の端が光っていた。

「急がねばなりませぬ」

と忠隣が来て念を押した。雨で遅れた分を取りもどさねばならない、という。

「こうしているあいだにも、三成らと取り合いがはじまっておるやも知れず。もし遅れたとなると一大事にござりまする」

「わかったわかった。少し急ぐか」

一日休んで気力と体力がもどっていた。秀忠は軽々と馬に乗った。

まだ流れは速いものの、川の水量はかなり減っていた。幸いにも木曾谷の者たちはみな徳川家の味方だった。協力を依頼し、渡河点では上流に村人をあつめて人垣をこしらえ、流れをゆるめた隙になんとか兵馬を渡すなど、苦心して進軍した。

その日のうちには福島に着いた。木曾路の中心ともいえる集落で、広い谷底のあちこちに人家があり、黄金《こがね》の稲が実る田もあった。ここならかなりの兵を屋根の下で寝させることができそうだと、ほっとした。

福島には家康からの伝令が来ていた。宿にはいると、休む間もなく引見《いんけん》しなければならなかった。

「上様は十一日に清洲《きよす》に到着されておりまする。武蔵守《むさしのかみ》（秀忠）はまだか、どこまで来ておると、それはもうご心配で。一日でも早く参着なされるようにとのお言葉にござりまする」

使者は必死の形相《ぎょうそう》で急行軍を迫った。

「敵のようすは、いかがかな」

秀忠はおっとりと応じる。

「いまだ大垣城に籠もり、動くようすはござりませぬ」

「お味方も、赤坂に陣どったままか」

「はっ」

使者は平伏した。秀忠はうなずき、こう伝えてくれと言った。

「父上に心配をかけておるのは、倅として無念じゃ。しかしな、美濃へ来いとの書状がとどいたのが九日でな、それからあわててここまで来たのよ。兵も疲れ切っておる。これ以上急ぐと、戦場へ着いても戦うこともできぬぞ。父上にはな、秀忠が参着するまで開戦は見合わせるよう、伝えてくれ」

「承ってござりまする。上様はお急ぎでござれば、ともあれ一刻も早く赤坂へ来られませ」

使者は念を押すと、家康の元へ復命すべく、その場からすぐに出立していった。

「さほどあわてずとも。できぬものはできぬ」

秀忠は落ち着いている。

「いや、そうもいきませぬぞ」

忠隣は相変わらずうるさい。

「十一日にあのあわて振りでは、その後に戦況がどのように変わっていることか。いくさでは、何ひとつとして思うようには進まぬと思《おぼ》し召されたがよろしゅうござる。せめてこの木曾谷を早く抜け、敵味方のようすがわかるところまで馬を進めるのが肝要でござる」

と食い下がる忠隣に、

「そなたはあわてすぎじゃ」

秀忠は言った。

「兵の疲れを考えよ。人数ばかりそろっても、使い物にならぬ兵ではどうにもならぬ」

つらい行軍をへて、秀忠の胸のうちにも軍旅への慣れと自分の力に対する自信のようなものができつつあった。

「わしは徳川家の主力をひきいておる。ということは、わしが参着するまで戦いは起こらぬ。何ひとつあわてることはない」

　と秀忠は言い放った。

　これだけの大軍をひきいているのだから、勝つも負けるも自分の動き次第なのだ。古今にもまれな天下分け目の大合戦を、自分は左右しているのである。

やはり自分が徳川家の跡取りなのだと思う。いまどき奥州くんだりで上杉と睨み合っている兄の結城秀康や、わずかばかりの手勢で初陣を踏もうとしている弟の松平忠吉などとは格がちがう。そう考えると、気分が大きくなってくる。

　何か言いたそうにする忠隣に、

「明日の道は難所と聞く。今夜はゆっくり兵を休ませよ。いいな」

　そう命じておいて、自分も休むことにした。

四

　木曾の福島から上松《あげまつ》までの道は、難路として知られている。道中には木曾川をのぞむ絶壁に刻まれた細い道を、岩肌にしがみつくようにして進まねばならぬ場所もあった。行軍はまたも遅れた。

　それでなくとも木曾路は山また山である。峠を越えて谷間に降り、しばらく川沿いにゆくと、また峠を越え、つぎの谷間に降りるという上り下りの繰り返しだった。曲がりくねり険しい山道に人馬ともに疲れ、どうしても歩度は遅くなる。

秀忠は十七日に妻籠《つまご》に着いた。もうひとつふたつ峠を越えれば、木曾谷を抜けられるという。明日には平地を歩いているだろう。

宿は妻籠城にとった。中山道と妻籠の集落を見下ろす小山の上に築かれた小さな城である。家康の命を受けて、山村氏の手の者が待ちかまえており、丁重《ていちょう》に城主の間に案内された。兵舎もあるので、兵たちもゆっくり休めそうだ。

ここにも家康からの使者が来ていた。

「また催促か。もう飽きたぞ」

秀忠は忠隣にこぼしたが、

「さような言葉が上様のお耳に入ったら、いかが思われるかわかりませぬ。決してさようなことはお口になさらぬように」

と叱られてしまった。自信はできたが、まだ忠隣には頭が上がらなかった。

「さあて話を聞こう。美濃の動きはいかがじゃ」

ゆったりと上座にすわった秀忠に、平伏していた使者は少し顔をあげ、告げた。

「去る十五日に、わが軍は三成ら凶徒と関ヶ原の地にて一戦におよび、ご武運めでたく、上様が勝利をおさめられました」

一気に語る使者の言葉を聞いた秀忠は、しばし無言だった。話が意外だったので、すぐには反応できなかったのである。

「あん？」

一戦におよんだと？　この三万八千の徳川軍主力がいないというのに、戦ったのか。で、勝利？

まさか。

「……いま一度申せ。ち、父上は、三成らと戦ったのか」

「さようにござりまする。戦いは十五日の朝よりはじまり、昼過ぎにはわれらが勝利に終わりました」

「勝ったのか」

「勝ちました」

「なんと！　まことか」

「まことにござりまする。三成めら凶徒は四散し、お味方は佐和山《さわやま》の城を攻めに向かっておりまする」

使者は平伏した。

「うぇーっ！」

秀忠が奇声を上げると、それを勝ち鬨《どき》だと思ったのか、周囲にいた近習や小姓《こしょう》たちがばらばらと「うぇーっ」と唱和した。妻籠の陣所はしばし騒がしくなった。

「まことに祝着《しゅうちゃく》至極にござりまする」

使者は落ち着き払っているが、秀忠は呆然《ぼうぜん》としていた。

――これは……、しくじった。

最初に浮かんだのは、父家康の怒った顔である。何と言い訳すればいいのか。それに兄秀康と弟忠吉の笑い顔も浮かんでくる。どちらも手柄をたてたか、もしくは命令を忠実に実行した。いまごろはいい気分でいるだろう。それにくらべて自分は……。

引きつれている三万八千の軍勢の力を過信していたようだ。

こちらの軍勢なしに勝ったとなれば、自分はもともと用なしだったということになる。それどころか天下分け目の合戦に遅参した愚か者と嗤《わら》われてしまうだろう。

「く、苦労じゃ。ゆっくり休め」

使者にそれだけ言うと、秀忠はよろよろと座をはずし、控えの間にはいった。あまりの衝撃に打ちのめされてうなだれていると、

「ご戦勝、おめでとうござりまする」

と忠隣が入ってきた。晴れ晴れとした声で言う。

「心配しておりましたが、やはり上様はいくさ上手。少ない人数でも勝たれましたな」

「……」

「明日からは少し兵たちを楽にさせてやってもよろしかろう。これまで、難路にもかかわらず急ぎすぎました」

「……」

「ともあれお祝いの使者を出さねばなりませぬ。念入りに、遅参の理由も説明させねば。これはよほど弁口《べんこう》のすぐれた者でないとつとまりませぬな。はて誰がいいか」

「……よきにはからえ。ああ、しばらくひとりにしておいてくれ」

秀忠はやっとそれだけ言って忠隣を遠ざけた。あやつも、自分の家老とはいえやはり父の子飼いの武将だ。あてにはならない。誰も自分の窮地を救ってはくれない。

妻のお江の冷たい顔まで思い浮かんだ。

途端にぞっとした。いかんと思った。父ばかりか、妻にまで叱られそうだ。それではあまりに情けなさすぎる。

そうだ。うなだれて妻の顔を思い浮かべている場合ではない。なんとかして失った信用を挽回《ばんかい》しなければならない。

どうすればいいのか。

――とにかく、一日も早く父上のところへ参上することだ。

そして指示を乞う。一戦に勝ったとはいえ、まだまだやるべきことは多いはずだ。

誰よりも忠実に仕えるしか、父上に機嫌を直してもらう道はない。となると必要なのは、馬だ。

「そのほうら、馬の支度をしておけ。替え馬もな。明日は飛ばすぞ！」

近習たちに言い置いて、秀忠は明日に備え、さっさと寝入ることにした。


あくる朝まだ暗いうちから、秀忠は馬廻《うままわ》り衆十数騎とともに陣所を飛び出した。

妻籠を出たときには軍勢の中ほどにいたが、馬を早駆けさせたため、徒歩《かち》の軍勢をつぎつぎに追い越していった。馬籠《まごめ》の宿を過ぎ、鬱蒼《うっそう》とした木立の中を急坂がつづく十曲峠《じっきょくとうげ》を越えたときには、軍勢の先頭近くまで来ていた。

峠を越えれば美濃国である。長い坂道を下ると、どんどん視界が開けてゆく。目の前に立ち塞がる山がようやくなくなった。木曾谷を抜けたのだ。

「よいか。駆けるぞ。遅れるな」

馬廻り衆を叱咤《しった》し、平坦になった道を馬で駆けた。

落合宿の手前で何発か鉄砲を撃ちかけられたようだったが、無視して駆け抜けた。

関ヶ原の勝者も知らぬ田舎者の小勢にかまっている暇はない。途中で疲れた馬を乗り換えつつ、

「ちとお待ちくだされ。軍勢がついて来られませぬ」

と馬廻り衆に止められるまで駆けに駆けた。

結局、一日に十里以上も走って、その夜は可児《かに》の大寺に泊まった。ついてきたのは、馬廻り衆以外には百人ほどの足軽だけだった。家老の忠隣も置き去りにしてきたようだ。

「明日は赤坂まで行くぞ」

秀忠は馬廻り衆に宣言した。ここから赤坂までは十数里ある。しかもまだいくつか峠や川越えをしなければならない。

「それはちと……。われらはお供いたしますが、軍勢が疲れ果てておりますれば、無理かと存じまする」

馬廻り衆も疲労困憊《こんぱい》という顔だ。

「何を申す。これはいくさじゃ。無理などと甘いことを言うやつがあるか！」

「しかしもう、いくさはお味方の勝ちとなり、急ぐこともないかと……」

徳川家の跡継ぎの座がかかっているのだぞと言いたかったが、さすがに思いとどまり、

「甘いぞ。大いくさには勝ったにしろ、まだ残る敵を打ち払わねばならん。それこそ大いくさに出なかったわれらの役目ぞ」

と説いて聞かせると、馬廻り衆はむずかしい顔をしながらも平伏した。

翌早朝からまた馬を駆り、赤坂を目指した。

軍勢は、もうついて来ていない。十数騎の馬廻り衆だけである。もしかすると残敵が襲ってくるのではとの不安もあったが、父家康に見捨てられる不安のほうがまさった。野を走り、川を渡り、十数騎の主従は西へと急いだ。

美濃赤坂に着いたのは、九月十九日のことだった。

さすがにここまで来ると徳川家の手勢もいて、合戦前後の仔細がわかった。

「上様は清洲の城に十一日から二日間おられ、それからこの赤坂へ来られました」

家来の一人からそう聞けば、その二日間、自分を待っていたのだろうと想像がつく。

「それで、父上はなぜわが手勢を待たずに仕掛けたのじゃ」

「それは……。おそらく大坂方に裏切りが多数出ると読めたからではないでしょうか。実際、合戦は小早川《こばやかわ》どのの裏切りで勝敗が決まったようなもので」

裏切りが出ることがはっきりしたため、秀忠の軍勢の到着を待って時を移すと機を逃《のが》すと思い、仕掛けたらしい。

父、家康としても乾坤一擲《けんこんいってき》の大勝負だったのだろう。勝敗は紙一重の差だったのである。

あらためて、三万八千の軍勢が遅参したことが大きな失敗だったとわかり、顔から血の気が引いた。

急に心細くなってきた。

ただ父の元に駆けつけて、ひたすら許しを請《こ》えばいいと思ってここまで駆けてきたが、そんな子供じみたやり方では許されるはずがない。

――どうすればいいのか。

急に何もかもわからなくなってしまった。

――忠隣、何とかしてくれ。

こうなってしまうと、もう頼りは家老のあの男だけだった。

五

「まずは落ち着いて軍勢を調えられませ。大将が単騎で走るなど、してはなりませぬ」

赤坂の宿にようやく追いついた忠隣は、ひとりでうなだれている秀忠に言い聞かせた。

「なあに、合戦に遅れたのはわれらの咎ではありませぬ。上様がわれらに報せるのが遅れただけのこと。堂々となされませ」

そう言うと、秀忠は腑抜《ふぬ》けたような顔をあげた。忠隣はつづけた。

「われらは上様のお下知に従ったまでのこと。跡取りならば、お下知に従うのは当然でございましょう。何も咎められるようなことはしておりませぬ」

「徳川家の跡取りで、いられるだろうか」

「それがしが、一命にかけてお支え申しあげまする」

忠隣が力強く宣言すると、秀忠の顔がぱっと明るくなった。

「よう言ってくれた。頼むぞ」

忠隣の手をとり、泣き出さんばかりにしている。

「しかとお受け申した。ではまず兵どもが追いつくのを待って、上様に拝謁《はいえつ》いたしましょうぞ」

翌日、赤坂をゆっくりと発ち、中山道を西へと向かった。途中で三々五々兵たちが追いついてきて、軍勢は膨《ふく》れあがっていった。

その晩、近江の高宮《たかみや》に宿をとった忠隣は、贄川宿でもやったように右筆を動員して大量の書状を書かせた。今度は家康の周囲にいる大名たちに向かって、秀忠の遅参の理由を説明するとともに、窮状《きゅうじょう》を訴えたのである。

今度は秀忠もいやがらずに花押を書いた。書をたずさえた使者たちは、夜のうちに宿を出立していった。

翌日には草津についた。家康はすぐ先の大津にいるという。

　忠隣は家康の近習あてに、秀忠との面談を調えてくれるよう依頼する使者を出した。簡単に会えるものだと思っていたが、近習の返事は冷たかった。

「上様ご不例にて、本日はお目通りかなわぬとのことにござりました」

　と復命してきた使者は言った。

「ご不例とは、病《やまい》か」

「さて、そうは聞いておりませぬが……」

　家康が秀忠に会わないという。しかもその理由がよくわからない。これを伝え聞いた秀忠は、

「父上はお怒りなのじゃ！」

　と震えあがった。

「なに、まことに病かもしれませぬ。あるいはお疲れなのか。なにしろご老体の上、一世一代の大勝負をなさったのですからな」

　忠隣は慰めにまわらねばならなかった。なんとも手のかかる若殿だった。

　だが油断はならなかった。秀忠を跡継ぎにしたくないと考えている者たちも、家康の周りにはいる。その者たちが手を回し、家康に秀忠の悪口《あっこう》を吹き込んだとも考えられる。

　――これは、勝負よ。

敵はもはや城に籠もっているわけでも、山野《さんや》に伏しているわけでもない。袴《はかま》をつけて御殿の中を徘徊《はいかい》しているのだ。

秀忠を支えるためには、戦わねばならない。

「しばらくお待ちあれ。すぐに会えるようになり申す」

秀忠を落ち着かせておいて、忠隣は奔走《ほんそう》した。秀忠について中山道を踏破《とうは》してきた諸将に、家康へのとりなしを頼んだ。自分は大津まで出向き、家康の近習たちにわけを話して面会の段取りをつけてもらった。

そうした骨折りのあげく、家康との面会が許されたのは、暗くなってからだった。

——さあて、わがいくさはこれからじゃ。

家康と一戦交える覚悟で、忠隣は大津城の焼け残った御殿の中へ乗り込んだ。

家康の御座所にはいると、忠隣は平伏し、戦勝の祝いを手短に述べた。そしてすぐに、

「武蔵守さまの御事《おんこと》につき、申しあげたき儀がござりまする。まことにやむを得ぬ仕儀にて、小諸よりの進軍が……」

と切りだした。まずは先手をとって一撃浴びせるつもりだったのである。しかし家康は手を挙げ、忠隣をさえぎった。

「あやつのことか。聞いてはおるが、こたびばかりは許せぬぞ」

下ぶくれの顔をこちらに向けて、家康は低い声で言った。ぎょろりとした目に怒気《どき》が含まれている。

「年寄りにばかりはたらかせおって。十日までに来いと申したはずじゃ。おかげで冷や汗をかいたわ」

予期したとおり、機嫌はよくない。しかし、あるいは罵声《ばせい》を浴びるかと覚悟していたのに、そこまで悪くもないようだ。まだ聞く耳はあると見えた。

「は、まことに申し訳なく、それがし、心苦しく思うております」

忠隣は深々と頭を下げた。

「心苦しいじゃと？　それだけか。一生に一度、あるかないかの天下の取り合いに遅れて、それだけか」

「は、それは……」

「聞いておる。そもそも助左衛門のやつが遅れたそうじゃな。雨で川が渡れなんだと申しておった。まあ天の沙汰《さた》は仕方がないわい。しかしな、そこはそなたらがなんとか工夫をすべきじゃろうが」

連絡の遅れもわかっているらしい。それでも怒っているのだろうか。

「工夫、と申しますと？」

用心しつつ忠隣はたずねた。

「まずは上田城じゃ。あれしきの小城に、三万の大軍がかかっても手もつけられなんだと申すではないか。少しでも痛めつけておけば、退《ひ》くのはたやすかったであろうに」

「……」

「それに、道中にも工夫がなかろう。木曾路ばかりが道ではない。伊那道《いなみち》もあったであろう。手の者を半々にわければ、一日や二日は早く着いたかもしれぬ」

「それは……」

忠隣はおどろいた。秀忠の道中については、もうさまざまな話がもたらされているようだ。それも、なんとも片寄った話である。これでは駄目だ。

しっかりせよと忠隣は自分を叱咤《しった》した。秀忠が跡継ぎでいられるかどうかは、この場の応答にかかっているのだ。

居住まいをただすと、忠隣は一気に言った。

「申しあげまする。まずは助左衛門のこと、あれがわが陣についたのは九月九日にござりまするぞ。なのに、信州小諸から十日までに美濃赤坂に着けとは、三万八千の兵すべてに羽根が生えておらねば無理でござりまする。一日二日の話ではござらん」

「そんなことは、わかっておる！」

家康が大声を出した。忠隣ははあっと平伏した。

「それでも何とかするのが、いくさに出る者の心得じゃろうが」

「恐れ入ってござりまする」

これでは言われっぱなし、叱られっぱなしになる。秀忠のためには、少しでも反論しておかねばならない。勝算はなかったが、忠隣は気を励まし、胸を張って言った。

「上田城のこと、いくら攻め手の人数が多かろうと、城攻めが手間取るのは上様もご存じのはず。無論、兵をいくら損じてもよいのなら、我攻めに攻めて落とせぬこともありませぬが、それではあとの三成めとのいくさに役に立ちませぬ。兵を損じぬよう、うまく攻めようとしたわれらの苦衷《くちゅう》をお察しあれ」

「まあ、そのあたりはよい」

言葉は穏やかだが、家康の表情はますます険しくなっている。

「上田城の真田は油断ならぬ敵じゃ。むずかしくはあったじゃろう。伊那道も、雨では通れなかったかもしれぬ。しかしな、もっと許せぬことがある。秀忠のあわてようじゃ」

「は？」

「あれは、美濃にはいると小勢ばかりで先頭を駆けたそうじゃな」

「……さようにござりまする」

「大将にあるまじきふるまいじゃ。一戦に勝ったといっても油断はならぬ。ことによったら勝ったというのは誤報で、美濃に出たら弔い合戦のひとつもせねばならぬかと考えるべきなのに、その心構えがない。そこじゃ。心構えよ、わしが心配しておるのは」

「ははあ。われらの手抜かりでござりました。お諫《いさ》め申しあげ、留めるべきところでござりました。面目もありませぬ」

「そなたらに諫められずとも、あやつが立場をわきまえておれば、おのずと大将らしゅうふるまうはずじゃ」

冷や汗が出た。押されっぱなしである。しかも大将の資質を問題にしている。これはまずい。

「遅参のことは、もうよい。勝ったでの。しかしあのような心構えでは、わしのあとを託してよいものか。のう、忠隣」

家康は赤くなった目をむけてきた。それは天下人の目ではなく、わが子の不甲斐《ふがい》なさをなげく愚痴《ぐち》っぽい老人の目だった。

その刹那、忠隣はこの難敵の攻め口を見つけた。

「いや、そのこと」

忠隣は背筋を伸ばし、反撃に転じた。

「若殿の、われらを振りきっての早駆けぶりは、見事でござりました」

「これ、なにを申す」

「お気に障《さわ》りましたなら、勘弁願わしゅう。しかしながら、あの早駆けぶりは、おのれの役目を重大に思ってのことでござりまする。心意気を買っていただきたく」

「心意気じゃと？　そんなものでいくさは勝てぬ」

「もう勝たずともよろしゅうござりましょう」

「あん？」

「このご戦勝で、もう日《ひ》の本《もと》に大いくさは起こりますまい。ならば勝たずともよろしゅうござる。これからはいくさに強い大将より、世を治められる大将こそ、望ましゅうござりまする」

「秀忠に、世が治められると申すか」

「御意《ぎょい》。命じられたことを忠実に守り、上様をうやまう忠孝の心が篤《あつ》うござる」

「む、む」

「いくさにお強い大将ならば、秀康さま、忠吉さまこそしかるべしと存じまする。しかしながら、これからの世を治めるには、忠孝の心根をもとにせずばならず。さような心根は、武蔵守さまが一番強いと拝察いたしてござりまする」

「……」

家康は腕組みをし、目をそらした。

――そうだ。この攻め口だ。

忠隣はしっかりとした手応えを感じていた。

翌日、家康に引見する前、緊張する秀忠に忠隣は言い含めた。

「よろしいか。まずは戦勝の祝いを述べ、ついで今後のことをお話ししなされ。いくさには勝っても、まだまだ大坂には兵力も残り、なすべきことはたんとあり申す。上様もお気疲れのはずゆえ、そのことを気遣いながら自分のできることをお話ししなされ。決して使者が遅れただの、木曾路を越すのがつらかったのと、自分から申してはなりませぬ。なぜ遅れたのかときかれたときだけ、ひと言、使者が来た日をお答えなされ」

「それでいいのか」

秀忠は不思議そうな顔をする。

「もちろん。堂々としていることこそ肝心でござる。殿は跡取りであられるゆえ」

忠隣の見るところ、家康を攻略できる攻め口はただひとつ。誠意と忠孝の心で接することだけである。

長年、誰が敵か味方か定かならぬ戦国の世を生き抜き、人の心の裏表を知り尽くしているお人だけに、身内の誠実さは身にしみるはずだ。そして秀忠は、素直で孝心の篤い性質に育っている。この人柄をそのまま出せば、それで万事うまくいくだろう。

忠隣はそう思っていた。

　それでもむずかしい顔をして引見に出た秀忠だったが、小半刻（三十分）ほどののちには、笑《え》みを浮かべながら部屋から出てきた。

「いや、父上は心配されておったようじゃ。使者を出すのが遅れたと、わしのことを気遣っておられてな、遅参を咎めるどころか、謝られてしまったぞ」

　からからと笑っている。忠隣もほっとした。案ずることはなかったようだ。

「そなたの言うことを聞いてよかった。これからも頼むぞ」

　秀忠にほがらかに言われて、忠隣は頭を下げた。

「もったいないお言葉。この忠隣、身命《しんめい》に代えてもお支え申しあげまするぞ」

　感銘をうけてそう応えたのだが、その一方で、跡継ぎに必要なのは本当に忠孝の心だけなのか、この軽い若殿で徳川家の将来は大丈夫か、といった疑問が湧いてくるのを忠隣は懸命に抑えていた。譜代の家来とは、妙なところで悩まねばならぬものだとも思った。

　用がすんだ秀忠は、のしのしと廊下を歩き去っていった。

　つぎの天下人にふさわしい、鷹揚《おうよう》な足どりだった。

島左近《しまさこん》

尾﨑士郎

尾崎《おざき》士郎《しろう》（一八九八～一九六四）

愛知県生まれ。早稲田大学中退。中学生の頃から政治に関心を持ち、東洋経済新報社や売文社などでジャーナリストとして活躍。一九二一年に時事新報の懸賞で「獄中より」が二位入選したことで作家活動が中心となり、自身の半生をモデルにした大河ロマン『人生劇場』は大ベストセラーになる。歴史小説にも力を入れ、『石田三成』、『篝火』などで関ヶ原の合戦を多角的に描き、『吉良の男』などを通して悪役とされてきた吉良上野介を再評価したことでも知られる。伝説の力士を描く『雷電』を執筆するほどの相撲好きで、横綱審議委員を務めた。

1

慶長五年五月九日、内大臣、家康の内意をうけた本多平八郎忠勝《ただかつ》は軽装の騎馬武者十数人を従え、次男、内記忠朝《ただとも》をつれて江州佐和山に向って出発した。伏見から佐和山までの距離は歩いたところで半日の行程である。佐和山城訪問の目的は城池の検分である。その半年前、三成が大坂城を去って居城に引籠ってから今まで等閑に附していた城の本建築に取りかかった。それがやっと完成したという通告が入ったので、祝意を兼ねた検分の役を仰せつかったのである。

表面はいかにものびやかな気の軽い旅であるが、戦場を往来して早くも五十二歳になった忠勝の心の底には、何か重苦しいものが淀んでいた。

城の修理が終ったということを大坂城内の奉行にあてて通告してきたのは、豊臣家に臣従する者にとって当然の義務である。早速、幼君秀頼の代理で祝の品を携えた使者が拝観という名儀で派遣されるのは当時の習慣であったが、しかし、それならそれで豊臣家と石田家とを繋ぐ、もっとも親近感の深い人間の誰かが選ばれるのが至当である。家康はもちろん内大臣であり、秀頼の後見役であるから、豊臣家を代表して佐和山に使者を派遣したところで誰一人奇異の感じを抱く者もないわけであるが、しかし、その年の二月、東北の雄藩上杉景勝《かげかつ》が家康に対して露骨に挑戦的態度をもって臨んできたところへ、七将問題で蹉跌《さてつ》した三成が、やっと家康の取りなしによって佐和山蟄居《ちっきょ》ということに一先ず落ちついたものの、その後の三成がほとんど連日のように景勝の重臣、直江山城守と会合を重ねていたということは、すでに幾たびとなく家康の耳に入っていた。

七将というのは、朝鮮の役に出征した将領の中で戦役の論功行賞に不満と憤りを持った七人の大名をさすのである。加藤清正、黒田長政、浅野幸長《よしなが》、福島正則、細川忠興《ただおき》、池田輝政、加藤嘉明《よしあき》——この七人のあいだに激化した空気が清正の提案によって伏見の三成邸襲撃の計画にまで進展してきた。その動機には相当に複雑な感情が絡んでいる。

先ず第一に亡き太閤を中心とする閨門の争いである。秀吉の正室であった北の政所《まんどころ》と淀君とのあいだに生じた対立は豊臣一門につながる全国の大名の感情を支配していた。七人の大名は、いずれも北の政所の直系であって、淀殿の系統ではない。然るに論功行賞の直接の任に当っていた福原直高、熊谷直盛、垣見一直の三人は淀殿のお声がかりで軍監に抜擢された。彼等を推挙した責任者は石田三成であった。それ故、七将の憤りが三人の小大名を無視して三成一人に集中したことは、むしろ当然の成行であったともいえるが、しかし、そこに醸し出された空気が直ちに三成邸襲撃に変ったのは、私情による反感と憤激だけではなく、この機会に三成の政治的生命を抹殺しようとする底深い魂胆なしに行われるものではなかった。

その背後に、大坂城内における政治の実力者である家康の勢力が潜んでいたことは否定すべくもないであろう。これは家康当人が直接七将の背後に介在していたかどうかということとは別問題である。清正も長政も、もちろん家康を意識し、家康のために事を謀ろうという気持はなかったにちがいない。家康自身にとっても亦《また》、この計画は寝耳に水であったと解釈すべきである。しかし、結果としては、三成の政治力を一掃することによって、家康を中心とする徳川家の圧力が急速に大坂城に加わってきたことだけはたしかであった。

その夜、七将の襲撃を未然に知って、危く難を免れた三成は、佐竹義宣がこっそり廻してくれた女駕籠にのって、当時伏見に在住中の家康の屋敷に乗りつけた。彼が進んで家康の屋敷に遁入《とんにゅう》したのは、家康に人間的な親愛感を持っていたからではない。もしそのまま伏見を脱出しようとする意図があったとしたら、どのような方法を選ぶこともできた筈である。

それにもかかわらず、進んで当時の彼にとってはもっとも危険な場所である家康邸を選んだということは、万策つきて家康の軍門に降ったのではなくて、むしろ七将の背後に家康の影を感ずればこそ、この意表に出でた行動によって敵の心胆の裏を掻いたともいえるのである。もう一歩突っこんでいえば、このとき伏見の三成邸は謀将島《しま》左近《さこん》を主班とする二百人あまりの鎧武者によって固められていた。もし三成の身辺に万一のことがあったとしたら、この一党は直ちに必死の決意をもって家康邸を襲撃したであろう。反石田的空気が徳川に近い大名のあいだで次第に濃厚になろうとしているとき、反徳川的空気もまた一触即発の動きを示すのは当然である。清正を中心とする七将が三成の行方をもとめて伏見の街を横行濶歩しているときに、上杉景勝邸では家康の実子である結城秀康、宇喜多秀家、それに直江山城守が加って、酒三更のあいだに家康打倒の謀議が熟しつつあった。

七将の蜂起もまったく偶然の出来事だったが、それと同じように東北における上杉の徳川に対する挑戦的行動も周到な用意によって生じたものではなかった。伏見在住当時に、気の合った仲間が集って酒の勢に乗じて話し合っていたことが、次第に現実的な形をとってあらわれてきたというだけのことである。家康に対する反感が、あの古狸に一泡ふかせてやろう、という気持をそそりたてる結果になったのは勢の赴くところというべきであった。時の機みというものはどうにも致し方のないもので、徳川を相手に一戦を交えようなぞと本気で考えたこともなかった上杉が謀叛《むほん》の張本人になろうとする形勢は、もはや防ぎがたきものになろうとしていた。家康が会津征討を決意したのもまた同じこと、彼はいよいよ出征と覚悟をきめると、今まで曖昧な形のまま残しておいたものを無雑作に放ったらかしておくわけにはゆかない気持になっている。一日ごとに戦争をとりまく雰囲気を拡大してきた。本多忠勝は、主君から課せられた任務が尋常一様のものでないことを知るだけに、重苦しい気持になるのである。もし会津と佐和山のあいだに打って響くような黙契があったとしたら、家康の内意を受けた忠勝を三成が黙って帰す筈はあるまい。命にかかわりがあるかないかは別として、もし上杉と石田とが何の脈絡もなく、関係もなかったとしたら、忠勝の訪問は単なる厭がらせだけではなく、逆に佐和山の空気を刺戟するようなものである。

緑の色が朝の陽ざしに輝いて、うねうねとつづく近江路は麦の穂をゆるがす風さえ光って見えた。

「佐和山には島左近がおる、先ず当代にこれほどの豪傑はあるまい、左近に会うだけでも、来ただけの甲斐はある」

列の先頭に彼と馬を並べている忠朝をかえりみていった。

幾つかの村をすぎると、丘があり、谷があり、街道筋は眼も遥かな菜種の花の黄色さを縫って、みずみずしい石楠花《しゃくなげ》の淡桃色が点々とうかんでいた。

「おお、ほととぎすが啼く」

深い森の中の小道へ入ったとき、忠勝は馬をとめ、眼をとじて片手で耳の附根をおさえた。

三成に過ぎたるものが二つあり、島の左近に佐和山の城。

2

そのころ流行った戯《ざ》れ唄《うた》であるが、過ぎたるものが二つありという言葉は、一つの形式をつくりあげていた。およそ一城一国の主たるべき者には、必ず二つや三つは過ぎたるものがなければ成り立たないという時代の風習であった。三河で唄われた俗謡の中では、唐の兜と本多平八は徳川家にとって過ぎたるものの二つであった。その言葉の詮索はともかくとして、島左近は織田の勃興期から豊臣の全盛期にかけて、戦国の時代感情の中核を形成する「顔」の一つであった。真田昌幸がそうであるごとく、黒田孝高がそうであったごとく、島左近は戦国武士の誇でもあれば、象徴でもあった。

彼は最初、筒井定次の重臣であったが、天正十六年、定次の人物に見切りをつけ、筒井家を去ってから、中山道高宮に草庵を結んで天下の風雲を眺めながら、閑日月を過していた。時代が時代であっただけに、一世を冷眼視する左近の態度は彼の人物の格をせり上げる結果になったが、彼は、しかし、誰の招きにも応じようとしなかった。

一介の小姓から三万石の大名となった三成が、愛知《えち》川一帯の領地を手に入れたとき、石田一門を築きあげるために、足軽雑兵はもとより、浪々中の名だたる勇士を全国か

らもとめた。そのとき、秀吉が三成にむかって、どのくらいの人数を集めたか、と尋ねたとき、彼は、

「畏れながら」

といって平伏した。「やっと一人だけ捜しあてました」

「何、一人だけ、——一人とは誰じゃ？」

「島左近でございます」

これには、さすがの秀吉もびっくりしたらしい。当時の三成の境遇から判断すれば、身分も閲歴《えつれき》も左近の方が遥かに上である。秀吉もまた左近に対しては一籌《ちゅう》を輸していた。この器量人が、主家の筒井家を去ったのを秀吉が黙って見のがしておく筈はない。彼は直ちに中川瀬兵衛を介して、五千石ではどうか、といって申入れたところが、けんもほろろというほどではないにしても、言葉巧みに断わられた。断わった左近の心意気に一層執着を感ずることはあっても、何を小癪《こしゃく》な、という気持にはならなかった。その左近が、昨日まで秀吉の眼には茶くみ坊主の端くれの一人にしか見えなかった三成に仕えたというのだから驚くのも無理はあるまい。

「その方、左近を何石で召抱えた？」

「一万五千石でございます」

もはや、さすがの秀吉にも返す言葉はなかった。三万石の所領を折半して、半分を

もらった左近が知遇に感激したことはもちろんであるが、左近を迎えるために財布の底をはたいて惜しむところのなかった三成の気前のよさに感嘆しない者はなかった。ただ、これを聞いてにがにがしげに顔をしかめた者は、そのとき会津に九十一万九千石を領していた奥州の重鎮、蒲生氏郷だけである。「これは牛を犬にするようなものだ。左近を殺してしまうだけではなく、これがため三成の命運も、やがて尽くるときがくるであろう」

その後、間もなく秀吉の信任を受けて、内務行政の一切を支配する権能を握った三成は、文禄三年、第一期の朝鮮遠征が終ると、同時に病没した氏郷の所領を没収して、その子、秀行に十八万石を与え宇都宮に転封した。それと入れ替えに、今まで氏郷の所領であった会津一帯を上杉景勝の管下において、これに百三十一万八千石を与えた。人事行政は、すべて秀吉の名儀を以て行われたが、しかし、処理に当った者は三成である。治部少輔に任ぜられてからの三成は、名実共に太閤の代理であった。そのさかんなりし日の面影を記憶の底から呼びおこすことができるだけに、今日の使者を承った忠勝の心にも穏かならぬ影がちらつくのである。

前の日に、早くも先行の使者が忠勝一行の到着を報じていたせいか、山麓の鳥居本駅には石田家の重臣、舞兵庫《まいひょうご》、蒲生郷舎《さといえ》、津田清幽《きよふか》等々の顔ぶれが平服のまま街道筋にずらりと並んでいた。

「これはようこそ」

軽く一礼して忠勝の前に進み出てきたのは、小田原征伐の頃から顔見知りの舞兵庫である。

「おお、珍しい、何ともこれは久しぶりじゃ」

忠勝は横にいる忠朝に眼くばせしてから、ひらりと馬をおりた。「絶えて久しくお会い申さぬが、御達者で何よりじゃ」

しかし、それには応えないで、舞兵庫はつつましやかに頭を下げた。「勇名天下に鳴りひびく本多殿の御光来を仰いで、主君三成も嘸《さぞ》かし満足いたすことと存じ上げます。検分のお役目は何分ともに宜しく」

「いや、そのような仰々しい話はそれがしの任ではござらぬ、久々の機会に島左近殿にもお目にかかって、ゆるゆると時を過したき考えでござった、それにしても、お迎えは恐縮次第もござらぬ」

「いやいや、本多殿に拝顔が叶うと申して、城下の若武者共は一人のこらず張切っておりますよ、検分のお役目が終り申したら、一つ城下の若者共に戦場の心得などおはなし下さらば有難き仕合せに存じ上げます」

「そのような大それたことのできる性分でもござらぬ、それに五十を過ぎると眼はかすむ、耳はうすれる、何もかも億劫《おっくう》になってのう」

忠勝は無愛想な笑顔をうかべて視線を横へそらした。

海抜百三十余メートルの佐和山は眩しいばかりの新緑に彩られていた。その隙間を縫って城壁の白壁がちらちらと泛《うか》んでいる。

昨日、出立の支度をしているところへ、京都の三本木にいる亡き太閤の北の政所、高台院のお側附きの女中の一人から一通の密書がとどいた。それによると、忠勝が家康の命を受けて佐和山に城池検分の任を帯びて派遣されることは、すでに京都にも伝わっているらしく、相当に厳しい文句で、治部少輔はこの数カ月、遊芸人《ゆげい》という名目で全国から夥《おびただ》しい数の浪人を召抱えていること、茶事に使う窯場《かまば》のごとく見せかけて武家屋敷の要所要所に銃弾の製造所を設けていること、それに加えて、城の造り方は外部の景観に重きをおかず、すべて合戦を目的として実質的に造られている――というようなことが細々と書かれている。この際、城検分の役目がもし治部少輔の野心の実証を看破することがなかったら、禍《わざわい》の及ぶところはひとり徳川家の将来だけではない、等々。

忠勝はその手紙を一読するとすぐ引裂いて火に投じてしまったが、もしこれが家康の耳にでも入ったら、今日の検分には一層重大な責任が加ってきたであろう。なるべく無心な気持になりきろうと努めているだけに、舞兵庫の、いかにも取ってつけたような愛想のいい言葉が急に腹立たしくなってきたのである。

駅の右手にあたる丘の下に、今日の一行を迎えるための休息所が設けてある。「大吉大一大萬」の石田家の紋を浮彫りにした浅黄の幔幕《まんまく》で囲んである休息所に入って正面の床几に腰をおろすと、うしろの坂道から賑やかに笑う声が聞えてきた。振返ると宗匠頭巾に、南蛮渡来の黒羅紗《らしゃ》の十徳を着た、小柄ではあるが眼の鋭い、四十恰好の男が、

「これはようこそ、――昼にはまだ早いと存じたが、幸い好き酒が手に入った、湖水の鮒《ふな》も今が食べ時と存ずる故、まァ、城検分の方はあとでゆっくり願うことにして、今日はゆるゆるとおくつろぎ下されよ」

ぞんざいな言葉づかいにも何となく威厳がそなわっている。僅に一面の識しかなかったが、忠勝には三成であることがすぐにわかった。

そこへ接待役がお茶をはこんでくると、三成は、

「もうそれほど遠い道でもない、それに今日は城下の祭礼にあたっております故、お気がむかれたら、佐和山踊などを御覧に入れようと存じたが、いかがでござるかのう」

人を人とも思わぬ糞度胸は三成の一挙一動にあらわれている。それに、さっきから立てつづけに一人でまくし立てているので、自分の方から挨拶する機会を失ってしまった。

「失礼ながら治部少輔殿でござったのう、拙者、このたびの役目を仰せつかった平八郎忠勝でござる、ああ、それから」

と、彼は、うしろに立っている忠朝を振返っていった。

「これが拙者の次男だ、佐和山には天下の器量人が集っているから、後学のためにあやかったらどうじゃ、と申して無理に連れてきたのじゃよ」

「さようでござったか、これは失礼。――お名前はかねてから存じておる、成るほど、お父上の忠勝殿と較べたところで見劣りはない、さァさァ、話はあとにして」

三成は先に立って歩きだした。遠く仄かに琵琶湖《びわこ》の水を隔てて伊吹山が雲の中にかすんで見える。ゆるやかな坂をのぼると、間もなく大手門につきあたる。右手に高台があって、その下が城下町になっている。城下町は湖畔の松原までつづいているが、今日の検分役接待の場所は高台の上に新しく築かれた別棟の大広間である。入口の土間を入ると、三成が先に立って奥の十畳の間へ平八郎父子を招き入れた。家来たちは高台の下にある幾棟かにわかれた客室に通された。

三成が縁側の障子をあけると、狭い庭の先は重畳《ちょうじょう》と聳《そび》えた断崖で、そこから砂浜まで長々とつづく松原のほかには琵琶湖の眺望を遮るものは何もなかった。

「よう、これはこれは、――よう来られた、まさかとは思ったが、しかし、心待ちにはしていたぞ」

庭につづく断崖の横の坂道を、のっしのっしと肩をゆすりながら上ってきた男が、傍若無人にぬっと顔をつき出した。背の高い、瘦せてはいるが、肩の張り具合がいかにも稜々たる気骨をむき出しにしている。半白の無精髭《ぶしょうひげ》にうずまった顔をぬっと突き出したのは、十年ぶりで会う島勝猛《かったけ》であった。二人は顔を見合せるが早いか、どっと声をたてて笑いだした。

「貴公と会うのは、いつも戦場だけに限られているが、しかし、どこで会っても変らぬのう」

「いや、おれも年をとったが、貴公もめっきり老けたではないか、これでお互に戦場と縁が切れたら、もはや立つ瀬がなくなるかも知れぬ」

接待役の小姓が、つぎつぎと料理の膳をはこんでくると、三成は先ず自分で毒味をした盃を忠勝にさした。

「何しろ物騒な世の中でござる故、城検分の役目も楽々とはつとまり申すまい、今夜は城内へお泊り下すって、明朝、城下の隅々まで御検分下すってはいかがかと存ずるが」

さりげない態度ではなしかける三成の顔をちらっと眺めてから、忠勝はそれには応えないで、視線を陽ざしに輝く湖水の上にうつした。

「絶景だとは聞いていたが、いや、これほどだとは思わなかった、せっかくの御招待に与《あずか》って、ゆるゆると時を過したいところでござるが、今日夕方までには守山《もりやま》の宿まで参って奉行の増田《ました》殿と会見いたすことに取りきめてある、残念じゃが、一応それがしの名分の立つように城内だけでも一廻りさせていただこうか」

「それにしても、佐和山の城なぞは隅から隅まで見廻ったところで一刻とはかかり申すまい、長いつき合いでありながら、貴公とはかけちがって、今日会うのが二度目じゃ、今日の祭の気分だけは、せめてゆっくりと味って下されよ」

手強い相手だと思った。内に策略をひそむ男ならば、押したり引いたりしているうちに自分の思う壺にはめてしまうこともできるが、鈍重で無策な、律義一方の忠勝は三成にとって昔から苦手の一人だった。

「それにしても先ず酒じゃ」

左近が横あいからぐっと膝をのり出した。

「貴公が城検分役と聞いて、これは酒で盛りつぶすに限ると思ったよ、のう、そうではござらぬか、城検分なぞといったところで、ケチをつけようと思えばどのようなケチでもつけられる、新規召抱えの浪人が何人いるか、武器庫に何ちょうの鉄砲が入っているか、煙硝庫にはどれほどの弾薬がかくされているか、米庫には米が何俵、塩庫には塩が何俵、そんなものを根掘り葉掘り捜したところで、城内の形勢がわかるものではない」

「いかにもそうじゃ、戦場から戦場と渡り歩いて一生を棒に振ろうとしている我等には、ややこしい政治の話はとんとわからぬ」

「そこじゃよ、我等もまた昔の好誼《こうぎ》にすがって佐和山城にお目こぼしを願いたいなどと、ケチなことを申すのではない。有態《ありてい》にいえば、家康公にとっては我等の主君は袋の鼠じゃ、いつ何時、息の根をとめられるかもわからぬ。だが、それはそれ、これはこれじゃ」

幾分、感情の誇張はあったにしても、酒間に結びついた二人の気持には少しの偽りもなかった。

「いや、もう、うかうかと酩酊いたした、左近殿、何しろむつかしい世の中になったのう、貴公の御苦心は察するに余りあるぞ、噂によれば、佐和山では諸国の浪人を数多召抱えたということじゃが、まことかのう?」

「いかにも、一城一国を預るからは、いつ何時、敵の攻撃を受けようともびくともしないだけの覚悟はしておきたいものじゃ、まして戦場に縁のない文弱の徒と罵られている我等の主君が領民を安堵させるためには、何よりも武備を全うするところより始めなければなりますまい」

そこへ舞兵庫が入ってくると、三成は入れちがいに席を立っていった。高台の下の宴席では、忠勝に随従してきた若武者たちが、祭の衣裳をきた上臈《じょうろう》たちに取りかこまれて、愉しそうに笑い興じていた。

遠くに笛が鳴り、太鼓がひびいて、人のざわめきが青葉をわたる風のひびきをつたって聞えてきたと思うと、髪を若衆髷《わかしゅまげ》に結い、揃の浴衣を着て、それぞれ花笠をもった若い女の一団が大手門からつづく坂道を上ってきた。

3

踊子の一隊は高台の下にある広場の片隅に高く組みあげた櫓《やぐら》の前で勢揃いしたと思うと、流れるように円陣をつくって踊りだした。

太鼓の音も唄声も櫓の上から聞えてくる。

「おれは都のものなれど、近江佐和山見物しよ、大手のかかりを眺むれば、金の御門に八重の堀、まずは見事なかかりかよ、このまたかかりを眺むれば、八つ棟づくりに七見角、まずは見事なかかりかよ、——」

唄声がとぎれると、「やあ、見事、見事」と踊子たちが手ぶり足ぶり面白く、花笠を巧みに動かしながら合唱する。そこへ城代の右近太夫朝成《ともなり》が裃《かみしも》姿で入ってくると、敷居際で丁寧にお辞儀をした。「お役目、御苦労に存じます。別室にて宴席の用意もととのいましたる故、何とぞこちらへ」

その声を聞くと、忠勝は不機嫌そうに眉をつりあげた。彼は朝成から視線をそらして、横にいた左近の肩を左手で軽く敲《たた》いた。「左近殿、今から城の検分にとりかかることにいたしたい、失礼ながら宴席は御辞退申上げる」

忠勝の語調が強すぎたので、朝成（三成の甥）の顔には明らかに当惑の色がうかんだ。

「でも、折角のわれ等が主人、三成の心づくしでもござれば」

「それは、もう忠勝、身に沁みて感じておりますぞ、偶々《たまたま》祭礼の機会にめぐり合い、某《それがし》はともかく、家来どもまで時ならぬもてなしをうけ、御厚意は忘るることもござりますまい、いや、検分と申したところで、何も隅から隅まで覗いてみるわけではござらぬが、会津においてはすでに挙兵の噂もあり、上国の形勢もまた急を告ぐる折柄でござれば、佐和山へ城検分にまいった本多平八郎が、酒に酔い痴《し》れて、何の為すところもなく帰ったとあっては、これは後の世の物笑いではござらぬか」

「いかにも御もっともじゃ、これは、――つい久し振りで尊顔を拝したうれしさにまぎれて、分を忘れ度にはずれたことを申上げたが、実は、尊公の武勲にあやかりたいと申す若武者どもを、本丸、鶴裳ノ間にあつめて一場の訓話でも承わりたいと存じておるところじゃ、城の検分が終ったら、この若造どものために少々の時間を割いては下さらぬか？」

「左近殿、――それで貴公の顔が立つならば、何とでもいたす、ところで」

急に和やかな表情にかえった忠勝は、

「では」

といって、とりつく島のなくなっている朝成の方へ視線を向けた。

「これは、御城代で御座ったな、失礼ながら、城池修築の絵図面でも御座ったら、御持参下されますまいか」

「それならば」

舞兵庫が、ほっとした面持ちでいった。「こちらに用意いたしております」

彼は、そそくさと膝の横においた漆塗りのほそ長い箱にからげた紐を解き、中から裏打ちをした城の見とり図をとりだした。

それを急いで畳の上へひろげると、大手門の方を忠勝の方へ向け、

「山のかたちを利用いたしております故、これを平面にすると、ぎくしゃくいたしてまいるが、全体を合せたところで大がかりな築城ではござらぬ」

彼は逆に持った扇で、大手門の上をぐっとおさえた。

「今、いるところが此処でござるよ、何しろ縁側の隅々まで、金のかからぬようにという主君、治部少輔の厳命により、諸事西洋流の建築法を加味してつくった城で御座る故、在来の築城技法の上から論じたら手ぬかりも、さぞかし多いことと存ずる」

彼は、絵図面の上に扇を前後左右に移動させた。これが本丸、これが二ノ丸、三ノ丸、鐘ノ丸、太鼓丸、法華丸、——と順次に説明を加えてから、

「何としても城下町が少し狭すぎる、唯今より御案内申上ぐる故、天守から御覧下さればば、一目瞭然で御座るが、搦手《からめて》につながる諸公の屋敷も、あまりに狭すぎて、客を迎える部屋もないような始末で御座るよ」

「いや、これで大体、見当もつき申した、いや、思い起せば、なつかしきかぎりじゃ、某、近江の地に足を踏み入れるのは、これで二度目で御座るが、たしか元亀元年、あの頃は、まだ佐々木の所領で御座った、浅井、朝倉を向うに廻す姉川の合戦で、われ等の主君家康公は、織田右大将殿より申し入れが御座って、このあたりに朝倉勢と対峙いたした、六月の終り、ちょうど今頃の季節で御座った、森かげに藤が咲き、戦塵の絶え間に、ほととぎすの鳴き交わす声を聞いて、ひと方ならぬ感慨をおぼえ申した、そのとき、信長公の主力が浅井勢に追いつめられ、雪崩《なだ》れを打って後退するのを望み見た朝倉方は、士気俄《にわ》かにあがって、一挙に徳川勢を切り崩そうと、いきり立って押しよせてまいった、そのときで御座るよ」

　忠勝の顔には急に生気があふれてきた。彼は手酌で自分の盃に酒をつぎ、

「いや、これは」

と、舞兵庫が慌てて手をさしのべたときには、もう、ぐっと一杯ひっかけて、乾い

た盃を倅の内記忠朝に差しつけていた。上機嫌になったときの、いつもの癖である。

「そのとき、三河勢の先登に立って馬を進めていたのが、この平八郎じゃ」

「なつかしいのう、今でこそ打ちあけて話も出来るが、拙者は、あの合戦の模様を、まざまざと覚えておりますぞ」

島左近が沈痛な声でいった。「浅井勢の殿軍を交えて丘の上に立っていると、早くも中山道一帯は潰乱に陥って、浅井、朝倉ともに大敗北じゃ、——たしか、あのとき、槍を小脇に乱軍の中を駈けめぐっている若武者の姿に思わず見とれていたが、後日に及んで、あの若武者が貴公だということを知ったのじゃ」

「いや、それが、左近殿のお目にとまったとは恥かしい、——あの合戦で、拙者の槍に蜻蛉《とんぼ》切りという名前がついたのじゃ」

「左様で御座ったのう、思いめぐらせば、ふた昔の夢じゃ、某も、血気の勢いに駆られ、あれこそよき敵、いざ組まんと、乱軍の中を駆けめぐったが、ついに貴公の姿は見あたらず、虚しく引きあげ申したよ」

「いかにものう、今日まで生き延びたのも、そのせいで御座ろう」

「何を、途方もない——某こそ、あの時機を過したばっかりに、生き長らえていられるのじゃ、いや、それよりも忠朝殿、御父上の姿だけは、そなたに見せてやりたかった」

過ぎてゆく時間の慌しさが、左近の胸に犇々《ひしひし》と迫ってきた。

「これは、とんだ長ばなしをいたした、では日の暮れぬうちに、そろそろ城内の検分をお願い申そうか」

「検分？」

こんどは、忠勝の方が冷然と落ちついていた。

「検分はもう終ったでは御座らぬか、兵糧庫には米が積みあげられ、煙硝庫は弾薬で詰っている、――治部少輔殿が心の用意のほども察しられた、しかし、いかに要害堅固とはいっても、城を恃《たの》みとして事の終るわけでも御座るまい、それに、忠勝は、このような役目には、およそ不釣合いな男で御座る、唯《ただ》、形式だけの誓書一通お差し出し下さればそれ以上のことは望み申さぬ」

「それは何とも」

左近が舞兵庫に目配せした。やっと肩の重荷がおりたようでもあれば短刀を胸先きへぐっと突きつけられたようでもある。これが、同じ家康の重臣でも、謀略の塊《かたまり》のような本多佐渡であったら、言葉の裏をかく準備もしなければなるまいが、相手は戦場の駈引以外は処世的に無為無策の平八郎忠勝である。型どおりの誓書は、まもなく、三成の父、隠岐守正継の手から忠勝に渡された。三成だけは姿を見せなかったが、本丸、鶴亀ノ間には夕食の膳がならび、忠勝の家来全員のほかに、石田方では島左近、舞兵庫、蒲生郷舎、津田清幽、等々の重臣をはじめ、忠勝の武勲にあやかりたいという荒武者十数人が特に選抜されて列席した。

宴の終った頃には琵琶湖畔に黄昏《たそがれ》の色が迫っていた。

振舞酒に酔った従者たちを伜の忠朝といっしょに先きに歩かせ、少しはなれて、忠勝は守山まで是非にも送ろうという島左近と馬首をならべて声高に語り合いながら青葉に曇る中山道を左にのぼっていった。守山の宿《しゅく》の灯が行手の空に、ぼうっと映るところまで来て、左近が馬をとめた。

「では、此処でお別れ申そう、——今日の御恩は、生のつづくかぎり忘れることは御座るまい」

「何を申される、恩なぞとは大それた、某こそ、やっと命拾いをしたようなものでは御座らぬか」

闇の中で、二人の視線がキッカリと結びついた。それから、二人とも無言のうちに声を立てて笑いだした。

4

上杉討伐の大軍が東北に向って動きだしたのは六月二日である。在京の諸大名は、ことごとく部署に就くことを承諾した。徳川譜代の大名が三十三人。外藩の大名が五十六人。

軍監は、井伊直政、本多忠勝、榊原康政の三人で、在京の大名はことごとく、ひと先ず帰国した上で、兵をまとめて江戸へ集結することに決った。

その六月十六日、家康は伏見城に入り、翌る十七日、伏見城に麾下の諸将をあつめて更に決意をかため、十八日の朝、伏見を出立して、何の先きぶれもなく、こっそりと中山道を下っていった。

その日は、縁者である京極高次のまもる大津に寄って昼飯の饗応をうけ、夕方、石部に着いた。水口《みなくち》城主、長束《なつか》正家は、それを聴くとわざわざ石部の宿までやってきて、是非とも明朝は水口城へお立寄り願いと申し入れた。家康は即座に正家の懇請を承諾したが、その夜、石部の代官、篠山理兵衛がやってきて、警護隊長、本多忠勝に面会を求めた。その夜、芝浦、観音寺の岸から二十余艘の大船に一千人あまりの軍兵を乗せた集団が、子ノ刻を期して、水口に上陸する手筈になっているという。

家康一行の石部泊りの通報が佐和山に入ったのは、その日の夕方である。

「これこそ、天の与うる機会で御座るぞ、この機を逸したら再び内府の首級を挙ぐるときは御座るまい、――殿よ、軍兵八百人あらば事は足りる、何卒、某におまかせ下されよ」

本丸評定ノ間に、重臣一同をあつめ、家康の江戸出向を待って大坂城に挙兵する計画を語りあっているとき、島左近が三成を別室へ呼んで切々と説いた。

「しかし、挙兵以前に敵の虚を衝いたとあっては秀頼公の御名にもかかわるであろう、先ず大坂城に入り、更に毛利、宇喜多の諸将の入城を俟《ま》って、堂々の進撃を行うべきが至当に存ずる、それに万が一、事敗れて、佐和山が敵によって包囲されたときは何とする?」

「もし、そのような事態を生じたるせつは、ひと先ず城を明け渡して、われ等はじめ、蒲生、舞、高野、津田、各々兵二千を率いて、追討ちをかければ、内府は袋の鼠では御座りますまいか、——殿、大事を企つるときに心の隙があってはなりませぬぞ、某、昨日、内府の伏見出発を、諜者によって探知いたし、すぐさま長束大蔵（正家のこと）に、内府を城内に迎えて謀をめぐらすように申し送りましたが、内府がその手に乗るかどうか。——それはそれとして、水口河原に待機すれば、よもや討ちもらすことも御座りますまい」

三成は、しかし、左近の献言に対して勇断をもって臨むことができなかった。彼が、ようやく左近の執拗な慫慂《しょうよう》によって動かされたのは夜が更けてからである。それがために、二十艘の大船の用意を整えるまでに予想以上の時間がかかった。

ひとたび正家の懇請に応じたものの、猶《なお》、半信半疑だった家康が、身辺の警戒を怠らなかったことはもちろんである。そこへ、篠山理兵衛からの急訴があったので、家康は、その夜のうちに、正家に対しては何の通告を発することもなく、鉄砲組、水野正重、酒井重勝、成瀬正成、渡辺守綱に命じて両側をまもる銃卒には火縄に火を点じた鉄砲を持たせ、殿軍に、本多忠勝の率いる数十騎の武者を水口河原に三町ほど散開させて、恰《あた》かも大軍の殺到するような鬨の声をあげながら街道を走り過ぎた。

水口城の長束と、佐和山城の石田とのあいだに黙契のあるべきことを信じた家康は、佐和山の軍勢が押寄せるがごとく見せかけたのである。

その夜のうちに関に着いた家康は、翌日四日市に入った。一行の四日市到着を知ると、桑名城主、氏家内膳正から、饗応の申込があったが、水口で懲りている上に、氏家を疑っていた家康は、招待に応ずるような素振りを見せただけで、その夜、四日市から船を仕立てて海路、佐久ノ島に向った。

この機を除いたら、再び内府の首級を挙ぐるときはあるまい、といった左近の言葉に誤りはなかった。

小山に集結した関東の大軍が三成の挙兵を知ってから東海道と中山道の二隊に岐れ、東海道を西進した、福島、池田、黒田を主班とする十一人の大名と、途中から参加した藤堂、山内、等々の十三人を合せた五万に垂んとする大軍が、福島の居城である清洲に集結したときは、早くも伏見城を陥れた大坂方の勢威は当るべからざるものがあったが、八月二十三日、絶対に落城する筈のなかった岐阜城が、僅か一日支えただけで陥落してから西軍主力の根拠地である大垣城は刻々と危機に瀕してきた。杭瀬川《くいぜ》をはさんで対峙していた東西両軍が関ヶ原に進出したのは九月十五日の朝である。

大垣城進発の第一陣である石田勢八千が、中山道を前にする笹尾山を中心にして布陣したのは午前四時であるが、その前夜、左近は、対岸の岡山に密偵を放って、家康の到着を確認したので、行旅の軍勢が疲れて休んでいる今夜こそ夜襲すべき絶好の機会だといって三成に進言したが、その夜、軍議評定の席で自分の意見が一蹴されると、近習の新城清高を呼んで、佐和山に残していた老母を城中からつれだして高宮在へ立ち退《の》いてくれと依頼してから、矢立をとって懐紙に、なぐり書きにした俳句を渡した。

名は野はら身はくちなはの住居かな、——おそらく、その日の討死を覚悟していたであろう。笹尾山の前を扼する相川峠の真下に、竹の柵をつくって、第一線の陣地をかためたのは七時を過ぎてからであるが、西軍と前後して関ヶ原に進出した東軍の黒田と竹中の部隊が、街道をへだてて左近の陣と向いあっていた。

そのとき、夜来の雨は霽《は》れ、空は次第に明るさを加えてはいたが、霧がふかく山峡《やまかい》に立ちこめて、物のかたちをハッキリと見定めることができなかった。

笹尾山の絶巓《ぜってん》から烽火《のろし》のあがったのは午前八時である。このとき、左近は陣頭に立って黒田隊に突撃を敢行しようとしていたが、全軍の隊形を整える準備の完了しない前に、相川峠の横へ廻った黒田長政の鉄砲組、菅六之助の率いる五十人の銃士が、一斉に火ぶたを切って撃ちだした銃丸に腿をうたれて、ひとたまりもなく落馬した。

藤川台の大谷部隊は、まだ鳴りをしずめているし、南天満山をかためる宇喜多秀家の部隊の一角から、赤吹貫の大馬印が、ゆるゆると動きだしたばかりの頃である。落馬した左近の身体は長男の新吉と、次男の十次郎が駈けよって、左右から支えながら後方へ退いていったが、第二陣を占めた舞兵庫の部隊が左に移動を開始した頃から中山道一帯は、みるみるうちに砲煙の渦にとざされた。朱の天衝溜塗《てんつきためぬり》、桶側胴《おけがわどう》の鎧に木綿浅黄の羽織を着た騎馬武者が左近であることを黒田勢の中で知るものはなく、霧の中に落馬した彼の姿を見たものもなかった。乱陣の中でどうなったのか、左近の生死は今にいたるまで不明である。

松野主馬《まつのしゅめ》は動かず

中村彰彦

中村彰彦《なかむらあきひこ》（一九四九〜）

栃木県生まれ。東北大学文学部在学中に『風船ガムの海』で第三四回文學界新人賞佳作入選（加藤保栄名義）。大学卒業後、文藝春秋社に入社、「週刊文春」、「オール讀物」などで編集者を務める。一九八七年『明治新選組』で第一〇回エンタテインメント小説大賞を受賞し、一九九一年から作家専業となる。史料調査に定評があり、逆賊とされた人物の復権に力を入れている。一九九三年『五左衛門坂の敵討』で第一回中山義秀文学賞を、一九九四年『二つの山河』で第一一一回直木賞を、二〇〇五年『落花は枝に還らずとも』で第二四回新田次郎文学賞を、二〇一五年に第四回歴史時代作家クラブ賞の実績功労賞を受賞している。

一

奥州白河十二万石を領する本多能登守《のとのかみ》忠義の家臣に、伴《ばん》団左衛門という者がいた。

本多忠義は、

「徳川四天王のひとり」

とその武名を謳われた本多平八郎忠勝の孫にあたるが、伴の方は、大坂の陣に豊臣方の援将として活躍した塙《ばん》団右衛門のせがれであった。

塙団右衛門は、諱《いみな》を直之。大坂冬の陣の和議成立直前の慶長十九年（一六一四）十二月十七日、兵わずか二十を率いて徳川方蜂須賀至鎮《よししげ》の陣に夜討ちをかけた。そしてその家老中村右近ほか二十四人を討ち取ったものの、夏の陣に際しては浅野長晟《ながあきら》を屠《ほふ》るべく紀州へ出陣。途中、貝塚南方の樫井《かしい》で遭遇戦となり、乱戦のうちに討死したことで知られる猪武者である。

その血を引いただけに、伴団左衛門も筋骨たくましいなかなかの武辺者であった。だが丸い赤ら顔をしたこの男には、やや軽忽《きょうこつ》な面もそなわっていた。

ある時本多忠義が白河城の主殿から歩み出、

「遠侍《とおざむらい》」

と呼ばれる番士たちの詰所《つめしょ》の前を通りかかったことがある。その遠侍の刀架に刃渡り三尺（〇・九メートル）以上とおぼしき長大な刀が掛けられているのに気づいた忠義は、

「これはだれの差料か」

と番士たちに訊《たず》ねた。

「それがしのものにて候《そうろう》」

大月代茶筅《おおさかやきちゃせん》に結い上げた巨大な髷《まげ》をゆらして一揖《いちゆう》した団左衛門は、するすると足を送ってその大刀を手に取ると、くるりと向き直ってつづけた。

「御用ある時は、不肖ながらそれがしがいつ何時でもこの刀をひん抜いて、怨敵《おんてき》を討ち取って御覧に入れましょうず」

いうやいなや団左衛門は、

「えい、えい」

と気合を放ちながら大刀を大袈裟から足を踏み違えて逆袈裟へ、そして左右からの水平斬りへと刃風を立てて振りまわした。

「げに勇ましきふるまいではある」

と忠義が笑って立ち去ったからよかったものの、その場に居合わせた者たちは団左衛門の突飛な言動に辟易《へきえき》していた。常人の目から見れば、主君の面前で白刃をふるう

ことなどもってのほかのことなのである。

かれらは、目くばせして言い合った。

「そういえばあやつの父御《ててご》の塙団右衛門とやらも、大坂方に与《くみ》した時には高名《こうみょう》を遂げたいばかりに幅一尺、長さ二尺の大札におのが名前を太々と墨書いたして陣場に突っ立て、夜討ちの際には兜《かぶと》に白い三尺手ぬぐいを巻きつけておったとか」

「まことと、血は争えぬものよのう。父御もきっと赤ら顔の持主だったのじゃろう」

こうして伴団左衛門は家中でも軽き者と見られるようになっていったが、かれが決定的に面目を失ったのは松崎太郎左衛門一族謀叛《むほん》の際にとった行動によってであった。

松崎一族が白河藩本多家に対して謀叛を起こすに至った事情は、あらまし以下のようなものである。

……これも新参の本多家家臣松崎太郎左衛門は、すぐれた武芸者ながら人を人とも思わぬ横紙破りの荒武者として知られていた。

そのせがれ六之丞も大小姓《おおごしょう》として忠義につかえていたが、ある時六之丞がとんだしくじりを仕出かした。忠義の鷹狩の供仕度に遅れ、不興を買って謹慎を命じられてしまったのである。

ちと処分がきつすぎたな、と思い直した忠義は、翌日使い番二名を城下道場小路の松崎邸に派遣。六之丞に慎み御免と伝達させようとした。だが松崎父子はこの主命を拝承しようとはせず、逆に暇願《いとま》いの文書を差し出した。

激怒した忠義が六之丞を捕縛して獄に投じさせたところ、六之丞は隙を見て牢番ひとりを斬殺、数名に深手を与えて松崎邸へ駆けこんだのである。

ここに至って忠義は、松崎父子を上意討ちせよ、と下命した。対して松崎邸には、隣家に住まう太郎左衛門の婿で槍の名人として知られる竹村治左衛門、四町（四三六メートル）ほど先の会津町に暮らす相婿《あいむこ》の河崎甚五左衛門も妻子家僕をつれて立てこもり、徹底抗戦の気配をあらわにした。

討手多数がこの松崎邸をとりかこんだ時、その門前を騎馬で通りかかったのが伴団左衛門と同僚の雨宮丑右衛門《うしえもん》であった。ふたりはこの時火の番を仰せつかり、城下を巡見していたのである。

事情を知った雨宮が、

「かほどの騒ぎを見捨てては過ぎゆきがたし、われらも討手に御加勢いたそうではないか」

というと、団左衛門は高く結い上げた茶筅髷を横に振って答えた。

「いいや、われらの戦場はあるじの馬前であって、この上意討ち騒ぎはその限りにあらず。われらの本日のお役目は火の番なれば、巡見をつづけることこそ御奉公と申すもの」

こう言い置いて団左衛門はその場から遠ざかったが、その意見に不同意であった雨宮はただちに討手に参加。松崎邸に斬りこんでようやくひとりを討ち取ったものの、みずからも竹村治左衛門の繰り出す手練《てだれ》の槍に貫かれて斃《たお》れた。

それ以降も竹村と松崎太郎左衛門とが阿修羅のごとく荒れ狂ったため、討手は門外に逃れて再度の突入をためらったほどだった。しかし最後に松崎一族が屋敷に火を掛け、一斉に自刃して果てたため、さしもの大騒動もようやくおわりを告げたのである。

その直後に問題となったのが、事件当日の松崎邸門前における伴団左衛門の言動であった。

「あやつが加勢いたさなんだがゆえに、雨宮殿はあたら討死を遂げてしまわれたのじゃ。されば、雨宮殿はあやつに捨て殺しにされたもおなじことよ」

「日ごろ長大な刀を差しおって殿のおん前にても大口を叩《たた》いたる者が、実はあのような臆病者だったとはのう」

こうして家中から白眼視されたために、団左衛門は本多家を退去せざるを得ない羽目になってしまった。忠義の白河入りから二年目、慶安三年（一六五〇）春先のことである。

二

伴団左衛門は父が四十八歳で討死した当時は襁褓《むつき》の中にいたから、この時まだ四十歳にはなっていない。

その団左衛門は独り身であったから、小者たちに暇を出すとぶっさき羽織に伊賀袴の旅姿となって、単身会津町のはずれのとある屋敷に立ち寄った。黒うるし塗りの具足櫃《ぐそくびつ》を背負って右肩には長槍を預け、左腰には例の長刀をぶちこんだ廻国修業中の兵法者《ひょうほうもの》のようないでたちであった。

「道栄《どうえい》さまに、伴がお別れの挨拶に参上したと伝えて下され」

哀しむそぶりもなくけろりとした顔で告げたかれは、まもなく小体《こてい》な書院の間に通された。

つづけて入室し、上座に正座したのは白髪鬐《しらが》の老人であった。

紫紺の小袖の着流しに朽葉《くちば》色の袖なし胴服を羽織った姿は、まことに隠居然としている。だがその胸幅はあくまでひろく、長者眉の下にはめこまれた両眼には猛禽《もうきん》のそれのような光があって、この老人があまたの戦場を駆け抜けてきた古つわものであることを示していた。

「やあ、これは道栄さま。相変わらずお達者のようで何よりでござる。実はそれがし、これよりはお手前さまに刀槍の稽古をつけていただけぬ事情に相なりまして、――」

団左衛門は先日の松崎邸門前の出来事と自分が主家をしくじった経緯《いきさつ》を淀みなく説明し、他人事《ひとごと》のようにからからと笑った。

「そうか。およそのところは聞いておったが、やはりさような仕儀と相なったか。ともあれ別盃を交わそうではないか」

手を打って家司《けいし》を呼んだ道栄老人は、その家司が立ち去るのを見やってつづけた。

「いつかおぬしにも申したごとく、わしもずいぶんと主家を変えたものよ。かの豊臣家から始まって、小早川家、田中家、駿河大納言家、そしてこの本多家じゃ。わしの場合は、主家に不足があったりあるじがわしより先に身まかってしもうたりしておぬしの親父殿のように死に狂いせねばならぬ戦場に行き合えなんだためじゃが、おぬしも主家をいくつか変えるうちに落着くところに落着くじゃろうて」

「はあ」

運ばれてきた瓶子《へいじ》から朱塗りの盃に酒を受け、一気に呷った団左衛門は困ったようにうちあけた。

「そうおっしゃっていただくとちと申しにくいのでございますが、実はそれがし、どうもおのれを殺して主家に仕えるのは性分に合わぬようなので、しばらく西国へ兵法の廻国修業にまいり、それが物にならぬようであれば仏門へ入ろうと思い定めましてござる」

「ほう」

盃を置いて背筋をのばした道栄老人は、団左衛門の丸い赤ら顔をつくづくと見やって訊ねた。

「廻国修業と出家とを秤《はかり》にかけるとは、近頃もって珍しい思案じゃのう」

「いえ、ひとかどの武芸者として名を挙げ、弟子でも取れればもうけもの。そうもゆかぬなら、喰いっぱぐれのなきようどこぞの寺にもぐりこもう、というだけの話でしてな」

「これはしたり」

道栄は、突き出た喉仏を上下させて高らかに笑った。が、ふと笑いおさめると真顔になって問い返した。

「おぬし、最前西国をまわるつもりと申したが、備前《びぜん》へもまいるか」

「はい。備前はよき刀匠の多い土地柄なれば、ぜひ立ち寄ってみたいと考えており申す」

「さようか」

ということばを最後に沈黙に落ちた道栄老人は、見るともなく天井を見やって何か考えをめぐらす風情であった。

酒をついでくれないので団左衛門が勝手に独酌していると、不意に老人は意外なことを切り出した。

「おぬし、餞《はなむけ》として五十両ほどほしくはないか。ほしければくれてつかわすほどに、その代わりもう一度だけこの家に戻ってまいれ」

「え、どういうことでござりましょう」

一瞬頭が混乱してしまった団左衛門は、目を白黒させていた。

「こういうことじゃ」

老人のものとも思えぬ張りのある顔だちにほほえみを浮かべた道栄は、上体を乗り出すようにしてつづけた。

「わしが若き日に、金吾中納言こと小早川秀秋の阿呆めに仕えておったことはおぬしもよく承知のはずじゃ。おぬしの親父殿も折り合いが悪くて加藤左馬助（嘉明）家を去ったあと、わしと時期をおなじゅうして一時小早川家に仕え、一千石どりの鉄砲大将をしていたのだからの。

むろんおぬしは当時まだ生まれてはおらなんだとはいえ、小早川秀秋めが関ケ原の大いくさの際に西軍から東軍へ寝返り、その功によって筑前三十六万石から備前・美作《みまさか》四十七万石の大大名へと成り上がったことは知っておろう。

わしはこの関ケ原の裏切りは武士《もののふ》の道に悖《もと》ると思うておったし、備前岡山城に移りしあとも秀秋めが民草《たみぐさ》のことを思わぬ浅ましくも愚かしきことばかり仕出かしおるので、ついに愛想が尽きて小早川家を退去してしもうたのじゃが、わしが去ってまもなく、この秀秋めはわずか二十一歳にして頓死してしもうた。

悪虐非道の政事《まつりごと》をつづけたので天罰をこうむったともいい、関ケ原で小早川勢の手にかかって果てた越前敦賀城主大谷刑部少輔吉継《ぎょうぶしょうゆうよしつぐ》殿の怨霊に呪い殺されたともいうが、さようなことをわしは信じぬ。人が死ぬるには、悪しき病に罹ったとか刺客《せっかく》に刺されたとか、何か確たる理由がなければならぬのじゃ。

そこでおぬしに相談なのじゃが、おぬしなら親父殿の関係で、岡山城下に存知寄りもあるのではないか。小早川家断絶後、岡山周辺に土着した元家臣どもも少なくはあるまいからの。その伝手《つて》をたどって秀秋のころを知る古老を訪ね、秀秋がなぜ急死してしもうたのかを探り出してはくれぬか。

なぜさようなことを知りたいのか、といわれても返答に窮するが、わしは幾度かおぬしに物語りいたしたように、今は亡き太閤殿下の命によって豊臣家から小早川家に遣わされた武将だったのじゃ。秀秋があのような阿呆でさえなければわしは他家に仕える途《みち》も選ばず、この奥州白河まで流れきて老いの身を養なうことにもならなんだであろう。——そう思うと近頃わしは、どうにも秀秋の死にざまの真実《まこと》のところを知りとうてたまらなくなったのじゃ。わしがもう少し若ければ、みずから備前に旅してこの耳で事実を確かめてまいるのじゃが、何せ八十の坂を越えた者にはそれもままならぬ。何ぞよい手だてはないものかと思うておったところへおぬしがあらわれ、西国をまわるなどと申すものじゃから、かようなことを頼む気持になった次第。親父殿を知る数少ない生き残りの最後の願いと思うて、この五十両を納めてくれぬか」

この時代の米一石は、銀建ての相場にして約三十匁《もんめ》。金一両は銀六十二匁相当だから、五十両あれば白河では米を優に百石以上買うことができる。

本多家から五百石どりの客分として厚遇されているにもかかわらず、若い側室ひとりと家司、まかないの者数人しか置かない閑雅な暮らしをしている道栄老人ならではの夢のような提案であった。

「な、何とそれだけの用事を果たすだけで、それがしに五十両下さるとおっしゃいますか」

わずか十石三人扶持《ぶち》しか受けていなかった団左衛門は、せきこむように訊ねた。

「うむ、今も申したように、いずれ当地へ戻ってまいって調べをつけたところを報じてくれればの話じゃがの」

「いや、これは道栄さま、いえ松野さま」

尻を後方にずらした団左衛門は、頭に血が昇ったのか赤ら顔をさらに紅潮させ、両手をついて口迅《くちど》に応じた。

「それがしを見込んで下されたからには、この約定《やくじょう》、きっと果たして御覧に入れる。三月《みつき》か四月《よつき》のうちにはかならずこちらに立ち返り、お知りになりたきことは隈なく復命してみせましょうず」

その勢いこんだ口調は、団左衛門が廻国修業も仏門入りもたちまち忘れ去ったことを示しているかのようであった。

三

この道栄老人は、もとの名を松野主馬《しゅめ》、諱を重元《しげもと》という。

天正二年（一五七四）八月、織田信長に属する羽柴筑前守――のちの豊臣秀吉が浅井家の旧領近江《おうみ》長浜十二万石に封じられた時、これに従って長浜入りした家臣松野平八の嫡男としてこの年に出生。同十五年父の死によって家督をつぎ、同十九年十八歳にして丹波国《たんばのくに》のうちに三百石を与えられた。

対してのちの金吾中納言こと小早川秀秋は、初め木下辰之助、ついで羽柴秀俊と称していた。秀吉の正妻ねねの兄、木下家定の第五子として生まれ、秀吉にもらわれて羽柴秀俊となったのである。

その生地は、近江長浜城下。松野主馬は天正十年生まれの秀俊より八歳年長だったから、その弓馬刀槍の稽古相手に指名されてともに育てられた。

主馬が長ずるに及んで丹波国に三百石を与えられたのも、秀吉が秀俊を丹波亀山十万石に封じた時、かれに旗本として付属するよう命じたからにほかならない。

文禄元年（一五九二）にはじまる朝鮮出兵のころまで、この秀俊はねねの寵愛もあって豊臣家相続の有力候補のひとりと目されていた。

しかし、事情は翌年がらりと変わった。八月、秀吉の愛妾淀殿がお拾い――のちの豊臣秀頼を出産したため秀俊後継の可能性は消え失《う》せ、かれは小早川家に養子入りすることになったのである。

時の小早川家当主は、西国の覇者毛利元就《もとなり》の三男隆景《たかかげ》。次兄吉川《きっかわ》元春は、生涯に七十六戦六十四勝という西国きっての猛将であったが、この元春とともに、

「毛利の両川《りょうせん》」

とその武名をたたえられた隆景は、戦国乱世には稀な信義の人であった。

その人となりを示す有名な逸話がある。

まだ毛利家が織田・豊臣勢と覇を競っていた天正十年五月秀吉が毛利方の備中高松城を水攻めした時、本家の毛利輝元と、吉川元春、小早川隆景兄弟は、四万騎の大軍

をひきいて高松救援におもむいた。

そして翌月、秀吉が毛利家と和議をむすび、いわゆる、

「中国大返し」

を開始した後ようやく信長の横死を知った毛利勢は、

「ただちに追尾して秀吉を殲滅すべし」

と奮い立った。

それを見た隆景は諸将をこう諫《いさ》めた、と『芸侯三家誌』にある。

《渠《かれ》勢い盛んにして、戦い味方の利なかりし時は、和平をもってその約をなし、今敵大変出来《いでき》て、不幸に陣を引き払えばとて、その費《つい》えに乗じて約に背《そむ》くは、これ至極《しごく》の表裏《ひょうり》（二枚舌）にして、人道の恥ずるところなり》

隆景はこのような義将であり、豊臣家と和したあとはその九州征伐に尽力したため、天正十五年以降は筑前一国と筑後、肥前《ひぜん》の一部を領有する三十一万石の大名となった。

以後も隆景は、同十八年には秀吉に小田原征伐を献言してこれを成功させるかと思えば、朝鮮出兵の際には第六軍の主将として各地を転戦。文禄二年一月の碧蹄館《へきていかん》の戦いには、明《みん》将李如松《りじょしょう》の大軍を撃破するなどして賢将の名をほしいままにした。

しかし同年閏《うるう》九月病を得て帰国するや、嗣子《しし》を持たなかったため秀吉に申し入れて羽柴秀俊を養子にもらい受けたのだった。この時松野主馬が、ふたたび秀俊に従って

筑前名島の新城へおもむいたのはいうまでもない。

慶長二年(一五九七)六月、隆景が六十五歳で死亡すると秀俊はまた名を改めて小早川秀秋と称したが、武将としての真価を問われる機会はその直後にきた。

同年九月、秀吉が朝鮮再征を呼号するや、秀秋は大将軍に指名されて釜山《ふさん》へ渡海。翌年正月六日、小早川勢一万八千余をひきいて釜山を進発すると、明軍十万騎に包囲されて苦しい籠城戦をつづける蔚山《うるさん》城救援をこころみたのである。

秀秋は末成《うらな》りのひょうたんのようなひょろりとした顔つき、からだつきをした一見頼りなさげな青年武将であったが、この時のかれの働きぶりは、つねに側を離れなかった松野主馬をして、

(鬼神が憑《つ》いたか)

と思わせるほどのものであった。

主馬をはじめとする究竟《くっきょう》の旗本たちが左右を固めていたとはいえ、地平のかなたに明軍十万騎が黒々と姿をあらわしたと見ると、

「死ねや者ども!」

と絶叫した秀秋は、自軍の先陣をきって馬腹を蹴ったのである。

その右手に高々とかざされ、陽光をはじき返していたのは、

「備前兼光波およぎの太刀」

かつての持主が渡河して危地を逃れようとする敵将に気づき、馬上追いすがって背後からひと太刀浴びせた。するとその敵将のからだは、向う岸へ馬を駆け上がらせたところで真っぷたつに裂けた、といわれる名物の太刀である。

豪壮な長寸と身幅《みはば》のひろさ、切先《きっさき》の伸びを特長とするこの名刀に命を托して敵中に突入した秀秋は、左手一本にまとめた手綱《たづな》と騎座《きざ》（両膝の内側）で悍馬を自在にあやつり、八方に乗り違え十文字に乗り破って殺到する敵兵を斬り靡《なび》かした。

正面から馬首を交錯させようとする騎馬武者は、鞍上に腰を浮かして馬の頭《かしら》か平首《ひらくび》を一閃。左右から迫った騎兵は、波およぎの太刀の聞きしにまさる斬れ味にまかせて兜ぐるみ、籠手《こて》ぐるみ斬り飛ばしてしまい、ひとりで敵十三騎を屠《ほふ》り去る荒れ狂いようだったのである。

さらに、先代隆景とともにあまたの難戦を経てきただけに、小早川勢は津波のような明軍に押しつつまれてもいっかな腰を引こうとはしなかった。ために小早川勢は、味方二千八百余を討たれながらも敵の首一万三千二百三十八を奪取し、蔚山城救援をみごとに成功させたのであった。

（しかし）

と松野主馬は、秀吉も死亡し、関ケ原の合戦もおわったあとでようやく気づいた。

（あの年の一月二十四日、伏見城でこの捷報《しょうほう》に接した太閤殿下は、ことのほか御機嫌うるわしかったそうな。にもかかわらず石田治部少《じぶしょう》めがいわずもがなのことを吹きこんだゆえ、結果としてわがあるじ秀秋公はゆくべき道を踏みはずしてしもうたのじゃ……）

のちに主馬が聞いたところでは、当日、豊家《ほうけ》五奉行筆頭の石田治部少輔《じぶのしょうゆう》三成は、貧相な顔に満足の笑みを湛《たた》えている秀吉の面前に膝行《しっこう》し、秀秋の以前の名のり左衛門督《さえもんのかみ》を、

「金吾」

と唐名で呼んで、そのいくさぶりをこう批判したという。

「このたびの金吾殿のおふるまい、まことにゆゆしきことでござりまするぞ。当家の御代官として渡海したる身が、深く敵中に入って戦うとは軽忽のかぎり。その隙に敵が釜山城を攻め取ってしまいましたならば、わが国と朝鮮との通行もままならなくなり、全軍が危殆《きたい》に瀕《ひん》するところでござりました」

この口車に乗せられた秀吉が四月五日、秀秋が意気揚々と伏見城に帰陣してきた時なんといったかは、主馬も目撃したのでよく覚えている。間近い死を控えて猜疑心の強くなっていた秀吉は、「豊臣」の姓をも与えられていたため桐紋をあしらった大紋《だいもん》に烏帽子《えぼし》の正装でまかり出た秀秋に対し、冷酷に言い放った。

「わしはな、その方を大将軍といたしたことをえろう後悔しておるのや」

秀吉のことばはそれだけで、何の褒美もなかった。ために秀秋は、怒りに顔を蒼黒く染めてそそくさと城下の屋敷へ帰っていった。

そこへ秀吉から、追い討ちの使者がきた。

「太閤殿下におかせられては、金吾中納言さまに筑前その他三十五万石より越前北ノ庄十六万石への転封《てんぽう》を命ずる、と仰せ出されてございます」

「わしはな、命あるかぎり筑前から動かんぞ。それがいやならすみやかにこの首を刎《は》ねよ。そう金吾がいっていたと伝えい！」

怒髪天を衝《つ》いた秀秋は、即刻使者を追い返した。

（もし太閤殿下がさらにこの移封を強いるならば、わがあるじはかなわぬまでも謀叛に踏みきるであろう）

短慮な上に怒《ど》を発すると善悪の見境がつかなくなるという秀秋の性格の欠点を、主馬はよく見抜いている。それだけにかれは、

（その時わしは、どうすべきか）

と思い悩んだ。

秀吉から秀秋のもとへ遣わされた武将だけに、主馬は豊臣家と小早川家とに等分に恩義を感じていた。

しかもかれは、この時までに度重なる武功によって一万石どりの大身《たいしん》に出世してい

た。一万石の禄を食《は》む者は、軍役の際には兵二百二十五をひきいる定めだから、主馬が秀秋とともに動くか否かによって、この二百二十五人とその家族約一千名の運命が左右される。

（はて、義の人として世に知られた先代隆景さまならどうおっしゃるか）

と主馬が思案しているうちに、この問題は意外にすんなりと決着を見た。

秀秋に同情的であった五大老筆頭の徳川家康が、伏見城に日参してやんわりと秀吉の怒りを解いてくれたのである。

六月二日、家康につれられて改めて登城した秀秋に対し、秀吉は安宅貞宗の太刀、吉光の脇差、大般若と捨子の茶壺、鷹二連、黄金一千枚その他を与えて朝鮮出兵の労を謝した。このため秀秋は、ようやく天下に面目をほどこすことができたのだった。

そして、この流れの中で確乎たるものとなった家康への感謝の思い、それとは裏腹な三成憎しの念が、やがて秀秋に関ケ原の裏切りを決意させるに至ったのである。

四

（それにしてもあの裏切りを徳川殿に賞され、備前・美作四十七万石の大大名に成り上がったあとの秀秋めのおこないは、われら部将たちが啞然とするほどの浅ましさで

あった)

松野主馬は、小早川家を退去したあともその記憶をしばしば反芻《はんすう》したものであった。

備前岡山城は、豊臣政権下にあっては中納言宇喜多秀家の持ち城とされていた。この秀家も、秀秋や文禄四年に切腹を命じられた関白豊臣秀次同様、秀吉の養子のひとりである。

この宇喜多勢は関ケ原の西軍主力として善戦したものの、小早川勢の裏切りによって潰走。秀家自身も行方が知れなくなってしまい、伊吹山中で人知れず自害したのであろうといわれていた。

そこで秀秋は関ケ原合戦から三十九日目の慶長五年十月二十四日、これも秀吉がつけてくれた家老平岡石見守《いわみのかみ》重定を岡山城にやり、宇喜多家代表の戸川肥後守逵安《みちやす》、浮田左京亮《さきょうのすけ》の両名立ち会いのもとに同城を受け取らせたのである。

ついで秀秋自身が入城を果たしたのは、あくる慶長六年春のこと。備前・美作両国の経営は、稲葉内匠頭《たくみのかみ》、杉原紀伊守の両家老の手腕にゆだねられた。

しかし新封土のこととて、仕置きをまかされたふたりの前には厄介なことが山積みになっていた。

備前・美作両国の田地の境界を画定せねばならなかったし、検地もやりなおししなければならない。その検地で打ち出した新田の何割かは、新領主が苛斂誅求《かれんちゅうきゅう》をおこなうのではないかと疑心暗鬼を生じている農民層を慰撫すべく、寺社に寄進してみせる必要もあった。

そこへもってきて、事実上の天下人となった家康から城砦破却令が出されたので、戦国の世に築かれて今なお各地に残存している小城郭は、のきなみ掃き捨てることになった。

六層の天守の下見板がことごとく黒く塗られていることから、別名を、

「烏城《うじょう》」

ともいう岡山城はまだ未完成であったから、小早川家の家中はたとえば破却すべき亀山城や富山城から櫓《やぐら》や城門を移築するなど、大わらわの事態を迎えたのである。

またこの城は、当時はまだ内堀しか備えていなかった。そのため秀秋は家康の許しを得て郭外《かくがい》をうねる大川（旭川）の水を引き、三の丸の外側に、

「二十日堀《はつかぼり》」

と呼ばれる外堀をめぐらせて城の外郭を定めることもした。この名称は、およそ十五町（一六三五メートル）の堀を掘り抜き、そのところどころに橋をわたし、門を設ける作業を二十日間で仕上げさせたことに由来する。

「二十日も狩り出されたんはぼっこうおおよだち（大骨折り）じゃったが、今度のお殿さまはあまじゃない（並ではない）おかたのようじゃ」

城下に住まう者たちは、秀秋の才覚に期待を寄せた。しかし、それが失望の声に変わるのにさして時間はかからなかった。

かれは秀吉の甥に生まれついた幸運によって丹波亀山十万石、筑前その他三十六万石、そして備前・美作四十七万石へととんとん拍子に出世しただけであって、とても太守の器ではなかったのである。

秀秋はまもなく酒色に耽《ふけ》って政道をないがしろにするかと思えば、放鷹《ほうよう》殺生のみにうつつを抜かすという猥《みだ》れがましき本性をあらわにした。のみならずかれは、鷹狩の一行に田畑を蹴散らされてしまい、

「わしら百姓どもをせびらかさんで（いじめないで）くんさい」

と涙ながらに叩頭《こうとう》する者をせせら笑って斬り殺すという悪逆すらためらわなくなった。

中でも松野主馬が衝撃を受けたのは、家老杉原紀伊守がほかならぬ秀秋の放った刺客により、こともあろうに城中で斬殺されたと知った時であった。

杉原は秀秋のたびかさなる愚行に対し、強く諫言《かんげん》してやまない硬骨漢として家中に知られていた。それをやかましく思った秀秋は、村山越中という思慮分別のない大力《だいりき》の者をひそかに招き、

「杉原を亡き者にせよ」

と命じたのである。

そうとは夢にも知らない杉原は、ある日また秀秋の面前に進み出て大国の太守たる者の心得を諄々《じゅんじゅん》と説いた。その口調は淡々たるものながら、肩衣半袴《かたぎぬはんこ》に身をつつんで正座し、白扇をつかんでまっすぐに秀秋の酔眼を見つめつづける苦悩のまなざしには至誠が溢れ、やがてその両頬には光るものが伝わりはじめる。

はっとして立ち上がった秀秋は、

「ああ、紀伊よ。余が悪かった、許してくれい」

とその手を取ってしゃくり上げた。

こうして正気を取りもどした秀秋は、杉原が退室すると急ぎ小姓のひとりに下命した。

「村山越中に、紀伊を襲ってはならぬ、とただちに伝えよ」

「はっ」

小姓はあわてて秀秋の御座所から飛び出していった。

ところが、――。

村山越中はその粗暴さゆえにもともと杉原に疎《うと》んぜられていたため、刺客に指名されたことを意趣返しにはまたとなき機会と考えて逸《はや》り立っていた。

「村山殿、村山越中殿はいずこにかある！」

小姓の大声が廊下のかなたから響くのを聞いて秀秋の心変わりを悟ったが、物陰に身を隠して上意実行のほぞを固めた。

そして、杉原が安堵のほほえみを浮かべて本丸と二の丸とをつなぐ廊下まで退出してきた時、腰反《こしぞ》りの強い長刀を抜き放って背後から肉薄。

「上意！」

と呼ばわり、驚いて杉原が振返ったところをその肩衣から右乳にかけて、剛腕にまかせて思うさま斬り下げてしまったのである。

しかも、そのあと秀秋のとった措置はきわめて面妖なものであった。

城下から逃亡した村山越中に対して討手をさしむけたまではよかったが、そのかたわら杉原の屋敷にも上意の使者を派遣し、せがれ加賀にむりやり詰め腹を切らせてしまったのである。

「せがれめを生かしておいて、余に意趣をふくまれてはたまらぬわ」

というその言い分に、鼻じろんだ家臣たちは少なくはなかった。

死の直前の杉原紀伊守と手を取りあったことなど忘れたかのように、乱行も一向に改まらなかった。そのため、これ以降小早川家を見限り、勝手に岡山を退去してゆく有力家臣団が相ついだ。

その先頭を切ったのは、杉原とおなじ家老ながら筆頭職にあった稲葉内匠頭正成《まさなり》。

かれもまた杉原同様いくどか秀秋を諫《いさ》めたことがあったから、次に狙われるのは自分であろうと考え、深夜、妻子家来どもを残らず引きつれて城下を立ち去ってしまった。のちに稲葉正成は家康に召し出されて下野《しもつけ》真岡《もおか》二万石の大名となるが、この時ともに岡山を去った妻が、いずれ徳川三代将軍家光の乳母として権勢をふるう春日局《かすがのつぼね》である。

かれに去られて地団駄を踏んだ秀秋は、以後家臣団の無断退去を封ずるべく監視の網を張りめぐらすことにした。

しかし、もはや家臣団の小早川家からの離脱はとどめようのない太い流れとなりつつあった。

つづけて重臣のひとり滝川出雲に近日退去の噂が流れた時、秀秋は鉄砲頭《がしら》のひきいる鉄砲足軽隊をその屋敷へ出動させ、門前を固めさせた。

だがこの時すでに滝川は、女駕籠に身を隠して他国へ落ちたあとであった。

「お手前方としても、滝川家の者どもは影も形もありませなんだと復命はできますまい。代わりにそれがしの首を手みやげとされよ」

と笑ったその家来のひとりは、庭の松の木の下に走ってみごとに切腹してみせた。

史書に名の伝わらないこの人物は、みずからの命を投げ出すことによってほかの家来たちの退去を助けたのである。

これらにつづいた第三の有力家臣が、松野主馬その人であった。

かれはこの慶長六年初夏のころ、秀秋が伏見在城の家康のもとへ出仕することになると、供奉《ぐぶ》を命じられてこれに従った。

そして大坂から京街道を枚方宿《ひらかた》まで進んで一泊した時、これも夜陰に乗じて家来たちとともに逐電《ちくでん》。かねてから交流のあった筑後柳川三十二万石の領主田中筑後守吉政を頼って九州へ下り、一万二千石で召しかかえられて同国吉井城をゆだねられたのである。

主馬が秀秋の急死を知ったのは吉井城に入った翌年のことであったが、この時まだかれは、

(自業自得であろうよ)

としか考えなかった。

ところが新しい主君田中吉政は、それから八年後の慶長十四年二月六十二歳で死亡。そのあとは四男忠政がついだものの、この忠政も豊臣家滅亡から五年を閲《けみ》した元和六年(一六二〇)八月、主馬五十歳の時江戸へ参勤中に三十六歳で急逝してしまった。

田中家は嗣子なきため断絶、領地は没収され、主馬も牢人することを覚悟した。が、当時徳川二代将軍秀忠によって甲斐甲府二十三万石に封じられていたその三男国松改め徳川上野介《こうずけのすけ》忠長が、ひろく忠良の臣を求めていたため主馬も見出されておなじ身《しん》

代《だい》で仕えることになった。

この徳川忠長は父秀忠の意向により、元和八年には信州小諸七万石を加増されて三十万石。長兄家光の治世となって二年目の寛永元年（一六二四）には、駿河《するが》・遠江《とおとうみ》の徳川家ゆかりの地に移って五十五万石、駿府城主となり、その二年後には従二位、権《ごんの》大納言に叙任されて、

「駿河大納言」

と世に謳われるようになった。

しかし主馬にとっては皮肉でもあり不幸でもあることに、忠長はかつてのあるじ小早川秀秋によく似た奇矯な性向の持主なのだった。

かれは浅間《せんげん》神社の神獣とされる猿を捕り殺すかと思えば、その猿狩の途中、乗物の中から太刀をくり出して駕籠かきの中間《ちゅうげん》を突き殺す始末。あげくの果てに家臣数十名を手討ちにしたり、侍女たちを訳もなく打ち据えたりする狂乱のふるまいをつづけて家光に眉をひそめさせ、同八年にはその大逆非道の罪を責められて甲斐に蟄居を命ぜられた。

つづけて十年一月、上野《こうずけ》高崎藩主安藤右京亮《うきょうのすけ》に身柄を預けられ、同年十二月、家光の意思により自刃を強いられて果てたのである。享年二十八であった。

この事件によってみたび主家を失った主馬は、すでに六十三歳となって妻にも先立

たれたため、

（まだ見ぬ奥州へ流れて草庵でもむすんで朽ち果てようか）

と考えた。

だが、その旅に上る前に播磨姫路のうちに五万石を得ていた本多忠義の目に止まり、

「当家に客分としておとどまり下さるならば、隠居料として五百石を差し上げたい。お手前さまは、気の向いたおりにでもいくさを知らぬ若侍たちに合戦譚を披露して下さり、あるいは実戦に即した刀槍の用い方を指南して下さるだけでようござる」

と丁重に申し込まれて、やむなくその江戸屋敷のうちに居住するようになった。

その後本多忠義は、
家康に過ぎたるものがふたつある唐《から》のかしらに本多平八
と謳われた父、本多忠勝の余慶であろうか、寛永十六年三月には遠州掛川七万石、その五年後には越後村上十万石を与えられた。

その間、主馬は主家の封土が変わってもその江戸屋敷を動かなかったが、昨慶安二年六月、忠義が白河十二万石へとみたび移封されることになると、

（かつて思ったように、奥州へ行ってみるか）

と思い直し、国許《くにもと》詰めを許されて白河城下に終《つい》の住処《すみか》を定めたのである。

思い返せば小早川秀秋に失望して九州をめざしてからもう五十年近い歳月が流れ、小早川家にあってはつねに先鋒軍の大将をつとめて、

「松野殿に遅るなよ！」

といわれていた身も、もう八十歳の白頭翁になっているのだった。

五

松野主馬がともに暮らしている側室は、名をお牧といった。かれが本多家の客分となった十七年前から側に侍《はべ》る本多家家臣の娘で、当時三十歳だったからもう四十七歳になっている。

一度嫁いだが子供ができず、実家に帰された経験があるためか口数の少ない女であったが、

「わしは白河へ骨を埋めようと思うが、そなたはいかがいたす」

と主馬が訊ねた時には迷わず答えた。

「わらわはお前さまのお身のまわりのお世話をさせていただくために当家にまいりました者、出戻りの身で実家《さと》にも居づろうございますので、お前さまがお厭でなければ

どこまでもお供させていただきとう存じます」

主馬が驚くほどの早さで白河の水になじんだお牧は、

「かつて万石もお取りだったお前さまには済みませんが、ここの閑雅な暮らしはわらわの性に合うようでございます」

とあかるく笑い、今ではもう、先刻まで縫物をしていたかと思えば次には庭の片隅の蔬菜《そさい》畑に行って草取りをしている、という風であった。

そのお牧が、このところ白い筋の目立つようになった当世風おすべらかしの前髪を揺らすようにして、

「あの、お前さま」

とためらいがちに口をひらいたのは、夕立の上がった七月末のことであった。

「うむ、なんじゃ」

縁側に横たわってお牧の膝に白髪髷をあずけていた主馬は、団扇《うちわ》で涼風を胸許に送りながら問い返した。

鶯《うぐいす》色の麻小袖を涼し気にまとっていたお牧が、この時口にしたのは、

「あの伴団左衛門というおかたが上方《かみがた》へ去ってもう四カ月ほどになりますが、あれでよろしかったのですか」

という問いであった。

「よろしかった、とは――」

軒端《のきば》からしたたる雨の滴《しずく》を快いものに聞きながら、主馬は起き直って胡座《あぐら》をかいた。

「はい、あの五十両の件でございます」

主馬の手から団扇を受け取ったお牧は、かれに風を送りながらほほえんだ。

「こう申すのも何でござりますが、もしやあのおかたがこのまま帰りませなんだら、お前さまはどうなさるおつもりでしょう」

「ああ、さようなことを案じておったのか」

主馬は、ふたりの間に飛んできた蚊を筋張った両掌で叩きつぶして長者眉の眉尻を下げた。

「まあ、気にするには及ばぬて。あやつが帰ってまいればもうけもの、帰ってまいらずともただそれだけのことよ」

「はい、当家には貯えも少なからぬことゆえ、お前さまが五十両の行方を気にしているとはわらわも思ってはおりませぬ。そうではございますが、お前さまがさようなことまでしてお知りになりたいこととは一体なんなのかと思いまして」

「はて、あの時そなたにいわなんだかの」

「いえ、伴さまが立ち去りましたあと、金吾中納言さまの死にようを改めて調べさせることにした、とはうかがいました」

お牧は、切れ長の瞳で主馬の窪んだ両眼を見つめた。

「ただお前さまは、わらわの倍近い歳月を生きておいでになり、太閤さま、小早川隆景さま、田中さま、駿河大納言さまのことは時々物語して下さいますのに、金吾中納言さまについては少しも話して下さいません。なのにお前さまは、どうして今もさようなことをお気に懸けておいでなのか、とふと思ったものですから」

「――ふむ」

とは応じたものの、主馬は珍しく困惑の表情を浮かべた。

健康と長寿に恵まれているかれは、この白河へ来てからも、家中の若手藩士たちの訪問を受ければ快く合戦譚や仕えた大名家の士風の違いなどを話してやることにしていた。実戦的ならざる道場稽古が主流になりつつある現状にかんがみ、求められればあまたの戦場を駆けるうちに身につけた刀槍の術をみずからおこなって見せることもある。

しかし、

「ぜひ関ケ原当日のお話を」

と求められた時だけは、頑として応じなかった。

「なぜでござります。金吾中納言さまの返り忠あって初めて、権現さま（家康）は天下をお取りあそばされたのでござりますぞ。されば、われらといたしましてもせめて返り忠の呼吸なりとお聞きいたしたき次第」

と迫られても、

「それは、それがしの与《あずか》り知らぬことであったよ」

としか主馬は答えなかった。

このことばに、偽りはなかった。

関ケ原合戦当日における小早川秀秋の東軍への寝返りは、たしかに徳川家から見れば、

「返り忠」

と麗句によってたたえるべき事態ではあったろう。

しかし、これを寝耳に水と感じた西軍諸将の立場からすれば、憎んでも憎みきれない卑劣な通敵行為にほかならなかった。しかも、秀秋の急死によって小早川家の遺臣となった主馬自身がもとの主人の恥ずべき行為についてとやかくいうのは、俗にいう、

「死人に口なし」

の類であって主馬の好むところではない。

「――そう思うてわしは、あのいくさについては生涯語るまいと腹をくっておるのだ」

だから、そなたも聞こうとしてはならぬ、と主馬はいった。お牧が団扇を投げ捨て

てその膝にすがりつき、

「お前さま！」

と口迅《くちど》に叫んだのはこの時であった。

「お前さま、わらわはもう二十年近くもお側近くにお仕えしている身ではござりませぬか。この身は石女《うまずめ》ゆえ、正室に直していただこうなどとは夢思うたこともござりませぬ。ではござりますとも、女子《おなご》たる身がともに世をおわるべき殿御の来し方を知りたく思いますのは不自然なことでござりましょうや。それともお前さまは、わらわをまだそこまで信じては下さらぬとおっしゃいますか！」

いつかお牧の両眼からは、大粒の涙がはらはらと零《こぼ》れ落ちている。

あらためてその古風な顔だちを見やると、かってまだ残んの色香を漂わせていた肌にもあきらかに老いが忍び寄り、お牧が主馬のもとにきてからそれだけの歳月が流れたことを如実に示していた。

（お牧がかように切迫した物言いをいたしたのは、初めて見たわい）

女心の一端を垣間見た思いがした主馬は、

「よし、よし」

と子供をあやすようにいい、しゃくり上げるお牧の髪をしばらくの間無骨な手つきで撫でてやっていた。そして、思い切ったようにつづけた。

「そなたの気持は、よう分った。ではわしは、せめて死ぬ前にそなたにだけは真実《まこと》のところを明かしておくことにしよう。知らぬ者が聞けば、なんたる我田引水のほら話かと思うかも知れぬと思い、長い年月たれにも語らずにまいったのじゃが、これは要するにかような話なのじゃ」

そう前置きして主馬が話しはじめたのは、関ケ原出陣の小早川勢にあって、主馬のひきいていた先鋒軍だけは最後まで裏切りを肯《がえ》んじなかった、という驚くべき秘話であった。

六

慶長五年（一六〇〇）九月十五日の辰《たつ》の刻（午前八時）過ぎ、——。

それまで乳色の濃霧におおわれていた美濃国関ケ原では、霧が薄れるに従って各所に狼煙《のろし》が上がりはじめた。霧の中に相対峙していた東西両軍が、友軍諸隊に対してほぼ同時に攻撃開始の合図を送ったのである。

この時関ケ原西方に、東面して布陣している西軍総兵力は約八万五千であった。

石田三成勢六千が北の伊吹山の大山塊から南にのびた尾根のひとつ笹尾山に陣張りすると、その隣には豊臣秀頼麾下《きか》の黄母衣衆《きほろしゅう》二千余が集結。その右側には島津惟新勢千五百が鋒矢《ほうし》の陣をかまえ、さらにその右手には小西行長勢四千、つづけて主力の宇喜多秀家勢一万七千余が五段に備えていた。

戦いはこの宇喜多勢と東軍先鋒福島正則勢の交錯にはじまり、次第に両翼に波及して関ケ原西南部の山中村に布陣していた三成の盟友大谷吉継勢に及んだ。

この古今未曾有の大激戦の帰趨は、正午になってもまだ定まる気配を見せなかった。

しかし、――。

東西両軍の動きを眼下に一望できる西南端の松尾山（標高二九三メートル）には、なおも合戦に参加しない西軍の大部隊があった。金の馬簾《ばれん》の旗指物《はたさしもの》を輝かせた小早川秀秋勢一万五千六百。

三年前の朝鮮再征時における武功を蔑《なみ》されて三成に怨みをふくみ、家康に近づいた秀秋は、この時までに家康に対し、西軍裏切りを約していたのである。

その本陣は、松尾山山頂の東西十間、南北十二間の古城址にある。

竜頭《りゅうず》に鍬形《くわがた》を打った白星の兜と紫下濃《すそご》の鎧《よろい》を着け、朱の采をつかんで床几《しょうぎ》に腰かけていた秀秋は、午《うま》の初刻（十一時）過ぎ、東麓に布陣する小早川勢先鋒部隊の大将松野主馬に伝令を送った。

「これまで当家は西軍なれど、ゆえありてにわかに東軍となった。早々、西軍に対して切りかかるべし」

「たわけたことを吐《ぬ》かすな」

今にも東軍を突き崩そうと勇み立っていた主馬は、黒備えの南蛮兜の鍔《つば》の下から猛禽のような目を見ひらいて伝令を叱りつけた。

「東軍へ加勢するとの思し召しであれば、初めから東軍につくと仰せあればよいではないか。それを、いくさも酣《たけなわ》となった今となって東軍に寝返るとは盾裏《たてうら》の裏切りと申すもの。さような不義の軍法は、小早川家にありはいたさぬ。われらにおいては、断然同意つかまつらぬぞ」

こうして伝令を追い返してしまった主馬は、配下の兵たちにむかって、なおも筒先を東軍に向けておくよう下知したのであった。

それと報じられて困惑した秀秋は、家老平岡石見守重定に命じて主馬を説得させることにした。それでも主馬は、

「こればかりは、いかに石見守さまの仰せとあっても従えませぬよ」

と語って、頑として承服しない。

困《こう》じはてた秀秋は、陣中に動揺が生じたのに焦りながら三度使者を送ることにした。

今度指名されたのは、村上忠兵衛。能弁で知られる秀秋の近習《きんじゅう》の士であった。

「貴殿、なにゆえ西軍に打ちかからぬのだ」

と刺し違えを覚悟して詰め寄った村上に対し、

「義将として世に知られた泰雲紹閑さま（小早川隆景）の軍法に、盾裏の叛逆などはなきことぞ」

と主馬は言下に答えた。

「今はここからも見ゆるごとく、東西の合戦は勝負まちまちにて大切の時刻だ。この時に及んで裏切りなどいたせば、金吾さまには天下へ対し不義不忠となり、世の嘲《あざけ》りをまぬがれぬであろう。いったい御家老がたは、何を考えているのだ」

村上は、さらに駁《ばく》した。

「あるじの下知《げち》に従わぬとあらば、貴殿こそ盾裏の裏切者ではないか」

「何だと」

こうなったら争論していてもはじまらぬ、と思った主馬は、うっそりと笑ってつづけた。

「ともかくわしは、この下知は聞かなんだことにいたす。たとえ我ひとりなりともこれより東軍に斬りこんで、小早川家の真実《まこと》の軍法をそこもとに教えてくれるわ」

馬を引け、とかれは背後にむかって叫んだが、村上はその腰を扼《やく》すようにしてかき口説《くど》いた。

「暫時《ざんじ》待たれい。貴殿が下知を用いず討死なされば、われらは使い番としての面目を失う以上それはさせませぬぞ。裏切りが義か不義か、ただ今論争いたすのも無益なこと。あるじ、かねがね徳川家へ御内通ありしことなれば、今さら約を違《たが》えるのも世の誹《そし》りを受くるのみでござる。ぜひとも御下知に従われい」

（しつこい奴）

と思わず主馬が左腰につるした太刀に手をかけた時、山裾から一斉射撃の銃声が沸き起こった。

秀秋の内通の遅れを不安に思っていた家康が、その鉄砲頭布施孫兵衛と福島勢の同役堀田勘兵衛に命じ、松尾山山頂にむかって誘いの鉄砲を撃ちこませたのである。

このつるべ撃ちに最後の決断をうながされた秀秋は、

「白波」

と名づけた月毛の愛馬にまたがって、ついに朱の采を一閃した。その命令は、

「大谷刑部勢にむかって駆けよ、攻めよ」

というものであったから、主馬も全軍が動き出したのに気づいてようやく一騎駆けを諦めた。

しかし主馬は、なおも盾裏の叛逆に加担しようとは思わなかった。

「わが手勢の者どもは、この不義のいくさに加わることまかりならぬ。持場を離れて、木陰に折り敷いておれ」

と二百二十余の兵に命じたかれは、以後部下たちとともにこの天下分け目の戦いを

傍観することに徹したのである。

「松尾山の裏切り手ぬるし」

東軍勝利と決したあと、家康の部将たちの中にはこう小早川勢の立ち上がりの遅さを批判する者もあった。小早川勢の出動が遅延した背景に松野主馬の抵抗があったとは、かれらは夢にも思わなかったのである。

だが家康自身はそのような批判を口にはせず、秀秋は秀秋で主馬の選択を責めなかった。そのため、なおも主馬は小早川家にとどまって翌年春における岡山城入りにも従ったが、その後にわかに秀秋が悪虐非道のふるまいをもっぱらとするに至ったのを見て、ついにかれを見限ったのだった。

「火急の際と申しますに、よくもそこまで冷静に判じられましたなあ」

自分が十七年間もともに暮らしてきた老人が関ケ原においてかくも特異な役まわりを荷った人物だったと初めて知り、お牧は感に堪えないというようにまた団扇を動かした。

「うむ、わしはあの時一瞬のうちに、あの大一番に勝って盾裏の裏切者の一味として汚名を千載ののちに残すことよりも、史書に名をとどめずとも槍一筋の武辺者として義に生きようと思い切っておったのじゃ」

遠いまなざしをして暮れなずむ庭に顔をむけた主馬は、ひと呼吸置いてつづけた。

「すなわち秀秋めは、皮肉に申せばあのような行為に走ることによってわしの生き方を決めてくれたのよ。さればこそわしは、そう思い返せば思い返すほど、秀秋めの死の実態がいかなるものであったか知りたくてたまらなくなってまいったのじゃ」

伴団左衛門が松野邸にあらわれたのは、主馬とお牧がこのような会話を交わしてから二日を経た八月一日のことであった。

七

慶安三年の八月一日は、新暦八月二十七日にあたる。残暑のきびしい日であったから、未《ひつじ》の刻（午後二時）過ぎ、具足櫃も槍も持たない軽装で松野邸の冠木《かぶき》門を入ってきた伴団左衛門は、汗の臭いを漂わせていた。

「おお、無事であったとは祝着至極。まずは裏へまわって水浴いたせ、新しい下帯も用意してつかわす」

みずから出迎えた松野主馬は、鷹揚《おうよう》にうなずきながら告げた。

裏庭の井戸辺で存分に水を浴びた団左衛門は、お牧手縫いの山葵《わさび》色の麻小袖を羽織り、さっぱりした顔つきになって主馬の待つ書院の間にやってきた。

「やれやれ、これでようやく人心地がつき申した」

とかれが人なつこい笑いを浮かべたのは、湯漬け二膳をさらさらと平らげたあとのことである。四カ月以上の長旅であったからさぞ疲れが溜ったかと思いきや、その丸い赤ら顔には少し肉がついたかと思われた。

「廻国修業中、怪我などいたした様子もないのはけっこうなことじゃ。したが、この白河を出て行った時に背負っていた具足櫃と槍はいかがいたした。路銀に困って質にでも入れたか」

(上方は物の値段も高直《こうじき》だから、与えた五十両では足らなかったのかも知れぬ)

と考え、主馬はまずそう訊ねた。団左衛門は、照れたような笑いを浮かべて答える。

「いえ、さようなことにはなりませなんだから御安堵下され。それがしの具足櫃の件は後刻申し上げるとして、ともかく御依頼の件からお話しいたす」

「うむ、聞こう」

主馬がうなずくと、

「道栄さまは、蟹江《かにえ》彦右衛門という名はお忘れではありますまいな」

と、団左衛門は逆に訊ねた。

「おお、忘れてはおらぬとも。彦右衛門はわしが小早川家におった時、わしが組に属して鉄砲頭をつとめていた者じゃ」

関ケ原において主馬が裏切りの主命を拒み、配下の者たちになおも東軍へ筒先を向けつづけるよう下知した時、いち早くかれの気持を察してその指示を兵たちに伝達したのがこの彦右衛門であった。

その後彦右衛門は、一軍の将に進んで支城のひとつ虎倉《こくら》城を預けられた。しかし、主馬がひそかに別れのことばを伝えると、彦右衛門もかれと時期をおなじくして小早川家を立ち去ったのだった。

主馬は枚方宿、彦右衛門は虎倉城からの退去であったから、その後ふたりが顔を合わせたことはない。

「して彦右衛門は、なおも存命なのか」

主馬が白髪髷を突き出すようにして訊ねると、

「いえ、とうに身まかった由《よし》でござるが、その一族がその後鳥取から岡山入りした池田家に仕えて城下に戻ってきておりましてな、順にその一族を訪ねまわっていろいろな話を聞き出すことができたのでござる」

と団左衛門は事情を伝えた。

「早う、その話をはじめぬか」

もどかしげにいう主馬に、では、と一揖《いちゆう》してかれは語りはじめた。

……慶長六年（一六〇一）の青葉のころ、小早川秀秋が村山越中を刺客として家老の杉原紀伊守を殺《あや》めると、盛夏のころまでの間に有力な家臣たちが続々と城下を退去して、小早川家の屋台骨はすっかりガタガタになってしまった。

しかも、村山越中自身はいつの間にか何喰わぬ顔でふたたび城中に顔を出すようになったから、

「これでは紀伊守殿も浮かばれまいて」

と残った家臣たちも眉をしかめて囁《ささや》き合った。

それかあらぬか、城中には杉原紀伊守の幽霊が夜ごとに徘徊するとの噂が流れ出し、秀秋はこれを気にして病の床に臥すようになった。

病状は日に日につのる一方だったので、秀秋は藁《わら》にもすがる思いで城下森下村の蓮昌寺の僧に祈禱を頼みこんだ。

「うむ、その寺ならよう覚えている。たしか宇喜多家の代からつづく日蓮宗の寺で、霊験《れいげん》あらたかとの評判で『御堂《みどう》』と呼ばれておった」

主馬が口をはさむと、

「さすが、よく覚えておいでででござる」

とうなずいて、団左衛門はつづけた。

……この僧が祈禱すると病はたちまち快癒したので、秀秋は大いに喜んで蓮昌寺を森下村から仁王町へ移し、壮大な大仏殿を建立して備前一の大寺とした。

ところが翌年の夏もおわるころから、またしても秀秋は狂乱の度を深めた。そのきっかけとなったのは次のような事件だった、と当時を知る古老たちは伝えている。

岡山城を去ること北東へ一里あまり、御野《みの》郡牧石《まきせ》の地の大川西岸はひろやかな草地になっていた。

「牧石川原」

と呼ばれるこのあたりへ鷹狩に出かけた時、秀秋は対岸に盛り上がった龍ノ口山の裾野の松の老樹に、途方もない大蛇が巻きついて鱗をぬめぬめと光らせているのに気づいた。

「たれか、あの大蛇を退治してみせようという者はおらぬか」

秀秋が供侍たちに呼びかけると、

「うけたまわって候」

と答えたひとりが、たちまち大川の流れを泳ぎわたってその松の木に取りついた。この供侍は、あらかじめ抜き放った刀を口に横銜《よこぐわ》えにして幹をよじ登りはじめたのである。

高みに待ち受けた大蛇は、赤い二股の舌をちらつかせながら身をすべらせると、松の幹ぐるみ供侍のからだに巻きついて一気に締め殺そうとした。

しかしこの時、供侍は大蛇に絡みつかれるより一瞬早く刀を口から離し、刃を外側にむけて垂直に構えていた。ひと巻きごとに白刃に身を押しつけることになった大蛇は、供侍が必死で大刀を張り出していたため、胴体を寸断されて松の根かたへ落下していった。

秀秋がふたたび荒れ狂い出したのはその直後のことであったから、

「これは、あの大蛇の祟《たた》りであろう」

と家臣たちは言いかわすようになった。

再度の狂乱の沙汰は、数日後にまた鷹狩に出た時にはじまった。

にわかに沛然《はいぜん》たる驟雨《しゅうう》がきたため、秀秋一行はもよりの農家に駆け入って雨宿りすることにしたのである。

児小姓《こごしょう》のひとりは急ぎ囲炉裏端《いろりばた》に走り、濡れねずみになって歯の根も合わなくなっている秀秋に暖を取らせるべく、火を熾《おこ》そうとした。だが、まだ晩夏のこととて火種はなく、袋に入れて携帯していた火打石も湿っていてなかなか火花を発しない。

「何をもたもたしておるか！」

不意に逆上した秀秋は、脇差を抜き放って近づくや、屈みこんでいた児小姓をその場で斬首《ざんしゅ》してしまった。まだ前髪立ての児小姓の首は、哀れにも囲炉裏の中にころがり落ちて居合わせた供侍たちを茫然とさせた。

その後放鷹《ほうよう》に出てまたしても夕立に遭い、別の民家に入ろうとした時には、秀秋は額をその家の鴨居に思うさま打ちつけてしまい、ひとしきり呻いた。そして、供侍たちが必死に笑いを嚙み殺していると、かれは額を押さえたまま叫んだ。

「ただちに、この家を建てた大工をつれてまいれ。この場で素っ首を刎《は》ねてくれる」

この大工にとって幸運だったのは、その日の鷹狩はことのほか獲物が多かったことであった。痛みが遠のくにつれて機嫌を直した秀秋は、大工が顔面を蒼白にして引っ立てられてくると、

「いや、今日のところ用はない。許せ許せ」

と手を振る気の変わりようを見せた。

一事が万事このようであったから、いつしか左右には巧言令色をもっぱらとする輩《やから》しかいなくなってしまい、秀秋はますます放埒《ほうらつ》になっていった。

「しかし」

とそれまで流れるように語っていた団左衛門は、ここでにわかに言い澱《よど》んだ。

「ここまでは確かに起こった事どもなのでござるが、金吾中納言がこの慶長七年十月十八日に至ってにわかに死没いたしたについては諸説あって、いずれが真実なのかどうもよく分りかねるのでござる」

「ふむ」

主馬に先をうながされ、団左衛門はまた口をひらいた。

「その死に方が急逝《きゅうせい》、と申すより横死であったのはまず確かなことで、当時小早川家としては、ことの真相を隠さんがため公儀には痘瘡《とうそう》にて身まかったと届け出たそうでござる」

痘瘡は、いったん発病すればたちまち死に至ることも珍しくはない。そのため、ある家のあるじがあまりに不体裁な死に方をした場合には、体面をとりつくろうために昔からよく使われる病名である。

主馬がそう告げると、

「なるほど。では次にその諸説をお伝えいたして、道栄さまの御判断を仰ぎましょう」

と団左衛門はいった。

八

お牧が入室したのは、その時であった。鶸《ひわ》色の麻小袖に二寸幅の女帯を折りこみ、当世風のおすべらかしにした髷の根を白元結でむすんでいるお牧は、小女に手伝わせてふたりの前に膳を運んだ。

そこには、朱盃と香の物とが載っている。

「さあ、おひとつ」

とふたりに瓶子《へいじ》から酒を差すと、お牧は、このまま同席してお話のつづきを拝聴していてもよろしいでしょうか、というように、上座に麻物の着流し姿で正座している主馬を見やった。主馬は黙ってうなずいた。

その間に盃を干した伴団左衛門が、

「では、第一の説からはじめますぞ」

と前置きして告げたのは、以下のような話であった。

……大川西岸に位置する岡山城城東の西大寺村には、森崎稲荷神社と橋姫稲荷大明神とがある。

そのため同村の岸辺は殺生禁制の地とされてきたが、慶長七年十月十八日、秀秋はこの掟を無視して投網《とあみ》に興じ、鯉や鮒《ふな》多数を得て意気揚々と城へ戻りかけた。ところが橋にさしかかった時、秀秋は突然落馬してそのまま頓死してしまった。

次なる説は、またしても児小姓を手討ちにしようと秀秋が太刀をひん抜いた時、ほかならぬその児小姓によって返り討ちにされて果てた、というものであった。

「そして第三の説は、金吾中納言がかねてより公事《くじ》（訴訟）に及んでいた山伏を呼び出し、理非を問おうともせず、いきなり太刀を抜き打ちにしてその両手を斬った、というものでござる。だが山伏はこれで怯《ひる》むかと思いきや、逆に激昂して金吾殿に飛びかかり、金吾殿を蹴倒しておいて踏み殺してしまった、というのでござる」

「まあ」

次第に凄惨な話になってきたので、お牧は瓶子を持った手を止めて絶句してしまう。それには委細かまわず、

「それで、第四の説とは」

と主馬は先をうながした。

「はい、これが最後の説となり申すが、慶長七年十月十八日にも金吾殿は放鷹に出かけた、というのですな」

団左衛門はつづけた。

……そして秀秋は、途中ひとりの農夫に出会うと、こやつを慰みものにしてくれよう、と考え、やおら下馬して太刀を引き抜いた。驚いた農夫は土下座してしきりに哀れみを乞うたが、秀秋は狂気じみた薄笑いを浮かべるばかり。

「それ、それ」

と舌なめずりしながら農夫のからだのあちこちに軽く斬りつけ、弄《もてあそ》んだ。

ところが、絶望と怒りに身を震わせたその農夫は、つと立ち上がると秀秋めがけて突進し、思うさまその股間を蹴り上げた。この決死の急所攻めに、秀秋はたちどころに絶息してしまったというのである。

「何と、――」

　これには、さすがの主馬も上体をのけぞらせた。

　四説のうちいずれの説が真実を伝えているにせよ、秀秋が浅ましい死に方をしたことだけはもはや疑いようがない。

（それにしても、かくも下らぬ、ぶざまな死に方をしたという風説が今日も備前に伝わっているとはいかなることじゃ）

　首を振った主馬は、いつしか今聞いた四説のうち、いったいどれが秀秋の死の実相をもっともよく伝えているのか、と考えはじめている自分に気づいた。

　それを見越したかのように、団左衛門がまた口をひらいた。

「どうもそれがしには、これら四つの風聞のうちいずれが正しいのか、という点までは見きわめられませなんだ。それゆえ聞いたとおりをお伝えした次第なれど、長の歳月金吾殿に仕え、その気性をよく御存知だった道栄さまなら、それがしよりもこれら諸説の正否についてより深く判じられるのではございませぬか。ここはぜひ、道栄さまのお見立てをうかがいたいものでござる」

　お牧も何かを期待する目つきになって、団左衛門と同時に主馬を見つめた。

「うむ、わしはどうやら、ことの実相が見えたような気がいたしてまいった」

　主馬は、ほほえみを湛えながら答えた。

「では、その読み筋を聞かせてつかわす」

そこで酒盃をひとすすりした主馬は、まずもっとも信じがたいのは秀秋が西大寺村からの帰りに落馬して死んだという説だ、と自信に溢れた口調でいった。

「最前おぬしは、秀秋めがふたたび狂乱に及んだのは供侍のひとりに大蛇を殺させた直後からのことだ、と申したな。これも殺生、鷹狩もひとつの殺生じゃが、西大寺村の殺生禁制の掟を破ったからこそ死んだといわんばかりのこの説の背後には、神仏の罰《ばち》が当たったという思いこみがあきらかにひそんでおる。

しかしわしは、この歳になるまでの間に多くの者の生老病死に立ち会ってきたが、天罰によって息絶えたという者はこの目で見たことがない。かような申し立ては仏法の説く因果応報の考えから生じただけのことじゃから、あまり本気にいたすまでもないのじゃ」

次にどうかと思うのは、秀秋が手討ちにしようとした児小姓に返り討ちにされたという説だ、と主馬はつづけた。

「これも最前、おぬしは秀秋が狩りに出て驟雨に遭い、火を熾すのに手間取った児小姓を斬首した、という話をいたしたな。哀れにもゆえなく成敗された児小姓がおったのならば、殺されかけて手向かった児小姓もおったのではないか——この説は、たれかがさような想像を述べたものが次第に諸方にひろまるに従い、これこそ実態だったという風に変わっていってできた説のように思われるがどうじゃ」

「なるほど、それは充分あり得ることのように思われまするな」

団左衛門が膝を打つと、主馬はさらに訊ねた。

「もしこの説が真相を伝えているのなら、秀秋を返り討ちした児小姓がその後どうなったか、という話も付随しておらねばならぬ。どうじゃ、その児小姓が他国へ逐電《ちくでん》いたしたとか、その場で主殺しを犯した大たわけとして成敗されたとかいう話は聞かなんだか」

「はい、それは一向に聞きませなんだ」

「やはりそうか。ではこの説も、面白おかしく作られたものと考えて差し支えあるまいて」

「すると、残るは山伏に踏み殺されたか、農夫に股間を蹴り上げられて悶死したかでござりますな」

団左衛門が引きこまれたようにいう。主馬は、小首をかしげて答えた。

「しかしこのふたつの説は、どうも元はひとつの話であったような気がしてならぬ」

「それは、――」

どういうことでござる、と団左衛門が訊こうとすると、主馬はことばをひとつひとつ確かめるようにして語り出した。

……このふたつの説の主役は、一方は山伏、他方は農夫と別々だが、山伏は秀秋に両手を斬られたため足を用いて反撃に出たという。また農夫はからだのあちこちに薄手を負ったあと、これも足によって秀秋を襲ったことになっている。

これも、やはり両手が利《き》かなくなっていたためだったのではないか、と考えると、実はこの両説は、初めはひとつの話であったものがひそかに語りつがれるうちに異なる説であるかのように形を変えただけなのではないか。

「ははあ」

団左衛門は、その読み筋に感心したように応じた。

「しかもよく考えてみると、秀秋自身が公事に及んだ山伏に接見したという話は面妖に過ぎる」

「と申しますと――？」

「考えてみよ、いずれの家中にも訴訟沙汰を裁くには公事奉行という者がおるのじゃ。秀秋自身が公事あってきたった山伏に応接したとは、秀秋が公事所におもむいて公事奉行の代役をつとめたということであろう。さような話は、大名家の内側をよう知っている者には信じられぬよ」

「とすると、やはり金吾中納言はどこぞの農夫に陰嚢《いんのう》を蹴り上げられて悶死した、と考えるべきなので」

その情なくも滑稽な姿を思い浮かべたのか、団左衛門は金吾殿が金を、とつぶやいて自分で吹き出しながら訊ねる。

「うむ、まことにとんでもない答えになってしまうが、少なくともおぬしが聞きこんだ四説のうちでは、それが一番説得力のある見立てじゃな。

われらも夜討ち朝駆けに明け暮れておった時代には、敵将は鎧兜《よろいかぶと》と腰当て、臑当《すねあ》てに身を鎧《よろ》うておってどこに打ちこんでも撥《は》ね返されてしまうから、組み打ちに持ちこめぬ時はひたむきに敵将の股間を斬り上げよ、と教えられ、ひとにも教えて、太刀を地摺りの下段から真上に斬り上げる工夫を積んだものじゃ。

当代の民草は佩刀《はいとう》を許されておらぬから別じゃが、関ケ原前後に生きておった農民ならば、いついくさに狩り出されるか分らぬから、敵を殺すには股間を痛打するのがよいとよく承知しておったであろう。さようなことからも、いかにもさる農夫が秀秋の股間を蹴って死に至らしめたという説には真実味が感じられてならぬ」

「おことばなれど、この農夫につきましても先ほどの児小姓同様名も伝わらず、その後いかが相なったかも伝わってはおらぬのですぞ。この点、道栄さまはいかがお解きあそばしますか」

「ふむ」

主馬は団左衛門の丸い赤ら顔を見つめ、少しく口を閉ざした。

九

この時伴団左衛門は、そこまでは道栄さまも考えてはおらなんだか、と思い、なぜか背筋に氷を投げこまれたように感じた。

しかし松野主馬は、窪みがちの双眸を老いたる鷹のように光らせると、ふたたび悠然と口をひらいた。

「その者が敵《かな》わぬまでもと必死に秀秋に立ちむかったのは、すでに上体をあまた疵つけられて命にかかわる事態となっていたからであろう。さればもはや両腕も利かぬほどになっていたのであろうから、秀秋を蹴殺したあと、その場で失血死いたしたのかも知れぬ。

あるいは秀秋の供侍どもに無礼討ちされて果てたのかも知れぬが、いずれの末路をたどったにせよ、供侍どもが狩りの途中に出会っただけの者の名を知っているわけはない。されば、その者の名が伝わっておらぬのは何ら怪しむに足りぬことじゃ。

それに、その者を主殺しの謀叛人として獄門に掛けたりいたしたならば、小早川家は当主の武門の名誉にかかわる死に方を天下に公表して恥を曝すことになるから、それもできなかったはずじゃ。そう考えれば、この男の名が伝わらず、秀秋の真の死因が伏せられた理由も同時に説明がつくではないか」

「なるほど」

と団左衛門は納得したようにいったが、主馬はそれきり口をつぐんでしまった。お牧が膝行して、ふたりの盃にまた酒を満たす。その盃を口に運んだ主馬は、口の中に苦みがひろがるように感じて小さく首を振った。

(そうであった)

とかれは、関ケ原直後の記憶をわれ知らずたどりはじめていた。

(わが松野勢が最後まで盾裏の裏切りに加担しなかったと知れば、秀秋はわしに詰め腹を切らせようとするはずだ、と考えてわしは覚悟を決めていたのだった、その時は存分に働いて斬死してくれようと。

しかし秀秋はわしに疚《やま》しさを感じたのかそれもいたさず、その後もわしに対して関ケ原の話は一度も持ち出さなかった。あるいは秀秋は、家臣であるわしに対して主命に従わなかった罪を問う度胸もないおのれに苛立つあまり、狂乱の沙汰に走りはじめたのかも知れぬ)

思い直すと、主馬は急に不様この上ない死に方をした秀秋が哀れになった。

(だがわしが、関ケ原当日松尾山の山麓から動かなかったのは決して誤りではない。田中吉政殿、駿河大納言さまがその後わしを召しかかえて下さったのも、わしを盾裏の叛逆を拒んだ武人として高く買ってくれたからであったろう。そして今、能登守さまがわしに五百石の捨て扶持《ぶち》を下さっているのも、おそらくあのことゆえなのじゃから）

そう考えてはみても、二十一歳の若さで名もない民に蹴り殺されてしまったという秀秋の死の実相など知らなければよかった、という思いがこみ上げてくるのを主馬はどうしようもなかった。

そこに、団左衛門の声が通った。

「それでその、先ほど後刻申し上げるといったそれがしの槍と具足櫃の件でござるが――」

その丸顔は酔いのためか赤みを増し、かれはしきりに照れているような表情になった。

「それがし実は、本日道栄さまに報じましたる話をあちこちで聞きこみますうちに、岡山城下で宿をとった旅籠《はたご》の娘とわりなき仲になりましてな。具足櫃と槍は今もその家に預けてあるのでござるが、それがしは仕官はあまり水に合わぬようなれば、その者と所帯を持って宿屋のおやじになろうと思い切ってござる」

「まあ、それでは伴さまは、また備前に旅立たれるのですか」

お牧が目を瞠ると、

「それはめでたい」

と主馬がおしかぶせるようにいった。

「弓矢取って生きるのであれば、わしのように武門の意地を張らねばならぬ時もあろう。愚かなあるじに巡り合って志を得ぬこともあるであろう。すべからく家業に励み、子孫を繁栄させることこそ一番じゃ。備前岡山は山陽道の要所にて、気候もよく作物も豊かな土地柄ゆえ、道を踏み違えさえいたさねば幸多い生涯を送れるであろう」

「はい、間違ってもひとの股間を蹴ったり蹴られたりいたさぬよう心懸けるつもりでござる」

団左衛門が大真面目に答えたので、主馬とお牧は思わず哄笑していた。

団左衛門が松野家に三日逗留してまた備前めざして旅立ったあと、主馬は仏門に入って名前も、

「道円入道」

と改めた。

この道円入道がお牧に看取られて大往生をとげたのは、それから五年たった明暦《めいれき》元年（一六五五）八月のこと。享年八十五と伝わる。

その子孫、名古屋市在住の松野祐一氏の御教示によれば、松野家の人々はそれから三百五十年近い歳月が流れた今日も、松野主馬を、

「主馬さま」

と呼んで一族の誇りにしているという。

間諜《かんちょう》

——蜂谷《はちや》与助《よすけ》——

池波正太郎

池《いけ》波《なみ》正《しょう》太《た》郎《ろう》（一九二三〜一九九〇）

東京都生まれ。下谷西町小学校卒業後、株式仲買店などを経て横須賀海兵団に入団。戦後は都職員のかたわら戯曲の執筆を開始、長谷川伸に師事する。一九五五年に作家専業となった頃から小説の執筆も始め、一九六〇年に信州の真田家を題材にした『錯乱』で第四三回直木賞を受賞。真田家への関心は後に大作『真田太平記』に結実する。フィルム・ノワールの世界を江戸に再現した『鬼平犯科帳』、『剣客商売』、『仕掛人・藤枝梅安』の三大シリーズは、著者の死後もロングセラーを続けている。食べ物や映画を独自の視点で語る洒脱なエッセイにもファンが多い。

蜂谷与助《はちやよすけ》が、大谷吉継《よしつぐ》の臣となったのは天正十三年（一五八五年）の夏である。
この年――吉継は、豊臣秀吉から越前・敦賀《つるが》の城主として五万石をあたえられ、従五位下・刑部少輔《ぎょうぶしょうゆう》に叙任《じょにん》したばかりであった。
それまで、大谷吉継は秀吉の小姓から立身をし、諸方の代官をつとめたりしていたのだが、このとき、はじめて所領をあたえられ、一城の主《あるじ》となったのだ。
そのころ、五万石の大谷の場合、軍役から見ると、次のような家臣の編成が必要となる。
騎士　百名
歩士　百五十名
足軽　約千名
小者　七百名
こういうわけで、大谷吉継は至急に家来を採用しなければならなかった。
のちに、吉継の股肱《ここう》の臣となった湯浅《ゆあさ》五助なども、このときに召抱えられたもので、五助はそれまで放浪の牢人《ろうにん》であった。
一芸にすぐれたものは、たちまち召抱えられる、といっても、無論、採用には厳重な警戒を必要とした。
信頼出来る人の請書《うけしょ》か、推挙《すいきょ》がなくてはならない。

湯浅五助などは、どういう経路で採用されたのか不明だが、蜂谷与助を推挙したのは、美濃《みの》・軽海《かるみ》の城主（六万石）一柳《ひとつやなぎ》伊豆守直末《なおすえ》であった。

一柳直末は、後に小田原戦役の折、戦死をしたが、秀吉の生えぬきの家人《けにん》であり、武勇もすぐれている上に茶の湯もたしなむという、誰が見ても立派な武将である。

蜂谷与助は、すぐに採用された。

ときに与助は二十八歳。

一柳直末によれば——蜂谷家は、三年前にほろびた武田家に祖父の代からつかえ、軍功もある家柄である……ということになる。

与助は、馬廻衆《うままわりしゅう》として百石をあたえられた。

以後、秀吉が天下を平定し、文字通りの〔天下びと〕となるにつれ、大谷吉継も小田原戦役や、例の太閤検地にも活躍し、文禄四年（一五九五年）には一万石の加増がある。

このころになると、与助も三百石をあたえられ、主・吉継の側衆《そばしゅう》（側近）に出世をしている。

慶長三年（一五九八年）、豊臣秀吉が歿し、再度にわたっての朝鮮出兵も失敗に終り、渡鮮中の将兵は帰還した。

これから、関ヶ原合戦に至るまでの経過をあらためて記すまでもあるまい。

秀吉の死後——。

大谷吉継も蜂谷与助も、ほとんど敦賀へは戻らず、大坂か伏見の屋敷に在《あ》って予断をゆるさぬ政局のうごきにそなえた。

大谷家の臣となってから約十五年。四十三歳になった蜂谷与助へ〔秘命〕が下ったのは、このころである。

〔秘命〕は大谷吉継が下したのではない。

徳川家康の重臣・本多佐渡守正信《さどのかみまさのぶ》から下ったものである。

つまり、蜂谷与助は徳川の間者《かんじゃ》として十五年も前から大谷家へ潜入していたのであって、彼が武田家につかえていたことは事実なのだが、主家滅亡後、徳川家へ入り、そのころから充実完成を期して活発にうごきはじめた徳川間諜網《かんちょうもう》の一つの網目として大谷家へ送りこまれたものだ。

（いよいよ、はたらくことになったわけだが……何やら気落ちがしてしまったような）

と、与助は思った。

この十五年の間、与助は何一つ徳川方へ情報をもたらしてはいない。

「命あるまでは、大谷の家来になりきっておれ」

というのが、本多正信の厳命であったからだ。

そのときの蜂谷与助には妻と女子二名があったという。妻は同じ大谷家中の平野加兵衛の女《むすめ》である。

慶長五年八月二十九日——。

すでに美濃・大垣城に入っていた石田三成から、敦賀へ急使が駆けつけた。出陣要請の使者である。

大谷吉継は、十九歳の長男・大学助吉治《よしはる》と共に精鋭千二百をひきい、敦賀を発した。

蜂谷与助は、

「おれがことは帰らぬと思え」

と、妻にいった。

与助のみならず、今度の戦陣がどのようなものかを知らぬものはない。これより先、大谷吉継は、徳川家康の上杉征討に応じ、六月二十日に敦賀を発している。ところが、木《き》ノ本《もと》まで来ると、佐和山《さわやま》の石田三成の家来、柏原彦右衛門が出迎えに来ており、そのまま、吉継は佐和山城へおもむいた。

三成が西軍旗上げの大事を打明け、吉継に協力を請《こ》うたのはこのときである。吉継は仰天《ぎょうてん》した。

このとき、吉継は「治部殿（三成）には才気あっても大局をつかむ心がない上に、戦陣の駈け引きに於て、到底内府（家康）に立ち向えるものではない」と、きめつけたが、すでに矢は放たれており、取返しのつかぬところまで家康打倒の計画が進んでいるのを知ると、熟考の後に、

「おことへはそむけぬ」

いさぎよく、西軍へ加担することを決意した。

三成と吉継の交友は二十余年にわたるもので、豊後《ぶんご》の片田舎の郷士の家に生まれた大谷吉継が、当時、姫路城主だった秀吉の家来になったとき、すでに三成は秀吉側近の一人として羽振りをきかせていたようである。

こんな話がある。

後年、吉継は癩病《らいびょう》にかかり、桃山で秀吉の茶会がおこなわれたときのことだが……。

諸大名居並ぶ前で、秀吉が茶を点じ、これを順に呑みまわしたとき、吉継は戦慄した。そのころから癩の症状が判然となり、髪もぬけ、顔や手の皮膚もくずれかけていた吉継だけに、呑みまわしの濃茶を彼がどう扱うかと、列座の大名たちは息をのんだ。

吉継のとなりには石田三成がいた。

茶がまわって来、吉継は仕方もなく、ふるえる手で茶碗をとったが、口をつけたとき、ずるりと水洟《みずばな》を茶碗の中へたらしてしまったものである。鼻腔の機能が病気のた

めに鈍《にぶ》くなっていたのであろう。

吉継は、わなわなと震《ふる》え出したが、三成は平気で茶碗を横手から取りあげ、事もなげに呑みほしてしまったという。

「そのときこそ、わしは治部殿のため、いつでも死ぬ覚悟をきめたのだ」

と、吉継はいい、親友の蹶起《けっき》に殉《じゅん》じたのである。

これが単なる説話であるや否や、それは知らぬが、三成の出陣要請にこたえて敦賀を発した大谷吉継は腹巻もつけぬ平常のままの軽装で、四方明放しの輿《こし》に乗り、白の練絹《ねりぎぬ》の頭巾《ずきん》を顎《あご》の下までかぶり、わずかに鼻梁《びりょう》の一部と両眼のみがのぞいていたというから、病患はかなり重くなっていたと見てよい。

八百の軍列は、かねて三成との打合せの通り、北国口の防衛についたわけだが、吉継はまず関ヶ原の西端・山中村の高地に陣地を構築した。

この地点は〔中山道〕に面した戦略上の関門であり、大谷軍は平塚為広《ためひろ》の部隊と共に、これを守り、同時に、東軍から京坂方面への連絡を絶つべく、

「与助。そちにたのもう」

吉継は蜂谷与助をよび、

「徳川方の密使、間者たちのうごきを押えよ」

と命じた。

さすがに十五年もつかえて来て、吉継が少しも自分を疑うことなく、この皮肉な命《めい》をあたえたとき、さすがに与助は面を上げ得なかったそうな。

だが、この役目はまさに与助の活動を充実たらしめることになった。

関ヶ原近くの垂井《たるい》で一万二千石を領している平塚為広も地理にくわしいので、ここからも十名ほど、与助の手勢に加わることになったが、こんなことは、さして支障にはならぬ。

与助も、このころには家来十名、足軽二十名ほどを抱えているし、その中の三名は徳川からさしむけられた間者である。

会津の上杉景勝征討に向った徳川家康は、一子・秀康を下野《しもつけ》にとどめて上杉軍にそなえ、みずからは参軍の諸大名をひきいて東軍を編成。一度、江戸へ引返したが、九月一日に二万五千をひきいて江戸を発し、先鋒の東軍約三万五千と合するため東海道を上りつつあった。

大谷吉継が関ヶ原へ進出したころ、家康は小田原あたりを進んでいたわけだが、東軍の先鋒はすでに岐阜城を落し、赤坂に集結しており、このため、西軍の大半は大垣城へ進出した。

このとき、早くも東軍は有利な地点をしめたことになる。

地図を見るとわかるが、赤坂は大垣の西方一里半にあって、一歩、京坂への道に先んじている。

家康としては西軍を破ると共に、京・大坂を手中におさめねばならぬのだから、先鋒部隊の勇戦によって、いち早く、この地点に楔《くさび》を打ちこんだ知らせを受け、

「急げ‼」

顔色を変えて勇躍したのも、早く先鋒部隊と合流して、この地点をあくまでも守りぬかねばならぬと決意したからであろう。

徳川家康が赤坂・岡山の本陣へ到着したのは、九月十四日の昼前であった。

この日の朝——。

関ヶ原では、大谷吉継が、

「陣を移せ」

と命じ、山中村の高地から藤川台へ移動した。つまり、中山道に向って前進したわけである。街道をへだてた向う側は松尾山で、ここには小早川秀秋《こばやかわひであき》（筑前・名島五十二万二千五百石）が約一万ほどの部隊をひきいて着陣し、山裾のほとんど大谷軍の陣地から指呼《しこ》の間に、脇坂安治《わきざかやすはる》（淡路・洲本三万三千石）朽木元綱《くつき》（近江・高島二万石）小川祐忠《すけただ》（伊予・府中七万石）赤座直保《あかざなおやす》（越前ノ内二万石）の四将が合せて七千ほどの部隊をもって陣をしいている。

脇坂など四将は、大谷吉継の依頼をうけ、山上の小早川部隊を監視しているのだ。

関ヶ原戦における小早川秀秋の立場は微妙なものであって、はじめは西軍の伏見城攻撃を指揮し、徳川留守部隊を全滅せしめた後、どういうわけか〔発病〕と称し、近江の高宮へ部隊をとどめ、のらりくらりとしていたものである。

このとき、すでに秀秋は、黒田長政・浅野幸長《よしなが》からの密使による勧誘をうけ、家康に加担する約を結んでいたという。それだけに、石田三成にとっても秀秋の去就《きょしゅう》が不安であり、

「中納言（秀秋）の病気は、どうも怪しい。目を離さぬように――」

くれぐれも大谷吉継へ依頼してから大垣へ出て行った。

秀秋は秀秋で、

「病気のため、いろいろとお疑いもあったろうが、もはや本復したので、来るべき決戦には見事戦うて見せ申そう」

と、大垣へ使者をやったりしている。

十四日の朝は、関ヶ原の山峡の空も青く晴れわたった。

大谷吉継は、蜂谷与助をよび、

「決戦も迫ったようじゃ。このあたり一帯の警備をおこたらぬよう。ことに、松尾山へは徳川方の密使が往来することもあろう。十分に気を配ってくれい」

「はっ」

与助は、手勢四十名を七手に分け、西は柏原、東は垂井から大垣にかけて警戒網を張った。

このうち二手は、平塚為広の家来が指揮しているのだが、五手は与助自身の命《めい》一つで、どうにでもうごく。

与助は西軍にひそむ東軍のスパイなのだ。

大谷吉継も、とんだ者にとんだ使命をあたえてしまったものだが、与助はもう自由自在に大垣から関ヶ原の線を駈けまわり、東軍のため有利な活動を行なえばよいわけであった。昼すぎになって、柏原から今須《います》へぬける間道を走って来る使者を、与助が捕えた。

この使者は、西軍の立花宗茂《むねしげ》（筑後・柳川十三万二千石）からのもので、宗茂は、いま大津城にこもる京極高次を攻撃している。

高次は、かねてから、

「いざともなれば、出来るだけ大津で敵の一部を喰いとめてもらいたい」

と、家康の命をうけている。

高次は九月三日から籠城《ろうじょう》をはじめているが、立花軍の猛攻をうけ、落城は目前に迫っていた。立花宗茂の使者は、密書を持っていたわけではない。口頭によって宗茂の言を大谷吉継か、大垣の石田三成へつたえるべくやってきたのだから、蜂谷与助などに口をひらこう筈はない。

「かまわぬ、斬れ」

与助は、たちまち立花宗茂からの使者を斬殺してしまった。

「どうやら大津も落ちそうだ。大津を落してのちの進退を、立花宗茂は問い合せて来たものだろう」

と、つぶやき、与助は、尚《なお》も立花からの密使の通行があるものと見て、腹心の湊井《みなとい》某に一隊をあずけ、

「西軍の使者、一人も通すな。密書なきものはかまわず斬れ」

と命じ、自分は只《ただ》一騎で、何処かへ駈け去った。近江から美濃へかけて、徳川方の間者が、かなり散開している筈《はず》だ。或いは寺僧になり、又は百姓、木樵《きこり》などになって、二年も前から入りこみ、佐和山の石田三成のうごきを探りつづけて来ている。与助も、このうちの何人かと連絡を保っていたようである。

赤坂の本陣に、徳川家康到着して、一度に数千の旗幟《きし》がひるがえったのは、このころである。

大垣城の西軍は、

「いよいよ内府が来た」

動揺を隠し切れない。

その日の午後——。

与助は、今須の宿につめている大谷軍の士から「殿がお呼びでござる」とききき、急いで藤川台の本陣へ駈けつけた。

「異状《かわり》はないか?」

と、吉継。

「何事も、いまのところは……」

と答えたが、すでに、東軍・黒田長政からの密使二人を、与助は無事に松尾山の小早川秀秋のもとへ送りこんでいる。

陽《ひ》が雲にかくれ、冷気がたちこめてきた。

関ケ原は、美濃国・不破《ふわ》郡の宿駅であって、伊吹山の南麓にあたり、四方をかこむ山々の中に東西四キロ、南北二キロの平原がある。この平原の北東から南西にかけて中山道がのびていた。

いまでも、東海道線がこの山峡を走りぬけるとき、天候の変化の激しさにおどろくことがある。岐阜に、うららかな春の陽《ひ》ざしがあっても、この山峡へかかると、目くるめくような雪が舞いおどっている風景を、筆者は何度も見た。

さて――。

大谷吉継は、依然として武装をせず、小袖の上に白い直衣《ひたたれ》を重ねたのみで、幔幕の中から、じいっと松尾山のあたりを見入りつつ、

「大事の役目ゆえ、与助にたのもうと思うが、どうじゃ？」

傍の重臣・三浦喜太夫に問いかけた。

「いかさま――」

喜太夫もうなずく。吉継は与助に、

「どうも中納言のことが気にかかる。わしから見ると、あの松尾山に立ち並んでいる小早川勢の旗幟には、まるで戦意がない、としか思われぬ。もしやすると……すでに、中納言が近江に軍をとどめいたとき、内府からの呼びかけがあったやも知れぬ。与助、いままでのところ、松尾山へ密使が入りこんだ気配はないのだな？」

「ござりませぬ。虫一匹通さぬほどの手くばりをいたしてありまする」

「よし」

うなずくや、吉継は、

「治部殿に口上をもって申せ」

「何と？」

「治部殿より松尾山へ使者をつかわし、中納言を大垣城へ呼びつけるようにとな。つ

まり、今宵《こよい》は諸将参集の軍議あるゆえ、ただちに大垣へおもむかれたし、と、これは治部殿の書状を持参させたがよい……と、かようにつたえよ」

「つまり、小早川中納言さまを人質にとらえおくのでござりますな」

「うむ。大将を人質にとられては、まさか寝返りも出来まい。その方がよい。いざというときに頼りにはならぬが、まだ、その方がよい」

「なれど……」

と、与助はいった。

あまりにも大谷吉継が、与助をはたらきやすいようにしてくれすぎる。なんとなく、この主人?にすまぬような気がしてきて、

「なれど、中納言さまが、もし内応あるときは、呼び出しに応じますまいかと――」

「そこじゃ。どうしても大垣へ行かぬとあれば、わしに考えがある。かまわぬ。とにかく急ぎ大垣へ行け」

「はっ」

与助は馬へ飛び乗った。

黒い雲が頭上をおおい、霰《あられ》が落ちて来た。

平原へ出た与助は、脇坂、朽木などの陣所を右に見て、まっしぐらに大垣さして走った。

関ヶ原より大垣まで約四里である。

途中、山峡をぬけたところにある垂井の手前から、与助は街道を右へ逸《そ》れた。

南宮山の東麓に宮代という小さな部落があり、この村はずれに小さな名もないほどの神社がある。

この社の裏手の山林に、土民風の男が二人いた。

何気なく焚火《たきび》をし、何気なく、にぎりめしを食べている男たちが、馬鈴の音と合図の口笛をきき、道へ出て来た。

ここで、与助は素早く打合せをした。

土民二人は東軍の間者である。与助は、いかなることあっても、松尾山をうごかぬように小早川秀秋へつたえよ、と二人に命じ、すぐに馬を返して大垣へ向った。

大垣は騒然となっていた。

というのは……。

家康の着陣によって、西軍の動揺があまりにひどいので、石田三成の重臣・島左近《さこん》が宇喜多《うきた》秀家（備前・岡山五十七万四千石）とはかり、

「ひとつ内府の度胆《どぎも》をぬいてくれましょう」

千五百ほどの部隊をくり出し、これを二手にわけ、左近みずから五百をひきいて、株瀬《くいぜ》川へ出張《でば》った。

対岸にいたのは東軍の中村一忠《かずただ》（駿河・府中十四万五千石）の部隊であったが、島左近ひきいる西軍が川をわたりはじめるのを見て、

「それ‼」

銃撃した。

西軍は引いては攻め、また引く。結局、中村隊は巧みに引きよせられ、

「それ、追いくずせ」

中村一忠ばかりか、有馬豊氏《とようじ》（遠江・横須賀三万石）の部隊も、喚声をあげて川をわたり、逃げる石田部隊を追いかけたものである。

島左近が、東軍を大垣城下近くの簀戸口《すのこ》まで引寄せたとき、伏せていた宇喜多部隊七百が、一斉射撃を行ない、島左近もまた、逃げて来た部隊をまとめ、

「突きくずせ‼」

みずから槍をふるって突撃した。

宇喜多の新手も鬨《とき》の声をあげて突貫する。

中村部隊は、これで、さんざんな目に合った。

野一色頼母以下四十余名が戦死。たちまち敗走して株瀬川をほうほうの体《てい》でわたり逃げたという。

これで、大垣城はにわかに活気づいたようである。

蜂谷与助は、このさまを到着したばかりの大垣城内からながめていた。

石田三成も面をかがやかせて島左近と宇喜多秀家をねぎらい、引きあげて来る戦闘部隊を、みずから城の大手口へ出迎えた。

与助が、大谷吉継からの口上をつたえたのは、この直後のことである。

「刑部少輔が、左様に申したか……」

三成は少し考えてから、

「うけたまわった、とつたえてくれ。尚も、松尾山へは心つけられるよう、たのみ入ると刑部殿へ――」

「はっ」

与助は、すぐに大垣城を出た。

間もなく、石田三成の使者・塩田主米《しゅめ》が大垣を発し、松尾山へ向った。

夕暮れも近い。雲が風に吹き流れ、陽がさしてきた。

塩田主米が垂井を抜け、山峡へ入ると、いつの間にあらわれたのか、蜂谷与助が馬を駈《か》って追いつき、

「松尾山への御使者でござるか？」

「いかにも――」

「では、同道つかまつろう」

「蜂谷殿は、もはや関ヶ原へ戻られたと存じていたに……」

山峡を吹きぬける風は強かった。二人が疾駆《しっく》する街道の両側の山肌から吹きつけるように落葉がふりかかった。

そして、この山峡を抜け出たのは蜂谷与助一人であった。

塩田主米は与助に刺殺され、南宮山の森の中へ放りこまれており、三成の密書は与助の手へわたっている。

密書の内容は、いうまでもなく軍議への出席を要請したものであったが、与助は一読するや、これを粉々に破り捨ててしまった。

大谷陣へ戻った与助は、吉継に、

「間もなく松尾山へ大垣の使者が到着いたしましょう」

と三成の言葉をつたえた。このとき、陣所に戻っていた与助の家来・湊井某に、与助が、

「今朝から何も腹へ入れておらぬ。何かないか」

と、いった。

「ございます」

二人は、中山道に面して打ちこまれた柵《さく》の傍《かたわら》で食事をとった。夕闇がたちこめている中で、士卒たちも夕餉《ゆうげ》のにぎりめしを炊き出している。

街道をへだてた向うの脇坂等四将の陣地からも炊煙《すいえん》が上っているが、松尾山の小早川軍は森閑《しんかん》としずまり返っていた。

「与助殿」

と、にぎりめしを噛みつつ、湊井某がいった。湊井は本多正信直属の密偵であり、与助の家来となって、徳川方と与助との連絡を保つ役目をしている。中年の老巧な男であった。

「先程、赤坂より密使がまいってな」

「ふむ」

「今夜、南宮山の吉川《きっかわ》・毛利の両軍を内応させるべく赤坂から密使が出るそうな。この密使、大事の役目ゆえ、ぜひにも通さねばならぬ。われらに守れということだ」

「よし。おぬしにまかそう。おれはまだ消えられぬ。消えてはまずい」

「では――」

湊井は去った。

だが、これより先、大垣で株瀬川の戦闘が済んだころ、毛利・吉川の単独講和は、ひそかに家康とむすばれていた。

毛利・吉川両軍は約一万余――この大軍を石田三成は、すでに失っていたことになる。

夜になった。大谷吉継は、急に思いたち、家来十余名を従えて、松尾山へのぼった。このころから雨が落ちて来た。

小早川秀秋の決意をたしかめるためであった。

秀秋は、木下家定の五男で、後に秀吉の猶子《ゆうし》となり豊臣の姓をあたえられたほどで、後年、小早川隆景の養子となり筑前の太守となったのも、故秀吉の恩をこうむること大なるものがあった。

「このたびの戦いは、何事も豊家《ほうけ》存続のためのものであるから、そこもとも、ゆめゆめ心変りなぞなされぬよう」

と、吉継は思いきっていった。

「心得てござる」

と秀秋はこたえた。吉継は、ここで大垣からの使者が松尾山へ来ていないことをはじめて知った。この間——。

大垣の軍議は、ようやく決まった。大垣を捨てて、関ヶ原へ下り、ここで東軍を迎え撃《う》とうというのである。

すでに、赤坂の家康は大垣にはかまわず、全軍をひきいて大坂城へ向うという情報も入っており、石田三成は惑乱してしまった。

島津義弘《よしひろ》（薩摩五十五万五千石）と小西行長（肥後・宇土二十万石）の二人は、家

康に対する野戦の不利を説き、しきりに赤坂夜襲を献策したが、三成は煮え切らなかった。

これで、島津と小西は、三成の戦陣における器量に見切りをつけてしまったようである。

大垣も沛然《はいぜん》たる雨に包まれている。


大垣に約八千の守備兵を残し、両軍は十五日の午前一時ごろから四時ごろの間に、関ヶ原へ集結を終えた。

これを知った家康は、西軍のほとんどが大垣を発した後に、赤坂の陣をはらい、関ヶ原へ向った。

西軍の総兵力は八万余とも十二万余ともいわれているが、はっきりしたことは不明である。おそらく八万前後であったと思われる。

東軍は七万五千余。どちらにしても兵員数からいえば西軍の方が上廻るわけだが、この中には、すでに裏切りを決定している毛利や小早川の約二万がふくまれているわけだ。

石田三成は、西軍の本営を笹尾の丸山へおいた。それから右に、島津、小西、宇喜多と展開し、右端に大谷吉継の陣がある。大谷陣から石田陣まで、さしわたしにして約半里というところか。

大垣から雨と寒気の中を行進して来た兵たちは、かなり疲れていたようである。

大谷吉継は、西軍が関ヶ原へ入るのを見るや、

「陣を移せ」

藤川台上から下って、藤川辺りに兵を展開せしめた。

すでに、蜂谷与助は消えていた。

三成が到着し、軍議が急いで行なわれ、吉継も輿《こし》に乗って出て行ったが、ここで、吉継は、三成の親書をたずさえた使者が松尾山へおも向いたことを改めて確認せざるを得なかった。

吉継は、逃亡した蜂谷与助を何と思ったろう。

そのころ、与助は、早くも侵入して来た東軍の先発隊を誘導し、南宮山の南裾を進んでいた。この部隊は約五十ほどだが、家康の馬廻・奥平《おくだいら》貞治を長とする選抜部隊であった。

役目は、松尾山の小早川軍の裏切りを促進《そくしん》せしむるためのものである。小早川のみか、脇坂、朽木など四将の内応も確定的なものとなっている。

大谷吉継が、小早川秀秋を監視させるべく配置した四将が、いずれも裏切り部隊な

のは、皮肉でもあったが、

（どこまでも御運のない御方なのだろう）

と、与助も憮然となっている。

何といっても、十五年を可愛がられてつかえた御主人なのである。

しかも、与助は妻子を敦賀に残していて、おそらく二度と会うことは出来まい。

いま与助が感じることは、まだ秀吉が健在でいて天下を切りまわしていたころから、徳川家康が張りめぐらした諜報網についてである。

与助は、十五年も間者の役目はせず、いまこのときになり、はじめて活動をはじめたわけだが、与助のみならず、諸国大名へもさまざまな形で、徳川の間者が潜入していたことであろう。

むろん、この戦さが東軍の勝利となれば、蜂谷与助への恩賞は約束されている。

（それにしても……）

進みつつ、与助は、ためいきをついた。

大谷吉継は〔死病〕を抱えた身で、そのためか、ほかの大名たちに見られる野望も権謀もなく、家来たちには、ことにやさしい主人であった。

与助は、吉継の信頼をうけるため十五年の間、最善の努力を払ってきたが、そのため、今日の活躍が可能となったわけである。

与助の誘導する先発部隊は牧田のあたりで歩をとめ、時を待った。ここから関ヶ原までは約一里であった。

夜が明けた。

雨はやんだが、乳色の霧が濃くたちこめていて、視界はまったくきかない。

このころ、関ヶ原へ到着した東軍は、家康が本陣とした桃配山《ももくばり》の前方に、黒田、加藤、田中、筒井、松平（忠吉）、井伊《いい》の諸部隊が正面から西軍の主力に対し、その左手に藤堂、京極、寺沢の部隊、この先鋒は福島正則で、福島部隊は、やや側面から西軍主力をねらうと共に、大谷吉継へ相対していた。

ずっと後方の家康本陣へ近いところに、遊軍として本多忠勝の部隊があり、本陣の後方には、池田、浅野、山内《やまのうち》の諸部隊が南宮山の毛利吉川両軍を監視している。

むろん、与助には、こうした両軍のうごきはわからない。

ただ、霧がはれるのを、じりじりしながら待つのみであった。

霧の中に偵察の兵が走りまわる。

どこかで、銃声がおこった。

あまりに霧がふかいため、どこかで敵味方がぶつかり合ったものと見える。

とにかく、霧がはれなくては決戦の火ぶたは切れない。

霧の中に、両軍は、それぞれ相手方の陣形をさぐり合い、それに応じて味方の陣形をととのえて行った。

霧がうすれた午前七時ごろ、

「もはや、よろしかろう」

与助は部隊と共に牧田村の田地を突切り、松尾山の北面を進みはじめた。

はがれて行く霧の幕の中から、関ヶ原の平原が与助たちの前へ浮きあがって来た。

この地点は、ちょうど東軍先鋒の側面にあたり、前方には福島隊の戦旗が立ち並び、右方の台地には藤堂ら三部隊が戦機を待っている。

与助たちは、山裾の林の中へかくれ、開戦を待った。

（や……？）

馬蹄《ばてい》の音が急激にふくらみ、わあーんという喚声が前方のうすくただよう霧の中からきこえはじめた。

福島隊の戦旗が、ゆれうごき、移動しはじめたと与助が見たとき、すさまじい銃声が山峡の平原へひびきわたった。

両軍先鋒の激突（井伊隊と宇喜多隊）である。

喚声が湧き起った。

前方の木立の中を刀槍のきらめきが激しく流れて行ったかと思うと、また鉄砲の一斉射撃であった。

与助たちの右手にいた藤堂、京極の両隊が、田地を林を突き抜け、与助たちの目の前を大谷陣へ向って殺到して行った。

戦闘は、たゆむことなくつづけられた。

およそ半里四方にも及ばぬほどの平原の中で両軍の先鋒も主力も、泥をこねまわしたような混戦、乱戦をあくことなく繰り返したのである。

大谷吉継は、藤川辺りの陣所で、例の輿の上へすわり、下半身を綱で輿台へしばりつけ采配《さいはい》をにぎりしめ、松尾山に依然としてうごかぬ小早川軍の旗を見上げていた。

この日、吉継は腹巻のみをつけ、その上から、白地に黒蝶の群れ飛ぶさまをあらわした直衣《ひたたれ》を着込み、白の練絹の頭巾という、吉継にいわせれば、

「これが死装束じゃ」

であった。

かねてからの打合せによれば、三成の本営から狼烟《のろし》が打ち上げられるのを合図に、松尾山の小早川軍と南宮山の毛利軍が、いっせいに山を下って家康の本陣めがけて襲いかかる、ということだ。

この狼烟が上ったのは、午前十一時ごろであった。

両軍とも諸部隊を投入して、戦闘が最高潮に達したときである。

同時に、

「それ！」

五十名の部隊に援護された奥平貞治が、戦場へ出て、大谷部隊の迎撃《げいげき》を突破し、松尾山の北面からのぼりはじめた。

すでに、黒田長政の家来、大久保猪之助が松尾山にあって小早川軍の裏切りを督促《とくそく》している筈であったが、家康は尚、不安であり、赤坂を発つに当って奥平貞治をさし向けたのである。

奥平貞治は、部下が大谷隊と闘う間隙《かんげき》を縫い、四名の家来をつれ、蜂谷与助の誘導によって松尾山の間道をのぼり、やがて、頂上に達した。

これから、奥平と先着していた大久保の二人が、小早川の家老・平岡頼勝《よりかつ》の鎧《よろい》の草《くさ》摺《ずり》をつかみ、

「何故《なにゆえ》、裏切りの御兼約を果されぬのか——」

必死になってつめよるし、大谷吉継もまた使者をよこし、

「狼烟の合図を御忘れではあるまい」

と、迫る。

平岡は、のらりくらりと両軍の使者にいいぬけた。

なぜか？

つまり、どちらか戦さに勝目が出たときに味方しようというのだ。

一応、家康への内応は約してあるが、もしも西軍が勝ったら、とんだことになる。西軍が勝ちそうなら、今度はまた徳川を裏切るつもりなのだ。

この戦争における裏切り大名のやり方というものは、どれもこれも、みんな汚《きた》ない。

与助は見ていて厭になった。

結局、昼すぎになって、徳川家康が業を煮やし、

「松尾山へ鉄砲を打ちかけよ‼」

と命じ、福島隊から二十挺の鉄砲を小早川の陣へ撃ち放した。

これで、小早川秀秋の腰が上ったのである。

小早川軍の鉄砲六百挺が山を下って来て、いきなり大谷吉継の陣地へ撃ちかけた。

鬨《とき》の声をあげて、全軍、山を下って行くのを、蜂谷与助は茫然とながめていた。

「うわあ……」

(見てはおられぬ)

さらに――。

脇坂、朽木ら四将も、これを機に小早川軍と合流し、藤川辺りに勇戦奮闘をつづける大谷部隊へ襲いかかった。

これで大勢は決した。

硝煙と戦旗が渦を巻いて流れうごく眼下の戦場に、うす陽も落ちかかっていたのが、

このとき、雲が黒く空をおおい、またも雨が叩いてきた。

午後一時——。

大谷部隊は小早川軍の一万の新手を迎え、尚も奮戦し、一時は大将の小早川秀秋が潰走《かいそう》する始末であったという。

大谷吉継は藤川をわたり、輿の上から指揮をとっていたが、

「これまでじゃ」

もとの藤川台へ引返し、ここで湯浅五助の介錯《かいしゃく》をうけ、自刃した。

雨が沛然とけむっている。

ようやく、ゆるやかになった戦闘の流れを白い雨の幕が溶かして行った。

島津義弘の部隊が、敵中を突破して退却にかかったのは、このときである。

これまで、義弘は戦闘に加わらず傍観していた。

石田三成も、ついに、みずから島津の陣所へ駈けつけて出陣を要請したが、義弘は応じなかった。

大垣以来、義弘はよくよく三成を見限ったものと見える。

ことに前夜の軍議での献言が全くかえりみられなかった口惜しさを忘れて、三成のために闘うことなど思いもよらなかったのだ。

島津部隊が後世にうたわれるほどの勇猛無類な敵中突破を行なって関ヶ原を落ちた

後、戦火はやんだ。

勝利を得た徳川家康は、大谷陣のあった藤川台へのぼって戦勝を祝った。

そのころ、土民姿の蜂谷与助は、篝火《かがりび》の燃えさかる家康本陣を目ざし、ようやく山を下りはじめた。

退《の》き口《ぐち》

東郷　隆

東郷《とうごう》 隆《りゅう》 （一九五一〜）

神奈川県生まれ。國學院大學経済学部卒業後、同大学博物館学研究助手を経て編集者となる。一九八二年、ソ連のアフガン侵攻を取材し『戦場は僕らのオモチャ箱』を刊行。その後、007シリーズのパロディ〈定吉七番〉シリーズなどを発表して小説家になり、一九九〇年に『人造記』が直木賞の候補となり注目を集める。一九九四年『大砲松』で第一五回吉川英治文学新人賞を受賞。銃器の知識を活かした『銃士伝』、『九重の雲』のほか、時代考証にこだわった捕物帳〈とげ抜き万吉捕物控〉シリーズや、東洋奇譚『蛇の王』などを発表。二〇〇四年『狙うて候』で第二三回新田次郎文学賞を、二〇一二年『本朝甲冑奇談』で第六回舟橋聖一文学賞を受賞した。

1

薩摩人は、古代隼人《はやと》の頃より剽悍《ひょうかん》であれかし、と教えられてきた。それ以外のことは思慮の外である、とも教えられてきた。

薩摩人の好む噺《はなし》に『中馬大蔵《ちゅうまんおおくら》さあの一騎馳《が》け』というのがある。

関ヶ原合戦のほぼ二ヵ月前というから、石田三成が家康の罪状十三ヵ条を掲げて大坂城西ノ丸に兵を挙《あ》げた、その前後のことであろう。中央にあった島津入道義弘《よしひろ》が、開戦に備えて国元に援兵を要請した。

使者は大坂湾より早船を仕立て、義弘の留守をまもっている兄義久《よしひさ》のもとに至ったが、それとは別に家来衆の一部は陸路を走って領内に入り、当主の危機を告げてまわった。

彼らは山をよじ登り、崖を下り、川沿いに点在する村から村へ喚《わめ》きながら走った。

このたび惟新《いしん》入道様（義弘）、伏見（城）の御留守番に相定《あいさだ》められて候て、人数《にんず》ら丈夫に召《め》さず置《お》き候はば、方々兵粮《かたがたひょうろう》以下相調《あいととの》へ、急度《きっと》上り候て一働きつかまつるべし村々の境で叫んだ、というがもちろんこんな固い口調ではなく地の言葉であったろう。使いが村の入口で口上を述べるというのも、遠く鎌倉・室町以来の国人《こくじん》一揆を思わせる古式の動員法である。この国は、その点でもひどく鄙《ひな》びている。

中馬大蔵（だいぞう、とも読むらしい）は、たまたま野良《のら》に出ていたが、使いの言葉を聞くや、家に戻る手間も惜しんで田の畦《あぜ》に刺してあった槍を抱え、その場から上方へ走り出した。

鎧下《よろいした》とも野良着ともつかぬ単衣《ひとえ》の姿である。道を走るうち、鎧櫃《よろいびつ》を担った友人に出会った。大蔵はこれ幸いと蹴り倒して鎧櫃を奪い、呆然とする友人に、

「この鎧は貰《もろ》うた。代りに俺《お》イの家にある武具を持って行け。まっこと済まんことじゃ、許してたもっせ」

言い捨てるや、そのまま寝ずに駆け通して関ヶ原の戦《いく》さにようよう間に合った。陸路数十日の行程、途中門司《もじ》の海峡もあれば瀬戸内もある。とても人間業と思えないが、惟新入道義弘はこうした「援兵」によって手勢三百余騎が千五百までに増えたという。

中馬大蔵の説話には、二つの注目すべき点がある。

ひとつは、義弘が徳川方の城である伏見に入り、家康のために戦う姿勢を示していたこと。もうひとつは国元の兄が、彼のために目立つ程の兵を送っていないこと、で

ある。

兄義久には上方に兵を送りたくとも送れぬ事情があった。領内の不穏分子に悩まされていた。前年、慶長四年五月に起きた重臣伊集院《いじゅういん》一門の反乱は、この年二月家康の斡旋によって一応の落着を見たが、乱に参加した一部はなおも対立の形を見せて山々に籠《こも》っている。中馬大蔵が槍を持って田に出たのも薩南武士の心得という他に、実は伊集院党の合戦に備えてのことであった。

肝付庄左衛門《きもつきしょうざえもん》は、中馬大蔵のような苦労も無く惟新入道のもとに居た。庄左衛門は、豊臣秀吉が没した慶長三年以来伏見島津屋敷に暮し、反乱の発端となった伊集院忠棟《ただむね》入道の上意討ちに立ち合っている。斬り捨てられた忠棟の死骸が唐櫃《からびつ》に収められて遺族に引き渡される場面も目にした。

庄左衛門にとって伊集院党の乱は他人事とは思えなかった。彼の本家肝付氏も、明応年間より領国の統一をはかる島津氏にたびたび抵抗し、天正五年に至ってようやく臣下の礼をとった。が、その後も同族の内に謀叛《むほん》をたくらむ者が続出し、八年前も根占《ねじめ》の地頭職《じとうしき》肝付小平太なる者が、義久にそれと察せられて上意討ちにあっている。

庄左衛門は小平太の従弟《いとこ》であり、また鉄砲の弟子であった。小平太は朝鮮陣において明軍の首級五十余を単独で得た恐るべき野太刀の達人だったが、また種子島を持たせても領内で十指の内に数えられる人物であったという。

小平太が島津義久の手の者によって殺害された同じ日、城下にある肝付一族の屋敷は討手の一部によって包囲された。庄左衛門もこの時は死を覚悟し、住居の床板を全て外して門前に積み上げた。いざという時は火を放ち、附近を焼き払って一族の意地を見せるつもりであった。しかし、義久の使いが馬を飛ばして現われ、小平太の誅殺《ちゅうさつ》が他の者に及ばぬことを彼我に告げてまわったため、辻戦《つじゆっさ》（市街戦）の危機は未然に防がれた。

庄左衛門らは知行を安堵され、元のごとく城への出仕を許されたが、薩人の中には彼らの悪口《あっこう》を公然と口にする者も多かった。翌年の文禄元年、庄左衛門が島津義弘・忠恒《ただつね》父子に従って肥前名護屋城に向った留守中、何者かが彼の屋敷門に落首を張りつけた。

木《き》も月《つき》（肝付）の影に隠れる末の世に
恥おば知らず出《い》でし虫けら

薩人たちは常に一族の内から豪勇の者を長《おさ》に立て、集団の接近戦闘を宗《むね》としてきた。

最少の単位を五人とし、その長がさらに組頭を頂くピラミッド構造である。敵を目前にして一人でも臆すれば五人ともに死罪。隊の長が討死し、敵に首級を奪われた時も即ち一隊もろともに死罪。何事も連座制による残虐な軍法であった。

「己が将の、仇《あだ》を報ずるあたわざれば、一隊これことごとく討死せよ」

と幼少の頃より脳裏に叩き込まれて育った薩摩の若武者たちにとって、たとえ謀叛人であれ小平太は肝付氏の勇士であり、その仇を報ずることもなく出仕を続ける庄左衛門の一族は怯懦《きょうだ》の一言で捨て去るべき存在であった。このあたり、薩人の論理は他国の武士には理解しがたいものがある。

庄左衛門の末弟《ばってい》で、牛根《うしね》氏の養子に入っていた兵六直兼《ひょうろくなおかね》という児小姓《ちごこしょう》は、落首の一件を聞くや単身肥前より帰国し、犯人を捜して討ち果す気概を見せた。しかし庄左衛門は兵六を押し止《とど》め、己れの怒りを優先させて主君のもとより去る不忠を、もの静かに説いた。

「よう聞けや、兵六。元亀の伊東攻め、天正の大友攻めなればいざ知らず。今は天下様（豊臣秀吉）の治める世じゃっど。伍《ご》の制《せい》（軍法）も大事じゃが、それよりも来たるべき御渡海戦《ごとかいゆっさ》の準備が先、船の用意で犬《い》ン手《て》エも猫ン手エも足りん時じゃ。小姓のお前が抜けたれば兵庫様《ひょうごさあ》（兵庫守・義弘）も難儀する。行《い》っ放題《ほで》は不忠の極みと思わんか」

納得しかねて頰を膨らます兵六に庄左衛門は懐紙を出させ、自分の矢立てをとって、

月も木の影より出《い》ずる後の夜（世）に
名おばかかげん心して待て

落首の返歌を書きつけた。

「歌の意趣《いしゅ》は、古来より歌によって報ずるものじゃ。これでン良か」

他日、この話を聞いた当主義弘は、兵六に命じてその懐紙を披露させた。

（ふふ）

と義弘が笑ったのは、その歌の直截《ちょくせつ》さもさることながら、筆跡の汚ならしさであった。カタカナを二行に分けたひどい文字である。

（無学者だが、持って生まれた頓知《とんち》のようなものがあるらしい）

ためしに召し出してみた。陣所の板敷に踞《うずくま》ったその姿は小太りで肩の肉がやけにぶ厚く、胴の大きさに比べて手足が異常なまでに短い。

「面《おもて》を上げよ」

額には深い筋が刻まれ、その中に小さな目がある。猯《まみ》（穴熊）のような面《つら》だ。

（ふむ、こんな面だったか）

大隅半島の中央部に蟠踞《ばんきょ》するこの一族は、日向の山岳地帯に住んだという古代人の血を濃厚に受け継いでいた。

「その方はいつも月代《さかやき》を剃《そ》らずにおるが、いかなる次第か」

義弘は尋ねた。庄左衛門はこの時、毛を伸していたらしい。

「これは、これは。殿さあにおかせられましては、すでに我が頭《つむり》の子細《しさい》を御存知と思いましたものを」

「聞いておらぬ」

「あらためて申しまっしょう」

庄左衛門は自分の頭を撫《な》でた。

「それがし野郎頭《やろうつむり》（月代を伸した頭）にてつかまつるは、去《さ》ンぬる天正十四年、龍伯《りゅうはく》殿（義久）に従い筑前岩屋城を囲んだ折り、兜《かぶと》の八幡座より蜂が入って刺されたのでござりもす」

「蜂が、な」

「左様《さい》でおじゃりもす。その蜂ンさあの針が頭の皮に残っておったと見えて、何日も経《た》つうちに兜も被れん程に膨れあがりました。あの炎暑《えんしょ》の中ンことでございもす」

「うむ、あの戦はまこと暑かった」

「手当てする間もなく戦場《ゆっさば》から戦場へ渡るうち、傷は熟《う》んで瘤《こぶ》となり、後には剃刀《かみそり》も立たぬ形になりもした。以来この頭でござりもす」

「我が家中の軍法は絶対である」

義弘は、わざと気色《けしき》ばんでみせた。

「夏は耳の上二寸の位置まで月代を剃りあげ、陣中においては他国人と一目で見分けをつけるのが我が家の軍法ぞ。瘤が邪魔と申すならなぜ剃刀で毛ごと切り落さぬか」

薩人の風として、恫喝《どうかつ》されればたとえ主君の前であろうとも激高するものである。義弘は猫面が困っていく様を観察しようとした。

ところが案に相違して庄左衛門は眉ひとつ動かさなかった。

「されば、急がずともよろしゅうございもす。それがしン家のもんは、代々若くして頭上《びんた》が禿《は》げるもんにございますれば、剃刀は用《もち》いずとも明年あたりは殿さあの御希望に添うこと必定にございもす」

「良か」

義弘は膝を叩いて笑いころげ、その場で他家との折衝《せっしょう》役を命じた。たとえ金釘文字しか書けぬ男であっても、この当意即妙さがあれば充分役に立つと英邁《えいまい》な国主は踏んだのである。

以来肝付庄左衛門は常に当主義弘のもとにあって、種々の雑用をこなしてきた。その働きぶりは時に農夫が崖に田を築くがごとく、また黒田、細川らの大名家に使いする時は武骨な中に笑いを漂わせ、伏見在番の諸衆にも好意を示す者が多かったという。

2

その庄左衛門は、運命の日の早朝、関ヶ原の島津陣所後方で飯を食っていた。

前夜、酉《とり》の下刻に大垣城を出た義久の軍は、行軍火縄の目印と味方の長曾我部勢が布陣する栗原山の火をたよりに闇の中を進み、南宮山を右に見て牧田村を越え、小池という在所に至った。

ここは北国街道が右脇を通り、小高い丘の体《てい》をなしている。

庄左衛門の後方には、義弘の甥《おい》で兄義久の子、日向佐土原《さどはら》の島津豊久《とよひさ》麾下《きか》の軍兵が細長く布陣していた。薩軍得意の「鋒矢《ほうし》」という陣形だが、八百しか無い兵を二段に分けてしまったため、実数よりさらに少なく見える。

義久の軍も二段である。斜面に柵を張り、下黒《したぐろ》の旗をめぐらせているが、その寡兵《かへい》ぶりは目を覆うばかりだった。

「兄さァ」

弟の牛根兵六が下の陣から登ってきたのは、すでに庄左衛門が飯を終え、手を洗っている時だった。

「何を食うてござったとな」

「干飯《ほしいい》よ」

庄左衛門は、足軽の差し出す柄杓《ひしゃく》の水で口を濯《すす》いだ。

「強《き》つか雨のおかげで、腰袋の干飯もすっかり飯に化けておった。手間いらずとは、このことじゃ」

足軽が小さく頰笑《ほほえ》んだ。

「兄さア」

「庄左衛門殿《ど》ンと言え。お前は牛根の当主じゃぞ」

弟は足軽に顎《あご》をしゃくった。足軽は二人に一礼すると桶を下げて去った。その後姿を乳白色の帷《とばり》が覆い隠す。肌を濡らしていた小雨がようやく止《や》み、濃霧があたりに満ち始めている。

「庄左衛門殿ン」

弟は言いにくそうに口をゆがめ、彼の名を呼んだ。

「早盒《はやごう》を分けて下さらんか」

「いかん」

庄左衛門は首を振った。

「軍法に反するじゃろう。首を刎《は》ねられたいのか」

「昨夜、山道を行く時に当家の小荷駄が馬の足を滑らせ、玉薬《たまぐすり》を濡らしてしもうた。雨中の夜行軍《やこうぐん》ゆえ仕方の無い事じゃ。許してたもっせ」

兵六は甘え声で言った。庄左衛門と自分の持筒が、口径・筒長ともに同じであることを覚えていたのである。

（まっこて、この二才《にせ》は）

庄左衛門は腹の中で苦笑した。兵六は血を分けた兄弟とは思えぬ秀麗な容貌を持っていた。数年前、児小姓から近習小頭に出世したのも惟新入道の寵愛《ちょうあい》ゆえであろう、と家中ではもっぱらの噂である。

「筒はよう拭《ぬぐ》ったじゃろな」

牧田路から山道を数里。陣所を定めた時は島津勢千五百、馬も人も水中を潜《くぐ》ったようになっていた。旧暦九月のことである。寒冷肌を徹《とお》り、行軍すこぶる艱難《かんなん》、と史書には記録されている。

「機関《からくり》部も全て外し、油もひきもした」

兵六は自分の右腰を手で打った。赤い羅紗《らしゃ》の袋が具足の帯に挟まっている。短い筒を右手差《めてざ》しの代りにたばさむのは、惟新入道義弘の伴まわり衆の目印でもある。

「カルカ（槊杖《さくじょう》）の代えは」

「二本ございもす」

「足りぬな」

庄左衛門は、兵六を手まねきした。

「このたびは泗川《しせん》、碧蹄館《へきていかん》の戦より数段強《き》つか戦になるじゃろ。筒の尻《いど》に二寸、三寸の煤《すす》が詰ったとて抜く間もない。日頃の教え通り、カルカに油をひっ付けて筒中を拭いながら放つこと第一じゃ。二本で足りぬというたはそのことよ」

「庄左衛門殿ンは、この戦を互角ではないと」

兵六は目を丸くした。東西の軍は各々その兵力を十万と号しているが、島津の間諜が京表で調べた結果は義軍（石田方）八万数千、徳川軍約七万。

「しかも、地勢かくのごとし。野戦においては、先着して要衝を占めた者が勝つ道理でごあんそ」

「嫌《い》ンね（違う）」

庄左衛門は足軽の置いていった柄杓の柄《え》で斜面をほじくった。

「毛利を含む二万八千は、はるか東南。金吾中納言（小早川秀秋）の一万五千は松尾山に籠って動かぬ構えじゃ。最悪、我らは四万余で敵七万に当らねばならぬ」

松尾山は三成挙兵の直後に構築された大規模な山塞《さんさい》である。小早川勢はこの安全な陣の中で肌も濡らさずぬくぬくと暮している。

「そのうえ」

庄左衛門は前方を見上げた。農家の庭先に青地十の字の四半旗《しはん》が重くたれ下ってい
る。総大将義弘の旗印である。
「殿さあは、治部少輔《じぶしょうゆう》（三成）にいささか含むところがある」
そこまで言って彼は急に口を閉ざした。雑木を掻《か》き分ける音がして、人が昇ってき
たのだ。
濡れそぼった具足の背に、しおたれた旗差物を差している。打刀の柄と鞘《さや》に白い紙
を巻いたところは日向勢のようだが、顔に覚えがあった。
「肝付家の御一党な。これは物騒なこつ」
日向勢に編入された弟子丸五郎助《でしまるごろうすけ》という北薩の地侍である。この男も中馬大蔵と同
じ一騎馳けの上洛組で、数日前、身ひとつで大垣城にたどりついている。
「肝付党な、またしても惟新様《さ》の御命を狙う算段かい。おお恐か、恐か」
庄左衛門は黙って地面を掘り続けた。五郎助は性格にクセがあり、人と争うことに
無上の喜びを感じる無頼漢である。地元では牛殺し、の異名で呼ばれていた。十二の
歳に暴走する飴牛《あめうし》を殴り殺したというのだが、さてどうであろう。
「五郎助、陣中での雑言は死罪ぞ」
兵六が大喝した。五郎助は六尺近い身体を揺すって高笑いした。
「左様《あって》、左様《あって》、これは俺《お》いが間違うてございもした」

刀瘡《とうそう》の刻まれた頬をぴたぴたと両手で打ち、兵六に顔を近付けた。

「同党小平太殿ンの仇も討ちよらぬ方々には、謀叛など思いもよらぬことでごわりもしたのう」

「和上者《わじょうも》ンが」

兵六が腰を落すと、得たりと五郎助も太刀の鐺《こじり》を反らせた。

「やめんか」

庄左衛門が柄杓から手を離し、濡れた土の中から何やらつまみあげた。

大きな蚯蚓《みみず》であった。

「昨夜の行軍は強《き》つう寒かでな。風邪の気がある。喉《のど》が痛むゆえ薬を探しておった」

これよ、と言うなり蚯蚓をつるりと飲み込み、

「謀叛の密談なれば、もそっと気のきいたところでするもんじゃろ。ほれ、五郎助殿ンも一筋食わんか。ようきくぞ」

牛殺しは流石《さすが》に鼻白み、太刀に添えた手を離した。

「食わん」

「食わんのなら、早《は》よう行ってたもっせ。そン図体で歩きまわられては、蚯蚓殿ンが逃げるで」

五郎助は、庄左衛門の口の端で蠢《うごめ》く蚯蚓を気味悪そうに見つめ、意味不明な言葉を

つぶやきながら山を下っていった。

「あン野郎《わろ》が」

兵六は地団太《じだんだ》を踏み、熊笹の上に座り込んだ。

「癇《かん》を高ぶらせんことじゃ。戦のために差《せ》た刀は、御命あるまで抜かぬが定めじゃっど」

庄左衛門は兵六の顔を覗き込んだが、

「泣いとるのか」

「泣くなど……これは山の露でござりもす」

「珍らしかこつ。近頃は山の露も目から流れるか」

兵六の面から大粒の涙がこぼれていた。

「口惜しかことでござぃもす」

「口惜しか、とな」

「あン外道《げどう》が、その昔、兄さアの門前に落首をした張本人にござぃもす」

「………」

庄左衛門はこのことをすでに知っていた。義弘の嫡男忠恒《ただつね》は武勇を好み、野太刀、薙刀《なぎなた》を操る領内の乱暴者ばかり身辺に集めて悦に入っていた。中でも弟子丸五郎助は、若殿の私的親衛隊として伊集院攻めに参加し、「微塵《みじん》」と名付けられた大太刀を拝領している。この太刀は今年五月、節句の祝いに弟子丸家で披露されたが席上、五郎助は酔って自作の歌をいくつも謡《うた》った。人がその出来を褒めるや、

「何のこれしき。昔肝《きも》ン細《こま》かモンの家に張りつけた一首にくらぶれば」

うそぶいたという。見た目に似合わぬ存外な知恵者、と庄左衛門はその時思ったものである。さらに、兵六は言った。

「外道の落首は、それがしに対する意趣返しでござりもす」

「なんと、な」

兵六が児小姓であった頃、薩人の風としてこれを衆道（男色）の相手に求める者が多かった。少年の頃に良い念者《ねんじゃ》（相手）が現われると、家の者が喜んで祝い飯を炊く土地柄である。兵六は形《なり》かたちが良く、また惟新入道義弘の寵童であったため、初めは周囲も遠慮していた。ところが、この禁忌《きんき》にあえて挑戦する者が出現した。

「それが五郎助か」

「はい」

その当時すでに兵六には念者があり、五郎助の届ける文はことごとく焼き捨てられた。

「相手は、誰じゃ」

兵六は義弘の持筒頭某《なにがし》の名を言った。

「その者なら良う存じておる。泗川の戦で明兵に討たれたと聞く」

「いえ、背後から弟子丸たちに斬られたのでございもす」

明軍二十万に囲まれた島津勢一万五千は「繰抜《くりぬ》き」の御陣法によって一斉に突入し、首級三万八千七百を稼ぐ大勝利を得たが、その際真っ先に飛び出していったのが主君の持筒を投げ捨てた某であるという。

その一隊は先頭を進み過ぎて包囲され、乱戦の中で全員斬り死した、と合戦注文には書き残されている。

「士分の者は伍の制により全員討死をとげましたが、じゃっどん」

玉薬運びの陣夫が生き残り、兵六にこれを告げた。その陣夫も後に弟子丸が喧嘩を仕掛けて殺害している。

(何ということじゃ)

初めて耳にする意外な話に、庄左衛門は呆然とした。

やがて陣構えに籠る合図である陣鐘が、けたたましく鳴り始めた。

3

意趣返しというならば、この時本陣に座っている惟新入道義弘もその心境である。

義弘は石田治部少輔の稚拙な戦ぶりに、絶望の感を深めていた。周囲の者に勧められて濡れた具足下を代え、楯《たて》の上で仮眠をとろうとしたが、怒りのために目を閉じることも出来ない。

(僅か千五百)

薩州六十一万石の太守が、宇土二十万石、小西行長勢の半分にも満たぬ人数でこの大戦《おおいく》さに参加せねばならぬ。その無念さは、他人にわかるまい。

義弘は寝所の楯を拳《こぶし》で打った。

「はっ」

合図と思ったのであろう。牛根兵六が土間に膝をついた。

「呼んではおらぬ、いや……」

憮然とした面持ちのまま腰をあげた。

「具足を持て」

自慢の色々威胴丸《いろいろおどしどうまる》にす早く手を通した。この時、義弘すでに六十六歳である。高紐を締めながら、

「鶴千代」

兵六を幼名で呼んだ。

「顔色が悪いな、水にでもあたったか」

「左様なことは」

兵六の膨れた目を見て口を閉ざし、そのまま表に出た。露で重く垂れ下った秋草の中に、彼を待つ者がいた。甥の豊久と、重臣の阿多《あた》（長寿院《ちょうじゅいん》）盛淳《もりあつ》である。豊久は大袖付の黒皮威腹巻《はらまき》を着用していたが、盛淳は義弘の胴丸によく似た色合いの具足をまとっている。その綿嚙《わたがみ》が食い込むらしく、しきりに肩を揺すっていた。

開口一番、義弘は、

「日向勢の隊列が伸び過ぎている」

後尾を本隊に一町ばかり寄せよ、と豊久に命じた。この武将は、霧の中でも彼我の動きがはっきりと見えるらしい。

「兵は一人たりとも柵の外に出すな」

豊久、盛淳は黙ってうなずいた。その後の言葉が異常である。

「我が柵の前面を乱す者あらば、味方といえども容赦なく斬れ」

「はっ」

「たとえ治部めの使番であろうとも、斬り捨てよ」

「心得ました」

この瞬間、島津勢は東軍西軍いずれにも属さぬ孤軍への道に自ら入った。

義弘の怒りは、この程度で収まるものではない。西軍が大坂で蜂起した七月十七日、義弘は家康との密約を果すべく伏見城助勢に向った。ところが城代の鳥居元忠は義弘を疑って城に入れず、それのみか拒絶の印として薩摩の使者新納旅庵《にいろりょあん》を狙撃したのである。義弘は仕方無く西軍に付いた。付かねば兵力の劣る島津勢は上方で壊滅させられたであろう。義弘の家臣が血を吐くようにして薩摩の村々で叫びまわったのは、主君のこうした苦境を知ってのことであった。

嫌々ながら従った西軍で、義弘は三成に何度も幻滅を味わわされた。八月二十四日、家康の前進を阻むと称して中仙道の垂井《たるい》、墨股《すのまた》の二ヵ所に配された島津勢は、三成の先鋒が東軍に敗れて大垣城に引き上げるや一部が敵中に孤立した。孤立したのは墨股の豊久勢である。三成はこれを半ば見捨てた。義弘は兄義久の子豊久を島津家の継承者と考えている。彼は三成の冷酷さに興醒めし、自ら三百騎を率いて豊久を救出した。大垣城に生還した義弘は、九月十四日、美濃赤坂にある家康の本陣に忍びを入れて将兵の疲れを知るや夜討ちを提案、これも三成の反対にあった。その時のことである。三成の重臣島左近《しまさこん》の配下が、

「我ら久々に内府《ないふ》（家康）の押付《おしつけ》（鎧の背中板）を見申したく候」

正面決戦で臨みたいと言った。

「押付を見たはいつのことでござる」

豊久が尋ねると、

「我らが武田家にあった頃、掛川の城まで内府を追った。その時に押付を見てござる」

「それは、三方ヶ原の戦でござるな」

「その通り」

「おろかなことを申される御仁かな」

豊久は冷笑し、

「その折りの三河守と今の内府を同じに考えられるとは、良い頭《つむり》を持ってござるわ。明日の戦において内府の押付をその目で確かめられれば重畳《ちょうじょう》」

義弘とともに憤然と席を立った。

「柵外の討ち払い、結構至極」

豊久がこう言ったのも、前日の鬱憤が溜っていたからであろう。


その後、しばらくは双方の索敵射撃《さぐりうち》が続いた。山間の霧は濃くなるばかりで、十間先の木々も見ることができない。辰の刻（午前八時）を過ぎた頃、ようやく柵の右手で大きな喊声《かんせい》と銃声が沸き起った。これは井伊直政率いる三十騎が、西軍宇喜多勢の前衛に発砲したその音であった。時を同じくして島津の柵の内にも弾丸が射《う》ち込まれた。井伊家の一部が、味方の加藤嘉明、筒井定次の陣を抜け出て挑戦に現われたのである。

「まどわされるな」

義弘は陣中の兵に折り敷《お》き《し》を命じた。いったんこの命が出ると、前面の兵は片膝を突き、後方の者は座り込んで、ただ目の前だけを見据える。よそ見すら許されない。私語を発する者は即座に斬り捨て、が薩摩の軍法であった。

柵外の喊声は次第に高くなり、巳《み》の刻（午前十時）近くなってようやく霧が晴れた。

敵味方押合ひ、鉄砲放ち矢叫びの声天地を響かし、地を動かし（中略）日本国二つに分けてここを詮度《せんど》とおびただしく戦ひ……

という乱戦が目の前に展開している。しかし、島津勢は静まり返り、陣所に聞こえるのはただ己れが背に差した旗の音のみであった。

正午近くになって雲が切れた。関ヶ原の一部に日が差した。

（うむ）

柵の最前列に座った庄左衛門は、口中で呻《うめ》く。山上にあった家康の馬標《うまじるし》が、たしかに数町移動している。

東軍の諸勢は総大将の前進に士気を高め、石田、小西勢にひときわ大きな攻撃を仕掛けていた。小西勢の一部は天満山北方の陣所へ押し戻され、一部が血迷って島津の陣中に逃げ込もうとする。

「寄るな」

島津家の前衛を守る新納某が柵内より声を荒らげ、

「堺の薬屋（小西行長）、馬前を汚すか」

小西の雑兵数名を射ち倒したため、彼らは以後柵の前に近付かなくなった。

島津の異様な行動に驚いた石田三成は、ただちに使番を送って合戦への参加を請うたが、陣中から人は出ず、ただ「心得た」という答が返るのみである。三成は家中で二千石を食《は》む八十島《やそじま》助左衛門《すけざえもん》に再度の使者を命じた。この男は朝鮮陣において主に島津家と三成の折衝役を務め、義弘の配下にも顔がきく。八十島は使番の印である紺の母衣《ほろ》をなびかせて豊久の陣に走った。が、急いでいたため鞍《くら》の上から口上を述べた。

「これは治部少輔が使い、疾《と》く疾《と》く御出馬あれと主人の言葉でござる」

「この、平懐者《へいくわいもの》（無礼者）」

豊久は怒った。

「馬上で使命を伝えるとは、何事か」

誰ぞこの者を討ってとれ、と命じたため弟子丸五郎助が柵を飛び越えて太刀をふるい、八十島の乗馬に斬りつける。八十島は驚いて逃げ帰り、三成にこの乱暴を告げた。

（使番に斬りつけたか）

ついに三成は自ら馬を飛ばして島津の陣に向った。この時、彼は連日の寒さで下痢が止まらず顔面蒼白の体であったという。島津勢は流石に敵対せず、義弘の前にこの哀れな男を導いた。

三成は八十島の無礼を詫《わ》び、重ねての出馬を請い願った。

義弘の表情は動かない。しばしの沈黙の後、

「こたびの合戦は、各々がその軍法に従って力を尽すの外《ほか》道なしと存ずる。折角《せっかく》ながら、我ら他を顧《かえり》みる暇などござらぬわ」

その答えに三成は、肩を落して帰っていった。

4

西軍小早川秀秋の率いる一万五千余が家康に寝返ったのは、正午過ぎのことである。六百の鉄砲を前に立てて松尾山を馳せ下った小早川勢は、東軍を押して前後に長く伸び切った大谷吉継の背後から襲いかかった。怒った吉継は秀秋の軍を五町近くも追い払ったが、衆寡敵せず全軍壊滅。そのうえ小早川に倣《なら》って他の諸将も裏切りを開始。辛うじて戦意を示していた小西、宇喜多、石田もついに四散した。

敗兵は雪崩《なだれ》をうって島津の陣に入ってくる。

「一兵も入れるべからず」

肝付庄左衛門以下は筒口を揃え、西軍の兵に容赦無く一斉射を加えた。彼らの後方には東軍の福島正則、本多忠勝、そして小早川の裏切り勢がいる。

庄左衛門が、焰硝《えんしょう》入れを口にくわえてカルカを銃口に差し込もうとした時は、柵の前に桐《きり》に山道《やまみち》の旗印が充満していた。

（福島勢じゃ）

庄左衛門の隊は、福島の長柄足軽に柵の外より槍を突き入れられ、銃を放つ間もない。

「斬り防げ、斬り防ぐンじゃ」

島津の前衛は銃を帯に挟み、打刀を抜いた。壮絶な接戦が開始され、陣中の三重柵は二重まで引き崩された。

「いでや、者ども。残るはこの九州勢ぞ。首獲《と》り外して後に禍根《かこん》を残すべからず」

福島勢の中で、しきりに叫ぶ者がある。

（せからしか）

庄左衛門は腰の士筒を再び引き抜いた。すでに弾《たま》は込めてある。だが、火縄が無かった。

「庄左衛門殿ン」

硝煙が目にしみた。いつの間にか兵六が木綿の火縄を持ち、脇に従っている。

「使ってたもっせ」

「うむ」

右手首に火縄をくぐらせ、火蓋《ひぶた》を開いた。鯖尾形《さばおなり》の当世兜《とうせい》に的を定め引金をひく。

柵に取り付いていたその武者は顔面をえぐり取られて絶命した。

福島隊の士卒は、この将の死骸を抱えて後退した。

「何者じゃろうか」

庄左衛門は左右に尋ねたが、誰も答えられない。たぶん福島正則血縁の者であろう、ということになった。

続く本多、小早川も後退し義弘以下ひと息ついたが、兵を集めてみると八百もない。およそ半数が乱戦の中で討たれていた。

剛胆な義弘もこれには絶望し、甥の豊久と阿多盛淳を床机《しょうぎ》の前に呼んで、

「もはやこれまでである」

二人に言った。

「前には敵十万余騎、後には伊吹の嶮《けん》。この老軀《ろうく》をもってしては、山を越えることはあたわじ。幸い内府の陣は正面にある。これより突入し、薩州武者の死に様を天下に

示そうと思うが」

「これは惟新入道様の言葉とも思えぬ」

阿多盛淳は大きく首を振り、主君の手を摑《つか》んだ。

「大将たる者の軽々しく討死を仰せらるるは、沙汰《さた》の限りじゃ。たとえ八百の手勢が一人になろうとも、この場を退《の》くのが分別でござるぞ」

「左様、大将の易々《やすやす》と討たれるは島津の恥にござる」

豊久までがこう言ったため、義弘は戦場からの離脱を決めた。

だが、東軍が埋めつくした盆地のどこに退《の》き口《ぐち》があるというのか。重臣たちは絵図を開いて道筋を協議した。

三つの案が出た。

ひとつは、義弘が越えがたいと言った伊吹路をまわって北近江に出る路。ひとつは佐和山の街道から京へ向う路。最後のひとつは伊勢路に出て京に入る路である。

「このうち、ひとつだ。どうする」

誰も即答しない。この時、後醍院喜兵衛という老武者が義弘の前に膝行《しっこう》した。

「伊勢路こそ」

喜兵衛は顎《あご》をあげ、

「ただいまの内府が策を見るに、小早川をもって京への道を塞《ふさ》がしめ、他の軍勢をもって残兵を北方に追いつめてござる。これは義軍（西軍）を山中に散らして各々討ち取る腹でござろう。我ら未だ八百の兵を残してござれば、ここは内府の意表をつき、前面の敵中を突破して伊勢路に入ることこそ上策でござる」

朗々と唱えた。

「これは朝鮮は泗川の戦と同じに候」

「泗川か」

この言葉で義弘の方針はきまった。

「陣形を『繰抜き』とする。将も士も卒も、これ全て一丸《いちがん》と化して隊列を組め。向うは伊勢路であるぞ」

差物、合印一切無用、と命じ自らも馬標の先端を折り縮め、大将旗を捨てた。さらに、

急ぐなよ　また急ぐなよ世の中を
定まる風の吹かぬかぎりは

と歌を謡って士気を鼓舞し、兜の緒を締める。甥の豊久はこれに言葉を足して、

「それ、先鋒は早く鉄砲を放つことなかれ。また剛躁《ごうそう》にして外すことなかれ。合印の

旗の他、腰印の削掛け、刀の蛭巻《ひるまき》も捨てることを忘るな」

　ここに島津勢は文禄・慶長の役で勇名をはせた敵中突破を開始した。

「繰抜き」とは大将を中心に全軍が密集して突出し、立ち向う者あれば周辺の兵がこれに斬りかかる。当然その兵は置き捨てられていく。ただ前進のみがこの戦いの特徴であった。

　庄左衛門は肝付党の雑兵に囲まれて、義弘の後衛を守った。すぐ前は馬まわりの衆で、これは使番の印を外していない。金の団扇《うちわ》を左腰に差した若者の中に牛根兵六の姿があった。

（我が弟ながら見事な武者ぶりよ）

　庄左衛門は馬を進める実弟に目を細めた。

　島津勢の突出に驚いたのは、まず福島正則である。配下の者が槍を寄せようとするのを押し止め、

「近付くべからず」

　合戦となると終始笑いながら敵を追う異常なこの男の顔から、笑いが消えていた。

「惟新入道の軍は、総じて死兵と化した。近付いて犬死するな」

　戦慣れしている福島勢はすぐに兵をひいた。

島津勢は関ヶ原の中央部に、武者押しの声を放ちつつ進んでいく。後の史家が「人触れれば人を斬り、馬触れれば即ち馬を斬る」と称賛した勇壮な突破行である。

初め、敵《かたき》小早川の兵が右翼より突きかかったが、義弘隊の前衛が鉄砲を放ちつつこれを蹴散らした。

隊列はこの形のまま東南に向う。家康の本陣は馬首の左手の、ごく近い場所にある。

「島津惟新義弘、戦に利有らずして今日ただいま故国に帰り候。事の次第は後日、言上申すべし」

義弘は、走りつつ家臣に叫ばせた。

島津の接近に猛《たけ》り狂《くる》った家康の四男松平下野守忠吉は、舅《しゅうと》の井伊直政を振り切って豊久の日向勢に突きかかっていく。

「婿殿《むこどの》に遅れるな。金扇《きんせん》（家康の馬標）の前を敵に横切らせるは、徳川一門の恥ぞ」

井伊直政も赤備えを繰り出して島津の本隊に食らいついた。

庄左衛門は井伊家の赤い差物に行く手を阻まれ、何度も死を覚悟した。が、敵の刀槍は不思議とその身体に触れず無傷のままだった。

縦隊が寺谷川の縁を嘗《な》めるようにして走り、あと少しで盆地の狭隘《きょうあい》部に達しようという時、井伊勢の主力が追いついた。豊久は義弘の本隊を逃すため五十騎を率いて馬を返し、本多忠勝の軍に攻め込んだ。

「それ、佐土原の小倅《こせがれ》が出た。討ちもらすな」

豊久と五十騎の馬まわりは、烏頭坂《うとうざか》という場所に倒れた。豊久の首は本多の兵ではなく、小田原北条氏の浪人笠原藤左衛門が獲ったが、本多の雑兵は首の捕獲を叫んでまわった。第二陣にいた阿多盛淳はその声を聞き、

「惟新入道殿は」

脇の徒《かち》武者に問うた。この武者は弟子丸五郎助である。五郎助は小手をかざして遠望し、

「殿さあは、三町も前にお進みでありまっしょう」

「三町とは心もとない。あいわかった」

盛淳は面頬《めんぼお》をつけて兜を被り直し、井伊の先鋒に突入した。齢《よわい》五十三の老将ながら、かつては故太閤にもその名を知られた勇猛の男である。右手に西軍の印である大団扇をかざし、

「我こそは羽柴《はしば》兵庫入道である」

島津義弘の正式名を名乗った。主君が伊勢路に逃れる時間を稼ぐつもりであった。

「ひと槍つけて後の語り草とせよ」

数人の者が太刀で斬りつけたため揉《も》み合いとなり、松倉重政の家臣山本七助に首を獲られた。この乱戦の中で弟子丸五郎助は逃亡している。

庄左衛門は盛淳の死を見とどけると義弘に馬を寄せ、これを伝えた。

「良か」

義弘はしばし瞑目《めいもく》し、

「汝《なんじ》ら、兄弟であったな」

兵六と庄左衛門に声をかけた。

「左様でござりもす」

「双方良い顔《つら》がまえじゃ」

二人とも全身返り血を浴び、面《おもて》は硝煙で目鼻の区別もつかない。

「汝ら『捨《す》て奸《かまり》』せよ」

「心得もした」

「ただし、死ぬな。生きて必ずわしの後を追え」

義弘は馬首をめぐらせた。

「捨て奸」も薩摩独特の戦法である。

数人の騎馬鉄砲が一組となり、敵をぎりぎりまで引き付ける。一人が発砲し後退すると、次の者が少し先で待ち構えてまた発砲する。これを相互に繰り返して後退していけば敵は恐れて追撃の足が鈍る。この際大事なことは、追撃側の将だけを狙うことである。指揮者が倒れれば兵は混乱し、うまく行けば追う側が潰走する戦例さえあった。

「行くぞ」

庄左衛門は、自分の胴乱から漆塗《うるしぬ》りの早盒《はやごう》を摑み出して弟に投げた。

「軍法には反することなれど、惟新入道様の御許しなれば、兄弟の印とて今はこれを得《え》さするぞ」

島津の法では、己れの早盒はいかなる事があろうとも人に譲ってはならぬ、とされている。乱戦の中で早盒が不足すれば弾込めに手間取り、思わぬ後れをとるからである。だから庄左衛門は、これを形見の名目で弟に譲り、周囲に記憶させるため、あえて上方の言葉を使った。

二人は坂に向って馬を走らせた。

「見よ、赤武者どもじゃ」

甲冑《かっちゅう》、旗、馬具までを赤く染めた井伊の軍兵が、合い言葉を交しつつ山道を馳け登ってくる。兄弟は馬から降りて早盒の蓋を口でねじ切り、鉄砲の火蓋を閉じた。帯に差したカルカを抜き、早盒の底を銃口に付けて一気に押し込む。

「兵六、その早盒の弾は、二ツ弾ぞ」

火皿に口薬《くちぐすり》を入れながら庄左衛門は怒鳴った。兵六はニッと笑い、

「知っておりもす。肝付の小平太殿ンが得意の技じゃ」

二ツ弾は鉛を弾の鋳型に流す際、木の葉を中に一枚挟んで作る。これを油紙に包んで発砲すれば、衝撃で二つに割れて飛ぶという。割弾《わりだま》とも言い、大隅半島の猟師が鳥射ちに使うものだ。肝付小平太は割弾射ちの達人でもあった。

「まず、貴下《おはん》な先に放て。俺《お》いが後詰めをすっで」

心得たりと、兵六は路上に腰を降ろした。もろ膝《ひざ》折《お》り放《はな》ち、俗に座禅という構えである。庄左衛門は馬を曳《ひ》いて半町ばかり後退した。

喊声が山間に轟《とどろ》き、突如茂みの中から一騎の武者がおどり出た。古頭形《こずなり》の兜に純白の唐牛《からうし》の引《ひ》き廻《まわ》しを付けている。初め庄左衛門は、この男を味方と思った。赤でかためた井伊家の中でただ一人、漆黒《しっこく》の具足をまとっているからだ。

異形の武者は、髪をふり乱して道端に座る不思議な男に目を留めて、槍を構えなおした。

「何者」

刹那《せつな》、道端の兵六は引金をひいた。

「下郎推参《げろうすいさん》」

騎馬武者は槍の石突《いしづき》で馬の尻を打ち、兵六に襲いかかる。続いて庄左衛門の鉄砲が火を吹いた。

馬が竿立ちになり、敵の武者は鞍から落下する。

「兵六、退け」

「兄さア」

茂みの中からいずれとも知れぬ敵が発砲し、兵六もその場に崩れ落ちた。

「しっかりせい」

庄左衛門が馬を曳いて馳け戻ると、兵六はすでに虫の息であった。よほど大きな筒で射たれたのだろう、具足の胴に五寸程の穴が開いていた。

「兄さア、介錯《かいしゃく》を」

庄左衛門は小さくうなずいて鎧通しを抜いた。兄が刃先を首に押しつけた時、弟は目を閉じて、

「未練なれども、最後にこの手で弟子丸の外道を……討ちたかった」

庄左衛門は表情を変えず、そのまま刃を引き降ろした。

二人が狙撃した武者こそ、徳川四天王の一人井伊直政その人であった。九州黒田家の客将大導寺《だいどうじ》孫九郎の見聞録によれば、この日、直政は、なぜか自軍の中で大将の印も示さず、重さ十六貫ある黒い仏胴《ほとけどう》具足を着用していたという。

『明良洪範《めいりょうこうはん》』には、
鉄砲玉来たつて直政の乗りし鞍に一度、また冑《かぶと》の吹返《ふきかえ》しに一度当りたれど、事と

もせずなほ馳せ行く所、玉また飛び来たつて今度は右の肩を打ち抜かれ……

馬よりどうと落ちた、とある。また、同じ頃、薩軍の川上四郎兵衛《しろうびょうえ》と柏木源藤《かしわぎげんとう》は、赤い頭形兜に巨大な天衝《てんつき》の脇立《わきだて》を付けた大将級の男を狙撃し、落馬させている。後にこれが直政と喧伝《けんでん》されたがどうやらこちらは影武者臭い。庄左衛門は義弘の命で引き返した朋輩たちの手で助けられ、兵六の首を附近に埋め、伊勢路に向った。

東軍の追撃をかわした義弘一行は、昼中、筒井定次の城下を押し通り、伊賀から堺に出て大坂に戻った。残兵僅かに八十余名。

後に義弘は桜島で謹慎し、島津の所領安堵のため八方に使者を送った。

この時、島津・徳川両家の間を取り持ったのは、なんと関ヶ原で被弾した井伊直政その人である。己れに再起不能の傷を負わせた家のために直政は何度も仲介の労をとり、主君家康の前で義弘の弁護までしてみせ、そして死んだ。

義弘が家康と完全に和解したのは、六年後の慶長十一年であった。

その年六月、新しい当主忠恒の使いとして京に上った肝付庄左衛門は、六条河原で暮す乞食芸人の中に弟子丸五郎助を発見し、一刀のもとに斬り殺している。

弟子丸は悠揚迫らず首をさしのべたともいうが、このあたりの事情は当然のことながら薩摩軍記にも記されていない。

日本の美しき侍

中山義秀

中山義秀《なかやまぎしゅう》（一九〇〇～一九六九）

福島県生まれ。早稲田大学在学中に横光利一、小島勗らと同人誌「塔」を創刊、同誌に「穴」などを発表。また、帆足図南次と「農民リーフレット」を創刊し農民文学運動の一翼を担った。大学卒業後は、中学教師をしながら創作を続け、妻の死などの苦難を乗り越え、著作集『電光』を刊行。一九三八年には、『厚物咲』で第七回芥川賞を受賞している。戦後は戦記文学『テニヤンの末日』、歴史小説『新剣豪伝』、『丸橋忠弥』、『塚原卜伝』など幅広い作品を発表、明智光秀を描いた『咲庵』で第一七回野間文芸賞と日本芸術院賞を受賞している。一九六九年に死去。没後に、中山義秀文学賞が創設された。

一

午後四時頃から降りだした豪雨が、関ケ原の戦場跡を洗いながした。方一里たらずの戦場には、敵味方万余の屍骸がむなしく遺棄されている。その血が河にあふれて、流をまっ赤にかえたという。

北陸路、都路、伊勢路、三路ともおびただしい落人の数だ。西軍八万の兵が、潰走《かいそう》をつづけている。それを東軍が追撃する。野伏《のぶし》、地下の農民達も武装して、落人《おちゅうど》を襲撃し物の具を略奪した。

その頃西軍の総帥、宇喜多中納言秀家は、伊吹山中へにげこみ、冷雨にふるえていた。

主従わずか、八人である。彼がひきいた、麾下《きか》一万八千の大軍は、今や影も形もない。

主従の顔には、生色がなかった。疲労と空腹と絶望とに、うちのめされている。彼等は蔦《つた》かづら、藤蔓《ふじづる》などにおおわれた、林のしげみの中にひそんで、豪雨をさけていた。

雨は山をうずめる松、杉、柏の巨木の梢をゆるがせながら、車軸をながす勢で、茂みのうえに落ちてくる。

兜、鎧はずぶ濡れとなり、余瀝《よれき》が肌にしみとおった。誰も口をきかない。雨声に耳をすましながら、敵兵の捜索や、土匪《どひ》の襲撃を用心している。

それ故、火も焚けなかった。主従は寒さにこごえながら、不安な一夜をあかした。

雨は夜半にやんだ。夜明けてあたりが白みかかると、山中は咫尺《しせき》もわからぬ、ふかい霧である。人目をしのんで落ちるには、究竟《くっきょう》な空模様。

彼等は甲冑をぬぎすて、小袖の帷子《かたびら》と小袴《こばかま》だけの軽装になった。長い打刀《うちがたな》もすてた。

遁げおちるには、重い具足や邪魔物は、すべて不用である。

主従が茂みから出ようとしていると、こなたへやってくる人々の声がする。

「昨日は、たいしていい獲物は、かからなかった。雑兵《ぞうひょう》ばかしよ」

「石田治部や小西摂津、備前中納言などという大将株は、まだ摑まらねいそうだ。一人でもひッつかめいたら、どいらい恩賞物だぞ」

「そのかわり、家来共がつきそってるから、手強《てごわ》かろう」

「なアに、十人二十人附いてたって、しれたもンだ。戦に負け大雨にうたれて、へとへとになっている。この槍でひとなぐりしたら、吹飛んでしまうわい」

そんな話を高声《こうしょう》に、わめきちらしているのは、山麓の土匪たちらしい。三人五人とかたまって、夜明けをまちかね、はやばやと落人狩にでかけてきたものとみえる。

彼等は戦争で痛めつけられるかわり、戦がかたづけば、こんどは彼等の稼ぎ時だ。各部落の農民が、たちまち皆野伏とはや変りする。落人等にとっては、敵よりも恐しく、始末のわるい存在だ。

略奪物の具足の草摺《くさずり》を、がらがらと響かせながら、勢いこんで近づいてくる彼等の足音は、宇喜多主従の胆をひやさせた。

彼等に見つかれば、何もかも剝ぎとられた上、情け容赦もなく打殺されてしまう。横暴な武士にたいする、平生の鬱憤《うっぷん》をはらすのだ。

身も心も弱りはてている主従には、彼等を相手にたたかう勇気もなければ、遁《に》げのびるだけの脚力もない。主従はふたたび、茂みの中へもぐりこんで、息の音をころしていた。

土匪の群は幸い霧のために、主従の潜伏に気づかず通りすぎた。しかし、まだ安心はならない。さらに新手《あらて》が、やってくるかもしれぬ。

主従はすっかり、怖気《おじけ》づいてしまった。名もない土民共の手に、犬猫のように殺されたくはなかったからだ。

昨日彼等は、数万の敵を相手にして、たじろがなかった。朝の八時から午後の二時まで、六時間の激戦にたえもした。

小早川秀秋が裏切った時などは、秀家は憤激のあまり、秀秋と一騎討の血戦をとげようとまで、はやりたった。

運命の逆転とともに、その英気も跡かたなく消えうせてしまっている。彼のまわりから一万八千の麾下の兵が、たちまち遁げちってしまったようなものだ。

秀家は今では、たちあがる気力すら持たない。彼は二十九歳のこれまで、運命にあまやかされてきた。

幼い時父をうしなった秀家は、秀吉にひきとられてその養子になった。朝鮮の役には、二十歳たらずで、遠征軍の総大将にかつぎあげられ、備前岡山五十七万石の太守となり、五大老の一人として権威をふるった。

昨日までのその現実が、泡か幻のように、過去のうちにほろびさってしまったのである。現在の彼をとりまいているのは、七人の近習《きんじゅう》達にすぎない。

秀家は眼のくりくりした、色の白い美しい青年だが、一夜のうちに彼の豊頬《ほうきょう》も、げっそりとこけてしまった。

顔色は蒼ざめて、眼のまわりに薄隈ができ、寒さと空腹のために、唇の色がない。

「何か、喰べものはないか。腹がすいた」

秀家は力なく呟きながら、近習達を見まわした。秀家も近習達も、昨日の朝から何もたべていなかった。近習等は、顔を見あわせて、

「あいにく、何も用意してござりませぬ」

彼等も秀家とおなじく、安逸な境遇になれていた。心得のある武士なら、兵糧と路銀は、戦場でも身からはなしはしない。

「では、水だけでも飲みたい」

「水といって、この辺りに……」

近習達はふたたび、顔を見あわせた。彼等はやはり空腹と疲労で、身をうごかすのがものうかった。あたりを見まわし、仲間の顔色を窺うばかりで、水を探しに起《た》とうとする者がない。

主君のためならば、水火の中へも飛びこもうというのは、秀家がまだ太守だった時の話である。敗戦で元も子もなくなった今は、秀家も近習等もいわば同じただの人間だ。

彼等はそんな考えに、支配されていた。絶望のため、虚無的になっている。彼等が主人についているのは、なかばは惰性で、離ればなれになるのが、怖いからでもある。機会と安全がえられれば、彼等も他の将兵と同様、ためらいなく秀家から離れてゆくであろう。

秀家も強いて、もとめはしない。彼もまた自分の無力を知って、絶望していた。彼は黄金造りの脇差にした、鳥飼国次という有名な家伝の宝刀を地につき、その欄頭《つかがしら》に額をのせてうなだれている。

そのしおれた姿をみて、近習衆の一人がたちあがった。

「私がその辺を、探してまいります。しばらくお待ち下さい」

その声に、秀家は顔をあげて、

「三左衛門か、頼む」

秀家のくぼんだ両眼に、哀願の色がながれた。三左衛門は、秀家や他の近習衆より、七、八歳年長で、分別にとんだ顔をしている。

「谷へ下れば、流がみつかりましょう。その間、土民にお気をつけられますように」

三左衛門は、茂みから忍びでた。まだ、土民を用心している。他の近習等も、それが怖いので、茂みを出ようとしないのかもしれない。

中秋の季節で、野山は紅葉しているが、老杉、松柏にうずめられた山中は、そんなに明るくはない。三左衛門は巨樹の幹に姿を隠し、藤蔓にすがって谷へおりた。

渓石の間に、谷水がささやかに流れている。三左衛門は岩の一つに手をついて、水をのんだ。そして初めて気がついたことは、水を入れて運ぶものが、何もないことである。

彼はあたりを、見まわした。すると、落葉の上に、数枚の美濃紙が、点々と散乱している。近づいて拾いあげようとすると、紙にべったりと黒血がにじみついている。人を斬った刀の血をぬぐって、捨てたものに違いない。

三左衛門はそれと知った刹那《せつな》、襟もとが寒くなった。落人狩が、この辺も徘徊している。

昨日眼前に、十万にちかい両軍が、血闘した光景を見るよりも、落葉の上にちらばっている血染の白紙に、三左衛門はかえって不気味さをかんじた。

彼はその紙を拾って、谷川にひたし、血を洗いおとして、水を充分にしみこませた。それを持って行って秀家に、水を呑ませてやるつもりである。

彼が濡れ紙を掌にのせ、崖を匍《は》いあがろうとしていると、頭上のかなたで、異様な叫び声がした。

「南無……」

「八幡……」

人が斬殺される時の絶叫である。それにつづいて、

「こなくそッ」

「くたばれ」

そんな懸け声もする。方向は、秀家等の忍んでいるあたりだ。三左衛門は思わず、登りかけた崖をすべりおりて、岩蔭に身をひそめた。

「味方が、土匪におそわれた」

そう直覚すると、身体が硬くなり、胸の動悸がたかまってくる。

「今行けば、俺も殺される。暫らく、隠れていよう」

彼は岩蔭に身をひくくして、頭上の様子に聞き耳をたてている間に、ふと掌の濡れ紙に眼をやった。水をふくんだ紙は、左の掌のくぼみに、そのまま保たれている。彼はあわててはいなかった。

そう思いつくと、三左衛門は勇気がわいてきた。彼に水をもとめた、秀家の哀願の表情が、まざまざと眼前にうかんでくる。

「中納言ともあろう人を、土民の手にはかけられない。主君のもとに駈けつけて、及ばなければ共に死のう」

三左衛門は崖をよじのぼって、藪の茂みへ馳せつけた。来てみると、あたりに人影はない。

「はや、害されたか」

三左衛門は今は恐れず、大声に呼んだ。

「お殿様お殿様」

すると茂みの向うの松蔭から、秀家がたった一人、よろよろと現れてきた。顔色がまっ青で、くぼんだ両眼が血走っている。

「朋輩《ほうばい》衆は、何処へ行きました？」

「土民に追われて、遁げた」

「お殿様は？」

「わしは遁げられぬ故、松蔭へかくれた」

「しかし、お怪我がなくて、なによりでした」

三左衛門は秀家に、水をのませようとして、彼が無腰であるのに気がついた。秀家は雲龍地文の綾綸子《あやりんず》の小袖に、錦の小袴をつけている。その腰に名物の鳥飼国次がない。

「お脇差は、いかがなされましたか」

「盗られた」

「誰に？」

「土民の女じゃ」

「女に――」

「素早い奴で、わしが投げつけた刀を摑んで遁げた」

「お遁げなさるために、お刀を離されたのでござりましょう」

三左衛門は主人に恥をかかすつもりはなかったが、昂奮しているので、思わずそう問いかえした。

「許せ」

秀家は濡れ紙の水を吸いおわると、身を投げだすように地面に腰をついた。

「もう、生きていとうはない。三左衛門、介錯《かいしゃく》をたのむ」

秀家は眼に、暗涙をたたえていた。彼はさすがに、恥を知っていた。彼は家来達が土匪とたたかっている間、遁げようとして女につかまり、宝刀を餌さにして、わずかに危機を脱したらしい。秀家はすでに、女と戦う気力すら、うしなっていた。

「死ぬのは、いつでも死ねます。賊の手をのがれたを幸い、遁げられるだけ遁げましょう」

三左衛門は、秀家の手をとって、ひったてた。

「いや、駄目だ。一歩もあるけぬ」

馬や輿《こし》にのりつけて、徒歩に馴れない秀家は、山中の岩道に両足を腫れあがらしていた。

「お気の弱いことを、おっしゃられますな。では、私が負うてさしあげます」

三左衛門はこうなると、必死だった。彼一人の力で意地にでも、秀家を助けずにはいないという決心になる。

しかし、彼も飢えと疲労に、弱りはてていた。秀家を背に負い、二、三町歩きつづけている間に、思わずよろよろとへたばってしまう。秀家はそのつど、

「三左、もうよい。わしは此処《ここ》で死ぬ。そち一人で、落ちのびてくれ」

そんな弱音をはく。主君とはいえ三左衛門より年若い彼が、三左の重荷になっているのが、たまらなくなるらしい。

三左衛門は水をのみ、落栗をひろって、互の飢えを僅かにみたしながら、秀家を力づけた。

「大坂には奥様や、三人のお子様方がいらっしゃいます。此処で死なれたとお聞きなさいましたならば、どんなにお歎きあそばされることでしょう。私も妻子に一目、会わずには死にきれませぬ」

二人は山をのぼり谷へ下り、こけつまろびつしながら、一日一夜山中をさまよい歩いた。そして十七日の朝、ようやく人里ちかい山麓におりてきてみると、何としたこと、彼等はふたたび関ケ原へ、逆もどりしていた。

二人はそれに気がつくと、「ううん」と唸《うな》ったなり地面に膝をついて、虚脱したように運命の山野をながめていた。

二

伊吹山の北西の在所に、羚羊《かもしか》などの棲む寒村がある。姉川の急湍《きゅうたん》が脚下をめぐり、人煙から隔絶したところだ。

そこの名主を、矢野五右衛門という。六十をすぎた老人で、もとは戦国時代にほろんだ武将の裔《すえ》であった。今は入道して頭をまるめ、慈悲を後生の願いに生きている。このような僻地《へきち》へも、毎日のように落人等が流れこんでくる。五右衛門は村人をかたく警《いまし》めて、略奪や殺戮を犯させないようにした。

敗北した西軍の中には、徳川方と縁故ある者がすくなくない。例えば家康公の第一の出頭人、本多佐渡守正信の次男、本多政重は宇喜多中納言に与力している。もしそのような人を害することがあれば、禍《わざわい》は村全体にかかってくる。僅かな欲に目がくらみ、後で悔んでもおよばない。五右衛門はそんな風に、村人を説諭していた。

十七日の夜、この五右衛門の家の戸口を、忍びやかにうち叩く者がある。

「ちと、物申したいことがあります。この戸をお開け下さい」

その声を聞いて、五右衛門が無遠慮に云った。

「落人の方ならば、そのままお通り下さい。備前中納言殿、石田治部殿、小西摂津殿などのお歴々のお行方が、まだ知れぬというので、田中兵部様や西尾豊後様から、代官衆を通じきびしく穿鑿《せんさく》されて居ります。見咎《とが》められぬうち、はや落ちられるが宜しい」

そう注意したのは、彼の親切である。しかし、相手はきかなかった。

「いやいや私達は、さような胡乱《うろん》者ではありませぬ。ちょっとの間でも、お目にかからせて下さい」

そうことわりながら、しきりに戸をあけようとするが、落人の闖入《ちんにゅう》をふせぐため、戸には厳重に締りがおろしてある。ちょっとやそっとの力では、がたりともしない。

「いくら仰有《おっしゃ》っても、時節柄見知らぬ方に、お会いはできません。そのまま、お通り下さい」

五右衛門は、頑固に前言をくりかえす。相手は一層、執拗になった。

「たち寄る木蔭《こかげ》も、何かの縁とやら。是非とも御亭主にお会いしたくて、はるばると当所まで参った者、そうつれなく仰せあるな。夜陰のことではあり、ほんの少しの間で、宜しいのです」

戸外の声は、哀願にかわった。五右衛門は返事をしない。

「お会い下さらなければ、夜明けまででも、此処にお待ち申して居ります。それではかえって、こなた様のお迷惑になりは致しませぬか。お会い下されば、すぐにも立ちさりますものを……」

その愬《うった》えには、必死の思がこもっている。五右衛門はしかたなく座をたって、土間の戸を少しあけた。

外はうす曇りの月夜である。戸前の地面に、乱髪の武士が二人、前後にならんで土下座していた。

二人とも鎧下の小袖一枚で、寒さにふるえている姿が、おぼろな月の光に、みすぼらしく照しだされている。

五右衛門が戸口に現れると、前の武士が彼の前にいざり寄ってきて、小声でささやいた。

「こちらは、備前中納言殿でおわせられる。拙者は、従者の進藤三左衛門。なにとぞ、御助力にあずかりたい」

五右衛門がびっくりして、戸をとざし逃げようとする着物の裾を、進藤がすばやく手をのばして、しっかと捉えた。

「身分を明した上は、生かすも殺すも貴様次第、おかくまい下さるか、それとも関東方へ引渡して、褒美の金にあずかるか、お心まかせになさって下さい」

五右衛門は、身をふり放そうとあせりながら、

「もったいない事を、仰せられる。この上は一刻もはやく、いずこへでもお立退きなされませ。手前においては、見ぬふりを致しております」

しかし三左衛門は、いよいよ堅く、着物の裾をおさえて、

「落ちて行こうにも、脚がたちませぬ。十五日の朝より今日で三日、落栗のほか何も喰べておりません。此処まで辿りついたのが、精一杯。力も根も、つきはてました。貴様に見はなされればかつえ死して、獣の餌食となるほかはありません。かほど迄く

どく申上げるのも、御覧のとおりの有様だからです」

彼の言葉には、血涙がにじんでいる。五右衛門は困憊《こんぱい》しきった二人の様子を、しばらく凝《じ》っと見おろしていたが、つと戸外へ出てくると、

「こちらへ、お出《いで》なされませ」

そう云って二人を、家裏のあいている牛小屋につれこんだ。そこは稲藁や籾殻で、いっぱいに埋っている。五右衛門は二人を、その中へ隠した。

人々の寝静まった夜半にちかい頃、五右衛門がうす粥《がゆ》を煮て、二人の所へ運んできた。茶碗一つほどの糧《かて》である。飢えきった二人には、喉を通ったぐらいにしか、感じられない。

「もう少々、御所望できませぬか」

三左衛門が、遠慮がちにたのむと、五右衛門は首をふって、

「断食の後は、それぐらいが丁度。喰べすぎると、身をやぶります。御辛抱なさい」

それから暁の頃、また一椀の粥をもってきて、五右衛門が二人に注意した。

「夜があけると、奉公人や村人達の出入りが、多くなります。くれぐれも人目につかぬよう、お気をつけ下さい」

その後、午時《ひるどき》、夜分と二度に、食事をはこんでくる。五右衛門の妻が、代ってやってくることもあるが、夫婦以外は誰もよこさない。

秀家は牛小屋の暗い片隅に、二日ばかり閉じこめられていると、命の助かったことも忘れて、ようやく退屈しはじめた。

金殿玉楼のうちに人となり、多くの侍臣にかしずかれてきた秀家の身にしてみると、命助かりたさに辛抱しているのが、馬鹿らしくなってきたらしかった。

五右衛門夫婦が食事をはこんでくる毎に、藁くずや籾がらをかきわけ、ごそごそ匍いだしてくる主従の姿は、家畜とかわらない。

秀家は弱いくせに、見えが強かった。逆境にたつと、すぐ物事を投げだしたくなる。それに彼には、前途にたいする希望がなかった。

たとえ無事に、世を落ちのびたとしても、ふたたびもとの身の上にかえれる見込はない。また敗残の兵をあつめ、秀頼を擁して家康を相手に、復讐戦をくわだてるような気概は、むろん持たなかった。

「こんな所にすくんでいるくらいなら、いっそ露見したほうがましだ。三左、亭主にそう云え」

秀家はそう云って、しばしば三左衛門に催促する。三左衛門もしまいには、秀家をすかす言葉がなくなって、五右衛門に取次ぐと、五右衛門はもってのほかだという顔をした。

「お身様たちは、それで宜しいかもしれませぬが、私の身の上はどうなされます。敵の大将を匿《かく》まった罪で、家財を没収された上、軽くて縛り首、重ければ一家一門、磔《はりつけ》にされないとも限らない。そんな御了見ならば、最初なぜあのように、くどく私に頼まれたのですか」

老人の一徹で、そうきめつけられると、一言も返す言葉がなかった。

「三左、だからあの時、わしを殺せばよかったのだ」

秀家は今度は三左に、ぐちを云う。貴公子の我儘《わがまま》だから、理窟をいっても仕方がない。三左衛門は命にかえて、秀家を守護している間に、かえってこういう秀家が、しだいにいとおしくなってきた。

五十七万石の太守が、三左一人を相手に、駄々を云っている姿が、あわれでならない。しかも彼は、秀家にとっては、一季、半季の新参者だった。

六年前、三左が京都で浪人していた頃、二百石で秀家に抱えられたのである。それから六百石の馬廻りとなった。それだけの恩である。

秀家の家中には、一万石から五万石におよぶ、大身の宿老が五人もあった。関ケ原役のおこる前の年、これ等の宿老がたがいに喧嘩して、秀家を見すてて他に去ってしまった。その中には徳川の手について、こんどの戦で秀家を攻めてきた者さえある。

三左衛門はそのようなことを考えると、二万人にもおよぶ家中のなかで、彼ばかりが唯一人、秀家につきそっている現在の事実を、妙なめぐりあわせだと、思わないではいられない。

彼の祖父は信長の被官で、伊勢の国渋見の城主だった。父の代になって信長の怒りにふれて、城地をとりあげられてしまった。

いわば、秀家の運命と、似たところがある。秀家のほうが、今ではもっと悲惨だ。そうした点がしらずしらず、秀家を憐む気持になるのであろうか。

五右衛門も一度は怒ってみたものの、さすがに気の毒になったのであろう。秀家主従を牛小屋から、屋内の納戸にうつした。納戸は、家内の物置部屋である。

その翌日、西尾豊後守の手の者が二、三十人、五右衛門の屋敷へおしよせてきた。昨十九日小西行長が、伊吹山の東の村でつかまった。それで俄《にわか》に、色めきだったものと思われる。

歩卒等は槍、鉄砲で、ものものしく武装している。物頭の武士が三人、彼等をひきつれていた。

その一人が、草鞋《わらじ》ばきのまま、庭縁に飛びあがって、五右衛門に聞いた。

「この家に、備前中納言をかくまい居るであろう。早々に、出し候え」

彼は腹巻のうえに、陣羽織などきて威張っている。五右衛門は座敷にすわっていたが、物も云わず納戸《なんど》へ駈けこんできた。

秀家主従にしらせて、遁げさせるつもりかと思うと、そうではない。そこの物蔭に潜んでいる二人には、眼もくれずに、刀箱から一刀をとりだして、また座敷へ出てゆくと、刀を腰へひきつけて武士に云った。

「百姓をお侮りなさるも、大概にさっしゃれ。人の家に土足であがられるとは、どなたのお指図でござる。中納言殿がおられるかおられないか、草鞋をぬいで家うちを、とっくりとお捜しめされ」

五右衛門は老人に似合わぬ、大声をだした。坊主頭までまっ赤に、色がかわるほど怒っている。老齢だけに、憤怒に凄みがある。素破《すっぱ》といえば、斬りつけかねない。縁側に飛びあがった物頭は、まだ若い。老人を恐れるのではないが、その気勢に押される。

考えてみるまでもなく、土足で踏みこんだのは、彼のほうが悪かった。主人の豊後守の耳に聞えても、申訳がたたない。彼は苦笑して、老人をなだめた。

「いや、かくまいおらなければ、それで宜しい。一応その辺を、取調べてまいる」

彼は縁をおりると、照れかくしに屋敷のまわりを一巡して、物置、牛小屋などを改めながら、ひきあげて行った。

牛小屋から納戸にうつされた偶然が、秀家主従に幸いした。二人は老人が血相をかえて、納戸にとびこんできた時、万事おわったと思った。

五右衛門につき出されれば、そのまま穏《おとな》しく出るつもりであった。そう覚悟をきわめていたので気がおちつき、五右衛門と物頭の応対を、かえって面白くかんじた。三左衛門は板戸の隙から表をのぞいて、人々の様子を窺っていた。

五右衛門は敵がひきあげた後、しばらく経って納戸部屋へやってきた。部屋は北向き、六畳ほどの広さである。四方は壁や板戸で仕切られ、夜具、つづら、長持などの家財が、いっぱい詰っていて、昼なお暗い。

三左衛門は秀家にかわり、五右衛門の前に手をついて礼を云った。五右衛門は坊主頭を右手でなでまわしながら、

「いや、あの時はまったく、寿命をちぢめましたよ。しかし私の狂言があたって、向うが無事に退散してくれたので、こっちも許らず、命拾いしました、はっはっはっ」

と五右衛門は、しんからホッとしたように笑う。様子をみていた三左衛門は、

「なに、あれは御老人の狂言でしたか」

そう彼に、問いかえした。

「とっさに此処へかけこみ、刀を持出したんで、向うも胡麻化されたのでしょう。まさか隠し者の居る所へ、飛込んでゆくとは、思いつかないでしょうからねえ」

それを聞いて秀家主従は、いまさらのように、五右衛門の人物に感心した。伊吹山周辺から北へかけて、武将の子孫や落人の土着民が多い。

この老人も、主従にたいする義俠心《ぎきょう》といい胆略といい、いずれは名ある者の末であ

ろう。

「このまま山麓の寒村に、埋れさせておくのは惜しい。世が世ならば——」

秀家は感謝のあまり、すぐそんな風に考えたが、彼自身埋れた境遇をかえりみると、何も云えなかった。

彼は関ケ原を逃亡して以来数日間に、はなやかな前生涯では決して知りえなかった、貴重な事実の数々を、しっかと身にたたきこまれたような気がした。

秀家は生死の境を、さまよいつづけているうちに、死ぬよりも生きることの容易でない現実に、ようやく気づいた。

そう思うと、死を賭けて生きるために闘っている、三左衛門や五右衛門のほうが、秀家などよりずっと立派なものに思われてきた。

彼は今では、彼等の負担であるだけの存在にすぎない。秀家は彼等の犠牲にむくいる、何物ももたなかった。将来もない。彼は裸となった自分に、何の値打があるかと思うと、絶望とはべつな意味で心がしおれた。

小西行長につづいて、四日後の九月二十二日に、石田三成が伊吹山の北、草野谷の巌窟内で、田中吉政の手の者にとらえられた。

三成は卑しい杣《そま》の姿で、すこしの米と草刈鎌を腰にさし、破れ笠をやつれた顔の上にあてながら、ただ一人病気になって寝ていた。

秀家主従のひそんでいる所から、数里とはなれていない場所である。

安国寺恵瓊は、毛利輝元を大坂方にそそのかした策士だが、これはその翌二十三日、乗物にかくれて京都市内へ、まぎれこんだところを捕縛された。

これで総大将の秀家一人をのぞき、西軍の巨魁《きょかい》連はみな摑まってしまった。大谷刑部は関ケ原で戦死し、長束《なつか》正家は居城水口《みなくち》へ遁げかえって自殺した。

秀家の消息が、杳として知れないので、彼は伊吹山中で死んだように、世間へ伝えられた。

三

大坂城の郭内、三の丸の玉造に、宇喜多秀家の邸宅がある。そこに秀家の妻や三人の子供等がすんでいた。

秀家の奥方は、大納言前田利家の娘である。三人の和子達は、まだ幼い。長男が十歳、長女が七歳、三番目が三つの男の子。

関ケ原の敗戦の悲報は、とうにこの屋敷にとどいていた。

すでに徳川方の諸将が、大坂近傍へのりこんできて、大坂城にたてこもった、西軍の総帥毛利輝元や増田《ました》長盛と、折衝をつづけている。

その結果輝元は、帰順の意を表して、城内の西の丸をたちのき、家康にあけ渡すことになった。

城の中心の本丸には、淀君、秀頼の母子が住んでいる。彼等はこんどの戦争に、いっさいかかわりない事として、家康が母子の身の上を保証した。

それで城中は、静謐《せいひつ》をたもっている。大坂市中も、騒いではいない。秀家の留守宅も、そのままだった。大名の屋敷なので、相変らず多勢の人々が出入りしている。

ただ屋敷内では、誰も戦争の話はしない。わざとそれに触れることを、避けている。消息不明の秀家の身の上を、一方ならず案じているには違いないが、口にだして噂はしない。

二十二日の夕方、百姓体の男が、その屋敷の台所口へ訪ねてきた。木綿布子に編笠をかぶり、脚絆《きゃはん》草鞋ばきだ。一見して、遠道してきたことがわかる。

彼は編笠をとって、台所へはいった。おりから夕餉《ゆうげ》時なので、多くの奉公人達が、広い台所内を右往左往している。忙しさにまぎれて、一人も彼に注意する者がない。

男はしばらく土間につッ立って、誰か見知りの人をさがす風だったが、やがて草鞋をぬぎ編笠をもって、台所から奥の間へ、様子が知れないままに、そろそろとあるいて行った。

裏方から奥の間への入口には、仕切があって番人がたっている。実直そうな老人だ。

ふだんならば厳しく、人の出入りを警めるのだがうっかりしている。お家の大変に老人も、心がうつけてしまっているのであろう。

「ちょっと、お尋ねいたしますが」

男は老人に、声をかけた。

「奥方様は、いずこにわせられまする」

老人はびっくりして、

「奥方をおたずねなされるか。それは、相成らぬ」

老人はむずかしい表情で、首を横にふった。百姓風情が、とんでもない、という顔色だ。

「怪しき者では、ござらぬ。家中の者で関ケ原から、緊急の用件でまかり越した。奥方様へ、お取次下さい」

「えッ、あの戦場から。……して、お名前は何とおっしゃる」

「進藤三左衛門尉源正次。主君の御馬廻りを勤めて居ります」

三左衛門は新参だから、宇喜多家のような大藩では、顔も名前も知られてはいない。

「では、少々お待ちを」

老人はそそくさと、奥の間へ駈けて行った。しばらくして老人とつれだち、奥方づきのお局《つぼね》が、これも急いでやってくる。四十ばかりの老女だ。眉を落し鉄漿《かね》をつけ、打掛を羽織っている。

進藤を見ると、小腰をかがめて、

「いかなる御用で、ございましょうか」

三左衛門は廊下に片膝をつくと、編笠の緒によりあわせた秀家の手紙をときほぐし、老女の手に渡した。

お局はその文面を一目見るなり、さっと顔色をかえた。

「秀家が、生きている」

そう知ったばかりで、彼女の手がワナワナと顫《ふる》えだしてくる。お局は物も云わず、奥へ走って行った。

老女は金包をもって、間もなくひっかえしてきた。ひどくあわてている。まるで秀家が敵に追われて、近所へ遁げこんででも来ているみたいだ。

「あ、あの、宜しく申上げて下さいまし。お、奥方さまも、お喜びでございます」

老女は吃《ども》りながら、老人の聞くのを憚《はばか》るように、三左衛門の耳許にささやいた。

金包には慶長小判が、二十五枚あった。奥方の手文庫から、とりあえずそれだけ、取出してきたものとみえる。

三左衛門は金包を袋に入れ、首にかけて懐におさめた。

「これから、夜道をかけて戻ります。卒爾《そつじ》ながら、夕飯の馳走にあずかりたい」

「あ、それは、心づきませんでした。さ、どうぞ、どうぞ」

老女は彼を厨房へみちびくと、台所頭に命じて、酒肴や食事を用意させた。

「奥方様はお愕《おどろ》きのあまり、お気もそぞろでいられます故、これで失礼申上げます。御ゆっくり、お召しあがり下さい」

お局は三左衛門から、詳しい話を聞こうともせずに立去った。奥方もお局も、秀家の生きている事実に、すっかり気が顚倒《てんとう》しているらしい。

百万石の加州の姫君ならば、さもあろうと思われる。それにしても三左衛門は、大名の夫婦仲と普通人の家庭との相違を、考えないではいられなかった。

三左衛門は夜通しあるいて、翌朝琵琶湖尻の大津の浜についた。そこから米原、長浜方面に舟便がある。彼は歩き疲れていたし、金もたっぷりあるので、舟に乗ろうかと考えた。

大津の城には、家康が二十日から滞在していた。輝元との折衝がかたづき、彼が大坂城をたちのき次第、その後へのりこもうとして待機しているわけである。

家康にしたがう数万の軍兵が、大津から醍醐、山科の辺までみちみちている。その盛んな軍容に接すると、伊吹山麓の農家にひそみ隠れている、秀家の孤影悄然《しょうぜん》とした姿と思いあわせて、三左衛門はおのずと心が動揺した。

家康はこれから、天下人だ。近畿の諸大名は申すにおよばず、公家、僧侶、神主、地下の富豪等がひっきりなく、我も我もと家康の御前に伺候《しこう》する。朝廷からも、勅使が下される。

彼の威風に、草木もなびくとは、この事であろう。関ケ原の一戦を境にして、世の中の形勢がはっきりと変ってしまった。今後豊臣の遺臣等が、台頭する機会は絶無にちかい。

威容をはる徳川の麾下のうちには、勝利の余勢をかって、一挙に大坂城を屠《ほふ》ろうとする気運さえ動いている。そしていずれ世の中は徳川一家の手に帰するに相違ない。

三左衛門は徳川の威勢をまのあたりみて、その将来を疑わなかった。すると、秀家などに心中立《しんじゅうだて》している自分が、急に阿呆らしくなってきた。落ちぶれた秀家に、献身してみたところで、何の利徳にもならない。

「それよりも、この懐の金をもって――」

我知らず、そうした誘惑におそわれる。黄金二十五両といえば、相当な大金だ。これを元手にすれば、どんな世渡りでもできる。

彼がせっかく、伊吹山麓に戻っていっても三日ばかり留守している間に、秀家はつかまっているかもしれない。或いは、殺されているかも分らぬ。そんな所へ帰ってゆくのは、むだな事だ。

三左衛門は自分をなっとくさせるために、いろんな口実を考える。彼は舟の渡し口へつづく道を、ゆきつもどりつした。

「俺は、新参者だ。譜代、大身の人々でも、秀家をすてて走った。彼等にくらべれば、俺はとにかく、主君に充分義務をつくした。今遁げたからとて、それほど恥じることはない」

しかし、いざ決意しようとすると、心がにぶった。

秀家にすすめて、奥方に手紙を書かせたのは三左衛門である。大名そだちの秀家は、そのようなことに気がつかない。

三左衛門は奥方から路銀をもらい、秀家を薩摩に落してやるつもりであった。薩摩の領主島津義弘は、関ケ原で千五百の兵を十余人にうちなされ、命からがら本国へ落ちていったが、なお家康に屈服しない唯一の大名である。彼ならば秀家を、こころよく庇護してくれるであろう。

三左衛門は秀家と、そのような相談をとりかわして、大坂へやってきた。秀家はきっと一日千秋の思で、彼の帰りを待ちわびているに相違ない。

秀家は今では、三左衛門をたよりにしなければ、生きてゆけなかった。三左衛門にとり残され、捕吏にとりまかれた山麓で、一人日夜を戦々兢々としながら、おくっていることであろう。そういう秀家を見捨てるのは、誰を裏切るよりも罪ふかい。

ふと気がつくと彼は、渡し口からひっかえして、街角にたたずみながら、眼の前を通る諸侯の行列を、茫然とながめていた。

これも家康に参観《さんきん》する、両股大名の一人である。すると三左衛門の胸に、熱い塊り《かたま》が不意につきあがってきた。

「黄金二十五枚で、武士が捨てられるか」

彼は舟へのることをやめて、街道をやにわに歩きだした。舟にのって万一難破するようなことがあっては、秀家にたいする志が無になるからである。

三左衛門はその日のうちに、五右衛門の家についた。大坂から三十里前後の道のりを、昼夜一日で歩き通したわけである。

秀家は意外にはやい三左衛門の参着を、手をとらんばかりにして悦んだ。大坂屋敷の話をすると、眼に涙をたたえて聴いている。ついに姿を見せなかった、彼の奥方については、

「それでよい。そちに会ってわしの話をきくのが、あれには恐しかったのであろう」

秀家は妻を弁護しながら、暗い顔をした。

「戦に負けると、妻にさえうとまれる。わしはもう、この世の廃《すた》れ人だ」

そういう憾《うら》みが、言外にあふれていた。

翌朝主従は、駄馬をやとって、山麓の隠れ家を出立した。彼等をかくまってくれた五右衛門には、小判二十枚を礼においた。命を賭けてくれた五右衛門の志を思うと、

それでもすくないくらいである。

秀家は編笠をかぶり、合羽《かっぱ》で身をつつんだ。その姿で馬に乗っているところを見ると、京のぼりの田舎人である。武将の落人とは、誰の眼にもうつらない。

三左衛門が、蓑笠《みのかさ》姿で馬の手綱をひき、日暮時大津の宿を通りすぎた。沿道に充満している徳川の軍兵も、旅人の群にうちまじった主従を怪しまなかった。彼等は一、二日後にせまった、大坂入にきおいたっていた。

二人は大津から伏見へ出て、淀川下りの舟に乗った。大坂へつくと都合よく、西国へ帰る便船がある。

三左衛門は黄金一枚で、その船を買切り、秀家をのせた。

「よそながらでも、お屋形を見舞ってお出なさいますか」

三左衛門は念のために、秀家に問うてみた。

「いや、未練がましくなるから、よそう」

秀家がそう決心しているのは、幸いであった。大坂には秀家を見知っている者が、多勢いる。見つけられたら、それまでだ。

「それでは船頭どもに、よくいいつけておきましたから、薩摩につかれましたら、必ず御状を下さい」

三左衛門は不時の用意にもと思って、残りの黄金二枚を秀家に手渡した。秀家は金をつかったことがない。二両の小判が、どれほどの値打のものであるかも知らぬ。

そのように心許ない秀家を、ただ一人薩摩へ落してやるかと思うと、三左衛門は涙がせきあげてきた。

「何処までも、お供申したくはございますが、いささか考えがありますので、これでお暇申しあげます」

三左衛門は浜辺に両手をついて、じっと頭をたれた。

「わしは西国の旅は、よく心得ておる。少しも、懸念するには、およばない」

秀家は朝鮮出征の際、たびたび九州へ渡ったので、元気よくそう云った。

彼は一人になっても、近畿をはなれれば、虎口を脱出した思がするのであろう。

「三左、そちの志は、忘れない。これが、今生《こんじょう》の別れになるやもしれぬ。ずいぶん堅固で、暮すがよい」

秀家は舷の上から、砂浜にうずくまっている三左の姿を、名残り惜しそうに見下した。敗戦の十五日から十日ばかりの間に、秀家はみるかげもなく痩せおとろえて、くりくりとした両眼だけが、暗く大きく瞬《みひら》いている。

「中納言さまにも、お身おいとい遊ばされますよう……」

三左衛門は涙につまった声を、ふるわせて叫んだ。廃れ人となった秀家を、中納言とよぶのは、彼が最後である。秀家は、顔をそむけた。

秀家がぶじに薩摩についた時分、三左衛門は本多正純のところへ、秀家は伊吹山で死んだと訴えてでた。

正純は父正信におとらぬ、当時の利《き》け者である。彼の舎弟の政重が、秀家につかえていたので、三左衛門はその縁にたよった。正純は、

「それには何ぞ、証拠があるか」

と三左に問うた。

「宇喜多家の宝刀、鳥飼国次の脇差を、土地の百姓共が、奪ってにげました。あの辺の在所在所を、御穿鑿下さらば、その行方が知れましょう」

正純も相州伝来といわれる、鳥飼の刀を知っている。それで三左衛門を案内者にして、伊吹山麓の農村をさがすことになった。

三左衛門は幕府の家人をつれ、これぞと思う辺りを尋ねまわった。三日目に、山中の一軒家にゆきあたった。茅萱《かや》ぶきの傾きかかった、破れ小屋である。

家の中で三十前の若い女がただ一人、麻をつむいでいた。その麻を入れた桶の中に、刀がつッこんであった。取上げてみると、国次である。黄金づくりの拵《こしら》えは、とりはずして売ったとみえ、鞘《さや》ばかりだ。

「この刀は、どうした物だ」

三左が女に訊いた。

「貰いました」

「誰に？」

「若い、お美しい、大将のようなお侍からです」

女はそう答えて、こころもち顔を赧《あか》らめた。この女も身なりは汚いが、色白で黒眸が美しかった。山間にはまま、こうした器量の女がいる。

「貰ったのではあるまい。むりに、奪いとったのであろう」

「いいえ、隠してあげたお礼に、いただいたのです」

女は強情をはった。

「なぜ、隠したのだ」

「主人の仲間が多勢で、落人たちを、殺そうとしましたから」

「お前の主人は、今どこにいる」

「十日ほど前に、急病で亡くなりました」

「隠した人のことを、お前は主人に云ったたか」

「何も申しません。刀は拾ったと云いました」

「どうして、主人にまで隠す？」

女はうつむいて答えない。

「偽りを申すと、女とて容赦はならぬぞ」

三左衛門は、女をおどかした。

「好きだったからです」

女はそう云うと、ついと顔をあげて、三左衛門をまともに見た。その表情に、もはや危懼《きく》の色はない。

三左衛門は自分のほかに、もう一人秀家を助けた者のあることを知って、何も云わずにうなずいた。

石田三成

―清涼の士―

澤田ふじ子

澤田《さわだ》ふじ子《こ》（一九四六〜）

愛知県生まれ。愛知県立女子大学（現・愛知県立大学）卒。一九七五年に『石女』で第二四回小説現代新人賞を受賞。少年「牛」を主人公に平安朝の闇に迫る『天の鎖』、同じ名の「牛」を使い応仁の乱前後の混乱を描く『深重の橋』、豊臣秀吉を批判した『惜別の海』など、下からの視線で歴史をとらえる歴史小説を発表。その一方で、京を舞台に、〈禁裏御付武士事件簿〉〈公事宿事件書留帳〉〈足引き寺閻魔帳〉など時代小説のシリーズを書き継いでいる。一九八二年に『陸奥甲冑記』、『寂野』で第三回吉川英治文学新人賞、二〇一五年に第二三回京都府文化賞功労賞を受賞している。

義、情、愛の生涯

二階の部屋から外をのぞくと、小さな塔頭《たっちゅう》と墓地がみえる。大きな宝篋印塔《ほうきょういんとう》もあれば、青苔《せいたい》をまとった低い墓石もあり、皓々《こうこう》とした月の夜など、墓地はまるで、蒼《あお》い深海に沈んだように眺められるのである。

塔頭の名は寿聖院《じゅしょういん》という。

京都五山のひとつ、妙心《みょうしん》寺塔頭のひとつだ。

この寿聖院は、慶長四年（一五九九）五月、石田治部少輔《じぶしょうゆう》三成が崇敬する妙心寺僧伯蒲恵稜《はくほえいりょう》に請い、父正継《まさつぐ》のために建立、一族の菩提所《ぼだいしょ》とした。

同院には竣工にさきだつ文禄三年（一五九四）九月、伯蒲が賛《さん》を記した石田正継画像がいまも蔵され、広く知られる伝石田三成画像（弘前《ひろさき》市・杉山丕氏蔵）とともに、悲運の父子の面影を、そこはかとなく伝えてくれる。

石田三成の父正継は、峻厳な人だった。

桃山画壇の雄、海北友松《かいほうゆうしょう》の筆になる画像は、きびしい正継の人となりをうかがわせる。伯蒲の賛は、「才兼文武、心養聖賢（才文武《ぶんぶ》を兼ね、心聖賢《せいけん》を養う）」と記し、「槍撓勇士（槍勇士を撓《たわ》める）」とも、「日吟万葉集（日に万葉集を吟《ぎん》ず）」とも書いている。

武勇にすぐれたばかりか、聖賢の教えによって心を養い、『万葉集』を愛唱していたというのだ。

賛を記した伯蒲は、石庭《せきてい》で有名な竜安寺にも住した。寛永四年（一六二七）七月に起こった紫衣《しえ》事件にからんで殺されたとも伝えられ、伝記は明らかでないが、政治的手腕にすぐれた僧だった。

石田三成との結びつきも、そこにあったと推察される。

寿聖院が竣工した慶長四年（一五九九）五月は、豊臣家安泰のため、徳川家康襲撃をたくらんだ石田三成が、計画を未遂におわらせただけでなく、かえって加藤清正《かとうきよまさ》ら七人の武将に襲撃され、一時、佐和山《さわやま》城に引退して間もなくである。

翌年九月には関ケ原合戦が起こり、十月、三成は四十一歳の生涯を、六条河原の刑場でおわっている。

石田三成の遺骸は、大徳寺の円鑑国師《えんかんこくし》に引きとられ、同寺三玄院《さんげんいん》に葬られた。しかし、ほどなく寿聖院にも、石田一族の供養墓が八基ひっそり建てられた。

三成の長子重家《しげいえ》は、関ケ原合戦後、大坂にのがれて命を全《まっと》うし、のちに剃髪《ていはつ》して寿聖院の二世となっている。彼によって建立されたのだろう。

徳川家康に敵対した石田三成は、徳川幕府三百余年のあいだ、体制に迎合《げいごう》する人々からさまざまな罵詈讒謗《ばりざんぼう》をあびせられ、正しい人間像をゆがめられてきた。

寿聖院にたつ供養墓は、人目をはばかるように小さく、香華《こうげ》もほとんどない。敗れたものの常とはいえ、わたくしは二階の部屋から寿聖院の墓地をのぞくたび、いつも哀切《あいせつ》の思いにひたってきた。

だが人の大きさは、墓の大小で決まるものではなかろう。石田三成が豊臣秀吉の恩顧にむくいるため、その遺言を守り、誠忠の士として悲劇的生涯をおわったことは、いまや衆知であり、同時代人のなかで、大きく傑出《けっしゅつ》した人物として語られる機会も多くなった。

歴史は三成をついに淘汰しなかったのだ。

そうして、彼の政治家としての才幹は、豊臣秀吉、徳川家康など、中世から近世へと時代を転換させた人々と同質に語られ、人としてすぐれた資質も、また同じである。石田三成の義、情、愛の深さは、四十一年の生涯を一筋につらぬき、彼はその深さと勁《つよ》さによって、亡びたともいえるのである。

伯楽・秀吉との邂逅

天正元年（一五七三）八月、織田信長は浅井《あさい》氏の旧領十八万石を、積年、忠勤をはげんできた木下藤吉郎《きのしたとうきちろう》にあたえた。

藤吉郎はまもなく今浜《いまはま》に居城をうつした。

今浜を長浜《ながはま》――と改め、彼自身も羽柴筑前守《はしばちくぜんのかみ》秀吉と名を改めた。十八ぐらいのときから信長につかえて、約十九年の歳月がすぎ、秀吉は三十八歳になっていた。

羽柴の名は、織田家の重臣、丹羽長秀《にわながひで》と柴田勝家《しばたかついえ》の二人から、一字ずつをもらったのだ。

長浜の地は琵琶湖《びわこ》に接している。

天守閣にたてば、縹渺《ひょうびょう》とひろがる湖がみえた。

東の空には、伊吹山の巨塊がそびえている。

この伊吹山東麓大原村《とうろくおおはらむら》に、観音寺《かんのんじ》という寺があり、一人の少年が稚児小姓《ちごこしょう》として仕えていた。名は左吉《さきち》、初名を三也《みつなり》ともいった。

近江坂田《おうみさかた》郡北郷《きたのごう》里村石田の地侍《じざむらい》石田正継の次子で、手習い、学問のため、観音寺に預けられていたのだ。

三成は素姓不明な土民の子だといわれてきたが、これは彼を卑しめるための妄説にすぎない。父の正継は、江北《ごうほく》を領した佐々木京極《ささききょうごく》家に仕えた石田氏の一族であったことは、ほぼ間違いないと、いまでは推定されている。

でなければ、僧伯蒲が「才兼文武、日吟万葉集」と記さなかっただろう。学は和漢に通じ、風流を解するため、わが子を大きく育てたいと、寺院へ稚児小姓にだしたのだ。

正継は、生涯、三成に書物を読むことをすすめた痕跡がうかがわれる。

この父によって、十四、五歳の三成も、聖賢の教えをさとっていただろう。

従来、石田三成が稚児小姓をしていたのは、伊香《いか》郡古橋《ふるはし》村の三珠院《さんじゅいん》とされてきた。『近江輿地志略《よちしりゃく》』がこう記し、俗書の『絵本太閤記《えほんたいこうき》』が観音寺と書くのを軽視してきた。

古橋村の三珠院は、関ケ原合戦に敗れた三成が、伊吹山にのがれ、さらに山を越えて身をよせた法華寺の院だ。住僧善説《ぜんせつ》とは懇意だった。

だが、長浜からは遠く、生地の石田村に近い大原村の観音寺こそ、少年三成が仕えた寺であり、彼が秀吉にみいだされた〈運命の寺〉だと、歴史家は断じている。

三成が秀吉と邂逅したときの逸話は、信長の草履を懐にいれてあたためた藤吉郎の逸話と、非常に類似する。

気働きの点で一致するのだ。

天正二年（一五七四）、または翌年だった。

羽柴秀吉は一日放鷹にでて喉を乾かせた。

近くに寺をみつけ、案内をこうて茶を所望した。でてきたのは十五歳前後、前髪姿の寺小姓である。

「かしこまりました。しばらくお待ちくださりませ」

前髪姿の寺小姓、すなわち石田左吉は、静かな足どりで庫裡《くり》にきえていった。

『武将感状記《ぶしょうかんじょうき》』は、

> 石田大なる茶碗に七、八分に、ぬるくたてて持まいる。秀吉飲《ミ》レ之《これヲ》、舌を鳴《なら》し気味よし、今一服とあれば、又たてて捧《ささグ》レ之《ヲ》、前よりは少し熱くして茶碗半《なかば》に足らず

と書いている。

秀吉はこれを前よりゆっくり飲んだ。

喉の乾きはいやされ、茶を賞味する気持ちがわいてきた。彼は三度目の茶を所望する。

やがて、庫裡から寺小姓があらわれる。茶碗は前にくらべて小振り、丁度の熱さであった。

両手で茶碗をつつみ、秀吉は茶を喫した。

すっかり空になった茶碗をわきに置き、彼はかたわらで手をつかえる寺小姓に、鋭

い目をそいだ。三服目にいたって、はっきり寺小姓の知恵を感じたのである。
最初はぬるく、あとの点茶を熱くする。
喉の乾く客をもてなす道理にかなっている。
――ただのわっぱではない。茶に才智がみられる。やがてはものの用にたつ。
門地にすぐれない秀吉にとって、有能な家臣を集めるのは急務でもあった。
「お小姓、名はなんともうす」
秀吉は急に笑みをうかべた。
三成と秀吉の出会いはこんなだった。
「はい、石田左吉ともうしまする」
少年三成は、一毫《いちごう》の機会を逃すまいと緊張して答えたことだろう。
なぜなら、秀吉の放鷹は一人ではなかった。
長浜城主として、十数人の供がついている。
門前につながれた馬、家臣の物腰、当人の服装からうかがい、ただの武士ではない。
長浜城主羽柴筑前守だと、少年三成は早くも気づいていたと十分考えられる。
相手が何気なく名前をきいたのではないぐらい、三成にはわかっていた。
つぎにどんな言葉がくるか、胸が躍った。
千載一遇《せんざいいちぐう》とはこんなときを指した。

寺小姓をつとめ、学問を修するのは、僧になるためではない。世に出るためだ。そうに決まっている。

それがいまかなえられるかどうかである。

石田一族が仕えたと推定される佐々木京極家は、江北の伊香、浅井、坂田三郡を領した。だが内訌《ないこう》がつづき、戦国大名として、頭角をあらわしてきた被官《ひかん》、国人《こくじん》領主の浅井氏に、しだいに凌駕されていく。

『続群書類従《ぞくぐんしょるいじゅう》・武家部』に所収される『天文《てんぶん》三年浅井備前守宿所饗応記《びぜんのかみしゅくしょきょうおうき》』は、信長によって滅ぼされた浅井久政《ひさまさ》・長政《ながまさ》父子の先代亮政《すけまさ》が、江北における勢力を確立し、小谷《おだに》の居館に京極高清《たかきよ》・高延《たかのぶ》父子をまねいて饗応した記録だが、献立や、進物からうかがえば、京極家の凋落《ちょうらく》は明白。江北はもはや浅井亮政に奪取されたも同じだった。

天文十一年（一五四二）一月、亮政が死んだあと、久政の時代になると、浅井氏の江北支配はますます強固になり、京極氏家臣の多くは、浅井氏と従属関係を結んでいくことになる。

だが浅井氏の家臣となるのを、潔しとしない硬骨の士もあった。彼らは侍分でありながら、名字の百姓として逼塞《ひっそく》するが、世に出る望みだけは鬱勃といだいている。

ときはあたかも下剋上《げこくじょう》の時代だった。

各地で累代《るいだい》の名族がほろび、名もない士が、戦国大名として台頭《たいとう》しつつあった。

自分の代で果たせない夢をわが子に託す。

こんな人も多かっただろう。

石田三成の父正継も、その一人だった。

『近江坂田郡志』に掲載される『江州《ごうしゅう》佐々木南北諸士帳《しょしちょう》』に、石田住、石田長楽庵《ちょうらくあん》、同石田刑部左衛門《ぎょうぶざえもん》の名がみえる。『京極家譜《かふ》』にも石田姓がある。

石田三成の出生地は、坂田郡北郷里村石田、現在の長浜市石田町にあたり、ここには石田屋敷跡があり、三成の出生地をしめす石碑がたっている。三成の祖父は陸奥入道清心《どうせいしん》、曾父母は蔵人《くらんど》といった。代々、佐々木京極家につかえてきた。

近江の佐々木家は、佐々木信綱《のぶつな》が四子に所領を分配したことではじまる。愛智《えち》川以南六郡をあたえられた三男泰綱《やすつな》が、嫡流《ちゃくりゅう》として本拠小脇の居館に住み、佐々木六角《ろっかく》氏を称したのは、京都の館が六角東洞院《ひがしのとういん》にあったからだ。

おなじく佐々木京極氏は、京極高辻《たかつじ》に京の館があったことから、こう呼ばれはじめた。

佐々木京極氏は、五代高氏《たかうじ》の時代になって栄え、山名《やまな》、一色《いっしき》、赤松《あかまつ》とならび、足利《あしかが》四職《しき》の一家になる。

高氏は婆沙羅《ばさら》大名の佐々木道誉《どうよ》のことだ。

道誉は当時流行した茶寄合《ちゃよりあ》いの中心人物だった。『太平記《たいへいき》』などによって、高慢や豪奢を伝えられているが、学問を好み、すぐれた美意識をもち、風流をたしなみ、茶道創業の先鞭をつとめたことは否定できないだろう。

三成の父正継が、和漢の学問に通じ、『万葉集』を愛唱したというのも、主家の佐々木京極氏の家風からつちかわれたと解される。少年三成が秀吉にみせた〈三碗の才〉も、茶の素養に才智がくわわったのである。

寿聖院に蔵される石田正継画像は、いま大阪市立美術館に寄託されている。法体《ほったい》の黒衣《こくい》をよくみると、全体に五三《ごさん》の桐《きり》紋が、模様として描かれている。

五三の桐は足利家の紋所《もんどころ》だ。

この桐紋は、羽柴秀吉が朝廷から賜《たま》わり、信長からゆるされたものだが、後に改めて五七の太閤紋をつくる。これとは関わりなく、石田正継・三成父子は、足利・京極両氏のいずれかから許されたものだとの矜持《きょうじ》をもっていたと思われる。

「父上、本日、ご城主羽柴筑前守さまから、わたくしを召しかかえるとのお沙汰《さた》がございました」

秀吉は寺の住職に、少年左吉を城中に出仕させよと命じた。供をうながし、秀吉が立ち去ると、三成はすぐ近くの生家に足を走らせた。

突然の僥倖《ぎょうこう》を父につげた。

「なに、羽柴どのがそなたを召されたじゃと」

正継は三成の器量に目をつけた秀吉の炯眼《けいがん》に、手を合わせたかった。

この登用は、きっとわが子の将来を開く。

三成はそれだけ非凡な器量をそなえている。

京極氏を失ってから、数代にわたる雌伏《しふく》が、ようやくむくわれようとしているのである。

官房長官・三成の手腕

人は己を知るもののために命を棄てる。

戦国時代とは、叛逆の時代をさし、君《くん》、君たらざれば、臣、臣たらずと叛逆はつねであったが、反面、忠や義に殉じる気持ちも武士のなかに濃厚にあった。日本人は忠や義を尊ぶ浪漫《ろうまん》性を、国民性としてもっている。

一身をひろわれた感激の深さが、三成の場合、終生、豊家《ほうけ》に尽忠奉公《じんちゅうほうこう》をつくす核になった。

長浜城に出仕した石田三成は、自分をみいだしてくれた秀吉のために、全力を投入して仕える。向学心のつよかった父の教えや、観音寺で学んだことのひとつひとつが大きく役立った。

才智と機敏は、秀吉の最も好む資質である。当時、秀吉は三成について、自分と才器の異ならないのは三成のみである——といったと伝えられている。

近習《きんじゅう》仲間に浅野長政《ながまさ》や増田長盛《ましたながもり》がいた。

彼らは、三成より十四、五歳年上だった。

それに伍《ご》して秀吉につかえるのは、容易でなかっただろう。

しかし、その難事を十二分に果たしていく。

彼だけでなく、父正継や兄正澄《まさずみ》までが、家臣に登用されたことでもこれがわかる。父は従五位下《じゅごいのげ》隠岐守《おきのかみ》となって、近江国内で三万石、兄正澄は従五位下木工頭《もくのかみ》にすすみ、境奉行《さかいぶぎょう》に累進《るいしん》している。

石田一族が出仕した長浜城は、新規に築かれたものではなかった。

往年、佐々木道誉の重臣今浜六左衛門《いまはまろくざえもん》が城を築いており、琵琶湖に面した京極氏の支城だった。

羽柴秀吉は浅井旧領十八万石をいただき、にわかに大世帯《おおじょたい》となったため、長浜城を大きく改めた前後、近江や畿内《きない》出身の士をたくさんかかえた。おもだった者に石田三成のほか、長束正家《なつかまさいえ》、増田長盛、小西行長《こにしゆきなが》、大野治長《おおのはるなが》・治房《はるふさ》兄弟、木村重茲《きむらしげもと》などがいた。

彼らは秀吉子飼いの武将たちが、「尾張閥《おわりばつ》」ともいうべきものをつくるのに対し、

「近江閥」を形成した。

秀吉子飼いとは福島正則《ふくしままさのり》、加藤嘉明《かとうよしあき》、加藤清正などだ。尾張閥はやがて、精神的支柱として秀吉正室ねねをいただき、近江閥は秀吉が側室とした浅井氏の女茶々《むすめちゃちゃ》（淀《よど》殿《どの》）を擁立《ようりつ》することになる。

天正十年（一五八二）六月二日、織田信長は本能寺で明智光秀《あけちみつひで》に討たれる。三成主君羽柴秀吉は、山崎合戦で光秀を討ち、清須《きよす》（洲）会議で信長死後の始末をつけ、織田家の重臣柴田勝家といよいよ兵をかまえた。

石田三成二十四歳、三月である。

彼はそのころ、秀吉の優秀な使番《つかいばん》、奏者《そうじゃ》もかねていた。記録のうえで、対柴田勝家戦の近江・賤ケ岳《しずがたけ》の戦い（天正十一年、一五八三）が、三成の初陣になる。

この賤ケ岳戦で、彼が福島・加藤・片桐など賤ケ岳七本槍《しちほんやり》と称される一番槍の面々にまじり、戦功をあげたことは、近年『一柳家記《ひとつやなぎかき》』によって明らかになった。

秀吉小姓衆にまじり、三成のほか大谷吉継《おおたによしつぐ》、一柳次郎兵衛《じろべえ》などがいたのだ。

この対柴田戦で、三成は槍をふるったばかりか、勝家を背後から牽制するため、上《うえ》杉景勝《すぎかげかつ》との提携に働き、秀吉の天下取りに大きく役だっている。またその才智を、情報蒐集《しゅうしゅう》にもふるった。

彼が豊臣政権の行政官として頭角をあらわしてきたのは、このころからとみていいだろう。

水口《みなくち》四万石の城主となったのは、間もなくであり、ここで三成は、有名な島左近《しまさこん》を一万五千石の高禄で召しかかえている。

天正十三年（一五八五）七月、秀吉は関白に任ぜられ、従一位《じゅいちい》に叙《じょ》せられた。石田三成も従五位下治部少輔《じぶしょうゆう》に任ぜられ、五奉行の一人となり、浅野長政、前田玄以《まえだげんい》、長束正家、増田長盛などの先輩をぬいて、五奉行筆頭の実力者になっていく。

こうした三成の出世ぶりは、他の四奉行の年齢に比較すると、いっそうはっきりするだろう。前田玄以は五十に近く、他はいずれも四十をいくつか越えていたが、三成だけは弱冠二十六歳の若さであった。

羽柴から豊臣と名を改めた秀吉が、三成の才幹を、いかに高く買っていたかがよくわかる。

苦労人の秀吉が見こんだとおり、三成は行政官としての能力を、遺憾なく発揮した。

検地奉行として、大名の領地を正確にしらべ、年貢《ねんぐ》の増収をはかり、農、商、工業者の身分統制、大名統制にも才幹をふるった。

島津義弘《よしひろ》は、石田治部小輔は秀吉の股肱《ここう》の臣で、その勢威《せいい》は肩をならべる人がいないといい、高野山の木食上人《もくじきしょうにん》は、三成に少しでもそむけば、たちまち身のさわりをなす仁《じん》だ——と記録にとどめている。

これらの三成評は、性格が勝気で、素直さがなく、官僚としてすぐれながら、人間的には円満さにかける三成像を、いくらかかいま見せてくれる。

もっとも、卓越した有能者は人のそねみをうけるものだ。ましてや三成は豊臣政権の官房長官、うまくやって当然、少しの失敗でもあれば、秀吉の身替わりとなり、指弾をうける損な役割なのである。

彼が豊臣政権確立のため、手腕を発揮すればするほど、悪くいわれることになる。

政治にかぎらず、企業活動でもそうだが、外にでての戦いや折衝《せっしょう》は、華やかさをもち、目立つ。豊臣政権でも、戦場にでて活躍した武将たちは、後方にあって、自分たちの戦いを支えている官僚の動きをどうしても軽視した。仕事の価値を理解できなかったといっていいだろう。

秀吉の政治は、戦争をするだけではなかった。

新しい政策を立案、遂行《すいこう》していかなければならない側面をもっていた。

こうした豊臣政権のなかで、武断《ぶだん》派と文治《ぶんじ》派の潮流が明らかとなり、これは前者が尾張閥、後者は近江閥に色分けされることになる。

石田三成が豊臣政権の官房長官として、加藤清正、福島正則といった武断派の武将たちから嫉視《しっし》され、敵意をもたれるようになっていくのは、いかんともしがたかった。

この分裂のなかに、秀吉との間に子をなさなかった正室ねねと、秀頼《ひでより》生母淀殿が、微妙な立場を負って登場する。

とにかく、十五歳前後のとき、秀吉に見いだされた石田三成は、秀吉の恩顧に義でこたえ、有能さを発揮した。

数々の逸話が伝えられている。

神沢貞幹《かみざわていかん》の『翁草《おきなぐさ》』が、こんな話を記している。ある年の十月、毛利輝元《もうりてるもと》が季節はずれの大桃を秀吉に献上した。

諸大名と秀吉の間をとりつぐ奏者の三成は、この進物をやんわりと断わった。秀吉公が季節にない果実を召して病気にでもなれば、毛利どのもご迷惑いたされましょう——というのだ。

主君秀吉に対する篤実さがあふれている。

また、『老人雑話《ろうじんざつわ》』がこんな話も記している。

三成はおりにふれ、奉公人は主人から頂戴《ちょうだい》する知行《ちぎょう》を、すべて使って奉公するべきだ。使い過ぎて借金するのは愚人《ぐじん》、使い残すのは盗也《とうなり》——とのべていたという。

三成の忠誠を物語る逸話はほかにもある。

いずれも、義に厚い三成の人柄を彷彿《ほうふつ》とさせるものばかりだ。

秀吉の信頼をうけ、自分を恃《たの》むことの強かった三成は、容易に人の意見をきかなかった。

「三成はその所志を必ず貫徹せざれば止まざるの士にして、容易に人に聴かず、自ら信ずる事頗《すこぶ》る厚し」（『北川遺書記』）との評も生まれてくる。

意思の強さは、ややもすれば、人の目に傲慢にうつり、反感をいだかせる。『北川遺書記』の筆者は、何気なく〈所志〉と書いたが、三成の〈初志〉は、自分を抜擢《ばってき》してくれた秀吉の恩顧に、あくまでも報いることだった。

その最大の行為こそ、豊臣政権をなんとしても守るため、徳川家康の擁《よう》する東軍を相手に、関ケ原で天下分け目の戦いをおこなったことだろう。

秀吉子飼い大名の加藤清正や福島正則、また恩顧の諸将たちは、豊臣政権の存続に目をむけず、多くが保身のために東軍についた。

太閤《たいこう》秀吉の身内《みうち》、小早川秀秋《こばやかわひであき》など、土壇場で西軍を裏切り、東軍を決定的に勝利にみちびいた。

そのなかにあればこそ、三成の赤誠《せきせい》は光るのである。

彼は渡辺勘平《かんべい》など数人の供廻《ともまわ》りとともに、関ケ原を脱出、伊吹山に逃れた。

普通なら自刃《じじん》するところだが、三成は命を惜しんだ。福島正則や本多正純《ほんだまさずみ》は、捕縛された三成をみて、自害もせずに搦め捕られるとはと嘲った。

だが三成の本心は、なんとしても大坂城に入り、家康を討つにあったのである。

信義《しんぎ》――の貫徹は、三成生涯の課題だった。

彼はこれを最後まで貫こうとした。討たれた首を自分の手でひろい、創口《きずぐち》につないでもそうしたかっただろう。首かせをはめられた無残な姿で、大坂や堺の町を引きまわされたとき、石田三成の胸裡《きょうり》に何が去来《きょらい》していたのか。

いくほどもなく、家康によって亡ぼされ、非業な最期をとげるだろう秀頼母子の姿だったはずである。

近江人淀殿との出会い

石田三成と淀殿（淀どの＝茶々《ちゃちゃ》）との出会いは、天正十一年（一五八三）四月、越《えち》前《ぜん》・北庄《きたのしょう》城がおちた直後からはじまっている。

賤ケ岳の戦いで大勝した羽柴軍は、一気に北庄城（福井市）に迫り、城を重囲《じゅうい》した。命運がつきたことをさとった柴田勝家は、天守閣に火を放ち、再嫁《さいか》してきた妻お市の方とともに自害して果てた。

それに先だち、勝家は茶々、初《はつ》、江《ごう》（督）の三姉妹を城からだした。浅井長政の遺《い》児《じ》まで、死の道づれにできなかった。

このとき、茶々は十七歳になっていた。

三姉妹をのせた輿《こし》は、乳母《めのと》や侍女、また羽柴秀吉の手勢に囲まれ、越前から近江への道を急ぎ、安土に送られた。

秀吉は主筋《しゅすじ》にあたる三姉妹を、ひとまず安土の摠見寺《そうけんじ》に住まわせることにしたのだ。三姉妹の伯父織田信長が築いた安土城は、前年六月、本能寺の変の直後に焼かれ、まだみにくい瓦礫《がれき》の山をさらしている。幸い、摠見寺だけは戦火からまぬがれていた。寺での旦暮《たんぼ》は羽柴秀吉の指図もあり、なにひとつ不自由がなかった。侍女や近習《きんじゅう》の数もふえ、きくところによれば、いま近くで普請《ふしん》している大きな屋敷は、羽柴秀吉が自分たち三姉妹のために、いそいで建てさせているのだという。

当の秀吉は合戦にあけくれている。

伯父の命令とはいえ、父長政を滅し、兄を殺し、いままた義父勝家と母を死に追いやった人物の保護をうけることに、十七歳になった茶々は、内心、忸怩《じくじ》たる思いでいた。

だが〈猿〉と蔑称《べっしょう》されたこの四十七歳になる男は、いまや天下を掌中《しょうちゅう》におさめ、参議《さんぎ》にも叙任《じょにん》され、大坂に大きな城を築こうとさえしている。保護の手を断わることも、その好色な目から逃れることもできなかった。

秀吉は母お市の方に懸想《けそう》していたそうだ。

自分はその母の面影《おもかげ》を濃厚にうけている。

茶々は運命に身をゆだねる気持ちで、秀吉の胸に抱かれた。

その前後、一人の人物を引きあわされた。

才槌頭《さいづち》をした鋭利な刃物を思わせる若者だった。

「この男は石田三成というて、姫とおなじ近江の生まれじゃ。しかも、小谷《おだに》の城からさして遠くない長浜の石田村じゃ。わしがなにかと重宝《ちょうほう》している男で、姫のよい相談相手になろう。今後、困ったことがあれば、なんでもこの三成にもうせ」

茶々の目にうつった秀吉は、石田三成に全幅の信頼をおいている。三成も秀吉のためなら、火中に入るのも辞さない忠誠の士にみえた。

摠見寺に住みはじめてから、浅井の旧臣が身のまわりに集まっている。

乳母の大野大蔵卿局《おおのおおくらきょうのつぼね》や息子の治長などによれば、三成は秀吉に才幹《さいかん》をみとめられ、いまや秀吉の帷幕《いばく》随一の人物だという。

茶々は三成に最初から親近感をおぼえた。

それは彼が同国人だというのによる。

秀吉のまわりは、尾張の出身者でかこまれている。なかに三成のような近江出身者がいることは心強かった。

年がたつにつれ、茶々の身辺でも、三成によせる信頼の声が深まってきた。豊臣政権のなかで、はっきり近江閥《ばつ》が形成されてきたのである。

天正十四年（一五八六）、十六歳になった妹江《ごう》が、尾張国大野五万石、佐治与九郎《さじよくろう》一成《かずなり》のもとに嫁《とつ》いだ。翌年、初が京極高次《きょうごくたかつぐ》の妻になった。茶々はながく懐妊しなかったが、同十六年の夏に身籠《みごも》り、翌十七年五月、鶴松《つるまつ》を出産した。

正室ねねとの間に子をなさなかった秀吉は、この懐妊をひどくよろこび、山城《やましろ》・淀の古城に改修の手をいれ、十七年三月、茶々をここに移らせた。

淀城は京都の聚楽第《じゅらくてい》や大坂からも近く、便利がいい。五十三歳になり、ぼつぼつ身体の衰えを感じるようになった秀吉にとって、世継ぎの誕生は、狂喜乱舞《きょうきらんぶ》にあたいした。

淀城に住んでから、淀どの——と呼ばれるようになっていた茶々は二十二歳、石田三成は三十歳である。

彼にはすでに重家《しげいえ》、佐吉《さきち》の二子があった。

長子の重家がいつ生まれたか不明だが、『野史《やし》』は次子の佐吉を天正十二年（一五八四）生まれと記している。かりに二人の兄弟を年子《としご》とすれば、前年、秀吉が柴田勝家を討ったとき、十四歳の三成は、すでに一子の父だったことになる。

彼の妻については、どのような伝えもない。不思議なことにどこの生まれで、名前はなんといったのか正確に伝わっていない。京都・寿聖院の過去帳にも記載はなく、不確実な口伝《くでん》として、大和国《やまと》生まれの女性だったとだけいわれている。

三成と大和生まれの女性を結びつけるものは、ないにひとしい。だが、想像をたくましくすれば、脈絡《みゃくらく》がみいだせないこともない。

それは石田三成が対柴田戦のあと、近江・水口城主に封《ほう》ぜられ、大和《やまと》郡山《こおりやま》城主筒《つつ》井順慶《いじゅんけい》の旧臣島左近《しまさこん》（勝猛《かつたけ》）を、高禄で召しかかえていることだ。

島左近と三成については、またあとで触れるが、当時、島左近は流浪《るろう》の果ての身を、江北《ごうほく》の高宮においていた。彼との関わりで三成が大和の女性を娶《めと》ったとすれば、いくらかでも辻褄《つじつま》があってくる。

二人が肝胆相照《かんたんあいて》らした主従だったことを考えれば、ありそうな話でもある。

だがこの妻は、豊臣政権の官房長官として東奔西走《とうほんせいそう》する夫とは、ろくにゆっくり生活したこともなかった。

鶴松を生んだ淀殿が、母子とも大坂城にひきとられていってから、それがとくにひどくなった。

豊臣家危うし

翌年三月、秀吉は小田原《おだわら》へ出兵した。

秀吉の懐刀《ふところがたな》として、三成は多忙をきわめ、屋敷に帰ることも少なかっただろう。

だが秀吉が晩年にもうけた鶴松は、天正十九年（一五九一）八月、わずか三歳で病没した。秀吉は悲しみをまぎらわすように、かねてから企図《きと》していた朝鮮出兵を決意し、十月加藤清正に肥前《ひぜん》名護屋《なごや》に築城を命じた。

そして十一月、甥《おい》の秀次《ひでつぐ》を養子にむかえ、十二月、関白職をゆずり、太閤《たいこう》となった。太閤は関白前任者の称号である。

翌年、年号が文禄と改まった。二月、石田三成は船奉行《ふなぶぎょう》を命じられた。六月、出兵部隊の奉行として渡海した。

このころ、秀吉愛妾《あいしょう》淀殿は、ふたたび懐妊した。母大政所《おおまんどころ》が八十年の生涯をおわり、朝鮮出兵も、破竹の勢いだった緒戦とはちがい、退勢を挽回した相手の反撃をうけ、膠着《こうちゃく》状態に入っている。逃亡者もつづいていた。不吉なことがつづいているおりだけに、翌文禄二年（一五九三）八月三日、淀殿が大坂城でお拾《ひろい》（秀頼）を産んだとき、老いた天下人秀吉の喜びはひとかたではなかった。

この一方で、養子関白秀次が秀吉にうとんぜられ、やがて高野山に放逐《ほうちく》されて自刃《じじん》、妻妾子女も殺される（一五九五）。

この一連の事件で、石田三成は損な役目を負う。秀次に謀叛《むほん》の噂《うわさ》があったため、その事実糾明の矢面に立ったほか、彼の処分をきびしく遂行したからであった。あわせて秀次謀叛に加担したとの疑いで、浅野幸長《あさのよしなが》、伊達政宗《だてまさむね》、細川忠興《ほそかわただおき》などの諸大名をとり調べ、彼らの怨《うら》みをかった。

「関白秀次さまご謀叛とは、三成さまが秀次さまをのぞくために仕組んだことだという。三成さまは淀殿とことのほかご昵懇《じっこん》の間柄じゃ。同じ近江に生まれ、秀頼さまが天下人におなりになれば、天下の仕置きは思いのままになる」

噂はまことしやかに流れた。

茶頭千利休《さどうせんのりきゅう》の切腹は、やはり三成が讒訴《ざんそ》したのだと、またむしかえされた。

三成はこんな悪評をききながら、政務にはげんでいた。

——世間とは埒《らち》もない噂をするものよ。

心のなかで、浮薄《ふはく》な人の話をわらっていた。

三成にすれば、すべて太閤秀吉の命令をうけて行っただけである。

豊臣政権の官房長官としての行為だった。

有能な官僚として冷徹に処した。

だが、私情はなかったかどうかを問われ、なかったといえば嘘《うそ》になる。すなわち、秀吉の好むことを遂行するのは、三成の喜びでもあったからだ。諫言《かんげん》などとんでもない。またできることでもなかった。

忠誠一途の三成は、秀次を可愛がってきた秀吉正室政所の怨みや、世のそしりを甘受《かんじゅ》した。

そのかわり、淀殿の信任をえた。

彼が近江に十九万四千石の所領をあたえられ、佐和山城主に封《ほう》じられたのは、事件後の八月であった。

兄正澄《まさずみ》は二年まえ堺奉行になっていた。

近江の佐和山は秀次の直轄地《ちょっかつち》であった。

ここは往年から豊臣政権の重要拠点でもあり、三成は天正八年（一五九〇）、江北《ごうほく》蔵入地の代官をつとめたこともあった。

三成は父正継に佐和山領の仕置きをまかせ、自分は京、大坂でほとんどくらしている。

この佐和山城は、古くは「沢山」「左保山」とも記された。

佐々木京極氏のあとをうけて江北を支配した浅井氏と佐々木六角氏の間で、ながく争奪戦がくりひろげられたいわくつきの城であった。

三成は佐和山城をうけとると、領内から人夫を徴発《ちょうはつ》、すぐさま修築をはじめた。短期間に城は完成した。

だがこの城は、外観は堅固《けんご》だが、内部は粗壁《あらかべ》のままという実に質素なものだった。

関ケ原合戦のあと、佐和山城をおとした東軍の徳川勢は、城中をしらべて、その質素ぶりと金銀のたくわえがないことに驚嘆した。調度品《ちょうど》も粗末であった。

石田三成は徳川幕府の治政下で、奸物《かんぶつ》よばわりされたが、清廉潔白《せいれんけっぱく》な人物で、私財をたくわえることはなかったのである。

前に記した『翁草』の逸話は事実だった。

関ケ原合戦後、徳川家康は、領内に仁政《じんせい》をつくした正継、三成父子の姿をぬぐいさるため、佐和山城を完全なまでに破却した。

山頂をほとんどけずってしまった。

——治部殿に過ぎたるものが二つあり、島の左近に佐和山の城。

こんな俗謡からうかがえば、城の外観は堂々たるものだったのだろう。

このころから、三成の身辺はにわかにあわただしくなった。

病気がちになった太閤秀吉は、自分の死後、秀頼への政権委譲《いじょう》をしきりに考え、五《ご》大老《たいろう》と五奉行《ごぶぎょう》にたびたび誓書《せいしょ》をしたためさせ、血判《けっぱん》をおさせている。秀頼を疎略《そりゃく》にせず、表裏別心《ひょうりべっしん》なくもりたてることを誓わせたのだ。

秀頼の傅役《もりやく》には、前田利家が任じられている。

政務は五奉行が執行していたが、幼少の秀頼を補佐するには心もとないとして、徳川家康、前田利家、毛利輝元、小早川隆景《こばやかわたかかげ》、宇喜多秀家《うきたひでいえ》の五大老を、五奉行の上においた。五大老、五奉行が合議しておこなえというのであった。

さまざまな法度《はっと》、置目《おきめ》をもうけさせた。

だが、やはり老父太閤秀吉は安心できない。

文禄は四年でおわり、慶長と改まる。

慶長元年（一五九六）正月二十三日、またもや秀吉は、三成に命じて五大老、五奉行を集めさせ、秀頼に忠誠を誓わせた。秀頼は四歳、淀殿は三十歳、なんとしても前途が不安だった。

太閤秀吉の病気は、いまでいえば老人性肺結核、くわえて胃腸を病んでいた。一時、病状は回復したが、慶長三年（一五九八）三月、醍醐《だいご》で盛大な花見の宴をもよおしてから、また悪化した。

急に痩《や》せ、顔が土色になった。

若いころから精気をみなぎらせていた眼はおちくぼみ、〈老猿〉を思わせた。

誰の目にも死期の迫ったことが感じられた。

六月十六日、彼は自分をはげまし、諸大名を引見《いんけん》した。諸侯は粛然《しゅくぜん》と平伏している。

「三成、わしの望みは、十五歳になった秀頼に政権をゆずり、その介添《かいぞ》えとして、きょうのように諸大名の伺候《しこう》する姿をみることであった。じゃが、もはやわしの命運はつきかけている。哀しいかな、いかんともしがたい。あとのことはくれぐれも頼みたい」

秀吉が病床につくようになってから、太閤の枕頭《ちんとう》には、いつも石田三成の姿があった。

「殿下、なにをもうされます。命運がつきたなどもってのほか――」

三成は、不吉な言葉をはらうようにいっただろう。

しかし内心では、自分を寺小姓から引きたていまにしてくれた恩人に、死が凶々《まがまが》しく迫っているのを、ひしひしと感じていたにちがいなかった。

病臥《びょうが》したまま、秀吉は日を送った。

五大老、五奉行に幾度も誓紙《せいし》を書かせた。誓紙を相互に交換もさせた。ふるえる手で、五大老に書状をしたため、秀頼の一身を頼みもした。

返々《かえすがえす》秀より事たのみ申候、五人のしゅ（衆）たのみ申候々々、いさい五人の物ニ申わたし候。なこり（名残《なごり》）おしく候。

以上。

どれだけ書いても安心ならなかった。

不安はますます募ってくる。

子飼い大名はどれもこれも頼りなかった。

徳川家康の存在が、どうしても気にかかる。

この時期、石田三成は太閤秀吉につきっきりですごした。

佐和山城にも、城中の屋敷にも戻らなかった。

太閤の死期が迫ったと覚悟した彼は、太閤没後、秀頼を擁立《ようりつ》して、渦中を泳ぎわたる思案に耽《ふけ》ったはずである。

淀殿も三成だけを頼りにした。

「ご安心いたされませ。三成、太閤殿下のご高恩《こうおん》に報いるため、いのちの尽きるまで、ご奉公もうしあげまする」

八月十八日の払暁《ふつぎょう》、秀吉はついに息をひきとった。

石田三成は太閤誓紙に違背《いはい》した徳川家康を詰責《きっせき》し、彼との抗争を一挙に深めていき、前から確執《かくしつ》のあった加藤清正、黒田長政《くろだながまさ》ら七将に急襲され、三成が佐和山城に引退したのは、翌慶長四年（一五九九）閏《うるう》三月だった。

徳川家康暗殺を企《たくら》んだとして、大野治長は下総《しもうさ》の結城秀康《ゆうきひでやす》のもとにあずけられた。

いままた腹心の三成が大坂城から追われた。

秀頼母子は身ぐるみはがれたにひとしかった。

豊臣家簒奪《さんだつ》をねらう家康は、豊臣家の武断派（尾張閥）と文治派（近江閥）を争わせることで、豊臣家を潰《つぶ》すことを目論《もくろ》んでいる。

やがて三成は自分を討つために兵を挙《あ》げる。

そのとき三成を憎む太閤恩顧《おんこ》の大名諸侯は、自分の旗下《きか》に集まるだろう。

関ケ原合戦が刻々と迫っていた。

〝友誼〟で出陣、大谷吉継

関ケ原合戦のなかで、石田三成の人柄を感じさせるいくつかの人間ドラマがある。

そのなかで最たるものは、なんといっても、宿痾《しゅくあ》の異将《いしょう》大谷刑部《ぎょうぶ》吉継が三成との友誼《ゆうぎ》を重んじ、敗れるのを覚悟で西軍に味方したことだろう。

当時、大谷吉継はハンセン病におかされ、頭も顔も白布でつつみ、板輿《いたこし》にのっての出撃であった。

石田三成と大谷吉継は、古くからの友だった。吉継は豊後《ぶんご》、いまの大分県に生まれ、通称を平馬《へいま》とも紀之介ともいい、父を失い流浪《るろう》していた。

それを秀吉に斡旋《あっせん》したのが、彼に仕えて間もない石田三成だった。天正二年（一五七四）のことだという。

吉継は人物も温厚、みんなから愛された。

三成と同じように、秀吉から才幹《さいかん》をみとめられ、その諱《いみな》を賜《たまわ》り、吉継と名のった。

賤ケ岳の戦いにも参陣したことは前にのべた。天正十三年（一五八五）七月、五万石を与えられ、従五位下《じゅうごいのげ》刑部少輔《ぎょうぶしょうゆう》に叙任、越前《えちぜん》・敦賀《つるが》十六万石を領した。

こうなるには、いつも三成のとりなしがあったという。吉継は三成に恩義を感じていた。

だが不運にも彼は病にかかり、人目をさけ、敦賀に引きこもりがちになった。

あるとき、秀吉によばれて上洛《じょうらく》した。

茶道執心《さどうしゅうしん》の秀吉は、諸将をまねいて茶会をひらいていた。吉継も無理にその席に座らされた。

普通なら、姿を人目にさらさないのである。

茶席には諸将がずらっと並んでいた。

みんなはうなずき合い、吉継の一挙一動《いっきょいちどう》に目を注いでいる。誰の顔にも嫌悪の色がうかんでおり、一人として吉継の隣に座らなかった。吉継の顔はすでに崩れはじめていたからである。

そんな彼のそばに、石田三成が無造作《むぞうさ》に座った。ほっと救われた。

やがて彼のもとに茶碗がまわってきた。

茶の湯の作法は碗をまわして飲む。

諸将の注目をあびた吉継は、緊張して茶を喫《きっ》した。

小さな異常がそのとき起こった。

茶を喫した碗のなかに、吉継の崩れかかった鼻から、洟《はなみず》がぽとりと落ちたのである。

——洟の落ちたあの茶を喫さねばならぬのか。おそろしや。

諸将は眉《まゆ》をひそめ、無気味さに腰をうかせかけた。

軽いざわめきのなかで、吉継は悄然《しょうぜん》と座っている。このまま舌を嚙《か》んで死にたい気持ちだった。恥辱《ちじょく》で頭がかっとなっていた。

それを石田三成が果敢《かかん》に救った。

吉継が洟をたらした茶碗の中身を、彼がきれいに飲みほしてしまったのである。

「かたじけなや」

心のなかで、吉継は三成に手を合わせる。

目頭《めがしら》がふと熱くなった。

刎頸《ふんけい》の友とは、三成のような人物をいうのだろう。彼のためなら、命を捨てても惜しくないと思った。

石田三成とはそういう男なのである。

三成と徳川家康の対立を最も心配したのは、この大谷吉継だった。

家康は智勇兼備《ちゆうけんび》の人物、三百万石を領し、大名諸侯の大半が、彼の顔色をうかがっている。人物も大きく、吉継も敬服するところがあった。反目する二人の仲をとりもたなければならない。三成は家康の敵ではないのである。

家康は京、大坂に、三成は佐和山城に、急雲をはらんで慶長四年（一五九九）が暮れ、同五年六月になった。六日、家康は大坂城に諸将をあつめ、会津《あいづ》の上杉景勝《うえすぎかげかつ》を討つため、部署を定めている。

太閤死去の半年まえ、会津に封ぜられた上杉景勝に、謀叛の疑いがあり、上洛をうながしてもやってこないのだ。家康は会津討伐《とうばつ》を口実に、兵を動かすことにした。

彼の真意は会津討ちではなかった。

自分が軍勢をひきいて東下《とうか》すれば、京畿《けいき》の徳川勢力は手薄になる。当然、石田三成は好機として、諸大名によびかけ挙兵するだろう。

景勝もこれに呼応するにちがいない。

智謀《ちぼう》にすぐれた家康は、三成の挙兵を巧妙に誘ったのである。

六月十六日、家康は諸将をひきいて大坂を発《た》ち、京の伏見城に入った。十八日、伏見城を出発、江戸にむかった。

大谷吉継がその軍勢にくわわるため敦賀を発ち、琵琶湖の東岸をたどり、関ケ原にちかい垂井《たるい》に到着したのは、七月一日であった。

彼は温厚、軍略にもすぐれ、人望もある。

できるなら、家康と景勝との仲を斡旋したかった。そのつもりで参戦した。

家康と三成の抗争もあわせて調停できる。

それは三成が東下の軍勢にくわわることだ。

そうすれば、家康も機嫌よくするだろう。

面子《めんつ》があって不可能なら、長子隼人正《はやとのしょう》重家を参陣させてもいいのである。

大谷吉継は垂井から佐和山に使いをやった。馬なら一駆《いっく》の距離になる。

ところが、三成の答えは否《いな》だった。

かえって使いは三成の招きをもってきた。

七月二日の深更、大谷吉継は佐和山で三成と会《かい》した。なにごとならんと席に座る。

三成は豊臣政権を守るため、恩顧の大名によびかけ、徳川打倒の兵を挙げるという。

内府《ないふ》（家康）が東下したいまこそ好機である。

吉継がひそかに危惧したとおりだった。

「そなたもぜひ同意してもらいたい」

赤心《せきしん》を顔にあらわしていう三成に、吉継は無謀な戦の中止を、夜を徹して説いた。

挙兵を思いとどまれば、自分が身命《しんめい》にかえても、家康との不仲を解いてみせると諫《いさ》めた。

だが、忠義一途の三成はきかなかった。

このままでは、天下は家康のものになる。

太閤殿下の恩をこうむるものには、たえがたいといった。そして上杉景勝の家老直《なお》江《え》山城守《やましろのかみ》と、家康を挟撃《きょうげき》する密約があることを匂わせた。

大谷吉継は白布のなかで顔色をかえた。

結論をださぬまま、彼は垂井にもどる。

彼がつぎに三成と会ったのは十一日、安国寺恵瓊《あんこくじえけい》とともにだった。七日余り、吉継は迷いに迷った。そして友誼《ゆうぎ》に殉《じゅん》することに決めていた。

自分は所詮、生ける屍《しかばね》である。

友の用にこの身を役立てよう。

彼は三成に、おぬしは日頃から横柄で、諸侯の恨みをかっている。表だっては、豊《ほう》家《け》のためになろうとするものも参じなくなる。毛利輝元や宇喜多秀家を表にたてるべきだと進言した。

佐和山落城す

七月二十四日、下野国《しもつけのくに》小山《おやま》で三成の挙兵をきいた徳川家康は、会心の笑みをうかべ、全軍を反転させた。

やがて、関ケ原の大会戦となる。

大谷吉継は反旗をひるがえした小早川勢と戦い、脇坂《わきさか》、朽木《くつき》、赤座《あかざ》の裏切りのなかで、侍臣湯浅五助《じしんゆあさごすけ》に首をうたせた。

関ケ原に出陣のときは、両眼盲《めしい》て、なにもみえなかったという。人物としてすぐれた大谷吉継をこうまで決意させた三成は、孤高《ここう》の性格とはいえ、やはり情愛が深く、清香《せいこう》の人とみるべきである。

先にものべたが、筒井家旧臣島左近に、四万石の給禄《きゅうろく》のうち一万五千石与えたことも普通の人間ではできることではなかろう。

三成は智勇にすぐれた島左近を、賓客《ひんきゃく》として遇した。有能な官僚三成の背後には、天下が器量人《きりょうじん》という島左近の姿があったのである。

近江佐和山領十九万四千石を拝したとき、三成は島左近に加増をもうしつけた。

しかし、左近はこれをうけなかった。

「殿がたとえ五十万石、百万石の大身《たいしん》になられようとも、てまえの禄は一万五千石で十分でござりまする。てまえのことより、ほかの者に加増をもうしつけられませ」

固く辞退してうけなかった。

彼は『孫呉書《そんごしょ》』に精通し、軍略家だった。

主君三成が引退するまえ、徳川家康襲撃を、たびたび強固に進言した。家康の首級《しゅきゅう》さえあげてしまえば、豊家の禍根《かこん》を絶てるというのであった。

だが三成は、この智略家の進言に、いつも逡巡をみせた。彼の清廉潔白が、卑怯《ひきょう》をえらばなったのだ。彼が家康襲撃をもっと積極的に断行していれば、未遂におわることもなく、豊臣政権は安泰におかれたと思われる。

関ケ原合戦で、島左近は三成軍の先鋒《せんぽう》として奮戦したが、戦場で行方《ゆくえ》を絶っている。いくら乱戦のなかでも島左近ほどの武将が、討死したとはいえ、戦場で消息を絶つなど考えられない。『常山紀談』に従えば、目立ついでたちで出陣したというが、推察できることは、むしろ一軍の将らしくない格好で、戦にのぞんだのだろう。

自分の禄は家士《かし》たちにすべて給する。

質素ないでたちで出撃していた。

乱戦のなかでたおれれば、ほとんど雑兵《ぞうひょう》と区別できなかった。智将島左近とわからないまま、多くの雑兵とともに葬《ほうむ》られてしまったのだ。

自分を厚く遇してくれた三成に対し、先の大谷吉継もこの島左近も、すべてをささげて報いている。三成自身も太閤秀吉に対する忠誠の思いをつらぬいた。

『論語《ろんご》』に徳は孤《ひとり》ならず、必ず隣有り――とあり、ここに清烈《せいれつ》に生きた男たちの姿がうかがわれる。

加藤清正、福島正則、小早川秀秋《こばやかわひであき》といった人々が汲々《きゅうきゅう》と守った家の末期を考えるとき、どちらを選択するか、人間が死ぬ存在であることを思えば、おのずと明らかになってくる。

かくして、大谷吉継も島左近も戦場に消えた。

石田三成は関ケ原から伊吹山中に脱出した。

徳川家康は合戦が勝利におわると、夜に入って、小早川秀秋の申し出をいれ、彼の軍勢を佐和山城にむかわせた。

翌十六日、東軍はこぞって佐和山城にむかい、十七日、家康も近江にすすんで平田山《ひらたやま》に布陣、城攻めを開始した。

佐和山城には、三成の父隠岐守《おきのかみ》正継、兄正澄、正澄の子朝成《ともなり》、三成の長子隼人正重家らがいた。

当時、重家は人質として大坂城にいたとも説かれているが、関ケ原の合戦は、実質的には石田三成を主将とした戦いであり、他の部将の嫡子たちが、人質として大坂城にあったのと同じには考えられない。前にも書いたが、『野史』は次子佐吉を天正十二年（一五八四）の生まれと記している。重家は少なくとも、二十歳前後になっていた。石田三成は乾坤一擲《けんこんいってき》の戦にあたり、長子に佐和山城を守らせたはずだ。

次子佐吉は父とともに関ケ原に出陣し、敗走のあと高野山青巌寺にむかったが、寺僧に拒まれて捕らわれた。

のちに徳川の手で斬られている。

彼ら石田一族のなかに、重家の外祖父《がいそふ》にあたる宇多頼忠《うだよりただ》、頼重《よりしげ》父子という人物がいた。

宇多は大和国〈宇陀《うだ》〉に音がつうじる。

寿聖院に口伝《くでん》としてつたえられる三成の妻は大和の人というのは、これからうかがえば、おそらく正しいだろう。

とにかく石田一族は、西軍の敗報を知ると城中の将士に退去を命じた。いくら死守しても、城はいずれ落ちる。一族だけが死ねばいいのである。

一族のこうした結束の固さからうかがえるのは、一族のみんなが心を一つにして、肉親相食《あいは》む時代にはめずらしく、仲がよかったことだ。石田三成の人柄、父正継の高潔さがしのばれる。

あるいは宇多頼忠の女《むすめ》とも考えられる三成正室も、目だたないが三成とは琴瑟《きんしつ》の仲だったのだろう。

「はやく城から退去せよ。いまをおいて時はないぞよ」

正継や正澄、また重家が声をからしていった。

だが城中には、なお二千八百余人の将士が残った。

十七日は一日中、攻防にくれた。

佐和山城には篝尾口《かがりおぐち》など三つの城門がある。

いずれも堅固な巨門だった。

夜になり、東軍から降伏をすすめてきた。

城将正澄が切腹して城を明けわたせば、城中すべての命を助けるとのことだった。三成の兄木工頭《もくのかみ》正澄は承服したが、翌十八日、田中吉政《よしまさ》の軍勢が、水の手口から城内に突入し、佐和山城は一挙に落城する。

石田正継、正澄は、一族を四重の天守閣に集め、火を放って自刃《じじん》した。三成の妻は、家臣土田桃雲《つちだとううん》によって刺された。長子重家が、どうして城中から大坂城に逃れたか不明だが、おそらく祖父正継が、落ちよと命じたのだろう。三成の生死はまだわからないのである。

このとき、火を噴く本丸のなかに、百余人の女性がのこっていた。

彼女たちは天守閣の火と、寄せ手にはばまれ、逃げ場をうしなった。

ために、本丸南の懸崖《けんがい》から、つぎつぎに身をおどらせた。美しい小袖《こそで》が秋の空にまい、懸崖の下は血の海と化し、断末魔《だんまつま》のうめき声が、その日中、つづいていたそうである。

女郎谷《じょろうだに》——。本丸南の谷は、いまでもこうよばれている。

三成の兄正澄の妻は、慶長三年（一五九八）三月、太閤醍醐の花見にくわわり、花見の和歌一首をのこしている。

峯《みね》たかき梢《こずえ》の花のさきそへば
なおさながらの深雪山《みゆきやま》かな

川田順編纂《へんさん》の『戦国時代和歌集』のなかに、正澄の子の朝成《ともなり》が佐和山落城の前夜に詠《よ》んだ歌一首が収められている。

げにさぞな西に心は急がるる
かたぶく月も今はいとはじ

川田順氏の注釈によると、朝成は二十歳前後だった。この歌を記した短冊には、血痕《けっこん》が点々とのこっているといい、おそらくこの短冊を小机のうえにおき、その前で切腹したのではないかと書かれている。

これをのぞけば、他の一族に辞世の歌はない。一族が自刃し、城中の女たちが墜死《ついし》しているとき、石田三成は伊吹山中を彷徨《ほうこう》していた。

彼は伊吹山中から、佐和山城にあがる黒煙をみたはずである。

太閤秀吉に召しだされた大原村観音寺もちかい。そこから一筋、紆余曲折をへて佐和山城主となり、いま自分は大義の戦に敗れ、こうしてここにいる。

「生きる道はもう終わりなのか。いやまだ道はつづいている。なんとしても大坂城に入り、再挙《さいきょ》して家康を討たねばならぬ」

三成はまだ望みをすてなかった。

佐和山城にむかって合掌し、また蹌踉《そうろう》と歩みはじめた。

妙心寺塔頭寿聖院の墓地は、きょうもひっそり閑《しず》まっている。石田一族八基の墓が、薄闇《うすやみ》のなかにみえる。

「おぬしたち、寒くはないか」

「いいえ、寒くはございませぬ。おまえさまこそ」

三成の問いに、妻宇多頼忠の女が、みんなにかわって答える。

わたくしには、石田三成のあたたかい声がきこえるのである。

剣の漢《おとこ》

——上泉主水泰綱《かみいずみもんどやすつな》——

火坂雅志

火坂雅志《ひさかまさし》（一九五六〜二〇一五）

新潟県生まれ。早稲田大学在学中は早稲田大学歴史文学ロマンの会に所属、歴史文学に親しむ。一九八八年に伝奇小説『花月秘拳行』でデビュー。一九九九年刊行の『全宗』からは、最新の研究を踏まえた重厚な歴史小説を発表するようになり、『覇商の門』や『黒衣の宰相』など、従来とは異なる角度から戦国を捉える作品で注目を集める。直江兼続を描き、二〇〇九年大河ドラマの原作に選ばれた『天地人』で、第一三回中山義秀文学賞を受賞。その後は、地方で活躍する武将に注目するようになり、伊達政宗を描く『臥竜の天』や『真田三代』を発表。二〇一五年に急逝、『天下家康伝』が遺作となった。

一

秋草が揺れている。

ススキ、女郎花《おみなえし》、フジバカマなど、駆け足で深まる出羽《でわ》国の秋を告げる草花が、乾いた秋風に、髪を振り乱したように揺れなびいていた。

草原の向こうには、刈《か》り入れがおわったばかりの水田がひろがっている。そのかなた、きらきらと輝く鱗雲《うろこぐも》を浮かべた空の下に、亀《かめ》の甲羅《こうら》に似た形の山塊《さんかい》が横たわっているのが見えた。

爽涼《そうりょう》とした眺めだった。

澄んだ陽射《ひざ》しは美しく、どこまでも明るいのだが、北国の野に吹く風はどこか物哀《ものがな》しい調べを含んでいる。

（いにしえの歌詠《よ》みならば、このさまを何と言葉にあらわしたろう……）

上泉主水泰綱《かみいずみもんどやすつな》は我にもなく、ふと、漢詩か和歌でも詠んでみたいような感興にとらわれた。主水は五十歳になる。

この年まで、風雅などとはおよそ無縁の暮らしを送ってきた。

主水の祖父は、剣聖として名高い、

――上泉伊勢守信綱《いせのかみのぶつな》

である。

愛洲移香斎《あいすいこうさい》の子、小七郎に陰流《かげりゅう》の剣を学んだ信綱は、その後、独自の工夫をこらして新陰流《しんかげ》を創始。柳生石舟斎《やぎゅうせきしゅうさい》にその極意をつたえ、足利将軍義輝《よしてる》の剣術指南をつとめるなど、天下に名を響かせるようになった。

兵法者信綱の経歴は華やかなものだが、その武士としての人生の歩みはけっして平坦《へいたん》とはいえない。

根拠地だった上野国《こうずけのくに》上泉城を小田原北条氏に攻められ、箕輪《みのわ》城の長野業政《ながのなりまさ》のもとへ逃れて、同家に重臣として仕えた。だが、その箕輪城も、業政の子業盛《なりもり》の代に武田信玄の攻撃を受けて落城。以後、信綱はいかなる大名の仕官の誘いも受けることなく、剣の道ひとすじの一生をつらぬくことになる。

上泉主水泰綱は、この孤高の祖父の顔を知らずに育った。

自由な剣客の境涯に達した信綱とは対照的に、北条氏に従って関東で生きる道を選んだ父秀綱《ひでつな》が、息子の主水を人質として小田原城へ差し出したためである。

「どのようなお方なのです」

幼いころ、主水は父に祖父信綱のことを何度かたずねたことがある。

そのたびに、父は不快な顔をし、

「われらとは無縁の者よ」

名さえ口にしたくもないというように、冷たく吐き捨てた。

祖父と父のあいだには、余人にはうかがい知れぬ、深刻な対立があったのであろう。

父秀綱は、信綱が編み出した新陰流の剣をめったに使わなかった。

だが、小田原で育った主水は、まだ見ぬ祖父にあこがれた。

（自分も、あのような一流の剣の使い手になりたい……）

人づてに噂《うわさ》を聞き、信綱の華やかな剣歴を知るにつけ、祖父からじかに剣を学びたいという気持ちがつのった。

主水が念願だった祖父信綱との対面を果たしたのは、ひとつの悲劇がきっかけになっている。

父秀綱の戦死である。

秀綱は、北条氏政が里見義弘《よしひろ》と戦った永禄七年（一五六四）の国府台《こうのだい》合戦で、奮戦のすえに討ち死にを遂げた。三十五歳の若さであった。

このとき、主水はまだ元服前の十三歳だった。

主水は祖父伊勢守信綱に父の死を報告すべく、北条家のゆるしを得て、単身、京へ向かった。

（いよいよ、お会いできる）

前髪姿の少年の胸は熱く高鳴った。

主水が京へ着いたとき、信綱はちょうど丹後《たんご》の廻国《かいこく》修行をおえ、洛中西福寺《らくちゅうさいふくじ》の道場にもどったところであった。

その信綱を迎えるため、西福寺の境内に数百人の門弟が列をなしていたのを、いまも鮮明におぼえている。

偶然、門前に来合わせた主水は、声をかけることもできず、ただ茫然《ぼうぜん》と祖父を見送るしかなかった。

その後、主水は上州出身の門弟の仲立ちで、ようやく祖父と二人きりで対面する機会を得た。

——厳しい人か……。

と、内心おそれを抱いていたが、じっさいに会った信綱は、儒者のような知的な風《ふう》貌《ぼう》をしており、父の話を聞くと涙を流してその死を悲しんだ。

「北条家では、父上の武功に報いるため、わたくしが成人のあかつきには、北条の三《み》ツ鱗《つうろこ》の紋を下され、一門として遇していただく約束になっております」

「そうか」

信綱はうなずいた。

討ち死にした秀綱の武勲もさることながら、信綱は相模《さがみ》玉縄《たまなわ》城主の北条綱成《つなしげ》の娘を後妻に迎えており、上泉家は北条一門に遇される資格をそなえていた。

「武門に生まれた者として、いくさ場で命を散らすのは名誉なことじゃ。そなたも父を見習い、天晴《あっぱれ》な武士になれ」

「祖父《じい》さまッ」

主水は信綱の前に、がばりと両手をついた。

「わたくしを、このまま京へ置いて下さいませ」

「何と……」

「門弟衆のはしに加わり、祖父さまから剣の教えを受けとうございます」

「北条家のゆるしを受けてのことか」

「内々に許可を得ております。たとえゆるしがなくとも、腹を切る覚悟で京に留《とど》まる所存です」

「腹を切る覚悟がどういうものか、そなた、わかっておるのか」

それまで、春の陽のようにおだやかだった伊勢守信綱の目が、にわかに鬼神のごとき光を帯びた。

「わ、わかっているつもりです」

「…………」

「このとおり、お願い申し上げますッ！」

「死ぬ覚悟があるというなら、そなたの好きにするがよい」

「ははッ」

その瞬間から、祖父上泉伊勢守のもとでの主水の修行の日々がはじまった。

（いま思えば、祖父の厳しい稽古《けいこ》によくぞ耐え抜いたものよ……）

みちのくの野を見渡しながら、上泉主水は苦みのまじった微笑を陽灼《ひや》けした頰《ほお》に立ちのぼらせた。

二

「おう、主水。ここにいたか」
紫と白の片身替わりの小袖《こそで》、墨染めの革袴《かわばかま》というかぶいた格好《なり》をした男が、上泉主水に声をかけてきた。
上杉家組外《くみほか》御扶持方（組外衆）の頭《かしら》、前田慶次郎《けいじろう》である。
組外御扶持方とは、
馬廻《うままわり》組（先代謙信以来の旗本）
五十騎《ごじっき》組（当代上杉景勝の旗本）
与板《よいた》組（執政直江兼続の直属衆）

の三手組のいずれにも属さない、客将待遇の者たちである。

彼らの多くは、上杉家が越後春日山城から会津若松城に国替えとなってから召し抱えられた一騎当千のつわものだった。

主水が上杉家に仕えたのは、慶次郎よりも早い。組外御扶持方のなかでは、別格といっていい存在である。

祖父上泉伊勢守のもとで新陰流の奥義《おうぎ》をきわめた主水は、三年後、小田原北条家にもどり、北条一門の氏忠の娘を娶《めと》って、数々の合戦に活躍した。

主水が小田原へもどって間もなく、上泉伊勢守信綱が世を去った。

容姿も祖父に生き写しで、剣聖信綱直伝の剣のわざを身につけた主水は、つねに先陣きって敵中へ斬《き》り込み、その背中につけた、

――浅葱撓《あさぎしない》
の旗差物の行くところ、敵なしと勇名を馳《は》せるようになった。

撓とは、横棒を使わず、縦だけに竿《さお》を入れた、特殊な形状の旗差物である。風を受けると、大きくしなうので、その名がある。

浅葱色、すなわちあざやかな水色の旗をしなわせながら、主水の手勢がはやてのように戦場を疾駆《しっく》すると、敵が恐れて道をあけるほどだった。

そのため、関東の諸将は上泉主水に遠慮して、浅葱色の旗指物を用いる者が誰《だれ》ひと

りなかった。

（この関東で、おれは祖父以上の剣名をとどろかせてみせよう……）

主水の野望は、しかし、ついに叶《かな》うことがなかった。

天正十八年（一五九〇）七月、小田原北条氏は豊臣秀吉の二十万を超える大軍に攻められ滅亡。代わって、関東には秀吉から国替えを命じられた徳川家康が入った。

上泉主水は牢人《ろうにん》になった。

流浪《るろう》の暮らしを送っていた主水の勇名を聞き、

「浅葱擦の上泉どのを、ぜひとも当家にお迎えしたい」

と声をかけてきたのが、先代謙信以来の勇武の家柄で知られる上杉家だった。いまから三年前、慶長二年（一五九七）春のことである。

「何を考えておった」

前田慶次郎が草むらに腰を下ろした。

慶次郎は主水よりも、十数歳年上である。六十をすぎた老将だが、かといって老け込んだところはいささかもなく、十七、八の若者以上に潑剌《はつらつ》たる壮気に満ちあふれていた。

それは主水も同じで、この出羽の戦場へ来てから、一度に十も二十も若返ったような気がする。

「歌でも詠めぬものかと思うてな」

所在なくススキの穂を折りながら、主水は言った。

「おぬしが歌か」

「うむ」

「よせよせ、柄に似合わぬ」

慶次郎が豪快に笑った。

つられて、主水も笑う。

「先ほどから、直江どのがおぬしを探しておられたぞ」

上杉家の執政、直江山城守兼続が本陣をしく、

――菅沢山《すげさわやま》
を仰いで慶次郎が言った。

「直江どのが、わしを？」

「おうさ。直江どのは、このいくさに賭《か》けておられる」

「その思いは、われらも同じ」

「いまから、腕が鳴るのう」

「しかし、よもやかようないくさになろうとは……」

主水はかすかに眉《まゆ》をひそめた。

太閤《たいこう》秀吉亡きあと、徳川家康が天下簒奪《さんだつ》の野心をあらわにしたとき、上杉家はこれと対決の姿勢を鮮明にした。

秀吉との誓約を破り、公然と派閥づくりをはじめた家康に対し、

——そのような行為は義にもとる。

と、上杉景勝、直江兼続主従は不快の念をあらわにした。

会津若松郊外の神指原《こうざしはら》に新城を築きはじめた上杉家の動きを見て、家康は会津討伐の陣触れを発し、東征軍十二万がこれに従った。上杉景勝、直江兼続主従は、奥州《おうしゅう》の関門、白河の革籠原《かわごはら》に東征軍を引き入れ、一気に殲滅《せんめつ》する秘策を立てた。

しかし、この作戦は実行に移されなかった。石田三成《みつなり》が上方で挙兵したため、その報を聞いた家康が、下野《しもつけ》小山《おやま》から軍勢を西へ取って返したのである。

上泉主水、前田慶次郎をはじめとする組外の衆は、

「いまこそ出撃のときだ。背後を衝《つ》き、敵を殲滅する絶好の機会ではないか」

と、主張した。

執政の直江兼続もこれに賛同したが、当主景勝が、追撃策をしりぞけたため、上杉、徳川の決戦は幻《まぼろし》におわった。

一方——。

家康西上の知らせに、あわてふためいた者たちがいた。

陸奥《むつ》岩出山《いわでやま》の伊達政宗《まさむね》と、出羽山形の最上義光《もがみよしあき》である。彼らは徳川軍と連携し、上杉領を北方から侵す手はずになっていた。

家康が西へ軍を返したいま、上杉軍の攻撃の矛先《ほこさき》は、北の伊達、最上に向けられることとなった。

上杉軍はまず、伊達を討つべく信夫《しのぶ》郡の福島城へ軍勢をすすめた。

しかし、精強をうたわれる上杉との正面対決は不利とみた伊達政宗は、ただちに降伏の使者を送り、

「徳川の本拠、江戸を攻めんとするならば、わが伊達家が先鋒《せんぽう》をつかまつりましょう」

と、恭順の意をしめした。

このため、上杉軍は攻撃目標を、いまだ態度を明らかにしていない山形の最上義光に転ずることとなったのである。

直江兼続を大将とする上杉軍二万が米沢を発したのは、九月九日。

先陣　春日元忠《かすがもとただ》
二陣　芋川守親《いもかわもりちか》
三陣　上泉主水泰綱、前田慶次郎ら
本陣　直江兼続

後陣　松本杢之助《もくのすけ》、高梨兵部丞《たかなしひょうぶのじょう》ら
軍目付《いくさめつけ》　水原親憲《すいばらちかのり》

という編成である。

主水の手勢は本来、百あまりだが、前田慶次郎ら組外衆四千五百の軍勢をひきいる第三陣の大将の重責を与えられた。

最上領へ入った上杉軍は、破竹の勢いで進撃。十三日早朝、江口《えぐち》五郎兵衛《ごろうびょうえ》父子の守る畑谷《はたや》城に猛攻を仕掛け、これを陥落させた。

上杉軍は勢いに乗り、簗沢《やなざわ》城をはじめとする最上方の支城三十余を落とし、最上義光が籠《こ》もる山形城の前衛、長谷堂《はせどう》城をかこむに至った。

三

上泉主水泰綱は、菅沢山の本陣に直江兼続をたずねた。

床几《しょうぎ》に座した兼続は、少し疲れているように見えた。

(めずらしいことだ……)

主水は思った。

主君景勝の全幅の信頼を受け、若いころから上杉家の内政、外交を取り仕切ってきた兼続も、今年四十一になる。

男として脂の乗り切った年齢であるが、満を持して白河の革籠原で東征軍を迎え撃つ策が、戦わずして幻と消え、さすがに心境に微妙な変化があらわれているように思われた。

（これほど大きな挫折《ざせつ》は、かつてこの男になかったにちがいない）

主水は兼続という男が好きだった。

どこまでもまっすぐに、亡き上杉謙信直伝の、

――義

の理想を追い求めているようでありながら、謙信にはなかった柔軟な思考もそなえている。

秀吉の遺命にそむいた徳川家康と戦うことが、上杉家の〝義〟とはいうが、

（本心では、西の石田三成と意をあわせ、上杉家を東国の覇者にのし上げようとしているにちがいない……）

革籠原の策が破れたのち、すぐに北の伊達、最上討伐に乗り出した兼続の行動が、それを何よりあらわしている。

その意味では、兼続もまた、家康と同じ、天下に野望を抱く一流の策謀家だった。

だが、主水が兼続という男に惚《ほ》れ込んだのは、その策謀が家康のごとく私《わたくし》の欲望から発したものではなく、公《おおやけ》の精神から発しているように思われるからだった。

（さもなければ、これほどの才腕の持ち主が、どこまでも主君の景勝さまを立て、陪《ばい》臣《しん》の身にあまんじているはずがない……）

主水は、いつも前だけを見つめて走りつづけている直江兼続に、秋の風のごとき冷たく冴《さ》えた爽《さわ》やかさを感じるのである。

「お呼びとうかがいました」

剣の使い手らしく、主水は隙《すき》のない姿勢で折り目正しく頭を下げた。

「上泉どの、これへ」

兼続は目の前の床几を、軍扇でしめした。まわりには、春日元忠、芋川守親、松本杢之助、高梨兵部丞らがすわっていた。どうやら、長谷堂城攻めの軍議の最中だったらしい。

上泉主水をはじめ、あとから上杉家に来て高禄をもらっている組外の者は、上杉家古参の彼らから、どこか冷たい目で見られていた。むろん、それを気にする主水ではない。

男たちの前を悠然《ゆうぜん》と横切り、主水は兼続がすすめる床几にどっかと腰を下ろした。

「去る川股《かわまた》の戦いでは、上泉どのの武功は抜群だった。会津若松の景勝さまも、貴殿の鬼神のごとき武者ぶりをお聞きになり、いたくお喜びなされたそうだ」
「さほどのことでもござらぬ。武功を挙げるのは、扶持《ふち》をいただく身として当然のこと。殿よりまかされた城を留守にして、妻女の見舞いに行くなど、それこそ武士として言語道断ではござらぬか」
主水の言葉に、その場にいた者たちがあからさまに嫌な顔をした。
主水が言うのは、奥州刈田《かった》郡の白石《しろいし》城が伊達政宗に攻められたとき、守将の甘糟備《あまかすびん》後守景継《ごのかみかげつな》が瀕死《ひんし》の妻を見舞うために会津若松へ行き、その留守中、伊達勢の猛攻を受けて落城したことである。
急を聞いた直江兼続は、上泉主水泰綱をはじめ、本村《ほむら》酒造丞《みきのじょう》、車丹波《たんば》、榎並三郎兵衛《えなみさぶろうべえ》の四将に五千の兵をつけ、白石城へ急行させた。
時すでに遅く、四将は白石城を奪還することはできなかったが、
桑折《こおり》城
小手内《こてうち》城
川股城
など、伊達軍の前戦基地をことごとく攻め取ることに成功した。
小手内城の戦いでは、浅葱撓の旗指物をなびかせた上泉主水の勢が、他の三将が攻めあぐねていたところへ、唯一、城門を打ち破って突入。敵の首七十三級をあげたほ

か、四十余人を討ち捨てにした。

「上泉どのを呼んだのは、ほかでもない。ぜひとも、武勇で鳴る貴殿の意見を聞きたいと思ってな」

兼続が言った。

「直江どのは、いかなる策をお持ちでござる」

主水が身を乗り出すようにして聞くと、兼続は切れ長な目を底光りさせ、

「わが勢は二万。対する長谷堂城の勢は、わずか五千とはいえ、城将志村伊豆守光安《いずのかみあきやす》は評判の勇武の将で、城兵たちの士気も高いと聞く。これを一気に攻め落とすことは、難しいと考えている」

「それがしも同意見です」

「そこでだ」

と、兼続が目の前に広げた周辺の指図に視線を向けた。

「このさい、長谷堂城にこだわるのはやめようと思う」

「わかりませぬ……。長谷堂城を攻めずして、いったい何をなさろうというのです」

主水は眉間《みけん》に皺《しわ》を寄せた。

「首を獲《と》る」

「首……」

「敵将最上義光の首だ」

その言葉を聞き、

――あッ

と、主水は思わず息を呑《の》んだ。

「われらの目的は、長谷堂城を落とすことではない。あくまで山形城の最上義光の首を獲ることだ」

「しかし、長谷堂城を落とさぬかぎり、山形城へは軍勢をすすめられますまい。そのようなことをすれば、長谷堂城の勢に背後を衝かれるだけ」

「城へ攻め込むのではない。山形城から義光を引きずり出すのだ」

直江兼続の考えた策は、次のようなものだった。

上杉軍の主力は長谷堂城ではなく、北の門伝《もんでん》あたりにひそませておく。長谷堂城救援のため、最上義光自身が須川《すがわ》を渡って駆けつけたとき、ひそんでいた主力が横合いから襲いかかり、野戦に持ち込んで討ち果たそうというのである。

「古くは、武田信玄が遠州浜松城から徳川家康を引きずり出し、野戦をおこなって大敗させたという例もある。長谷堂城にこだわり、無駄な時を費やしているより、このほうがよほど早く決着がつく」

兼続は、みずからの策に自信を持っているようであった。

しかし、主水はそうは思わなかった。

「それは、愚策にございますな」

「愚策とな……」

兼続の顔色が変わった。

四

「さよう」

主水は顎《あご》を引いて深くうなずいた。

「野戦は城攻めと異なり、戦場で何が起きるかわかりませぬ。勝負は時の運、勝つつもりが、取り返しのつかぬ大敗を喫する恐れもございます」

「上泉どのは、バクチを恐れるか」

兼続の声が知らず知らず、高くなっていた。

「恐れはいたしませぬ。ただ、いまはまだ、そのときではあるまいと……」

「解《げ》せぬことを申される。いま賭けに打って出ずして、いつ勝負をするというのだ」

「西のいくさの趨勢《すうせい》が決まってからでも遅くはありますまい」

主水は言った。

目下のところ、上杉軍が敵にまわしている山形城の最上義光、帰趨のさだかでない岩出山の伊達政宗——彼らはすべて、徳川家康の勝利に賭けている。

しかし、勝負は五分と五分。

必ず家康が勝利するとはかぎらない。

家康が負ければ、危険なバクチを打つまでもなく、しぜんと最上、伊達は、上杉の軍門に降《くだ》ってくる。

むしろ、西の決戦の行方をじっくりと見定めて、

「そのうえで、次の一手を打つべきではござるまいか」

上泉主水は主張した。

「上杉軍はこれまで破竹の勢いで進撃し、最上勢を十分に弱らせております。西国の戦況を睨《にら》みつつ、会津若松のお屋形《やかた》（景勝）さまに援軍を要請し、羽州街道の上山《かみのやま》城を落として、同時に伊達の動きを牽制《けんせい》するのです。焦っては、負けにござる」

「わしが焦っているとでも、申すのか」

いつも冷静な直江兼続の表情が、引きつったようにこわばっていた。

「直江どのは、わが新陰流に転《まろばし》というものがあるのをご存じか」

「転だと？」

「玉を転がすように、つねに自由自在に剣をあやつる兵法の極意。その柔軟な心の働

きを失ったとき、いかなる剛剣の使い手も敗れ去るもの。直江どのがいまやろうとしてるのは、目先の勝利に目がくもった策のように、それがしには見えまする」

「わしに、黙って西のいくさの行方を見ていよということか」

「無駄なバクチは打たぬがましと申し上げているのです」

「石田治部少輔《じぶのしょう》らが、徳川を相手に命がけの大いくさを挑んでいるときに、何もせず、ただ指をくわえて待てと……」

「それも、兵法のひとつかと存じます」

「上泉どの」

直江兼続が目を据えた。

「貴殿がさような卑怯者《ひきょう》とは、思うておらなんだ」

「卑怯とは異なことを」

「これを卑怯と言わずして何と言う。新陰流の極意か何かは知らぬが、戦わずに漁夫《ぎょふ》の利をもとめるような法は、わが上杉家にはない」

「頭を冷やされよ、直江どの。わしが惚れ込んだ貴殿は、意地や面子《メンツ》にこだわらず、もっと柔軟に、大局に立って物事を考える男だったはず……」

「このような急場にのぞんで、味方の士気を挫《くじ》くような言動はお控え願いたい。上泉どのの浅葱撓の旗指物は、関八州の諸将がこればかりは遠慮して、同じ旗の使用をはばかると聞きおよんでいたが、それは虚言であったのか」

言い合っているうちに、しだいに気が高ぶってきたのであろう、直江の仮借《かしゃく》のない舌鋒《ぜっぽう》は、主水がもっとも誇りとしてきた浅葱撓の旗指物にまでおよんだ。

つね日ごろから主水を快く思っていない春日元忠や芋川守親らが、

（それ見たことか……）

といった表情で、失笑を洩《も》らしている。

瞬間、主水は総身の血がさっと冷えていくのを感じた。

「これは、直江どののお言葉とも思われぬ。それがしは生まれてこの方、人前で卑怯者呼ばわりされたおぼえはござらぬ。ましてや、浅葱撓の旗指物を虚言とは……」

「いささか言いすぎたやもしれぬ」

さすがに感情に走りすぎたと思ったか、直江兼続がやや蒼《あお》ざめた顔で言った。

「いや、直江どののご存念、いまのひとことでわかり申した。ほかに御用がないのであれば、それがしはこれにて御免」

一礼するや、上泉主水はあとも見ずに菅沢山の本陣をあとにした。

五

その夜——。

菅沢山のふもとにある主水の陣を、前田慶次郎がたずねてきた。酒を入れた大瓢簞《おおびょうたん》を持参している。

「直江どのと喧嘩《けんか》をしたそうだな」

慶次郎はどっかとあぐらをかき、主水の前に、これもどこかから持ってきたらしい朱塗りの合六椀《ごうろくわん》を置いた。

「そう、深刻な顔をするな。直江どのはいま、われらが知っている冷静な直江どのではなくなっている」

「…………」

「練りに練った白河での迎撃策が不発におわり、兵を返す徳川勢を追撃せんとするも、それを景勝さまに止められた。はた目には平静なふうにも見えるが、それからずっと頭に血がのぼっている」

「そうかもしれぬ」

「最上攻めの陣をもよおしたが、畑谷城では、かつて一度もやったことのない撫で斬《なぎ》りをなされている。ようするに、勝ちを焦っているのだ」

「それくらい、わかっておるわ」

慶次郎が大瓢箪から注《つ》いだ濁り酒を、主水は水のように一息で飲み干した。

「わかっていても、許せぬこともある。わしがいつ、卑怯な振る舞いをした。十六の年に初陣を果たしてよりこの方、命惜しみをしたことはただの一度もない」

「直江どのも、心ないことを申されたものよのう。しかし、このような非常時だ。誰でも頭に血がのぼる」

慶次郎はみずからも、合六椀の酒をあおった。

「わしは景勝さまと直江どのに惚れ込んで、骨を埋める気で上杉家に押しかけてきたが、わしのようなかぶいた男でも、時おり、しょせんおのれはこの家では余計者ではないかと心寂しくなることがある」

「前田どのもか」

冷たくなっていた主水の手足の先に、ゆるゆると酒の酔いがまわり、胃の腑《ふ》が熱くなってきた。

剣の修行をしていたころから、兵法者の心得として酒をたしなまぬようにしていたが、この夜ばかりは痛飲せずにはいられない。

「われら組外の者は、ほかの者どもの何倍も命がけの働きをし、上杉家のために尽くしている。その見返りが、直江どののあの言葉か……。わしも、おぬしと同じく直江どのに惚れている。なればこそ、胸に痛く突き刺さったわ」

「言わぬことじゃ」

と、慶次郎が主水に酒をすすめた。

「わしらは上杉家に仕えながら、誰にも縛られぬ自由な心を持っている。いまの上杉家で、執政の直江どのに意見を言える者がおるとすれば、それはわれらしかおらぬ」

「………」

「わしは野戦には賛成だが、もし、直江どのが道を踏みあやまりそうだと思ったときは、おぬしのように遠慮会釈なく物を言う。扶持《ふち》など、何ほどのことはない。それが組外の誇りよ」

「このいくさ、貴殿はどうなると思う、前田どの」

主水はふと、不安に駆られて聞いた。

主水の心中は、前田慶次郎とはやや異なっている。

上杉家が戦いに勝利し、関東から北陸、奥州、出羽におよぶ広大な領土を手にしたあかつきには、おのが働きに見合う恩賞として、

（あわよくば一国、少なくとも半国は下されるのではないか……）

という思いがあった。

主水の望みは、そこにかつての仲間を呼び集め、北条家を再興することにあった。主水の妻は北条家の一門にあたり、主水自身も北条の三ツ鱗の紋の使用をゆるされていた。

その大きな望みがあればこそ、上杉家でもつねに戦場を真っ先駆けて戦い、多くの首級をあげてきた。

（この戦い、是が非でも勝たねばならぬ……）

そうした気持ちがあるからこそ、直江兼続の奇策に反対し、より確実に勝てる道をしめしたつもりであった。

「どうなるか、か」

慶次郎は毛鱬《けずね》を掻《か》いた。

「それは、お天道《てんと》さまだけが知っているだろう。われらはただ、戦場でおのれの漢《おとこ》をつらぬけばいい。そうではないか、主水」

「漢のつらぬき方にもいろいろある。わしは、勝つためにこそ戦いたい。小田原で経験したような滅びは、二度と御免だ」

主水は酒をあおった。

六

長谷堂城をかこんだ直江軍は、翌十五日の早朝から攻撃を開始した。

長谷堂城は、小丘陵に築かれた山城《やまじろ》である。ふもとに水濠《みずぼり》をめぐらし、そのまわりは足場の悪い深田《ふかだ》や湿地にかこまれている。守るに易《やす》く、攻めるに難《かた》い要害であった。

直江兼続の真の狙《ねら》いは、長谷堂城ではなく、背後の山形城にいる最上義光をおびき出すことにある。ために、あえて散発的な仕かけに留め、総攻撃には打って出なかった。

逆に、積極的に仕かけてくるのは城方のほうで、各所で小規模な戦闘が起きた。

深夜になって、城から打って出た大風《おおかぜ》右衛門《うえもん》、横尾勘解由《かげゆ》ひきいる二百の精鋭が、菅沢山の北麓《ほくろく》に陣する春日元忠隊に夜襲をかけてきた。

就寝していた春日隊の将士は、あわてて具足を身につけ、槍《やり》を取って防戦した。だが、夜中のことゆえ、敵も味方もわからず、同士討ちまで起きる始末である。

春日隊を混乱におとしいれた城方の勢は、そのまま山のいただきの直江兼続の本陣をうかがう気配をみせた。だが、堅い守りにはばまれ、本陣へは近づくことができずに城内へ引き揚げた。

翌朝、山形城から鮭延秀綱《さけのぶひでつな》を主将とする旗本百騎、鉄砲隊二百が長谷堂城へ派遣されてきた。

この時期の山形盆地特有の深い朝霧のなか、鮭延らは上杉軍の監視の目をかいくぐり、城内へ入った。

明くる十七日、伊達政宗の重臣留守《るす》政景《まさかげ》ひきいる二千七百の軍勢が、笹谷《ささや》峠《とうげ》を越えて、最上方の援軍にあらわれた。

一度は上杉方に恭順の意をしめしながら、その舌の根も乾かぬうちに兵を繰り出してきたのである。

意を強くした最上義光は、

「一刻も早くわれらと合流し、ともに上杉勢にあたるべし」

と、伊達勢の山形城入りをうながす使者を送った。

しかし、伊達勢はなぜか峠をやや下った小白川《こじらかわ》の地で留まり、戦況を傍観したまま、山形城に入る気配をみせない。

「何のための援軍だッ！」

最上義光は歯ぎしりしたが、留守政景は主君政宗から、勝負の行方がはっきりするまで、旗色を鮮明にするなと厳命を受けている。どちらに転んでも損はしないという、したたか者の伊達政宗らしい戦略である。

「伊達はあてにならぬ」

どっちつかずの態度に業を煮やした最上義光は、盛岡城主の南部利直《としなお》にも援軍を要請した。

もとめに応じた南部利直は、みずから三千の軍勢をひきいて南下。糠部産《ぬかのぶ》の駿馬《しゅんめ》を駆り、山越えで五十里（二百キロ）あまりの遠路を走りとおして、山形城へ救援に駆けつけた。

その間、直江兼続は動かなかった。

長谷堂城攻めにてこずっているふうをよそおいながら、最上義光が山形城から出るのをひたすら待ちつづけた。

伊達勢が日和見《ひよりみ》をするのは、兼続の計算のうちである。

（利にさとい者は、利になびく。打ち捨てておけばよい……）

最上義光と兼続のぎりぎりの根比べになっていた。

「最上は出ぬのう」

上泉主水とともに物見台に立った前田慶次郎が、退屈でならぬというように皆朱《かいしゅ》の槍をたたいた。

「わしの言ったとおりではないか」

主水は苛立《いらだ》ちを隠さない。

「最上義光は古ギツネのごとき老獪《ろうかい》な武将よ。そうやすやすと、罠《わな》にかかっておびき出されるはずもなし」

「文句を言うな。大将の直江どのが決められた策じゃ。われらはそれに従うのみ」

「やはり、会津若松の景勝さまに援軍をお頼みすべきだ。このままでは、最上の首を獲るどころか、長谷堂城ひとつ落とせず、ずるずると長いくさになろう」

「また、直江どのと喧嘩をするか」

「ひとつの事象に心をとらわれれば、兵法の勝負は必ず負ける。そのようにならねばよいが」

「あれでなかなか、直江どのも頑固なお方だからのう」

慶次郎は喉《のど》をそらせて笑ったが、主水は笑わなかった。一流の剣の使い手特有の勘で、妙な胸さわぎをおぼえていた。

息づまるような対陣をつづけるうちに、急速に秋が深まってきた。

冷たい霖雨《りんう》がつづき、それがようやく上がった九月二十一日の夜――。

本陣の兼続から、諸将に急な呼び出しがかかった。

呼ばれたのは、春日元忠、芋川守親、松本杢之助、高梨兵部丞、水原親憲、そして組外御扶持方からは上泉主水泰綱のみである。

陣幕のうちに入ると、そこには異様な空気がただよっていた。

篝火《かがりび》に照らし出された直江兼続の端正な顔が、つねよりも翳《かげ》深く、やや斜め前に向けた視線が心ここにあらぬように、どこか虚《うつ》ろに見えた。

（何かあったな……）

主水は直感した。

全員が床几に腰を下ろすと、兼続がおもむろに口をひらいた。

「今夜より、全軍撤退の準備をはじめる。みな、そのように心得よ」

「撤退でございますと」

副将格の春日元忠が目を吊《つ》り上げた。

「いくさはまだ、これからではありませぬか。もしや、会津若松のお屋形さまの身に何かあったのでは」

「そうではない」

兼続は憮然《ぶぜん》とした表情で首を横に振った。

「されば、なにゆえにッ」

春日元忠のみならず、男たちは身を乗り出さんばかりにして兼続を見つめた。

「先ほど、わが陣へ急使が来た。上方の石田治部少輔どののもとに付けていた早足の修験者だ」

「して、その者は何と？」

「………」

元忠の問いに、直江兼続はしばらく瞑目《めいもく》し、腕組みしたまま答えなかった。

やがて、決然と顔を上げると、

「去る九月十五日、美濃国《みののくに》関ヶ原において、石田どののひきいる西軍、徳川内府《だいふ》家康ひきいる東軍とのあいだで決戦がおこなわれた。早朝よりはじまったいくさは、同日午《ひる》すぎには決着。東軍勝利、西軍は敗走」

兼続は淡々と、書物でも読み上げるように告げた。

七

重苦しい時間《とき》が流れた。

誰か、声なき嗚咽《おえつ》を洩らす者があったかもしれない。

上泉主水は、拳《こぶし》を握りしめたまま、ただ茫然《ぼうぜん》としていた。

(信じられぬ。西軍が敗走……。それも、たった半日の戦いで……)

踏みしめている足元が、音を立てて崩れてゆくような気がした。とっさには、何を考えることもできない。その場にいた誰もが、同じ思いであったろう。

ふたたび口をひらいたのは、やはり、兼続その人であった。

「われらに意気消沈している暇《いとま》はない。この事実が敵につたわる前に、最上領を撤退して米沢へもどる」

「まわりは敵ばかりでございますぞ、直江どの。最上、南部ばかりか、ようす見をしている小白川の伊達勢も、かさにかかって襲ってまいりましょう」

軍目付の水原親憲が言った。

まさしく、そのとおりであった。

上杉軍は最上領の奥深く、山形城とは指呼の間まで攻め込んでいる。振り返れば、すなわち、敵中のただなかに取り残されたということでもある。

——全滅
の二文字が、将たちの頭を暗くよぎった。

「知らせが敵方に届くには、まだ時がかかる。わが陣に駆け込んできた修験者は、非常時の連絡役として石田どののもとへ留め置いていた者だ。徳川の使者が馬を飛ばして最上陣に達するには、あと数日はかかろう。この天があたえた時を使って、われらが何をするかだ」

直江兼続が落ち着いた口調で言った。

その表情からは、昨日までの焦りや高ぶりが嘘《うそ》のように消えている。沈着冷静な元のこの男にもどっていた。

（ことここに至り、肚《はら》をくったか）

主水は、危機に動じるどころか、かえって怜悧《れいり》な分析をおこなっている直江に、将たる者の器を見た。

（それでこそ、おれが見込んだ男……）

あの喧嘩以来、胸にわだかまっていた不信感がやや薄らいできた。

「われらは生きて、米沢へもどる」

兼続が言った。

「西軍惨敗によって、徳川に敵対した上杉家は苦しい立場に追い込まれる。そのときのためにも、軍勢は無傷のまま温存しておかねばならぬ。必ず、生きて国ざかいを越えようぞ」

兼続の力強い言葉は、いっとき絶望感に打ちのめされていた将たちに、ふたたび生きる希望をあたえた。

「直江どのの申されるとおりだ」

「このようなところで犬死にはできぬわッ！」

「上杉領の土を踏むぞ」

男たちが口々に声を上げた。

俄然《がぜん》、軍議は熱を帯びてきた。

まず第一に、直江兼続は将たちに箝口令《かんこうれい》をしいた。西軍の敗報は、断じて敵に知られてはならない。末端の兵たちに事実がつたわれば、まぎれ込んだ間者に、情報が洩れるであろう。

次に問題になるのは、撤退路の確保であった。

山形と米沢をつなぐ幹線の羽州街道は、途中、上山城を落とすことができず、通行が不可能になっている。

直江軍は、羽州街道とは別の、

小滝道

狐越《きつねご》え道

を通って、長谷堂に達していた。

「羽州街道は通れませぬ。とすれば、来たときに通った小滝道、狐越え道をもどるしかございますまい」

春日元忠が嗄《しゃが》れた声で言った。

「しかし、小滝道、狐越え道は、山なかの荒れた道。二万の大軍がこれを短時間に引き返すのは難しい」

渋面をつくったのは、芋川守親である。

「どちらを選ぶかといえば、山深い狐越え道よりも、少しはましな小滝道を全軍が引き返すしかありませぬな」

「いや、それはならぬ」

直江兼続が首を横に振った。

「敵も、われらが小滝道を大挙して引き返すと思うにちがいない。それこそ、敵の追撃の格好の目標になる。小滝道の撤退軍はわずかな人数にとどめ、主力は狐越え道をゆく」

「敵の裏をかくのじゃな」

不識庵謙信以来、つねに上杉軍の第一線で戦ってきた老将の水原親憲が、喜々とした表情で言った。

「ただし」

と、兼続は声をひそめた。

「狐越え道は山越えの難路ゆえ、そのままでは迅速な撤退は難しい。よって、関ヶ原の知らせが敵に届くまでに、急ぎ、難所の道幅をひろげ、進路をさまたげる下枝や藪《やぶ》を伐《き》り払う」

「道の要所、要所に、防塁と塹壕《ざんごう》をもうけられてはいかがか。防塁、塹壕に鉄砲隊をひそませ、追いすがる敵に銃撃を加えるのでござる」

上泉主水は、兼続の目を見て言った。

「わしもそう思っていた」

兼続がうなずいた。

「よいか、みな。敵が銃撃におどろいて退《ひ》いたら、すかさず次の防塁、塹壕に退却する。また追いすがってくれば、これを撃つ。この繰り返しで、全軍の撤退をはかる」

「不識庵さまの懸《かか》り引きと同じでござりますなあ」

水原親憲が楽しくてならぬといったように、喉をそらせて笑った。

「して、殿《しんがり》は誰が」

春日元忠が聞いた。

退却戦は、敵がかさにかかって追撃してくるため、ただでさえ困難をきわめる。ことに全軍の殿は、命を捨てる覚悟がなければつとまらない。

――それがしが……。

と、主水は床几から腰を上げようとした。いつかこのようなときが来るのではないかと、祖父上泉伊勢守のもとで剣の修行をはじめたときから、ずっと思っていた。

(いまこそ、漢《おとこ》が命を懸けるとき……)

だが、主水が立ち上がるより早く、

「わしがやる」

一同を見渡して言い放った者がいた。

大将の直江兼続であった。

八

菅沢山の自陣にもどった主水は、その夜、まんじりともせずに過ごした。

すでに、撤退準備は隠密裡《おんみつり》にはじまっている。粛々《しゅくしゅく》と、だが兵たちが機敏に動き、上杉軍の存亡を賭けた撤退戦を展開しようとしていた。

冴《さ》えた星のまたたく夜空を見上げながら、主水は考えていた。

（直江どのはなぜ、みずから殿をつとめるなど言い出したのか……）

大将が殿をかって出るなど、古今、聞いたためしがない。春日元忠や水原親憲ら、将たちが必死に止めたが、兼続は聞く耳を持たなかった。

「最初から決めていたことだ。こればかりは、人にゆずれぬ」

唇でかすかに笑った兼続の表情に、主水は死を覚悟した者のみにただよう静謐《せいひつ》な雰囲気を感じていた。

（関ヶ原は東軍の勝利におわった。たとえ、この撤退戦が成功したとしても、上杉家にはこの先、棘《いばら》の道が待っている。直江どのは、その道に上杉家を導いた責任を、おのが命をもって贖《あがな》おうとしているのだ）

その気持ちは、主水にも手に取るようにわかった。

いくさは必ず一方が勝ち、一方が負ける。負けた者には厳しい現実が待っている。それは、小田原落城を経験した主水自身が、痛いほどによく知っていた。

（北条再興の夢も、これで潰《つい》えたか……）

あれほど強く望んでいたにもかかわらず、夢破れたいま、主水はかえってさばさばしていた。爽涼な風が胸の奥を吹きわたっている。

いさぎのよい兼続の態度を見たせいかもしれない。

漢はみな、空に虹《にじ》をえがくような夢を抱く。それが叶う者もいれば、時流に合わずに叶わぬ者もいる。

だが、それを目指してひたむきに走っている瞬間、漢の命はつかの間の美しい光芒《こうぼう》を放つ。

（よき夢を見た……）

またたきもせず空を見つめる主水の瞳《ひとみ》に、一筋の星が流れた。

上杉軍の撤退がはじまったのは、関ヶ原の敗報が届いた五日後、九月二十六日のことである。

昼夜を分かたずおこなった道普請により、狐越え道の隘路《あいろ》は、軍勢がすみやかに通行できるようになっていた。また、急ごしらえながら銃撃隊が身をひそめるための防塁と塹壕も完成している。

兼続は、その狐越え道と小滝道の二手から、百人、二百人と、軍勢を米沢へ向けて退却させた。

その一方、長谷堂城へ向けて攻撃をおこない、各陣に多数の幟《のぼり》を立てつつ、炊飯の煙を上げるなどして、撤退の気配を敵に気づかれないようにする。

幸い、二十八日までは、最上方が事態に感づくようすもなく、半数の兵が無事に前線から姿を消した。

しかし、翌二十九日になって、敵の動きに変化があらわれた。

「山形城の最上勢が押し出してまいりましたッ！」

菅沢山の本陣に、急を告げる斥候《せっこう》が飛び込んできた。

「ついに来たか」

兼続は指揮棒がわりの小竹の杖《つえ》を握りしめた。関ヶ原の東軍勝利が、最上方にもつたわったのだろう。

「戸上《とがみ》山の水原勢に伝令を送れ。須川東岸に出撃し、敵を食い止めよッ！」

すでに、芋川守親隊、松本杢之助隊ほか、半数近くの部隊が撤退をしている。残っているのは、兼続の本隊のほか、水原親憲隊、春日元忠隊、上泉主水ひきいる組外衆の隊など、総勢一万ほどだった。

主水の隊にも出撃命令が下された。

金の御幣《ごへい》の前立兜《まえだてかぶと》に当世具足、村正《むらまさ》の大身《おおみ》の槍《やり》を引っさげた上泉主水は、黒鹿毛《くろかげ》の愛馬に、

「行くぞッ！」

と、鞭《むち》をくれた。

上泉隊は、春日隊とともに須川岸に急行。川を挟んで、最上勢との激戦を展開した。

押し出してきたのは、山形城の最上勢だけではない。

長谷堂城からも三千の兵が繰り出された。城方は鉄砲、弓矢を放ちながら、手薄となった直江兼続の本陣に迫ってくる。

本陣からは、兼続直属の与板衆が山を下りて出撃。長谷堂勢を必死に食い止める。

しかし、長谷堂勢は意気さかんである。こちらにも、すでに関ヶ原の情報が広まっているらしい。

長谷堂勢と与板衆は真正面からぶつかり、槍、刀での激しい白兵戦になった。

あたりは足場の悪い湿地であるため、敵も味方も泥まみれになり、ぬかるみに足を取られながら戦った。

長谷堂の戦いで最大の激戦である。

やがて、与板衆のほうが押されはじめた。菅沢山のふもとに、長谷堂勢が喚声《かんせい》をあ

げて押し寄せてくる。

馬上で村正の槍を振るい、縦横無尽に敵を薙《な》ぎ倒していた主水は、

「本陣が危ないッ！」

叫ぶや、黒鹿毛の首を菅沢山のほうへめぐらせた。

「どこへ行く、主水」

皆朱の槍を振りまわしていた前田慶次郎が、主水の背中に声をかけてきた。

「本陣に加勢にゆく」

「直江どのからは、須川を防げと命じられておるぞ」

「本陣が崩れれば、われらもおわりじゃ。わしが卑怯者でないことを、直江どのにご覧に入れよう」

「主水ッ！」

慶次郎の叫びを背後に聞きながら、主水は菅沢山に向かってまっしぐらに駆けた。

浅葱撓の旗指物がたわみ、ハタハタと風にたなびいた。関東の野を駆けめぐっていたころの壮気に満ちた記憶が、主水の全身によみがってきた。手綱を握る指先が熱い。

主水の手勢百余が、あざやかな浅葱撓の旗指物をつらねてあるじを追いかけた。

浅葱色の竜が、戦場を駆け抜けていく。

菅沢山のふもとに群がる長谷堂勢の横合いに、その竜が牙《きば》を剝《む》くように一直線に突

っ込んだ。

泥にまみれた敵を、主水は突き伏せ、薙ぎ倒し、たちまち五騎を屠《ほふ》った。剣の漢、上泉主水の前に、まさに敵なしである。

主水の叔父で剣の達人の有綱《ありつな》、行綱《ゆきつな》も、返り血を真っ赤に浴びながら阿修羅《あしゅら》のごとく槍を振るった。

百騎の上泉勢は、わずか一刻《いっとき》も経《た》ぬうちに、長谷堂勢百五十あまりを討ち取った。

主水の活躍により、劣勢に立たされていた与板衆は息を吹き返した。一気に反攻に転じ、敵を押し返す。

ふと気づくと、主水のまわりから敵の姿が消えていた。

さすがに疲れをおぼえ、肩で大きく息をしたとき、

「さすがは浅葱撓の上泉主水じゃな」

いつあらわれたのか、すぐ横に前田慶次郎が馬を寄せていた。

「おぬしのそばには、敵も恐れて近づかぬ」

「直江どのは？」

「ご無事であろう」

「そうか」

主水はうなずくと、手にしていた村正の大身の槍を、慶次郎に差し出した。

「何のつもりじゃ」

「わしの形見だ。直江どのに渡してくれ」

「なに」

　慶次郎が目を剝いた。

　主水は金の御幣の前立兜の下で、かすかに笑い、

「いっとき、押し返しはしたが、敵はふたたび態勢を立て直して攻め込んでくる。捨て構えが必要となろう」

「捨て構え……。おぬし、まさか」

「そのまさかよ」

　主水は目を細めた。

　捨て構えとは、死を覚悟で敵中へ猛然と突っ込み、相手を震え上がらせ、身をもって追撃の足を鈍らせることをいう。

　主水は、みずからその捨て構えをおこなうことを決意していた。

「ここがわしの死に場所だ。あとは頼んだぞ、慶次郎どの」

「槍はいらぬのか」

「新陰流の使い手に、槍は不要。わしには、剣があればよい」

　主水は厚重ねの大刀を抜き、

んでいった。

「さらばじゃ」

沁《し》み入るような笑いを慶次郎にみせると、城へ退却する敵勢めがけ、単騎、突っ込

「もどれーッ、主水」

慶次郎は叫んだが、その声はもはや、上泉主水の耳には届かなかった。

この日の戦闘で、上泉主水泰綱は壮烈な討ち死にを遂げた。

討ち取った敵は十数人。なかには、長谷堂勢随一の剛勇の士、漆山九兵衛《うるしやまくへえ》の名もある。

主水の首をあげたのは、金原七蔵《しちぞう》という美少年であった。

苛烈《かれつ》な斬り込みのすえに、深手を負い、田の畦《あぜ》で動けなくなった主水が、

「そなたの手柄にせい」

と、七蔵に声をかけたのである。死にぎわを、せめて華やかに飾りたかったのであろう。

主水が討ち死にを遂げた場所には、

——主水塚

が築かれ、いまも供養がおこなわれている。主水が捨て構えの突撃をおこなった翌

日、直江兼続は菅沢山の本陣を引き払い、狐越え道を通って退却をはじめた。

追撃する最上勢、伊達勢を、謙信ゆずりの懸り引きの戦法で翻弄《ほんろう》。のちのちまで語り草となる、みごとな退却戦を演じ、犠牲を最小限にとどめて米沢へ帰還した。

のち、兼続は主水の一子、秀綱（祖父と同名）に家名を継がせ、上杉家に仕えさせている。

編者解説

末國善己

二〇一五年は、〝天下分け目〟の関ヶ原の合戦で勝利し、天下人になった徳川家康の没後四百年にあたる。

戦国の終焉を告げる大坂の陣が、有力武将が負けを承知で大坂城に籠り、華々しく散っていった合戦とするなら、勝敗に自分の出世、一族の繁栄がかかる文字通り人生の〝分け目〟だった関ヶ原の合戦は、義に殉じた潔い武将よりも、味方を欺き、敵に寝返ってでも勝馬に乗ろうとした武将の方が多かった。

〝武士は二君に仕えず〟といわれるが、これは戦乱がない江戸時代の価値観で、腕さえよければ仕官に困らなかった戦国の武士は、自分を評価してくれない主君であれば平然と見限り、新たな主君を探すことも珍しくなかった。その意味で、寝返りで勝敗が決まった関ヶ原の合戦は、正しくても弱い者は滅び、一国一城の主になるためなら手段を選ぶ必要などなかった戦国乱世を象徴する合戦だったといえる。

本書『決闘！　関ヶ原』は、人間の欲望が渦巻く生々しい合戦だった関ヶ原を題材にした傑作を十編セレクトした。収録作は、歴史の事実を再構築する史伝から、迫力の合戦シーンで読ませる歴史小説、武将や忍びが進める謀略を描いた時代小説まで幅広いので、必ず好みの作品が見つかるのではないだろうか。本書は、豊臣秀吉の死から関ヶ原の合戦の終結直後までの歴史をたどれるよう収録作を概ね年代順に並べたが、読みどころやエピソードの重複を考慮して多少の入れ替えを行っている。

松本清張「関ヶ原の戦」（『松本清張全集26』文藝春秋）

長篠合戦、川中島の戦、厳島の戦、島原の役、西南戦争など九つの合戦を、幅広い史料を使って読み解く『私説・日本合戦譚』の一編。この作品は、清張が愛読していた菊池寛『日本合戦譚』を強く意識して執筆されたといわれている。

本作は、秀吉の死から関ヶ原での両軍激突の終結までを、徳川家康、石田三成はもとより、直江兼続、安国寺恵瓊、大谷吉継、細川幽斎、小早川秀秋といった有名な武将の動向を多角的に描くことで、関ヶ原の合戦の全体像を鳥瞰的にとらえている。

清張は、関ヶ原の合戦を、加藤清正、福島正則らの武人派（軍服組）と、三成、長束正家ら官僚群（文官組）との「ヘゲモニー争い」と位置づけており、これはGHQ内部抗争や、自衛隊の制服組が起こした「三矢事件」とも共通していたとする。ちなみに「三矢事件」は、一九六三年、自衛隊の統合幕僚会議が極秘に行った有事のシミユレーションで、国会でシビリアンコントロールを侵害するとして追及されている。

清張は、策士の三成が、同じく策士の兼続や恵瓊とばかり連絡を取り、同志の力を過大評価して大事な統制を失った、あるいは幽斎憎しの感情で居城の田辺城を攻め、局地戦にもかかわらず一万五千もの兵を送り込むほど大局観がなかったとするなど、三成の戦略に少し厳しい評価を下している。清張は『現代官僚論』で、日本の官僚の事大主義、出世主義、保守性、非能率性などを批判しているが、これは三成のミスと重なるところが少なくない。清張は、日本型官僚の典型として、三成を見ていたようにも思える。


南原幹雄「直江兼続参上」（『虎之助一代 戦国武将伝』新人物往来社）

関ヶ原の合戦は、上杉景勝に謀叛の動きがあると聞いた家康が、上杉を征伐するため会津へ向かうところから始まる。その途上で三成が挙兵したと知った家康は、反転し関ヶ原へ進軍するのだが、上杉家の執権・直江兼続と三成が懇意だったことから、上杉と三成の動きは、家康を挟撃する壮大な戦略だったともいわれている（二人は連携しておらず、偶発的に挙兵が重なったとの説もある）。本作は、忍びから秀吉死去の情報を伝えられた兼続が、家康を相手に仕掛ける謀略戦を描いている。

瓜二つの影武者を持つ兼続は、いまは武士を辞め農民になっている北条氏の旧臣を訪ねたり、南の徳川、北の最上を押さえるため支城を整備、強化したりする。これに対し家康は、中央政界で独裁を強めていた。一歩も引かない兼続と家康の暗闘は熾烈を極めていくが、一見すると目的が分からない兼続の布石が、次第に意味あるものに変わっていく終盤は圧巻。主君の反対で、緻密な計画が流れそうになりながらも、最後まで諦めず、影武者を利用する新たな戦略を立てる兼続のしたたかさとタフさには、魅了されるはずだ。

岩井三四二「敵はいずこに」　（『とまどい関ヶ原』PHP研究所）

関ヶ原の合戦で、人生の岐路に立たされた男たちを描く連作集『とまどい関ヶ原』の一編で、家康に大軍を預けられながら、合戦に間に合わなかった徳川秀忠と大久保忠隣の主従を描いている。

父・家康に信州上田城の真田昌幸を攻めることを命じられた秀忠だが、昌幸の巧みな戦術に翻弄されてしまう。大局に影響のない上田城など放っておいて、急いで美濃へ向かうという選択肢もあったが、父に逆らえない秀忠が無駄に時間を使っていた九月九日、翌日までに赤坂へ来るように命じる使者が到着するのである。

秀忠の立場は、東京で重要な会議があるのに、別の仕事に手間取り、まだ地方の支社にいるサラリーマンそのものである。いつも会議は定刻通りに始まらないので、少しくらい遅れても大丈夫という楽観論と、この失敗が取り返しもつかない事態へと発展するかもしれないという悲観論に引き裂かれ、さらに支社でもトラブルがありすぐには現地を離れられないなど、すべてが悪い方向へと転がっていく秀忠の戸惑いは、宮仕えの経験があれば身につまされるのではないだろうか。

やがて秀忠の家老・忠隣は、家康と対峙するのだが、秀忠の立場を守るため家康と壮絶な交渉をする終盤は、合戦シーンに勝るとも劣らない緊迫感がある。

尾﨑士郎「島左近」

（『別冊文藝春秋　一九五六年一〇月号』文藝春秋）

代表作『人生劇場　青春篇』に「吉良上野の所領であった横須賀村一円で『忠臣蔵』が長いあいだ禁制になっていたことは天下周知の事実」、これは「吉良上野が彼の所領においては仁徳の高い政治家であったということの反証にもなる」と書いた尾﨑士郎は、歴史の敗者に思いを寄せた作家だった。それは三成を描いた『石田三成』、三成の部将・舞兵庫を主人公にした『篝火』を書いたことからも明らかだろう。島左近を取り上げた本作も、この系譜に属している。なお著者は、本作を発展させた中編『関ヶ原夜あけ』を書いているので、二作を読み比べてみるのも一興である。

本作は、三成の「過ぎたるもの」と呼ばれた島左近と、家康の「過ぎたるもの」と呼ばれた本多忠勝——二人の猛将の邂逅を描いている。家康は、合戦の準備をしていないか検分するため、三成の居城・佐和山城に忠勝を派遣する。政治家であり、謀略をめぐらすことも厭わない家康、三成とは対照的に、生粋の軍人で腹芸を嫌う左近と忠勝の交渉は、裏表がないので爽やかな気分になれる。それだけに、その後、左近が直面する悲劇が際立って感じられるが、最期まで三成への忠義を貫いた左近が清々しく、読後感は悪くない。

中村彰彦「松野主馬は動かず」（『槍弾正の逆襲』ＰＨＰ研究所）

関ヶ原の勝敗が、小早川秀秋の寝返りで決まったことは有名である。本作は、秀秋に仕えながら、寝返りの命令に背き松尾山から下りなかった松野主馬を描いている。物語の主人公は、大坂の陣の英雄・塙団右衛門の息子で、白河藩士の伴団左衛門。ある事件に巻き込まれ藩を去った団左衛門は、道栄と名を変えた主馬を訪ねる。すると道栄から、古老を訪ね、秀秋が急死した理由を調べて欲しいと頼まれるのである。やがて、主馬の口から秀秋寝返りの顚末が語られていく。著者は、なぜ秀秋が三成を憎み、家康の誘いに乗ったのかについて斬新な解釈を提示しているが、それ以上に興味深いのは、寝返りを命じられた時の主馬の判断である。組織の命令と自分が持つ倫理観が相反することは、会社勤めをしていれば誰もが経験する可能性があるので、コンプライアンスが重視されるようになった現代において、汚名を着る覚悟で倫理を優先させた主馬の決断から学ぶことは多い。

物語の後半、主馬は団左衛門が集めてきた情報をもとに、諸説ある中から秀秋の死因を絞り込んでいく。ここは、歴史の謎を解く歴史ミステリーとしても面白い。


池波正太郎「間諜　蜂谷与助」（『完本池波正太郎大成　第二十五巻』講談社）

長い年月をかけて敵地に溶け込む間者、いわゆる〝草〟。本作は、大谷吉継に約十五年仕え、主君から信頼されている与助が、実は徳川方の〝草〟で、関ヶ原の合戦で重要な工作を実行したとする謀略小説である。

親友の石田三成に味方することを決めた吉継は、皮肉なことに、与助に徳川方の間者を押さえよと命じる。関ヶ原周辺を自由に動き回るお墨付きを得た与助は、勝負の鍵を握る小早川秀秋の元へ、東軍・黒田長政の密使を送ったり、反対に三成の密書を持った使者を斬ったりと、謀略の限りを尽くす。与助は、自分を都合よく行動させてくれる吉継が、敵の間者であることを見抜いていて、泳がされているのではないかとの疑惑を深めていく。この展開が、物語をスリリングにしているのも間違いない。

吉継が「野望も権謀もなく、家来たちには、ことにやさしい主人」だったとする与助の評価は、裏切りで勝敗が決した関ヶ原にあって、三成との友情に殉じた吉継の高潔な人柄を実感させてくれる。だが与助は、恩や情に流されることなく、着実に吉継を追いつめる謀略を進める。冷徹に任務を遂行する与助は、ドライなプロフェッショナルを数多く描いてきた池波らしいキャラクターといえるかもしれない。

東郷隆「退き口」（『銃士伝』講談社文庫）

銃器を軸に、戦国から第二次大戦までの歴史を全九編でたどる連作集『銃士伝』の一編で、関ヶ原の合戦における薩摩藩の壮絶な撤退戦を題材にしている。

島津義弘は徳川軍に加わるため上方へ向かうが、ふとしたすれ違いで豊臣方として戦うことになる。だが三成の言動に激怒し、戦闘ではどちらにも付かず、家康の本陣前を突破して退却した。本作は、有名な〝島津の退き口〟を、鉄砲名人の肝付庄左衛門の視点で描いている。鉄砲に詳しい東郷隆らしく、何発も弾を撃つ時は、火薬と弾丸を銃身に押し込むカルカ（杖）で奥に詰まった煤もかき出すので、油を塗ったカルカを何本も用意する、鋳型に鉛を流して弾を作る時、木の葉を中に挟むと、発射の衝撃で二つに割れる「二ツ弾」になる、といった知られざる火縄銃の運用法が紹介されているので、かなりの歴史好きでも、新たな発見があるのではないだろうか。

撤退戦の迫力は凄まじく、大将を中心に全軍が密集し、周辺の兵が敵を食い止め、負傷すれば置き去りにする「繰り抜き」、騎馬鉄砲が一組になり、一人が発砲して後退すると、少し先に待ち受けるもう一人が発砲するというのを繰り返す「捨て奸」と、薩摩独特の戦法も活写されている。「捨て奸」は、殿軍を死ぬまでその場にとどめるとされることも多いが、東郷隆は決して家臣を使い捨てるものではなかったとする。そのため本作を読むと、薩摩武士のイメージが変わるようにも思える。

中山義秀「日本の美しき侍」

（『中山義秀全集　第四巻』新潮社）

西軍では最大の約一万八千の兵を率いた宇喜多秀家だが、武運拙く敗軍の将となった。本作は、秀家の逃走を助けた進藤三左衛門（政次）を描いている。

戦場から離脱した秀家主従八人は、落人狩をする野伏や農民におびえながら山中を逃げ回っていた。三左衛門が水を汲みに行っている間に、秀家一行は土匪《どひ》に襲われ、家臣たちは離散、名物の脇差「鳥飼国次」も奪われてしまう。たった一人残された三左衛門は、秀家を守って逃走を続けるが、秀吉の養子として何不自由なく暮らしていた秀家は逆境に弱く、すぐに一歩も歩けないといったり、腹を切るといったりして三左衛門を困らせる。しかも秀家は、名主の矢野五右衛門夫婦に匿われ、安心したら窮屈な生活に我慢ができないといいだすので、まさに〝馬鹿殿〟といえる。

やがて大坂に潜入した三左衛門は、秀家の奥方と接触し、小判二十五枚を託される。自分より古参で俸禄も高い家臣が早々に秀家を見捨てたことを知る三左衛門は、大金を持ち逃げするか、秀家のもとに帰るかで悩む。三左衛門の葛藤が深いだけに、最後に下した結論は感慨深く、美しい生きざまとは何かも教えてくれるのである。

〝馬鹿殿〟だった秀家も、無私の精神で助けてくれる三左衛門や五右衛門夫婦と接するうちに、少しずつ成長していく。秀家は、死より生きることが難しい現実や、死を賭けて生きるために戦う大切さに気付くが、これは戦中派の著者が、戦争を知らない世代に残した箴言《しんげん》のように思えてならない。

澤田ふじ子「石田三成　清涼の士」（『風浪の海』廣済堂文庫）

『武将感状記』『続群書類従』『一柳家記』などを引用しながら、三成の生涯をたどる本作は、歴史小説というよりも史伝に近い。近年は三成の再評価が進んでいる。三成は「義、情、愛」が深かった武将とする本作は、その先駆をなす作品といえる。

まず著者は、三成が「素性不明な土民の子」との通説を否定し、石田一族が江北を領した佐々木京極家に仕え、父の正継は『万葉集』を愛唱する知識人だったとする。さらに三成は、賤ケ岳の戦いで武勲をあげていたことを指摘、文官で戦争は苦手だったとの見解も覆している。三成は典型的な官僚気質で、勝気、素直さがない、人間的な円満さに欠けるとの悪評も、卓越して有能な人物は人のそねみを受けるもので、三成は、成功して当然、失敗したら秀吉の身代わりに批判を受ける立場だっただけに、悪評が多いのは当然としている。これらの仮説は、史料を踏まえて構築されており、非常に説得力がある。

著者は、信義をまっとうした三成と、節を曲げて勝者になったものの、苦労して守った家が悲劇的な末路をたどった加藤清正、福島正則、小早川秀秋の人生を対比しているが、これは人にとって真の幸福とは何かを考える切っ掛けになる。


火坂雅志「剣の漢　上泉主水泰綱」（『上杉かぶき衆』実業之日本社文庫）

上杉家の執権・直江兼続と深い関係を持つ七人を描く連作集『上杉かぶき衆』の一編。主人公は、新陰流の創始者・上泉信綱の孫で、祖父から直々に剣を学んだ上泉主水である。人気の武将・前田慶次郎も、主水の友人という重要な役で登場している。

石田三成が上方で挙兵したと知った家康は、会津征伐を打ち切り反転する。兼続は徳川軍の追撃を具申するが、主君の景勝に反対されてしまう。そこで兼続は、地盤を固めるため出羽の最上義光を攻める。連戦連勝の上杉軍は、義光が籠もる山形城の前衛・長谷堂城を囲み、兼続は義光を長谷堂城におびき寄せる計略をめぐらす。

秀吉と家康が激突した小牧・長久手の戦いのように、関ヶ原の合戦が長期化していれば、兼続の戦略は功を奏した可能性もあるが、家康がわずか半日で勝利したことで頓挫。上杉軍は敵中に孤立してしまう。それだけに、殿軍を志願した主水が、獅子奮迅の働きをするクライマックスは、圧倒的なスペクタクルが満喫できる。

勝ち負けは時の運なので、結末など考えずひたむきに「夢」を追いかけた主水と、絶望的な撤退戦を前に「生きて国ざかいを超えようぞ」と家臣を鼓舞する兼続の姿は、生きてさえいれば希望はあるという力強いメッセージになっているのである。

【編者略歴】

末《すえ》國《くに》善《よし》己《み》

一九六八年広島県生まれ。明治大学卒業、専修大学大学院博士後期課程単位取得中退。歴史時代小説・ミステリーを中心に活躍する文芸評論家。著書に『時代小説で読む日本史』（文藝春秋）、『夜の日本史』（辰巳出版）、『読み出したら止まらない！ 時代小説 マストリード１００』（日経文芸文庫）共著に『名作時代小説１００選』（アスキー新書）などがある。編書に『国枝史郎伝奇風俗／怪奇小説集成』『山本周五郎探偵小説全集』『岡本綺堂探偵小説全集』『小説集 黒田官兵衛』『小説集 竹中半兵衛』（以上作品社）、『軍師の生きざま』『軍師の死にざま』（作品社・実業之日本社文庫）、『軍師は死なず』『決戦！ 大坂の陣』『永遠の夏 戦争小説集』（実業之日本社文庫）、『志士 吉田松陰アンソロジー』（新潮文庫）などがある。

実業之日本社文庫　最新刊

明野照葉
浸蝕
あの娘は天使か、それとも魔女か——謎多き女に堕ちてゆくエリート商社マンが見る悪夢とは？　サスペンスの名手が放つ、入魂の書き下ろし長編サスペンス！

あ24

荒山 徹
禿鷹の城
日本人が知るべき戦いがここにある！　豊臣秀吉が仕掛けた「文禄・慶長の役」で起きた、絶体絶命からの大逆転を描く歴史巨編!!（解説・細谷正充）
あ62

石持浅海
煽動者
日曜夕刻までに犯人を指摘せよ。平日は一般人、週末限定テロリストたちのアジトで殺人が。探偵役は不在？　閉鎖状況本格推理！（解説・笹川吉晴）
い72

菊地秀行
真田十忍抄
真田幸村と配下の猿飛佐助は、家康に対し何を画策していたか？　大河ドラマで話題、大坂の陣前、幸村らの忍法戦を描く戦国時代活劇。（解説・縄田一男）
き15

椙本孝思
スパイダー・ウェブ
冤罪なのにネット社会の悪意と好奇の目に晒されてしまった主人公は、窮地を脱することができるのか？　近未来ホラーサスペンス。

す11

堂場瞬一
キング
堂場瞬一スポーツ小説コレクション
五輪男子マラソン代表選考レースを控えたランナーの前に、ドーピングをそそのかす正体不明の男が……。衝撃のマラソンサスペンス！（解説・関口苑生）
と112

実業之日本社文庫　好評既刊

平谷美樹
蘭学探偵 岩永淳庵　海坊主と河童
江戸の科学探偵がニッポンの謎と難事件を解く！　歴史時代作家クラブ賞受賞の気鋭が放つ渾身の時代ミステリー。いきなり文庫！（解説・菊池仁）
ひ51

平谷美樹
蘭学探偵 岩永淳庵　幽霊と若侍
墓参りに訪れた女が見た父親の幽霊は果たして本物か!?　若き蘭学者が江戸の不思議現象を科学の力でご明察。痛快時代ミステリー
ひ52

藤沢周平
初つばめ　「松平定知の藤沢周平をよむ」選
「チャンネル銀河」の人気番組が選ぶ、藤沢周平の市井物を10編収録したオリジナル短編集。作品の舞台を巡る散歩マップつき。（解説・松平定知）
ふ21

池波正太郎、隆慶一郎ほか／末國善己編
軍師の生きざま
直江兼続、山本勘助、石田三成…群雄割拠の戦国乱世を、知略をもって支えた策士たちの戦いと矜持！　名手10人による傑作アンソロジー。
ん21

司馬遼太郎、松本清張ほか／末國善己編
軍師の死にざま
竹中半兵衛、黒田官兵衛、真田幸村…戦国大名を支えた名参謀を主人公にした傑作の精華を集めた、11人の作家による短編の豪華競演！
ん22

山田風太郎、吉川英治ほか／末國善己編
軍師は死なず
池波正太郎、西村京太郎、松本清張ほか、豪華作家陣による〈傑作歴史小説集〉。黒田官兵衛、竹中半兵衛をはじめ錚々たる軍師が登場！
ん23

司馬遼太郎、松本清張ほか／末國善己編
決戦！ 大坂の陣
大坂の陣400年！　大坂城を舞台にした傑作歴史・時代小説を結集。安部龍太郎、小松左京、山田風太郎など著名作家陣の超豪華作品集。
ん24

実業之日本社文庫 ん26

決闘《けっとう》！ 関《せき》ヶ《が》原《はら》

2015年8月15日　初版第1刷発行

著　者　松本清張《まつもとせいちょう》、南原幹雄《なんばらみきお》、岩井三四二《いわいみよじ》、尾﨑士郎《おざきしろう》、中村彰彦《なかむらあきひこ》、池波正太郎《いけなみしょうたろう》、東郷《とうごう》 隆《りゅう》、中山義秀《なかやまぎしゅう》、澤田《さわだ》ふじ子《こ》、火坂雅志《ひさかまさし》

発行者　増田義和

発行所　株式会社実業之日本社
〒104-8233　東京都中央区京橋 3-7-5 京橋スクエア
電話 [編集]03(3562)2051 [販売]03(3535)4441
ホームページ　http://www.j-n.co.jp/

印刷所　大日本印刷株式会社

製本所　株式会社ブックアート

フォーマットデザイン　鈴木正道（Suzuki Design）

ISBN978-4-408-55252-1（文芸）